À propos de l'autrice

Kate Stewart, auteure à succès originaire du Texas, vit en Caroline du Nord (États-Unis) avec son mari Nick. Kate a une passion pour tout ce qui a trait aux années 1980 et 1990, et plus spécialement les films de John Hughes et le rap. Elle fait parfois un peu de photographie. Au besoin, elle peut tricoter une écharpe au point mousse et, à l'occasion, encaisse très correctement le whisky.

Sa trilogie *The Ravenhood*, qui se compose de *Flock*, *Exodus* et *The Finish Line*, est devenue un best-seller international, un phénomène sur TikTok et un coup de cœur des lectrices.

Kate Stewart

THE RAVENHOOD
Tome 1 – Flock

Traduit de l'anglais (États-Unis)
par Sylvie Del Cotto

Chatterley

Titre original :
The Ravenhood – Flock

Édition originale publiée en 2020 et rééditée en 2022
par Pan Books, un imprint de Pan Macmillan, une division
de Macmillan Publisher International Limited

Collection : « Chatterley »

ISBN : 978-2-38579-001-1
Dépôt légal : octobre 2023

Ce livre est pour mon frère Tommy,
qui exprime courageusement ses opinions
sans se soucier de qui l'écoute.
Merci de m'avoir appris qu'il est normal
de douter, mais que rien ne sert de s'appesantir.
Amour et respect, petit frère.

« Selon une légende, il est un oiseau qui chante une seule fois dans sa vie, plus joliment que n'importe quelle autre créature sur terre. Dès l'instant où il quitte le nid, il part en quête d'un arbre épineux et ne connaît pas le repos avant de l'avoir trouvé. Puis, tout en chantant parmi les branches sauvages, il s'empale sur l'épine la plus longue et la plus acérée. Et tandis qu'il meurt, il s'élève au-dessus de son agonie pour chanter mieux que l'alouette et le rossignol. Un chant exceptionnel, au prix de son existence. Le monde entier se fige pour l'écouter, et Dieu au Ciel sourit. Car le meilleur n'advient qu'aux dépens d'une immense souffrance… C'est du moins ce que dit la légende. »

Colleen McCullough,
Les oiseaux se cachent pour mourir

Prologue

Depuis toujours, je souffre d'un mal : j'ai grandi avec la conviction qu'une histoire d'amour n'a de valeur que si elle implique souffrances et sacrifices.

Lorsque j'étais adolescente, mes romans, chansons d'amour et films préférés, ceux qui faisaient vraiment écho en moi me tourmentaient bien après que j'avais tourné la dernière page, entendu les notes finales ou vu défiler le générique. À cause des croyances que je me suis mises en tête, je me suis constitué un cœur romantique excessivement masochiste.

Au moment où j'ai vécu cette histoire, mon conte de fées tordu à moi, j'étais trop jeune et trop naïve pour en avoir conscience. J'ai succombé à la tentation et, de ce fait, j'ai nourri la bête, dont l'appétit a grandi à chaque entaille, à chaque impact, à chaque coup.

Il existe une différence entre la fiction et la réalité : on ne peut pas revivre une histoire d'amour puisque le temps de se rendre compte qu'on la vit elle est déjà terminée. Du moins, c'est ce qui s'est passé pour moi.

Des années plus tard, je sais que mon histoire s'est produite en raison de ce trouble dont je souffre.

Et tous ont été punis.

C'est pour cela que je suis ici, pour alimenter, pleurer et éventuellement soigner ma déviance. C'est ici qu'elle a pris vie et c'est ici que je dois y mettre un terme.

Ce lieu qui me hante, celui qui m'a forgée, est une ville fantôme. Peu avant mon dix-neuvième anniversaire, ma mère m'a envoyée vivre chez mon père, un homme avec lequel je n'avais jusqu'alors passé que quelques étés de mon enfance. Dès mon arrivée, j'ai constaté que sa conception des obligations d'un géniteur n'avait pas évolué et qu'il imposait les mêmes règles qu'autrefois : qu'on me voie peu et qu'on m'entende encore moins. Je devais me conformer à une morale stricte et exceller dans mes études, tout en me mettant au pas de son mode de vie.

Prisonnière de son royaume, j'ai fait tout l'inverse, naturellement : je me suis dévergondée et j'ai terni son nom.

Sur le moment, je n'en ai éprouvé aucun remords, du moins en ce qui concernait mon père et jusqu'à ce que je sois contrainte d'affronter les répercussions. À présent, j'ai vingt-six ans et je continue de traîner ces vieilles casseroles.

Il est clair à mes yeux que je ne surmonterai jamais Triple Falls, que je n'enterrerai pas cette période de ma vie. C'est ma conclusion après des années de lutte. Je suis une personne différente, désormais, quoique je l'eusse déjà été avant de partir.

Au moment des faits, j'étais déterminée à ne jamais revenir ici. Toutefois, la vérité, si enrageante soit-elle, est que je ne serai jamais capable de tourner la page. Voilà pourquoi je suis revenue. Pour me réconcilier avec mon destin.

Je ne peux plus ignorer l'appel despotique de la veine qui bat dans ma poitrine ni les relances tenaces de mon subconscient. Qu'importe que je le souhaite plus que tout, je ne serai jamais à même de lâcher prise ou de remiser le passé dans une petite boîte.

Je roule vitres baissées sur les routes sinueuses pour laisser s'immiscer le froid. Pour m'insensibiliser. Depuis que j'ai pris l'autoroute, après avoir fui, mon esprit est assailli par des souvenirs que je m'acharne à occulter.

Ce sont mes rêves qui refusent de me libérer, mes rêves qui entretiennent la guerre qui fait rage dans ma tête, la perte qui me broie le cœur et me force à revivre en boucle les instants les plus cruels, me déchirant encore et toujours.

Durant des années, j'ai tenté de me persuader qu'une vie était possible après l'amour.

Elle l'est sûrement pour les autres, mais la vie n'a pas été aussi clémente avec moi.

Je renonce à faire semblant : oui, j'ai laissé la plus grosse partie de moi entre ces monts et ces vallées, entre les arbres de la forêt qui abrite mes secrets.

Malgré le vent qui me fouette le visage, je peux encore sentir la chaleur des rayons du soleil sur ma peau. Je peux encore le sentir bloquer la lumière de toute sa stature, sentir les picotements de certitude la première fois qu'il m'a touchée et la chair de poule que sa main a laissée dans son sillage.

Je sens encore tout cela, mes garçons de l'été.

Nous sommes tous responsables de ce qui est advenu. Du reste, nous purgeons notre peine. Nous étions insouciants et imprudents, certains que notre jeunesse nous rendait indestructibles, nous affranchissait de nos péchés, et nous l'avons payé cher.

Sur la bretelle de sortie, les flocons de neige se posent nonchalamment sur mon parebrise, saupoudrent les arbres et recouvrent le sol. Le crissement des pneus sur le gravier fait pulser mon cœur dans ma gorge, et mes mains se mettent à trembler. Je longe la route sans fin bordée de conifères en tâchant de me convaincre qu'affronter mon passé la tête haute est un premier pas nécessaire pour mettre fin à ces années d'affliction. Tout ce qui me reste, c'est la prison que je me suis bâtie. De toutes les vérités que je suis déterminée à braver, celle-ci est la plus définitive et la plus accablante.

Pour beaucoup de gens, vivre une passion dévorante est perçu comme une aubaine. Pour ma part, c'est un fléau. Une malédiction que je ne saurai lever. Je ne connaîtrai plus jamais l'amour tel que j'en ai fait l'expérience autrefois. Et je n'en ai pas le désir. Je ne peux pas. Il me fait encore souffrir.

Pour moi, il ne fait aucun doute que c'était de l'amour. Quelle autre forme d'attraction est aussi impérieuse ? Quel autre sentiment aurait pu me rendre accro au point de dérailler ? Au point d'agir de la sorte et de vivre toujours avec ces souvenirs ?

Même quand j'ai flairé le danger, j'ai foncé.

J'ai dédaigné chaque avertissement. Je me suis entêtée, disposée à rester captive. J'ai laissé l'amour prendre les commandes et m'anéantir. J'ai joué mon rôle, les yeux grands ouverts, provoquant le destin jusqu'à ce qu'il se réalise.

Il n'y a jamais eu d'échappatoire possible.

À l'arrêt au premier feu rouge en bordure de la ville, la tête sur le volant, je m'accorde quelques profondes respirations. Bien qu'à présent je sois adulte, je me sens impuissante face aux émotions que ce voyage réveille en moi et je déteste ça.

J'exhale, coule un regard vers le sac que j'ai lancé sur la banquette arrière après avoir arrêté ma décision. Aux prises avec un nouvel accès de culpabilité, j'effleure ma bague de fiançailles, la fais tourner autour de mon annulaire. Tout espoir de vivre l'avenir que j'ai passé des années à construire s'est évaporé à l'instant où j'ai rompu. Comme Collin a refusé de reprendre la bague, il me faut encore me résoudre à l'ôter de mon doigt. Elle pèse lourd, tel un gros mensonge. Les mois où j'ai vécu ici ont fait une victime de plus.

Il y a encore quelques heures, j'étais fiancée à un homme capable de tenir ses promesses, qui méritait un engagement total et un amour inconditionnel. Loyal, au cœur inébranlable et chaleureux. Je n'ai jamais été *fair-play* avec lui. Je ne pouvais pas l'aimer comme une femme est censée aimer son mari.

Il était une consolation, et accepter sa demande en mariage impliquait de me poser. D'un regard, quand j'ai annulé nos noces imminentes, j'ai su que je l'avais détruit en lui révélant la vérité.

À savoir que j'appartiens à un autre que lui. Que ce qu'il reste de mon cœur, de mon corps et de mon âme appartient à un homme qui ne veut plus entendre parler de moi.

C'est le visage torturé de mon fiancé qui m'a poussée au point de rupture. Il m'a donné son amour, son dévouement, et j'ai tout balayé. Je lui ai infligé ce qu'on m'a infligé. Je suis allée à l'encontre de mon cœur, de mon maître et de mon monstre, et voilà le résultat.

Quelques minutes à peine après lui avoir rendu sa liberté – et avoir repris la mienne –, j'ai préparé mon sac et je me suis mise en route. L'objet de ma quête ? Un supplément de punition. J'ai roulé toute la nuit en sachant que le temps n'a plus de sens, qu'il importe peu. Désormais, personne ne m'attend.

Six ans plus tard, je suis de retour à la case départ, revenue à la vie que j'ai fuie. Les émotions m'envahissent à mesure que je me répète que quitter Collin n'était pas une erreur, mais un mal nécessaire pour m'affranchir des mensonges dont je l'abreuvais. Je l'ai dupé, à multiplier les promesses que je ne pouvais pas tenir. Il était exclu que j'ajoute celle de l'aimer et de le chérir dans la santé comme dans la maladie, dans la mesure où il ignorait à quel point je suis atteinte.

Je lui ai caché que je me suis laissé utiliser, consumer et parfois avilir jusqu'à la dépravation… et que j'en ai aimé chaque seconde. Je n'ai jamais dit à mon fiancé que j'avais saigné mon cœur, l'affamant jusqu'à ce qu'il n'ait pas d'autre choix que de battre à un seul rythme, celui des palpitations d'un autre. En me comportant de la sorte, j'ai saboté toutes les chances de voir et d'accueillir le genre d'amour qui soigne, plutôt que celui qui estropie. Le seul amour que j'aie jamais connu ou désiré ardemment est celui qui entretient mon mal-être, me fait me languir, attise le désir charnel, le besoin, la douleur. Le genre tourmenté qui laisse des cicatrices et anesthésie le cœur.

Si je ne parviens pas à faire suffisamment mon deuil pour me guérir durant mon séjour, je continuerai à traîner ma maladie. Ce sera ma malédiction.

Il se peut que je n'aie pas droit à l'amour heureux pour toujours parce que j'ai gâché ma chance en m'ouvrant aux aspects les plus obscurs d'une relation. En en devenant accro l'année où je me suis délestée de mes inhibitions, en me soumettant au rejet et à la peine, en perdant tout sens moral.

Ce sont des choses qui ne se disent pas à voix haute. C'est le genre de confidences que des femmes respectables ne sont pas supposées faire. En aucun cas.

Mais le moment est venu d'admettre, à moi-même plus qu'aux autres, que j'ai rejeté l'opportunité de vivre une relation normale et saine, en raison de ce qui m'a construite et à cause des hommes qui m'ont construite.

À ce stade, mon vœu est de faire la paix avec qui je suis, quoi qu'il advienne.

Le plus dur dans tout ça, ce n'est pas d'avoir brisé le cœur de mon fiancé. C'est de savoir que je n'aurai jamais le seul et unique homme auquel mon cœur soit resté fidèle.

L'appréhension m'inonde en même temps que des souvenirs rejaillissent. Je peux encore sentir son musc, son sexe en moi, le goût salé de son sperme, voir la lueur de satisfaction dans ses yeux aux paupières alourdies. Je peux encore ressentir mon émoi dès que nous échangions un regard, entendre son rire sombre, sentir la plénitude que me procurait son contact.

Plus je me rapproche, plus les souvenirs affluent. Ma détermination à affronter ce qui me hante commence à s'effriter. Parce que j'ai ma petite idée sur ce que sera le vrai point final, et je ne peux plus y échapper.

Peut-être qu'il n'existe pas de remède, pas d'espoir de tourner la page. Néanmoins, il est temps de faire face à ce qui est resté en suspens.

Que la chasse aux fantômes commence.

Partie 1

Des années plus tôt

Chapitre 1

Je m'arrête devant l'imposant portail en fer et tape le code que Roman m'a donné. Dès que je passe les portes, je suis émerveillée par la propriété qui se déploie sous mes yeux. Des hectares de pelouse vert vif jalonnés d'arbres entourent la demeure colossale qui se dresse au loin. Plus j'avance, plus je me sens comme une étrangère. Dédaignant le garage à quatre voitures sur la gauche, je vais me garer dans l'allée circulaire au pied du perron.

Aussitôt que je suis descendue de voiture, je me dégourdis les jambes. Même si je n'ai pas roulé longtemps, elles sont devenues plus pesantes à chaque kilomètre qui me rapprochait de ma destination. En dépit de sa somptuosité, cette maison m'évoque une prison où je purge aujourd'hui le premier jour de ma peine.

J'attrape une partie de mes bagages dans le coffre et monte les marches en scrutant la terrasse immaculée. Hormis le paysage autour, rien dans cet endroit ne me paraît accueillant et tout empeste l'argent.

Refermant la porte du bout du pied, je me retrouve dans un vestibule qui abrite une console pour tout mobilier.

Le grand vase vide posé dessus est sûrement plus coûteux que ma voiture. Sur la droite se trouve un imposant escalier et sur la gauche, une salle à manger. Je décide de faire l'impasse sur la visite des lieux et je traîne mes sacs à l'étage, mon téléphone coincé contre mon épaule. Elle décroche à la seconde sonnerie.

— Salut, copine, je suis arrivée.

— C'est du grand n'importe quoi, déclare Christy en guise de bonjour.

Pendant ce temps, j'entre dans la « cellule » qui m'a été attribuée. Mon père a fait livrer un lit à baldaquin blanc, ainsi que l'armoire, la commode et la coiffeuse assorties. Un style majestueux pas du tout à mon goût, ce qui n'a rien de surprenant. Il ne me connaît pas.

— C'est seulement jusqu'à l'automne.

— Cecelia, ça fait une année entière ! Nous sortons tout juste du lycée. C'est notre dernier été avant la fac, et ta mère décide de prendre du temps pour elle ?

Si ce n'est pas l'entière vérité, je laisse Christy croire à cette version par égard pour ma mère, à défaut de savoir comment présenter les choses. La triste réalité est que cette dernière est tombée en dépression, sévèrement, et a fini par en perdre son emploi. Par conséquent, elle bataillait pour régler les factures. Son petit ami lui a alors proposé de s'installer chez lui. À elle, pas à sa fille sans père. J'ai toujours été proche de ma mère. Pourtant, même moi je ne la reconnais plus. Malgré tous mes efforts, elle s'est repliée sur elle-même au fil des mois, éclusant des White Russians jour et nuit, jusqu'au jour où elle a tout bonnement refusé de se lever. Dans sa course à l'engourdissement quotidien, elle m'a pratiquement abandonnée. J'ai tout tenté, tout fait pour la raisonner et obtenir des réponses, le fait est que je ne sais pas comment l'aider.

Voilà pourquoi je n'ai pas fait d'histoires quand mon père a proposé de m'héberger sous condition.

La voir perdre pied était effrayant, et, dans son état, je ne voulais pas la priver de cette opportunité, surtout qu'elle m'a élevée seule. Quand la situation est devenue précaire, j'ai demandé à mon père de continuer à lui verser la pension alimentaire, ne serait-ce que quelques mois, le temps qu'elle remonte la pente. L'argent qu'il lui allouait tous les mois, ponctuel comme un coucou suisse, n'était qu'une broutille pour lui, à peine le prix d'un de ses costumes sur mesure. Pourtant, il a refusé, et le lendemain de mes examens, il a signé son dernier chèque, à la façon d'une dernière paie pour services rendus, comme si ma mère avait été son employée.

Même lorsque je laisse libre cours à mon imagination, je ne peux me figurer comment un jour ils ont pu se fréquenter ni comment ils ont pu être amenés à me concevoir. Rien ne les prédisposait à se reproduire ensemble : ils sont l'antithèse l'un de l'autre. Ma mère est, ou était jusqu'à récemment, un électron libre bourré de vices. Mon père est un conservateur à l'esprit critique qui prône l'autodiscipline.

D'après mes souvenirs, son emploi du temps est réglé comme du papier à musique et ne tolère pas de modification. Il se lève, fait du sport, mange un demi-pamplemousse, puis part travailler jusqu'à la nuit tombée. Son unique plaisir, quand j'étais plus jeune, consistait en quelques verres de gin après une longue journée. Les informations personnelles que je possède à son sujet se limitent à cela, tellement il est fermé. Le reste se trouve aisément sur Internet. Il est à la tête d'une société classée dans la liste des cinq cents entreprises les plus rentables des États-Unis. Autrefois fabricant de produits chimiques, il s'est reconverti dans l'électronique. Son siège social se situe à un peu plus d'une heure de Charlotte et son principal site de production, ici, à Triple Falls. Je suis certaine qu'il l'a établi dans cette ville parce que c'est là où il a grandi et qu'il adore narguer ses anciens copains de classe avec sa réussite. D'ailleurs, presque tous travaillent pour lui.

Dès demain, je suis vouée à rejoindre le cercle de ses subordonnés. Moi, je n'ai pas bénéficié d'un fonds de placement. Du moins, pas toutes les années où j'ai vécu avec ma mère dans la maison délabrée qu'elle louait. Le jour de mon vingtième anniversaire, il est prévu que j'hérite d'un pourcentage non négligeable de parts de sa société, ainsi que d'une coquette somme. Je sais que la date n'a pas été fixée au hasard : il a toujours tenu ma mère à distance de sa fortune. Sa rancœur envers elle reste sans équivoque. Ajoutons à cela le fait qu'il lui a versé le strict minimum depuis ma naissance. À en juger par les dispositions qu'il prend pour la maintenir à cette place dans sa chaîne alimentaire, il est facile d'en déduire qu'il n'éprouve plus le moindre sentiment pour elle.

Une courte période, j'ai vécu des deux côtés de la pauvreté, du fait de leurs modes de vie opposés. Et pour contrecarrer sa volonté, j'empocherai les parts et le pécule, et ferai tout ce qui le contrarie. Dès que j'en aurai les moyens, ma mère n'aura plus jamais besoin de travailler. Si je réussis dans la vie, je ne le devrai qu'à moi-même. Cependant, la peur d'échouer, ainsi que l'éventualité qu'elle subisse les conséquences du fait d'avoir tout misé sur moi-même, m'a amenée ici. Dans la perspective de mettre mon plan à exécution, je dois jouer le jeu, et cela implique de montrer que « j'apprécie et respecte suffisamment l'entreprise pour me familiariser avec ses rouages, même si je dois partir de zéro ».

La partie la plus ardue sera de garder ma langue dans ma poche et de dissimuler ma rancœur. Elle est vive étant donné qu'il aurait pu nous épargner à tous les deux une année d'embarras ; il suffisait qu'il se montre compatissant envers la femme qui a assumé pour eux deux le rôle de parent.

Je ne déteste pas vraiment mon père, mais je ne le comprends pas, lui et sa cruauté impénitente, et je ne le comprendrai jamais. Il n'est pas question que je passe l'année à venir à essayer de le décrypter. Toute communication de sa part donne l'impression d'être obligatoire et expéditive. Il n'est qu'une source de revenus, pas un papa. Sa conscience professionnelle et sa réussite m'inspirent du respect, mais j'ai zéro indulgence pour son manque d'empathie et sa personnalité glaciale, voire polaire.

— Je rentrerai aussi souvent que possible, dis-je à Christy, incertaine si mon planning de boulot me permettra de tenir cette promesse.

— Je viendrai aussi te voir.

Dans le premier tiroir de la commode, je lance une pile de chaussettes et de sous-vêtements.

— Avant que tu sautes dans ta voiture, attendons de voir si le grand patron accepte de te prêter une chambre d'amis. D'accord ?

— Je réserverai une chambre d'hôtel avec la carte de ma mère. Que ton père aille se faire foutre.

Je ris, et mon rire résonne étrangement dans l'immense chambre.

— T'as un truc contre mes parents, aujourd'hui.

— J'adore ta mère, mais je pige pas. Je devrais peut-être passer la voir.

— Elle s'est installée chez Timothy.

— Sérieux ? Quand ça ?

— Hier. Laisse-lui le temps de prendre ses marques.

— Euh…, fait-elle avant de laisser un blanc. Pourquoi est-ce que je ne l'apprends que maintenant ? Je savais que c'était tendu, mais que se passe-t-il, en fait ?

— Franchement, je sais pas.

Je soupire, et affronte le ressentiment qui affleure. Ce n'est pas mon genre d'avoir des secrets pour Christy.

— Elle traverse une période compliquée. Timothy est un mec bien, je lui fais confiance pour veiller sur elle.

— Si ce n'est qu'il a refusé de t'héberger.

— À sa décharge, je suis adulte, et il manque de chambres.

— N'empêche. Pourquoi estime-t-elle que, maintenant, tu peux vivre avec ton père ?

— Je te l'ai dit, je dois bosser un an à l'usine pour la mettre à l'abri. Je ne veux pas avoir à m'inquiéter pour elle pendant mes études.

— Ce n'est pas ta responsabilité.

— Je sais.

— Tu n'es pas le parent.

— Nous savons toutes les deux que je suis la plus responsable. On reprendra nos projets dès que je rentrerai.

J'ai été surprise que mon père consente à ce que je m'inscrive deux semestres à l'université publique locale et qu'il ne m'impose pas une année sabbatique avant d'intégrer avec un an de retard une école plus respectable. C'est son argent, et mon unique capital pour financer mes études. Par conséquent, cette victoire durant les négociations m'a fait comprendre qu'il tenait suffisamment à m'impliquer pour accepter un compromis. C'est un gros effort pour un *control freak* comme lui.

Je regarde autour de moi.

— Je n'ai pas passé plus d'une journée avec lui ni un seul été ici depuis mes onze ans.

— Comment ça se fait ?

— Il y avait toujours un truc. Il prétextait que des voyages d'affaires à l'étranger et le développement de sa boîte l'empêchaient de s'occuper de moi plusieurs semaines d'affilée. En vérité, j'ai eu mes règles, de la poitrine et du caractère. Il ne savait plus gérer. Selon moi, Roman craint plus que tout d'être un vrai parent.

— C'est bizarre que tu appelles ton père par son prénom.

— Pas en face. Ici, je l'appelle « monsieur ».

— Tu ne parles jamais de lui.

— Parce que je ne le connais pas.

— Bon, quand est-ce que tu commences ton boulot ?

— Demain. J'ai une journée d'intégration, après quoi mes horaires seront de 15 à 23 heures.

— Appelle-moi quand tu sors. Je te laisse défaire tes valises.

Soudain, je prends conscience que, une fois que j'aurai raccroché, je vais me retrouver cernée par le silence de la chambre, de la maison, totalement seule. Roman n'a même pas eu la décence de m'accueillir.

— Cee ?

La voix de Christy reflète mon désarroi.

— Oh, merde. Ça y est, ça me tombe dessus.

J'ouvre la porte-fenêtre qui donne sur mon balcon et contemple la propriété impeccable. Aussi loin que porte mon regard, il n'y a rien d'autre qu'une étendue de pelouse vert électrique, découpée en motifs obliques. Au-delà, une forêt dense entoure une antenne de téléphonie. Plus près de la maison, le jardin, parfaitement entretenu, respire l'opulence du Sud. La glycine recouvre une série de treilles qui forment des auvents au-dessus des fontaines sculpturales. Sur les haies, le chèvrefeuille retombe en cascade sur les clôtures. Le vent apporte le parfum d'une variété de fleurs jusqu'à mes narines. Des sièges douillets sont disposés à des points stratégiques du jardin, dont je décide qu'il sera mon coin lecture. La grande piscine scintillante me semble tentante, en particulier par cette chaleur de début d'été. En tant que nouvelle résidente du palais, je me sens hélas trop mal à l'aise pour envisager d'y tremper un orteil.

— Punaise, c'est trop bizarre.

— Ça va aller.

La nervosité dans sa voix me perturbe. D'autant que nous n'en sommes pas plus sûres l'une que l'autre, ce qui instille encore plus de peur en moi.

— Je l'espère.

— Un peu plus d'une année, et tu rentres à la maison. Tu as bientôt dix-neuf ans, Cee. Si tu te sens mal là-bas, tu as le droit de te tirer.

— Exact.

Elle a raison, même si ce droit ne fait pas partie de mon accord avec Roman. Si je reviens sur mon engagement, je dis adieu à une fortune, une fortune qui pourrait effacer les dettes de ma mère et lui garantir un certain confort pour le restant de ses jours. Je ne peux pas lui faire ce coup-là et je ne le ferai pas. Elle a trimé comme une dingue pour moi.

Christy perçoit mon hésitation.

— Tu n'es pas redevable. Cee, ta mère avait la responsabilité de t'élever. C'est l'obligation du parent, tu ne dois en aucun cas te sentir obligée de la rembourser.

C'est vrai et je le sais. Néanmoins, pendant que j'inspecte le palace sans vie de Roman, ma mère me manque comme jamais. Peut-être que mon sentiment de gratitude envers elle est amplifié par la distance et la manière dont mon père me traite. Dans tous les cas, je veux prendre soin d'elle.

— Je sais que ma mère m'aime, dis-je plus pour moi-même qu'à Christy.

Le désengagement de ma mère, de la vie, de moi, après toutes ces années de complicité, a été une surprise cruelle et perturbante.

— Déjà, je ne te blâmerais pas si tu te désistais. Encore une fois, j'adore ta mère, mais là, ils ne valent pas mieux l'un que l'autre.

— Roman est supportable. Strict, mais nous avons tenu le coup plusieurs étés. Ou plutôt, nous nous sommes débrouillés pour nous éviter plusieurs étés. Je ne cherche pas à nouer des liens, juste à survivre. Cette baraque est tellement… glaciale.

— Tu n'y étais jamais allée ?

— Pas dans celle-ci. Il l'a construite entre-temps. Je pense qu'il vit principalement dans son appart de Charlotte.

Une pièce fait face à ma chambre, à quelques pas. Je pousse la porte et découvre avec soulagement une chambre d'amis. Sur ma gauche, en haut de l'escalier, une mezzanine surplombe le vestibule du rez-de-chaussée et mène à un long couloir qui distribue d'autres portes fermées.

— Imagine vivre dans un musée.

— Horrible.

Son soupir, qui tient plus du geignement, est empreint d'amertume. Nous sommes devenues amies au collège, et depuis ce jour, nous n'avons pas été séparées plus d'une journée. Je ne sais pas comment je vais m'en sortir sans elle, et en toute franchise, je n'ai pas envie de le savoir.

Mais pour le bien de ma mère, je vais me forcer. Un peu plus d'un an dans une ville endormie nichée au cœur des Blue Ridge et je serai libre. Pourvu que le temps passe vite.

— Trouve-toi une occupation. De préférence avec un pénis.

— C'est ça, ta solution ?

Je retourne dans ma chambre et sors sur le balcon.

— Tu comprendrais si tu en calculais ne serait-ce qu'un seul.

— J'ai essayé, et t'as vu le résultat.

— C'étaient des gamins. Dégote-toi un homme. Tu vas voir ça. Ils vont tous devenir dingues dans ton bled quand ils te verront.

— T'imagines pas à quel point je m'en fous, dis-je en contemplant la vue spectaculaire sur les montagnes au-delà de la forêt de la propriété. J'habite officiellement dans le camp d'en face. C'est trop bizarre.

— Je ne peux qu'imaginer. Relève la tête. Passe-moi un coup de fil demain, après ta journée d'intégration.

— OK.

— Bisous.

Chapitre 2

Sur le parking de l'usine, je trouve une place dans la dernière allée en jurant comme un charretier. Après quoi je traverse l'océan de voitures au pas de course pour rejoindre la réception. Après un dîner insipide avec mon père hier soir, la dernière chose dont j'ai besoin, c'est d'un sermon sur la ponctualité. Passer une heure sous son regard perçant a suffi à me faire apprécier mon planning de boulot, qui va remplir la plupart de mes soirées.

La chaleur du soleil s'évapore à la seconde où je franchis les portes vitrées. Ce bâtiment sent le vieux. Le sol carrelé, pourtant propre, se fissure et se décolle après des décennies d'utilisation. Au centre du hall, une fougère en pot confère aux lieux un semblant de vie, mais à bien y regarder, elle est en plastique et couverte de toiles d'araignée. Un agent de sécurité qui n'est plus tout jeune se tient bras croisés à côté de la réceptionniste. D'âge mûr et bien sapée, celle-ci tourne vers moi des yeux gris au regard avisé.

— Bonjour, je suis Cecelia Horner. Je suis là pour la journée d'intégration.

— J'en ai été informée, mademoiselle Horner. Dernière porte sur votre gauche, répond-elle, inspectant ma robe des yeux pendant qu'elle me désigne un long couloir.

Je grimpe l'escalier, passe devant quelques bureaux déserts et me glisse, juste à temps, par la porte. Elle est tenue entrouverte pour les derniers nouveaux venus par une femme qui m'accueille d'un sourire chaleureux – l'unique source de chaleur de l'immeuble, semble-t-il. Je frissonne dans la salle réfrigérée par la clim. Selon ses instructions, j'inscris mon nom sur un badge et le colle sur la robe d'été que j'ai choisi de porter avant d'être obligée de m'affubler de l'uniforme vert olive suspendu dans ma penderie. Sous les regards appuyés de ceux qui sont déjà assis, j'opte pour le premier bureau libre.

Dans la pièce, la seule lumière provient d'un écran de projection qui affiche « Bienvenue » en majuscules au-dessus du logo de Horner Technologies.

Je ne tire pas fierté de mon patronyme. Pour ce que j'en sais, je suis le résultat d'une étourderie de Roman, une étourderie dont il n'a pas réussi à se débarrasser. Je ne me fais pas d'illusions, nous ne serons jamais proches. Il ne me regarde pas avec la même cruelle indifférence qu'il regarde ma mère, d'après ce que j'ai constaté les rares fois où je les ai vus ensemble. Mais je suis sans aucun doute une préoccupation secondaire.

Le dîner, hier soir, était pour le moins embarrassant, et notre conversation forcée. Aujourd'hui, je suis ici à sa demande expresse. Une fourmi ouvrière de plus au service de son exploitation industrielle. C'est comme s'il avait en tête de m'inculquer la valeur du dur labeur, si ce n'est que je ne suis pas novice en la matière. Je subviens à mes propres besoins depuis que j'ai l'âge de travailler. Je me suis acheté ma première voiture et j'ai assumé les mensualités de l'assurance tout en alimentant mon compte. Il n'a rien à m'apprendre ; ça, je le sais. Il est très probable que plus je vais me conformer à ses exigences et aux projets qu'il a conçus pour moi, plus ma rancœur va s'intensifier.

Je fais ça pour maman.

Toujours aussi souriante, la femme qui m'a accueillie prend la parole à l'avant de la salle.

— Je pense que tout le monde est là. Commençons. Je suis Jackie Brown. Oui, comme le film de Tarantino, et je travaille depuis huit ans pour Horner Tech. En tant que DRH, je suis très heureuse de vous accompagner pour cette première formation. Afin de faire connaissance, je demanderai à chacun et à chacune de se lever et de se présenter en quelques mots.

Comme j'occupe la première place, au premier rang, elle m'invite à commencer d'un mouvement de tête. Je me lève de mauvais gré et m'adresse à elle sans m'embêter à me tourner vers la salle.

— Je m'appelle Cecelia, pas comme la chanson. Je ne suis pas d'ici. Pour être transparente d'entrée de jeu, je confirme un point : oui, mon père dirige l'usine ; non, je ne veux pas de traitement de faveur. Et je promets de ne pas vendre la mèche si quelqu'un prend une pause clope de trop ou s'accorde un petit quickie dans le placard du concierge.

Jackie Brown, bouche bée, n'apprécie manifestement pas ma présentation. J'entends glousser dans mon dos. Je me rassieds et me maudis intérieurement : je viens à peine de commencer à l'usine et ma rancœur montre déjà sa sale gueule. J'aurais sans doute dû éviter de pousser le bouchon dès le premier jour. Je ne doute pas que mon père aura vent de la scène. Mais en dehors des inévitables répercussions, j'ai du mal à regretter. Je me rappelle pour la centième fois que je suis là pour ma mère et que je me suis juré de me tenir à carreau, du moins jusqu'à la fin de ma période d'essai.

— Suivant, derrière elle.

Le mouvement derrière moi diffuse une senteur de cèdre.

— Sean, aucun lien avec le boss, et c'est la deuxième fois que je travaille pour Horner Tech. J'ai fait une pause. Et je suis partant pour un petit quickie dans le placard du concierge.

Des rires étouffés se font entendre dans la salle, alors que je sens naître sur mes lèvres le premier sourire depuis des jours.

Je pivote un peu sur ma chaise, jette un œil par-dessus mon épaule et croise des yeux noisette. Le regard amusé qu'il pose sur moi me picote la peau. Avant qu'il reprenne sa place, je distingue dans la pénombre ses traits plaisants, sa remarquable carrure, son tee-shirt tendu sur ses pectoraux et son jean noir étroit. Nous jouons à nous fixer et dépassons de quelques secondes le moment de gêne, avant que je me retourne face à Jackie Brown.

— Bon retour parmi nous, Sean. À l'avenir, évitons les commentaires de ce genre, voulez-vous ?

Je dois fournir un effort monstre pour dissimuler mon sourire. Pendant que les autres se présentent à tour de rôle, je sens son regard sur moi.

Si ça se trouve, bosser ici ne sera pas aussi nul que je le craignais…

Chapitre 3

— Hé, Quickie ! Attends-moi !

Un petit rire amusé retentit derrière moi.

Renfrognée, je me retourne vers Sean, qui marche vers moi d'un pas hâtif entre deux rangées de voitures. Les mains sur les hanches, je le regarde de haut. En revanche, dès qu'il est arrivé en face de moi, je dois lever la tête à cause de notre différence de taille.

Dans la lumière étincelante du jour, il est nettement plus impressionnant que je l'avais estimé à première vue. Il a une allure saisissante. Ses cheveux blond cendré et platine hérissés, sa peau gorgée de soleil, sa carrure renversante, les nuances de ses iris noisette, son nez fort marqué par une petite bosse qui lui confère la largeur idéale. Et sa bouche. Sa bouche seule suffit à combler mes yeux avides. Du bout de la langue, il joue avec l'anneau au coin de sa bouche qui souligne sa lèvre inférieure. Son regard s'illumine en coulant sur moi, et un sourire en coin se dessine quand il constate que je le bois des yeux et dérive vers sa pomme d'Adam, ses épaules carrées et plus bas, encore plus bas. Un tatouage se déploie sur son bras gauche du coude jusqu'à la naissance de la nuque.

— Ce n'est pas mon nom.

Son sourire laisse entrevoir ses dents.

— Désolé, je n'ai pas pu m'en empêcher.

— Fais un effort.

Son petit rire me donne des frissons.

— Promis. T'as eu du culot, tout à l'heure.

— Ouais, tu sais, je ne cours pas après ce boulot. C'est une condition de ma sentence.

— De ta sentence ?

— Je suis obligée de trimer un an à l'usine. Histoire de mériter mon nom, j'imagine.

Je hausse les épaules comme si mon amertume n'en avait pas trop révélé sur mon compte.

— Hmm, t'es pas la seule. Ça ne me fait pas hyper plaisir de revenir.

Je lui donne dans les vingt-cinq ans, à vue de nez. Il est impossible de l'ignorer tant il a de charme. Son parfum est tout aussi attrayant : cèdre mêlé à un effluve que je n'identifie pas. Il dégage une aura irrésistible. Il semble absorber les rayons du soleil au-dessus de nous. C'est alarmant que le simple fait de le regarder me déconcerte à ce point. Mais je ne m'affole pas, vu que son regard est aussi effronté que le mien. Ce matin, malgré mon humeur maussade, je me suis préparée avec soin. Et face à Sean, je me réjouis d'avoir mis ma robe dos nu noire à pois blancs qui m'arrive aux genoux. Mes cheveux, que j'ai lissés et laissés détachés, me balaient les épaules. J'ai accordé une attention particulière à mes cils et appliqué une double dose de gloss. Je me lèche les lèvres sous son regard qui suit mon geste.

— Cecelia, c'est ça ?

Je hoche la tête.

— Tu fais quoi, là maintenant ?

— Pourquoi ?

— Tu viens d'arriver dans le coin, je crois. Avec mes colocs, on habite à quelques kilomètres d'ici. Des amis vont passer, tu aimerais peut-être te joindre à nous.

— Sans façon.

Il incline la tête sur le côté, amusé par la rapidité de mon refus.

— Pourquoi ?

— Parce que je ne te connais pas.

— D'où l'intérêt de cette invitation.

Sa bouche a beau articuler des civilités, il me dévore des yeux d'une manière qui me met un brin mal à l'aise.

— Tu t'es fait une fausse image de moi à cause de ma blague de tout à l'heure, dis-je.

— Je ne fais pas de suppositions, juré.

Il lève les mains. Sur son poignet droit figure le tatouage d'un as noir, tel un atout qu'il garde dans sa manche.

Futé.

Le clin d'œil qu'il m'adresse me fait l'effet d'un baiser sur la joue. Tout ce qui m'attend à la maison, c'est la piscine et un bouquin. Et c'est bien parti pour être le programme de l'été. Je lui jette un regard exagérément suspicieux et tends la main.

— Montre-moi ton permis de conduire.

Levant un sourcil, il sort son portefeuille de sa poche et me tend son permis. J'examine le document, alors que, une cigarette entre ses lèvres, il actionne un Zippo en titane noir. Je reporte mon attention sur sa pièce d'identité.

— T'es conscient d'être le dernier sur terre à fumer ?

— Faut bien que quelqu'un perpétue les mauvaises habitudes de mon paternel, dit-il en expirant une bouffée.

— Alfred Sean Roberts, vingt-cinq ans, et tu es du signe de la Vierge.

Je photographie son permis de conduire et l'envoie par SMS à Christy.

Si on me retrouve morte, c'est lui le coupable.

Aussitôt s'affichent les pointillés indiquant qu'une réponse est en cours. Je sais qu'elle est en train d'halluciner. Et la photo rend moyennement hommage à la réalité. Son allure phénoménale détonne dans le paysage.

— Tu t'assures un filet de sécurité ? devine-t-il.

— Exactement, dis-je en lui rendant son permis. Si je disparais, tu seras le suspect numéro un.

Ma remarque semble le faire gamberger.

— Tu aimes faire la fête ?

— Quel genre ?

— Tous genres confondus.

— Pas vraiment, non.

Il me regarde avec une certaine… intensité. On dirait qu'à présent il hésite, comme s'il soupesait le pour et le contre et envisageait de revenir sur son invitation. Bien que vexée, je décide de lui faciliter la tâche.

— Ça coupe l'envie, j'imagine. T'inquiète. À la prochaine.

— C'est pas le problème, mais…, fait-il en se massant la nuque. Je m'y prends comme un abruti. Les gars, ils risquent de…

— J'ai participé à des tas de fêtes, Sean. Je ne suis pas le Petit Chaperon rouge.

Cela me vaut un grand sourire. Il écrase sa cigarette sous sa boots tachée de graisse.

— Cool, parce qu'on ne voudrait pas allécher le loup.

— Où m'emmènes-tu exactement ?

Son sourire éblouissant me décoche une flèche dans la poitrine.

— Je te l'ai dit, chez moi.

Même si son hésitation devrait me mettre sur mes gardes, je suis avant tout intriguée.

— Je te suis.

Nous arrivons devant une maison à un étage, la seule d'une modeste impasse. Les autres pavillons de la rue sont assez espacés pour s'assurer un minimum d'intimité. C'est sans commune mesure avec le quartier où j'ai grandi, où toutes les maisons sont séparées d'un cheveu. Je descends de ma Camry et retrouve Sean devant sa voiture, un vieux modèle classique que j'ai eu du mal à suivre sur la route. Rouge clinquant et fraîchement astiquée, elle lui convient à la perfection. Les véhicules garés le long du trottoir sont aussi des modèles anciens, rutilants et équipés de moteurs puissants, ou d'énormes pick-up qui nécessitent un marchepied pour grimper.

— Belle caisse, dis-je.

Il referme sa portière, ses yeux cachés par des lunettes vintage, genre Elvis à Las Vegas. Des lunettes qui seraient ridicules sur n'importe qui d'autre, mais qui semblent faites pour lui. Esquivant son regard, je passe les doigts sur la carrosserie lustrée.

— C'est quelle marque ?

— Une Nova SS de 1969.

— Je l'adore.

J'ai droit à son sourire éclair.

— Moi aussi. Viens.

Au premier coup d'œil, je constate que la maison au mur beige est le domaine de garçons célibataires. Elle est plutôt anodine, sa pelouse est assez entretenue pour être propre, mais il lui manque une touche personnelle. Quelques personnes sont réunies sous le porche, les yeux braqués sur nous.

Prise de panique, je lambine. Dès qu'il s'aperçoit que je suis restée à la traîne, Sean fait demi-tour et m'attrape le poignet.

— Qui habite ici ?

— Moi et deux gars. Ils sont comme mes frères, et les deux mordent.

— Très rassurant.

Il remonte ses lunettes sur son front et me regarde d'un air incertain.

— Allons ailleurs, si tu préfères.

— C'est mieux, tu crois ?

— À te voir à l'usine, je pensais que tu étais plus du genre bouledogue que petit toutou.

Je le fixe d'un regard vide. Désignant mon expression, il retrouve son grand sourire.

— Ben voilà ! Cette tronche pas commode, c'est ce qui te permettra de survivre dans cette maison. Tu penses pouvoir la garder tant que tu es ici ?

— Je ne pige pas. Est-ce que ce ne sont pas tes amis ?

D'une main assurée, il écarte des cheveux sur mon épaule. Je ne me dérobe pas.

— Si tu avais flanché, je t'aurais emmenée ailleurs… mais tu gères. Ne te laisse pas marcher sur les pieds, comme avec moi sur le parking tout à l'heure, et tout ira bien.

Il me prend par la main, et nous passons devant le petit groupe sous le porche pour atteindre la porte d'entrée.

— Qui est-ce ?

La voix provient de la balancelle. Un type y tient une fille enlacée. Tous deux me lorgnent avec la même curiosité. Tout dans leur expression envoie le message : « Les inconnus ne sont pas nos amis. »

— C'est une nouvelle de l'usine. Cecelia, voici James et sa copine Heather. (Il montre d'un geste du menton ceux qui m'examinent en sirotant leur bière, devant la rambarde.) Et là, c'est Russell, Peter, Jeremy et Tyler.

Alors qu'ils me saluent tous d'un haussement de menton, une curieuse impression remonte le long de ma colonne vertébrale. Pas désagréable, plutôt une sensation de déjà-vu. Tyler retient mon regard plus longuement, et je ne peux que remarquer la pointe d'une aile sous la manche de son tee-shirt quand il prend une gorgée de bière. Nos yeux restent rivés les uns aux autres jusqu'à ce que Sean m'entraîne à l'intérieur.

Bien que j'aie hésité à venir, je me sens plus à l'aise ici qu'après une nuit dans le palace de mon père. Je me nourris de cette impression pour avancer. La maison est immaculée. Les murs repeints, le mobilier neuf. Le salon est désert, à l'exception d'un couple sur un canapé qui discute avec animation. Le gars me jette un coup d'œil, avant de hocher la tête à l'intention de Sean alors que ce dernier me guide vers la baie vitrée. C'est quand je sors sur la terrasse que mes poils se hérissent et que les petits cheveux dans ma nuque se mettent aux aguets. Je me sens exposée en public, ce qui n'est pas loin de la réalité étant donné que le jardin est bondé. De la fumée s'élève d'un barbecue, aussi bien que des bouches de quelques personnes près du muret. Sur ma gauche, une longue table de jardin est occupée par des fêtards qui jouent aux cartes en sirotant un verre. À quelques têtes près, c'est une grosse fiesta. Sean m'emmène vers une cargaison de glacières au centre du terrain, à côté d'un banc de pique-nique.

— Super endroit.

— Merci, on essaie. Une bière ?

— Je…

Je marque une pause, résolue à essayer de m'intégrer même si je détonne dans le paysage. La dernière fois que j'ai bu, ça a mal fini.

— J'veux bien.

Il ouvre une bouteille.

— C'est une bière de filles, je crois.

J'avale une gorgée puis, appréciant le goût, une seconde. Les lèvres de Sean dessinent un sourire sensuel.

— Tu aimes ?

— C'est pas mal.

— J'aurais dû te demander ton âge, je suppose.

— J'ai l'âge de voter, mais pas de boire.

Il baisse la tête.

— Je ne suis pas si jeune que ça. Je fête mes dix-neuf ans dans quelques semaines.

— J'ai eu peur. J'ai cru que j'allais te causer des ennuis.

Je me tapote le front.

— J'suis pas claire.

— Tu es même compliquée, dit-il en fouillant mon regard. Je le vois bien.

— Je suis inoffensive.

— Non, pas tant que ça, rétorque-t-il en secouant lentement la tête.

Il attrape une bière dans la glacière et fait sauter la capsule sans que ses yeux quittent les miens un seul instant.

— Tu as faim ?

— Je suis affamée.

Mon estomac gronde à cause de l'odeur qui embaume le jardin.

— Je pense que c'est bientôt prêt.

Un garçon qui joue aux cartes sur la terrasse lui fait signe d'approcher, son regard curieux tendu vers moi.

— Je peux te laisser une minute ? me demande Sean.

— Vas-y.

— Je reviens vite.

Pendant qu'il s'éloigne d'un pas rapide, mon attention bloque sur ses fesses. Un rire féminin retentit derrière moi. Lorsque je me retourne, je fais face à une belle fille aux longs cheveux blonds, aux yeux bleu ciel et, à mon avis, au corps de rêve. Menue, mais avec des formes. Depuis ma dernière poussée de croissance, je plafonne à un mètre soixante-quinze. Un tout petit peu plus qu'elle. J'ai hérité les yeux bleus et les cheveux brun-roux de mon père, et m'arrange avec la morphologie disproportionnée de ma mère. Ce qui manque à mon décolleté à la limite du bonnet B, mon fessier double D le compense.

La fille sourit de toutes ses dents.

— Peux pas te blâmer, on pourrait faire rebondir une pièce sur son cul.

— Je suis si peu discrète ?

— Un chouia, admet-elle en prenant une bouteille dans la glacière. Mais tout le monde mate le cul de Sean. Moi, c'est Layla.

— Cecelia.

— Alors, comment connais-tu Sean ?

— Je ne le connais pas. Je l'ai rencontré aujourd'hui, à la journée d'intégration.

Elle fronce le nez.

— Tu travailles à l'usine ?

— Je commence demain. J'ai débarqué hier.

— Je n'y ai travaillé que quelques années, après le lycée. C'était abominable. La plupart des gens que tu vois ici y sont passés à un moment ou à un autre. Le directeur est un connard fini. Il habite dans une sorte de château, dans les parages. Je peux comprendre que les gens du coin y travaillent, mais toi, pourquoi viendrais-tu exprès pour ce job ?

— Je suis la fille du connard fini.

Ses yeux s'écarquillent un peu avant de dévier dans la direction où Sean est parti.

— Sans déconner ?

— Je te jure. Et crois-moi, ça me fait suer.

— Tu me plais déjà, lâche-t-elle en buvant une gorgée, son regard balayant le jardin. Ici, c'est même endroit, même fête. Comme d'hab.

— Il y en a souvent ?

— Oh oui…, fait-elle en agitant les doigts pour indiquer que le sujet ne mérite pas de s'y attarder. Sinon, d'où viens-tu ?

— De Peachtree City, en proche banlieue d'Atlanta.

— Pourquoi t'es venue t'enterrer ici ?

Je hausse les épaules.

— Parents solos. Ils se sont passé le relais cette année.

— Ça craint.

— Grave.

Elle regarde derrière moi, lève le menton vers le gars qui a appelé Sean de la terrasse. Cette fois, il n'a d'yeux que pour elle. S'il est loin d'avoir le physique de Sean, il émane de lui un charisme qui exige l'attention, surtout celle de ma nouvelle amie. Après lui avoir renvoyé un sourire complice, elle se tourne vers moi.

— Il ne faut pas laisser son mec seul trop longtemps, même quand il est avec ses potes. Surtout un qui ne peut se passer de sa copine. Et le mien est exclusif. (Elle lève les yeux au ciel quand la mâchoire du mec vibre d'impatience.) As-tu un copain, chez toi ?

— Personne.

Ils échangent un regard de possession réciproque avant qu'elle revienne à moi.

— Avec de la chance, tu trouveras de quoi te divertir à Triple.

— Qui sait.

Je fais mine de boire, mais ma bouteille est vide. Layla sort deux bières fraîches et m'en donne une.

— Je ferais bien de retourner là-bas. Viens te joindre à nous, si tu veux.

— Merci, j'attends Sean. Contente de t'avoir rencontrée.

— À plus tard, Cecelia.

Elle retourne à sa place sur les genoux de son homme et l'étreint pendant qu'il laisse sa main vagabonder. D'un geste subtil, mais possessif, il lui caresse la cuisse pendant qu'elle lui murmure à l'oreille. Je détourne le regard, un peu envieuse. Depuis le temps que je n'ai pas eu de copain régulier, ce petit jeu me manque par moments.

À force de regarder autour de moi, je comprends que ces gens sont une famille. Tout suggère que je suis la seule pièce rapportée. Je suppose que c'est ce qui explique les regards appuyés qui pleuvent sur moi. Pas du genre à aborder des inconnus, je me surprends à me languir de Sean, qui est parti depuis une éternité. Je fais potiche, debout au milieu du jardin. Au son de la musique qui s'échappe d'une fenêtre ouverte à l'étage, je marche vers le muret, d'où on a une vue partielle sur les montagnes. J'ai beau avoir quitté la banlieue d'Atlanta pour m'installer dans les montagnes Trou perdu, région de Nulle Part, j'apprécie néanmoins le paysage spectaculaire.

« Tu aimes faire la fête ? »

Non. Quoique j'aie assisté à quelques soirées au lycée, je suis souvent dans les premiers à partir. Je connais parfaitement le protocole pour se fondre dans la masse, dans ce type de rassemblements, mais je ne me suis jamais sentie autant à l'aise que Christy, qui sympathise avec tout le monde. Christy est mon bouclier, et je me surprends à regretter qu'elle ne soit pas là ce soir. Je n'ai jamais été du genre à trop picoler et à danser sur la table ou à accepter un plan cul. J'en compte zéro à mon actif. Je suis plutôt du genre introverti. Une observatrice, qui témoigne de ce qui se passe, tout en ayant trop peur de se louper et de perdre la face.

Avec le recul, j'aurais aimé faire quelques bourdes notables et être un peu plus courageuse. Mais il y a quelques semaines, j'ai traversé l'estrade pour recevoir mon diplôme, moi, la fille dont personne ne se souvient du prénom et qui se tasse dans le fond sur les photos de classe. Aujourd'hui, alors que je suis seule parmi ces inconnus, je me rends compte que je peux être qui je veux. En dehors de Sean, qui a aisément lu en moi dès notre première rencontre, personne ne me connaît. Christy a raison à plus d'un titre en ce qui concerne la dynamique de ma relation avec ma mère. Elle me supplie depuis des années de me lâcher. Peut-être n'est-il pas trop tard pour commettre ces bourdes notables, pour devenir une fille qui vit le moment présent et fait moins tapisserie.

Plus du genre à rêver qu'à agir, je grimpe sur le muret avec ma bouteille à moitié pleine. De là, j'admire tranquillement les montagnes recouvertes de conifères quand je sens que j'ai de la compagnie.

— Sean t'a déjà plantée ? gronde une voix à côté de moi.

Tyler se tient debout les bras croisés sur le muret, une expression cordiale sur le visage.

— Ouais. Je ne me plains pas : le DJ, qui que ce soit, passe de la bonne musique, j'ai à boire et une belle vue. Tyler, c'est bien ça ?

Son sourire révèle une fossette.

— C'est ça.

— Tu travailles à l'usine aussi ?

— En ce moment, je bosse dans un garage. Je viens de rentrer de Greensboro. J'ai eu un boulot là-bas, les quatre dernières années où j'étais réserviste.

— Toi, réserviste ?

Il passe la main sur ses cheveux en brosse.

— Eh oui.

— Dans quel corps ?

— Les marines.

— Ça t'a plu ?

— Pas assez pour faire carrière. Quatre ans militaire, quatre ans de plus en réserviste, mais c'était du temps bien employé.

— Bon retour, marine. Merci pour ton dévouement.

— Avec grand plaisir.

Nous trinquons.

— L'une des voitures dehors t'appartient ?

— La C20 de 1966.

Comme j'ai l'air paumée, il sourit.

— Le pick-up vert fluo avec le toit noir.

Il déborde de fierté. Un peu plus petit que Sean, il est aussi baraqué. Il a des yeux d'ange, marron intense cerclés de noir, soulignés par de longs cils. Manifestement, ils ne manquent pas de beaux mecs, dans les montagnes. Christy serait folle de joie. Pour amusants et attirants qu'ils soient, je ne suis pas sûre qu'ils soient mon genre. Mais l'alcool aidant, j'ai l'impression de revoir mon opinion. Pour l'instant, je n'ai pas croisé de biceps déplaisants. Cette pensée, combinée à la bière, me fait glousser.

— À quoi tu penses ?

Les lèvres de Tyler, relevées aux coins, font grimper son sourire au niveau supérieur.

— C'est juste que… hier, je vivais ailleurs, et me voilà dans le jardin d'un inconnu.

— On ne sait jamais de quoi la journée sera faite.

— Tu l'as dit.

— En particulier par ici, renchérit-il en se rapprochant.

Son regard carnassier m'envoie des frissons dans la nuque.

— Que veux-tu dire par là ?

— Si tu restes assez longtemps, tu le constateras par toi-même.

— Pour l'instant, je ne déteste pas, dis-je avec lenteur, la bière commençant à parler en mon nom.

— Content de le savoir.

Il se rapproche encore. Rien de menaçant, mais assez près pour que je sente le soleil estival irradier de sa peau.

— Dégage, roue de secours, elle vient de débarquer, intervient Sean en se faufilant entre nous. Où est ta tronche pas commode ? me demande-t-il.

Je montre ma bouteille en guise d'explication. Je me sens tout chose quand il me la prend des mains.

— Allons te nourrir.

Tyler me sourit par-dessus l'épaule de Sean.

— On se recroisera, Cecelia.

— Je l'espère.

Je penche la tête pour qu'il me voie sourire en retour.

— Je savais que t'étais une complication, grogne Sean, avant de me tirer par la main vers une table de pique-nique qui déborde d'un assortiment de viandes grillées et d'une montagne d'accompagnements.

Tandis que nous mangeons en tête à tête, c'est une gageure d'échapper aux regards que nous attirons, ainsi isolés de la fête.

— Ignore-les, dit-il, la bouche pleine. Et fais ta tronche pas commode, m'ordonne-t-il pour plaisanter.

— Nous mangeons à l'écart pour une raison particulière ?

Ses yeux noisette me parcourent langoureusement.

— Possible que j'aie envie de te garder pour moi.

— Vraiment ?

Je mords dans une bouchée pour camoufler mon sourire, à défaut de savoir quels signaux je souhaite renvoyer. Séparés d'une dizaine de centimètres au début du repas, nos genoux se touchent à présent et nous sommes penchés l'un vers l'autre. Nous enchaînons naturellement les sujets de discussion. Il m'apprend qu'il a emménagé à Triple Falls à l'âge de cinq ans, et a alors rencontré sa bande de copains, avec lesquels il vient de s'installer. Tyler, leur autre colocataire et lui ont pris leurs quartiers la semaine dernière, ce qui, je suppose, explique cette fête, en plus de célébrer le retour de Tyler. Sean partage son temps entre l'usine et le garage depuis la fin du lycée. Et sa famille tient un restaurant sur Main Street, l'un des piliers de Triple Falls. Sean a beau s'exprimer comme un livre ouvert, ses yeux renferment un monde de mystères, comme si ses paroles s'opposaient à ses pensées.

Une assiette de grillades plus tard, mes membres s'engourdissent sous chacun des regards que nous échangeons. Incapable de faire comme s'il me laissait de marbre, je le regarde à la dérobée dès que son attention s'échappe vers les retardataires qui affluent dans le jardin. La fête gagne en intensité à mesure que la nuit tombe, les conversations grimpant dans les décibels. Une autre bouteille de bière à moitié vide dans la main, je me lève au beau milieu du jardin avec Sean. Nos mains se frôlent pendant qu'il bavarde avec Tyler et Jeremy.

Les sens en effervescence, je ne les écoute que d'une oreille distraite, happée par les « Et si » suggérés par ces contacts volés, et grisée par l'alcool. Tandis que Sean passe délibérément un doigt sur la tranche de ma main, les picotements me reprennent. J'ai la nette impression que quelqu'un m'observe.

Envolée, la légèreté, bienvenue à la paranoïa. J'en cherche la provenance parmi la foule, jusqu'à ce que mes yeux bleus percutent des iris gris argenté… Mais bien plus que la couleur de ces yeux, c'est leur lueur prédatrice qui me cloue sur place.

L'avertissement de Sean flotte dans mon esprit embrumé. « On ne voudrait pas allécher le loup. »

J'ai l'impression que le loup en question m'a repérée, qu'il rôde et me scrute.

La fête bat son plein autour de lui, alors qu'il entre entièrement dans mon champ de vision. C'est la troisième fois de la journée que l'attirance frappe à ma porte, mais là, sa puissance m'étourdit.

Je ne peux soutenir son regard. Il me reluque comme s'il réfléchissait à son coup suivant.

L'instant d'après, il se dirige vers moi.

Oh, bordel.

Je redresse le menton pendant qu'il slalome dans le jardin, tel un brouillard sombre sous la forme d'une beauté masculine. Son implantation de cheveux en V se prolonge par des cheveux épais, de longues boucles noir onyx. Des sourcils de la même teinte surplombent ses yeux argentés empreints de menace. Entre ses pommettes saillantes, son nez fin et, plus bas… sa bouche.

Un look digne d'un défilé de mode. Il est entièrement vêtu de noir, de son tee-shirt à ses bottes militaires sans lacets, dont la languette pend, comme les miennes.

Sous le coup d'une poussée d'adrénaline, je me force à soutenir son regard et redresse le menton pour faire face à la menace tacite qui danse dans ses yeux. La tronche la moins commode du monde ne pourrait me sauver de l'arrogance de dominateur et de la froideur de son regard.

— Merde, marmonne Sean sitôt qu'il arrive devant nous. Je t'ai dit qu'elle était avec moi, frangin.

Ses yeux dévastateurs se détachent des miens, me libérant de leur emprise. Et quand il parle, sa voix grave est emplie d'autorité.

— C'est un bébé, la fille de ton boss. Et elle a assez bu. Ici en tout cas, déclare-t-il avant de se tourner vers moi. C'est l'heure de rentrer.

— Sois pas chiant, je rétorque.

Je retourne ces trois petits mots dans ma tête. *Ouaip. C'est ce que j'ai dit.*

Je jure que je vois ses lèvres frémir avant qu'il aboie.

— Elle dégage, dit-il à Sean.

— Relax, mec. Cecelia, voici Dominic.

— Dominic, dis-je, perplexe.

Punaise, Cecelia, les préados ont un meilleur sens de la repartie.

— Mon frère a commis une erreur de jugement en t'amenant. Tu dois dégager.

— Vous êtes frères ?

Physiquement, ils n'auraient pas pu être plus différents.

— Pas au sens strict, nuance Sean quelque part sur ma gauche.

— Tu as vraiment l'intention de me virer ? dis-je à Dominic, surfant sur l'électrochoc reçu un peu plus tôt.

La faute à la bière ou pas, notre conversation me donne des fourmis dans les paumes.

— Es-tu ou n'es-tu pas la fille de dix-huit ans de Roman Horner ?

Il fait une moue de dégoût sur les derniers mots, qu'il prononce avec une pointe d'accent. Notre public s'étoffant, je ravale ma salive sans discrétion aucune, alors que la tension est palpable autour de nous.

— Je serais la première personne à consommer de l'alcool à l'une de vos petites fêtes sans avoir l'âge légal ? Sérieux ! répliqué-je sèchement.

Je sens tous les regards sur moi. Il aurait pu emmener Sean à l'écart pour lui dire de se débarrasser de moi, au lieu de quoi il a décidé de me ridiculiser en public.

— Pour info, je fête mes dix-neuf ans dans deux semaines, dis-je, histoire d'ajouter un argument négligeable.

L'expression de Dominic vire à l'ennui.

— T'ai-je offensé d'une quelconque manière ? D'ailleurs, quel âge as-tu, toi ? fais-je alors qu'il lance à Sean un regard méprisant, durant un échange sans paroles.

— Pourquoi ? rétorque-t-il en reportant son attention sur moi. Pour que tu puisses le noter dans ton journal intime décoré de papillons et de paillettes ?

Des rires résonnent autour de moi et mes joues s'enflamment.

Bon sang, Cecelia, boucle-la.

— Laisse-la rester, Dom, me défend Layla sur la terrasse. Elle ne dérange personne.

Son regard me parcourt de la tête aux pieds, puis il tend le menton dans un ordre silencieux.

— Dom, all…, intervient Sean à côté de moi.

— Laisse tomber, je me tire, l'interromps-je.

Je lance un regard assassin à Dominic. Humiliée, je me balance d'un pied sur l'autre. Cela le satisfait, et je vois mon image de lâche reflétée dans ses yeux métalliques.

Quand il se retourne pour s'éloigner, je l'arrête, la main sur son avant-bras, vide ce qui me reste de bière et laisse tomber la bouteille à ses pieds.

— Oups, fais-je en livrant ma meilleure imitation de la fausse blonde.

Il serre les dents comme si le contact de ma main lui brûlait la peau, et il laisse ses yeux remonter lentement vers les miens. Ses sourcils se froncent d'un air prêt à en découdre.

— Tu as oublié de dire que t'es ravi de m'avoir rencontrée. Vu que tu me fous dehors, ce serait la moindre des politesses.

— On m'a jamais accusé de politesse.

— Ce n'est pas une accusation, dis-je sur un ton cinglant, pendant que Sean s'efforce de me tirer loin de lui en jurant. C'est de la décence de base, connard.

De toute évidence, l'abus d'alcool me fait parler comme un pirate aviné. Soit ça, soit j'ai trop regardé la télé. Je glousse, enfiévrée, tandis que Sean me balance sur son épaule.

— Qui plus est, un charmant connard, dis-je d'une voix traînante.

Les rires fusent de toutes parts pendant que les lèvres charnues de Dominic frémissent dans une sorte de sourire, et que je me débats pour que Sean me repose.

— J'attire les ennuis, tu sais, dis-je, alors que quelqu'un me siffle. T'as qu'à demander à ton fichu frère.

Ma cuisse tape contre le torse de Sean pendant qu'il m'emporte dans le salon, avant de ressortir par la porte de devant. Une fois dans l'allée, il me repose et, avec un sourire contrit, jette un regard par-dessus son épaule.

— C'est quoi, son problème ?

— Je t'avais prévenue, dit Sean avec un large sourire. Il mord, mais il n'aboie pas pour avertir.

— Il n'était pas obligé de me ridiculiser.

— Ça le fait kiffer. Je dois admettre que ça s'est mieux passé que je le craignais.

— J'ai trouvé ça atroce, je bafouille, prenant conscience que la bière m'est montée à la tête.

— Je te reconduis chez toi, d'accord ? Je viendrai te chercher demain matin pour que tu récupères ta voiture.

— Super.

Il m'ouvre la portière et je soupire. Je m'assieds sur le siège, bras croisés, en rogne.

— Je suis pas quelqu'un d'agressif. Vraiment pas du tout. Désolée, je ne sais pas ce qui m'a pris.

— Face à Dominic, même une bonne sœur sortirait les griffes.

— M'étonne pas.

Avec un petit rire, il referme la lourde portière. Je m'enfonce dans le siège.

— C'est à cause de mon père, pas vrai ?

Il acquiesce.

— Il emploie près de la moitié des personnes qui sont à la fête.

— Mais bon, il ne supervise pas l'atelier de l'usine au quotidien.

— Il a des antennes partout.

— Sache que je ne suis pas une cafteuse. Tu peux me faire confiance. Et je suis adulte.

Il tapote ma lèvre, ce qui me fait prendre conscience que je fais la moue.

— Tu es sacrément craquante. Et belle. Mais soyons francs, un peu trop jeune et trop sage pour traîner avec des connards comme nous.

— Je suis allée à plein de fêtes, mais je n'en profite jamais vraiment. Et je vous aime bien, les connards. Sauf un en particulier.

— T'es sûre ?

— J'suis pas fan.

Ce n'est pas tout à fait exact. Je l'appréciais énormément jusqu'à ce qu'il ouvre la bouche.

— Ah non ?

Je secoue lentement la tête, et il écarte mes cheveux de mes épaules. L'effet que Sean produit sur moi est puissant, et son regard me pousse à m'abandonner à son contact. Je sais que l'alcool me fait baisser la garde, mais il n'est pas seul en cause. Ce type est désarmant, et l'attirance existe sans doute possible.

— Alors t'es coincée avec moi, dit-il à voix basse, sa main sur ma joue, son pouce effleurant le petit sillon sur mon menton.

— Ça me va.

Quand il ôte sa main, la chaleur s'envole avec. Étourdie par la tournure des événements, je me concentre sur l'accrochage de ma ceinture.

— Merci pour aujourd'hui. J'ai passé un moment sympa.

Dès qu'il met le contact, les vibrations du moteur sous mes jambes nues allument une flamme en moi. Sean perçoit mon excitation.

— Ça te plaît ?

— Drôlement. Je n'étais jamais montée dans un bolide de ce genre.

Tandis qu'il m'examine, il y a soudain de l'intensité dans l'air.

— À quoi tu penses ? dis-je en chipant la question de Tyler un peu plus tôt, ma voix enrouée par la fumée que j'ai inhalée et par l'intérêt que me porte ce dieu du Soleil.

— Une autre fois.

À peine a-t-il fait marche arrière dans l'allée que je glousse. Le retour se révèle aussi exaltant que l'aller. Le vent fouette mes cheveux autour de mon visage, pendant que Sean roule à vive allure, vitres baissées, sur les routes désertes qui mènent à la demeure de mon père. Le son grave des basses palpite dans l'habitacle tandis que du vieux rock s'échappe des haut-parleurs. Je tends la main à l'extérieur et la laisse planer dans la brise. La poitrine bouillonnant de possibilités, je coule un regard vers Sean, et aperçois un éclat prometteur dans ses yeux ainsi que l'infime sourire à ses lèvres.

Cet été s'annonce phénoménal.

Chapitre 4

— Bonjour, Cecelia, dit Roman en me voyant entrer dans la salle à manger.

Il est assis devant la table cirée, dans un fauteuil à haut dossier. Le reste de la pièce est vide, hormis les tentures turquoise et beige dont je sais qu'elles valent une fortune. Vêtu d'un costume de grand couturier, il plante avec dextérité sa fourchette dans un quartier de pamplemousse.

— Bonjour, monsieur.

— Je t'ai entendue rentrer hier soir. Aurais-tu un problème de voiture ?

Il n'est pas content.

Dommage pour toi.

— Elle est au garage pour révision, je la récupère cet après-midi.

C'est le seul bobard qui m'est venu à l'esprit. L'esprit en compote, je réprime l'envie de me masser les tempes. Je n'aurais pas imaginé que la bière soit aussi forte. Je dédaigne le buffet du petit déjeuner et me réfugie dans la cuisine, qui ferait pâlir d'envie un chef étoilé. Je m'empare d'une bouteille d'eau dans le réfrigérateur, d'un des yaourts que j'ai commandés à la gouvernante et détache quelques grains de raisin. De retour dans la salle à manger, je vois par la fenêtre la propriété éclairée par le soleil qui se lève sur un nouveau jour. La maison serait parfaite pour une famille où règne l'entente. Au lieu de quoi elle appartient à un homme qui ne l'apprécie pas. Quel gâchis.

— C'est ton premier jour aujourd'hui.

— Ouaip.

Je m'assieds en face de lui.

— Je n'apprécie guère ton vocabulaire, pas plus que ton manque d'enthousiasme, déclare-t-il sur un ton sec en naviguant sur son téléphone.

— Désolée, monsieur, je suis encore sous le choc du déménagement. Je tâcherai d'étoffer mon vocabulaire dès que je serai complètement réveillée.

Quand il me regarde, je vois un peu de moi-même dans le bleu foncé de ses yeux et les reflets cuivrés de ses cheveux châtains.

— As-tu tout ce qu'il te faut ?

— Ce qu'il me manque, j'irai me le chercher toute seule.

Il pose son téléphone et me considère avec l'autorité d'un parent, ce qui est à la fois risible et agaçant.

— Je veux que tu tires parti au maximum de cette année. Que tu évalues réellement tes options. As-tu déjà choisi tes spécialités ?

— Pas encore.

— Le temps presse.

Je jette un œil à ma nouvelle Apple Watch, un cadeau de bienvenue qui m'attendait sur le palier de ma chambre hier soir. Je me demande encore s'il s'agit d'une allusion au planning que j'ai consenti à respecter ou d'une simple marque d'attention.

— Il n'est que 8 heures.

— Cesse d'esquiver.

Je lui fais un clin d'œil.

— J'ai appris du meilleur.

C'est un mensonge. Je n'ai rien appris de cet homme, si ce n'est que pour lui le temps, c'est de l'argent, et qu'il préfère l'utiliser autrement qu'avec moi. Je lance un grain de raisin dans ma bouche.

— Merci pour la montre.

Mâchoire crispée, il ignore mes remerciements.

— J'ai reçu un appel de la RH.

Avachie sur ma chaise, je déglutis.

— Ah, tiens ?

— Où avais-tu la tête quand tu as fait cette remarque ?

— Nulle part, monsieur. Et je vous assure que cela ne se reproduira pas.

Je suis sincère. J'ai passé la majeure partie de ma vie à marcher dans les clous, par choix. Sean avait raison : je suis plus sage que rebelle, parce que j'en ai décidé ainsi. J'ai vu trop de jeunes autour de moi prendre la mauvaise direction, et ça a mal tourné pour eux. Très mal. Cependant, cette conversation me déplaît souverainement. Si mon père détient une quelconque autorité sur moi en ce moment, c'est parce que je la lui accorde et je déteste ça. Ce serait si facile de sortir de table et d'exiger qu'il me rende le contrôle de ma vie ainsi que l'année qu'il me vole. Mais plus qu'une question d'argent, c'est le bien-être de ma mère qui en dépend. C'est pourquoi je me redresse sur mon siège.

— Sincèrement, j'ai hâte de commencer. C'est juste que hier soir j'ai bu un coup de trop.

— Ce n'est pas ce qu'un père souhaite entendre.

Je suis à deux doigts de lui demander où est ce père dont il parle. Au lieu de quoi je me montre conciliante.

— J'évacue un peu de la pression des examens de fin d'année. Si cela peut vous rassurer, je n'ai bu que trois bières. Des légères pour filles. Pour info, je n'aime pas trop l'alcool ni autre substance.

— C'est bon à savoir.

Tu ne sais rien.

— Qui t'a raccompagnée ?

— Quelqu'un du coin.

— Ah. Ce quelqu'un a-t-il un nom ?

— Oui. Ami.

Et c'est la fin de la conversation. Je m'en assure.

La voie est libre.

Sean : Là dans 30 mn

Je serai à la piscine. Rejoins-moi si tu veux. Code du portail : 4611#

Mon premier plongeon est spectaculaire. Je fais la bombe en hurlant un gros mot à pleins poumons. Juste parce que cela me semble approprié.

Je ne connais pas suffisamment mon père pour savoir si sa vie le satisfait, pourtant, je suis presque certaine qu'il n'est pas heureux. Les gens heureux ne sont pas coincés. Il est trop nerveux, trait de caractère dont j'ai hérité, et que je suis déterminée à corriger. Puisque cette année a pour objectif d'entrer dans ses bonnes grâces et d'observer un comportement irréprochable, j'attendrai d'être livrée à moi-même pour lancer une rébellion silencieuse. Tout dans mon séjour donne l'impression d'être calculé, comme si chaque chose était à sa place. Comme des cheveux soyeux parfaitement peignés. L'envie d'ébouriffer tout ça me démange. Si tant est que je sois une rebelle, je me bats contre la monotonie. Peut-être que c'est pour cela que je me sentais à mon aise à la fête. Ce groupe respirait le non-respect de la loi, du moins de la loi parentale. Et cette période entre le lycée et la fac – ce temps pour moi – devrait être celui où je m'accorde cette liberté. Je passe la moitié de la matinée à chercher un moyen de me réapproprier un peu de ce qu'on me vole.

À mon dilemme correspond une solution simple : dorénavant, je dirai « oui » plus souvent. À ce que je veux et à qui je veux. Miser sur la prudence les dix-huit premières années de ma vie s'est révélé insipide, si ce n'est infructueux. Il est hors de question que je passe à l'étape suivante de ma vie ou à celle d'après en me lamentant sur les opportunités perdues. Alors, cet été, je troque le non contre le oui. Au lieu de me la jouer prudente, je vais jouer, point barre. Je vais marcher sur la pointe des pieds dans la zone grise, qui inclut mes obligations envers mes parents, et me débrouiller pour ajouter une touche de couleur pour moi.

Je prends cette année de détention et je la mélange avec différentes choses dont j'ai grand besoin de me délester : non seulement mes responsabilités, mais aussi les grands principes que je me suis imposés.

Le temps libre va prendre un tout nouveau sens pour moi qui faisais irrévocablement tapisserie jusque-là.

Je signe ce pacte avec moi-même par un saut dans la piscine.

Après plusieurs longueurs, je discerne au bord du bassin les formes floues d'une nouvelle présence. Rejaillissant à la surface, je ravale un petit cri quand je reconnais Sean en short de bain, une cigarette allumée entre ses doigts.

Juste de le voir, j'ai envie de faire un signe de croix à l'intention de la Sainte-Trinité et de bredouiller une prière de remerciement. Il est parfait. Dans tous les sens du terme, de la tête aux pieds. De ses cheveux indisciplinés hérissés en pics tranchants comme des rasoirs à ses pectoraux indécents, sans oublier le muscle grenu qui s'évase juste à côté de ses côtes et l'affriolante bande de poils dorés qui plonge sous l'élastique de son short de bain, accentuée par sa ceinture d'Adonis. C'est comme si le diable en personne et son physique avaient conclu un pacte : aucun espace n'est alloué à tout ce qui est autre que peau hâlée et muscle. Me surplombant ainsi, c'est un appel au sexe. Malgré ses épaisses lunettes miroir, je sens son regard posé sur moi, telle une dose d'adrénaline injectée directement dans mes veines.

— Je t'ai manqué, Pup ?

— Possible, dis-je pour répondre à sa question, en tiquant sur le surnom, qui signifie « chiot ».

Il se penche et recueille de l'eau dans sa paume pour éteindre sa cigarette. Cette fois, je vois distinctement le tatouage sur son bras. Les plumes appartiennent à un corbeau aux ailes étendues. La tête et le bec reposent sur son biceps, les yeux tournés vers l'extérieur comme si le volatile surveillait ses arrières. Ses serres menaçantes et mortelles sont enchâssées de façon qu'elles apparaissent douloureusement plantées dans la peau. Le dessin est si vivant, si puissant qu'il s'affranchit de Sean, tel un être à part entière. Pour peu que l'on touche les plumes finement tracées, l'oiseau pourrait presque réagir.

— Belle baraque.

— Merci, je transmettrai au proprio.

Il regarde autour de lui.

— Tu ne veux vraiment pas faire valoir tes droits sur tout ça ?

Je hausse les épaules.

— Je ne l'ai pas gagné.

Il émet un petit sifflement en balayant des yeux la propriété.

— Alors c'est comme ça que vivent les ultrariches ?

— Ouaip, et crois-moi, pour moi aussi c'est un autre monde.

— Comment ça ?

— Nous avons vécu chacun notre vie depuis de longues années. J'ai dû sortir de l'adolescence pour qu'il décide que nous pouvions nous revoir.

— C'est nase.

— Assez parlé de Roman. Tu nages ou pas ?

Il laisse tomber son tee-shirt et ses cigarettes, puis plonge. Je me retourne à temps pour le voir émerger, un ruisseau se déversant de ses épaisses mèches blondes sur son torse imposant.

Sa tête dépasse de loin la surface de l'eau. Je dirais qu'il fait entre un mètre quatre-vingt-deux et quatre-vingt-cinq.

— Comment tu te sens aujourd'hui, petite nature ? demande-t-il avec un accent traînant, scandant sa phrase comme un texte parfaitement ponctué.

— Je me sens… comme si je m'étais soûlée avec quelques bières pour filles. Et peut-être un peu gênée.

— Ne le sois pas. Tu as fait de l'effet.

— Pas en positif, vu que j'ai été virée.

Je fais du surplace dans l'eau, le soleil me brûlant le dos.

— C'est pas ta faute, c'est celle de Dom, fais-moi confiance.

— Alors, dis-moi pourquoi tu as démissionné de l'usine la première fois.

— Je travaillais au garage, mais à la fin de ses études, Dom a demandé à reprendre la place.

— Dom a fait des études ?

Il hausse un sourcil.

— Pup, tu as une si mauvaise image de lui ?

— Faut dire que c'est un enfoiré. Dans quelle école a-t-il étudié ?

— Il vient de décrocher son master au MIT. C'est un mordu d'informatique. Et un sacré génie avec un clavier.

Mon intérêt ne fait que se renforcer.

— Tiens donc ?

— Tu n'en reviens pas, hein ?

En effet, j'ai toutes les peines du monde à imaginer Dominic sur un campus. Soudain, Sean balaie la surface de l'eau avec la tranche de la main, provoquant un raz-de-marée.

— Crétin ! je tousse.

— Tu nages dans une piscine, dit-il. C'est obligé que tu sois mouillée.

Sa remarque est chargée d'insinuation. Christy s'en donnerait à cœur joie avec lui. J'arrive à peine à croire qu'il soit là à barboter dans la piscine de Roman.

Je fais mine de lui rendre la pareille, mais à la place, je pivote sur moi-même, sors du bassin et remets mon bikini en place. J'ai opté pour le plus couvrant de mes deux maillots, mais sous le poids de ses yeux sur moi, je pourrais aussi bien être nue.

— Où vas-tu ?

— J'ai soif. Pas toi ?

Son regard se braque sur l'eau qui goutte dans mon cou.

— Si.

— Je te rapporte de l'eau ? Du thé ? Un jus de raisin ?

— Surprends-moi.

— Surprise, ce sera jus de raisin, dis-je en essorant mes cheveux avec une serviette avant de l'enrouler autour de moi.

— On ne se refuse rien aujourd'hui.

Son sourire est éblouissant. À tel point que je lui demanderais bien d'ôter ses lunettes de soleil. En marchant vers la maison, je sens la tension monter. Les frissons sur ma peau sont sans lien avec l'air sur ma peau humide. À l'intérieur, je traverse prudemment le marbre poli et risque un regard au-dehors. Sean est assis sur le bord de la piscine, il m'attend avec une cigarette allumée. Démangée par l'envie d'écrire à Christy, j'enfouis mon visage dans mes mains au moment où mon sourire émerge.

Je n'ai certes eu que deux copains dans ma vie, mais je ne suis pas une oie blanche. À vrai dire, quand j'ai commencé à avoir une vie sexuelle, j'ai été étonnée par mon désir, ma sexualité, ma fascination pour l'acte et les folles envies après coup. Mais l'attirance que je ressens à présent atteint des records.

Dans le frigo, j'attrape deux bouteilles de jus de raisin avant de jeter un autre coup d'œil à l'extérieur. À dix-sept ans, j'ai eu un énorme coup de cœur pour Brad Portman. Les sentiments qui se sont éveillés en moi quand l'attirance s'est révélée réciproque étaient d'une vigueur que je savais impossible à surpasser. Plus tard, quand il m'a embrassée pour la première fois et que la chaleur a explosé dans ma poitrine et dans mon bas-ventre, avant de se répandre entre mes cuisses, j'étais sûre que rien ne pouvait égaler cette euphorie, pas même ce que j'ai ressenti quand il a fermé les yeux de plaisir, plongé son sexe en moi et pris ma virginité.

Ces émotions et ces souvenirs, j'aurais juré qu'ils resteraient les moments les plus torrides de mon existence. Jusqu'à ce que je ressorte de cette maison avec les jus de raisin et que Sean soulève ses lunettes de soleil.

Chapitre 5

La voix enjôleuse de BØRNS chante « Blue Madonna » dans mon téléphone, posé sur le transat pendant que je patauge dans le grand bain. Sean est adossé au muret à l'autre extrémité. Ses bras fermes sont étendus sur le béton derrière lui, son regard rivé sur moi pendant que le mien dévie vers le tatouage bleu nuit le long de son bras.

— Alors, quelle est l'histoire de ton tatouage ?

— L'histoire ? Comment ça ?

Je lève les yeux au ciel.

— Certains de tes amis ont le même. Beaucoup de tes amis. A-t-il une signification en particulier ?

— C'est un corbeau.

— Je l'avais remarqué, dis-je, les tiraillements dans mes cuisses et mes chevilles me rappelant que je manque de pratique. Mais que symbolise-t-il ? Est-ce pour montrer… que vous êtes les meilleurs potes du monde ? je glousse.

— Tu te moques de moi, Pup ?

— Non, mais avoue que c'est bizarre que tu partages un tatouage avec autant d'hommes adultes.

— Absolument pas. Vois-le comme une promesse.

— Une promesse de quoi ?

Il hausse les épaules.

— De tout ce qui nécessite une promesse.

— Réponds-tu systématiquement aux questions par des énigmes ?

— C'est la vérité.

Il baisse les yeux tandis que je me rapproche du centre de la piscine, ma poitrine un peu au-dessus de la surface de l'eau, puis il les relève à la rencontre des miens. Son expression est telle que je la grave dans ma mémoire.

— Où veux-tu en venir ? m'interroge-t-il.

J'ai la bouche sèche, tout à coup.

— Au fait que je ne sais pas grand-chose de toi.

— Il n'y a pas grand-chose à savoir. Je te l'ai dit, ma famille a emménagé dans le coin quand j'étais enfant. C'est une petite ville. Comme tu peux l'imaginer, nous avons trouvé des moyens créatifs de tuer le temps.

— C'est comme ça que tu as rencontré Dominic ? Vous étiez gamins ?

Il me fait un grand sourire.

— Je me demandais quand tu le ramènerais dans la discussion.

— Il est toujours comme ça ? Aussi agressif ? fais-je en fronçant le nez.

Il rit doucement.

— Je crois que tu connais la réponse.

— Quel est son problème ? Sa maman ne lui a pas fait assez de câlins ?

— Probablement pas. Elle est morte quand il était petit.

Je grimace.

— Merde, je suis nulle.

— Pas plus que lui. Et il ne s'est pas excusé, alors tu n'as pas à t'excuser non plus.

— Donc vous êtes tous juste des amis unis par une promesse ? Pourquoi un corbeau ?

— Pourquoi pas ?

Je lève les yeux au ciel.

— Je tourne en rond avec toi.

Sa voix suave m'embrouille le cerveau.

— Cesse de te cacher dans l'eau et approche un peu, pour que je te voie mieux…

— Je ne me cache pas.

Ma voix haut perchée me donne envie de me noyer moi-même.

En guise d'ordre, il relève le menton, et je m'approche sans me presser. Doucement, il s'enfonce dans l'eau, ses lèvres seules affleurant.

Même à un ou deux mètres de distance, il exerce sur moi un effet phénoménal, à tel point que mes bras sont en plomb. Ses yeux de prédateur me sondent comme pour décider dans quelle partie il va planter ses crocs en premier. J'aime ça. Le pouvoir d'attraction, les crépitements dans l'air chloré. Avec lui, je suis complètement dépassée et nous le savons tous les deux.

— À quoi penses-tu ?

Ma voix tremble. La tension est insoutenable. À peine suis-je à sa portée qu'il passe à l'action. Il m'attrape par la taille et m'attire devant lui. Je pousse un petit cri, puis glousse sous son regard qui glisse sur ma poitrine, son souffle chaud sur le triangle entre mes cuisses. Mes tétons se dressent sitôt que ses doigts frôlent ma hanche. Je me tiens debout devant lui, qui est accroupi dans l'eau. Chacune de ses respirations vient taquiner le triangle de tissu entre mes cuisses, et mon clitoris en deçà. Je réprime un gémissement.

— Tu veux connaître mes pensées ? murmure-t-il sur un ton bourru. Tu y tiens vraiment ?

Je hoche la tête.

Le bruit d'une voiture qui approche me sort de ma torpeur ; aussitôt après, la petite danse des phalanges de Sean sur mon ventre m'y ramène.

— Je pense que le moment est mal choisi pour avoir cette discussion, dit-il d'une voix entrecoupée.

Il écarte mes cheveux mouillés de ma poitrine et se relève doucement devant moi. Il se tient tout près, les gouttes d'eau scintillant comme des diamants sur sa peau. Mes yeux relèvent des cicatrices sur ses pectoraux et ses biceps, pendant que ma langue glisse le long de ma lèvre inférieure et que mon entrejambe se contracte de désir.

Il se penche et pose un baiser sur ma tempe.

— Merci pour la baignade, murmure-t-il en promenant ses doigts sur mon épaule.

Soudain, j'entends rugir un moteur devant la maison.

— Attends… et ma voiture ?

— Garée devant.

— Tu as ramené ma voiture ? Mais tu n'avais pas la clé.

— J'ai été mécano, tu sais.

— Et ça fait de toi un serrurier ?

Il me fait un sourire en coin.

— Mais oui.

— Bon, merci, j'imagine.

— Pas de quoi, j'imagine, dit-il en m'imitant à la perfection, y compris la déception dans ma voix.

Je désirais qu'il m'embrasse, et l'arrogant salopard le sait. Je sens que ma frustration le fait jubiler. Il joue avec moi. Cela devrait me mettre en rage, mais je suis déjà fan de ce jeu. Il se hisse hors du bassin, ramasse son tee-shirt et l'enfile. Une nouvelle vague de déception me submerge quand il remet ses lunettes, tire une cigarette de son paquet et actionne son Zippo. Les yeux braqués sur moi, il exhale un panache de fumée.

— On se voit à l'usine.

Chapitre 6

— C'est quoi, cet enfer ?

J'attrape le bac suivant en ronchonnant.

Je fabrique des calculatrices. Rectification : je contrôle la qualité des calculatrices fabriquées par Horner Tech. Au terme de seulement une heure à la chaîne, j'ai pris la décision de ne pas fiche en l'air mes études et de réfléchir sérieusement à mon avenir. Ce n'est pas le boulot de mes rêves, tant s'en faut. La journée avait à peine commencé que j'éprouvais déjà du respect pour mes collègues. Je suis sûre que ce n'est pas non plus le métier de leurs rêves, mais ils l'exercent scrupuleusement pour subvenir aux besoins de leurs familles. Loin de moi l'idée de les blâmer ou de les juger pour ça, même si ces tâches m'ennuient souverainement.

Mais mon avenir, ce n'est pas ça.

Je deviendrais barjot. Au bout de trois plombes, je consulte l'horloge et râle encore. Dans quoi me suis-je fourrée ? Une année de ce calvaire ?

Non seulement ça, mais on m'a mise en binôme avec Madame Pipelette en personne, qui relaie tous les potins de l'usine et s'active à la vitesse de la lumière, ce qui me fait passer pour l'endormie de service. Tout ce que j'ai à faire pour alimenter la conversation, c'est hocher la tête.

Au début de ma quatrième heure, je sens une odeur familière de cèdre et de nicotine. Son souffle effleure mon oreille.

— Comment ça se passe pour toi, Pup ?

Je me retourne vers Sean, attifé comme moi d'un pantalon et d'une chemisette vert olive ; pourtant, son charme est intact. Une planche à pince dans la main, il me fait un grand sourire. La Pipelette suit notre échange, sa curiosité piquée au vif.

— C'est du bonheur en barre, dis-je sur un ton impassible.

Il rit, et je me gratte l'oreille sous ma résille.

— Il te faudrait de la musique, dit-il en faisant les gros yeux à ma collègue, dont il sait sûrement qu'elle est un moulin à paroles.

— C'est autorisé ?

— On devrait pouvoir arranger ça.

Que Sean soit techniquement mon superviseur rend mon supplice plus tolérable. Il a travaillé à l'usine plusieurs années consécutives, donc il a de l'ancienneté, qui reste acquise malgré les années d'interruption. Sa présence à la formation le premier jour était une formalité, histoire de se remettre à jour sur la politique de la maison. Et là tout de suite, je n'imagine pas de meilleure situation qu'être sous lui…

Après un instant à nous fixer en silence, il montre la chaîne d'un geste.

— Tu en as loupé une.

— Tu me distrais, fais-je avec espièglerie.

— C'est noté, plaisante-t-il avec un clin d'œil appuyé. À tout à l'heure.

Dès qu'il s'est éloigné, la Pipelette, qui s'appelle Melinda, me regarde à la dérobée en attrapant le bac déposé sur la pile à notre poste.

— Comment connais-tu Sean ?

Sur un haussement d'épaules, j'empile les bacs vides.

— Je l'ai rencontré hier à la journée d'intégration.

— Sois prudente avec lui. Et garde tes distances avec ses potes, en particulier le brun, celui qu'ils surnomment le Français, dit-elle avant de se pencher vers moi. J'ai entendu des… trucs sur lui.

— Ah oui ?

Le Français.

Elle fait sûrement référence à Dominic. J'ai détecté une pointe d'accent dans la voix de ce dernier, et je ne doute pas qu'il y ait une part de vérité dans sa mise en garde. J'ai été présentée à ce nuage noir aussi exaspérant que sublime pas plus tard qu'hier soir. Tout l'opposé du rayon de soleil aux cheveux en pointes qui occupe toutes mes pensées aujourd'hui.

M'est avis que Melinda a une petite quarantaine d'années. Elle est l'incarnation même de toutes les valeurs du Sud. De sa permanente ringarde à son jean à taille haute, en passant par sa croix en pendentif. Après l'avoir écoutée quelques petites heures, j'en suis venue à la conclusion qu'elle est non seulement la commère de l'usine, mais aussi celle de toute la ville. Mes secrets seraient mal gardés avec elle. À tous les coups, elle évoquera mon nom lors de ses prochains dîners.

— Ah ça, ils ne s'ennuient pas. Tout y passe : voitures de course, fêtes, drogues et filles, énumère-t-elle avant de se pencher vers moi. Il paraît qu'ils partagent leurs petites copines.

Cette information est nettement plus intéressante que l'accident de bateau qui a tué sur le coup sa chère amie Patricia l'année dernière ou le sort qui attend son cocker anglais de onze ans.

— Vraiment ?

Elle se rapproche encore de moi.

— On raconte même qu'ils fument de l'herbe.

Cette fois, je ne peux pas m'empêcher de rire.

— Non, même des cigarettes rigolotes ?

Ma condescendance lui fait plisser les yeux.

— Fais attention, c'est tout. L'un d'eux a mis le grappin sur la filleule de ma cousine. Permets-moi de te dire que ce n'était pas joli-joli.

— Que lui est-il arrivé ?

— Personne ne sait vraiment, et on n'a pas eu de ses nouvelles depuis des mois. Ce garçon lui a brisé le cœur, au point qu'elle ne rentre presque plus chez ses parents.

Elle sort son portable de sa poche, jetant des regards autour d'elle parce que les téléphones ne sont pas autorisés sur le site de production. Elle fait défiler sa galerie pour me montrer une photo de profil. Dessus, la fille est superbe, ce que je ne manque pas de mentionner.

— Elle était la fierté de ma cousine, mais à partir du moment où il l'a attrapée dans ses filets, elle n'était plus la même. Ces garçons sont peut-être mignons, mais ils ont le diable au corps, dit-elle en jetant un regard derrière elle.

D'après ma première et ma seconde impression, je trouve difficile de croire que cela s'applique à Sean. Mais en ce qui concerne Dominic, c'est une autre histoire.

Pour contestable que soit son jugement, je ne lâche pas Melinda de la journée. Soudain, je me sens d'humeur à papoter.

Chapitre 7

Le dos courbaturé par les longues heures en station debout, je m'écroule sur le siège de ma voiture. J'actionne la climatisation pour évacuer la touffeur, les conduits d'aération braqués sur mon visage moite. Un peu rafraîchie, je consulte mon téléphone et découvre un SMS de Christy. Puis un second, de Sean, qui me donne le sourire.

Sean : Viens au garage. Je t'envoie l'adresse.

Je suis claquée. Je vais rentrer.

Sean : Sois pas reloue. Tu dormiras tard demain.
Je paie ma tournée de pizzas.

Pendant que Sean m'envoie les coordonnées, je mets en balance ma fatigue et l'excitation de le revoir. Ma décision prise, il me faut dix minutes pour me rendre sur place. Quand je me gare, la taille du garage me laisse sans voix. Dans le prolongement d'un bureau d'accueil entièrement vitré, six portes de garage sont alignées. La dernière, la plus large, est vraisemblablement réservée aux réparations de véhicules utilitaires. Ce n'est pas du tout ce que j'avais imaginé. Sur le vaste parking extérieur, je reconnais quelques-unes des voitures aperçues à la soirée. Dès que j'ouvre ma portière, je suis assaillie par la musique qui braille derrière la porte roulante. Le garage étant fermé à cette heure-ci, l'unique signe de vie est la lumière tamisée de la réception. Après quelques pas, un parfum aisément reconnaissable me chatouille les narines.

Ces vilains garçons « fument de l'herbe ».

Prise d'un petit rire, je détache mes cheveux et les peigne avec mes doigts. Pour l'uniforme vert olive, je n'ai pas de solution. Juste avant de frapper, je distingue Dominic derrière la fenêtre double, en grande partie obstruée par un logo en grosses lettres : King's Automotive. La main suspendue en l'air, je me remplis la vue de ses cheveux noirs qui retombent sur son front pendant qu'il clique furieusement sur sa souris, sous une lumière jaune intermittente, un joint entre ses lèvres parfaites et une bière près de son écran.

Ses cils sont étonnamment épais. Je les vois d'ici effleurer ses pommettes saillantes. Le contempler est un pur bonheur. Sa carrure est soulignée par un tee-shirt gris frappé du logo de la marque et moucheté de taches de graisse qui émaillent également son jean noir. Quoi qu'il porte, il a de l'allure. En examinant ses mains, j'imagine les dégâts qu'elles peuvent causer et le plaisir qu'elles peuvent procurer.

Se sentant observé, il tourne la tête et nos regards s'accrochent.

Bang.

Un tir en plein cœur, et mon sang pulse pour me fournir l'oxygène dont je suis privée.

Il me scrute plusieurs secondes avec une égale intensité avant de se diriger vers la porte. En l'ouvrant, il me fixe avec une expression indéchiffrable, le joint entre ses lèvres.

— Qu'est-ce que tu fais ici ?

Sa voix est un tout petit peu rauque, comme s'il avait braillé toute la journée et terminé par un verre de whisky.

— J'ai été invitée.

— Je te désinvite.

— Pourquoi ?

Quand il recrache de la fumée, je dois tourner la tête pour l'éviter.

— Tu n'es pas la bienvenue.

Pas question que je m'en aille. Ça au moins, je le sais. Sur une impulsion, je m'empare du joint entre ses lèvres et le pince du bout des doigts. Son regard s'apaise quand j'inhale timidement et agite la main en éventail pour chasser la fumée.

— C'est… dégueulasse.

Je m'étrangle, tousse sur une expiration.

Ses lèvres frémissent et aussitôt son sourire s'évapore.

— C'est parce que tu prétends être ce que tu n'es pas. Tu ne peux pas rester, Cecelia.

— Je ne boirai pas.

Il reprend le joint.

— Fais ce que tu veux, ma jolie, mais pas ici.

Pour l'empêcher de refermer la porte, je la bloque avec le pied.

— Si c'est à cause de mon père, sache que je ne suis pas fan de lui non plus. Compris ? Je ne suis que le produit d'une infâme fornication, dis-je en imitant au mieux la voix d'un prêcheur. C'est la vie. C'est le cas de le dire. Il n'est pas propriétaire de la ville. Ni de moi.

Dominic croise les bras. Mes arguments le laissent de marbre.

— Il n'est pas shérif non plus. Je suis nouvelle dans le coin, je m'ennuie à mort. Vu que je suis coincée ici pour un an, j'aimerais bien me faire des potes. Allez, laisse-moi entrer avant que j'aille me plaindre à ton frère comme une fillette.

— Tu vois cette fenêtre ?

— Ouais.

— Qu'est-il écrit dessus ?

— « King's Automotive ». (Je percute et lève les yeux au ciel.) Compris, c'est toi qui décides. Bien, passons un marché, monsieur King.

Je me rapproche. Étant donné l'écart de taille, nous ne sommes pas nez à nez, mais l'idée est que j'envahis son espace. C'est une bravade, qui m'oblige à contrôler les trémolos dans ma voix. Je sors un billet de vingt de ma poche.

— C'est moi qui paie les bières ce soir.

Son regard métallique reste imperturbable.

Je rempoche mon argent.

— Allez, quoi, Dominic, faisons ami-ami.

Je bats des cils avec exagération. Au passage, je jette un regard derrière son épaule en espérant que Sean remarque ma présence et vole à mon secours. Peine perdue.

— Qu'est-ce que je dois faire pour entrer ?

Il ne bronche pas. Par sa seule présence, il réduit en charpie mon bel aplomb alors même que je m'efforce d'incarner un semblant d'ego à la hauteur de mon adversaire. Je vois à son regard blasé que j'échoue lamentablement.

Il n'a pas tort. Je suis une brindille qui espère passer pour un puissant chêne. Cela dit, je me suis fait une promesse et je suis déterminée à la tenir. C'est pourquoi je fais la seule chose qui soit à ma portée. Je prends le joint entre ses doigts et tire une longue taffe, avant de lui souffler la fumée au visage.

Ces deux inspirations me montent tellement vite au cerveau que je vois des étoiles. Le grognement dans sa gorge se mue en soupir agacé.

À ma grande surprise, la porte s'ouvre et, telle une astronaute – j'ai déjà la combinaison –, je fais un pas chancelant à l'intérieur.

— Ne me le fais pas regretter, dit-il au moment où je passe à sa hauteur.

Au son de sa voix, j'en ai la chair de poule. Je lui rends le joint.

— J'y veillerai, mais ne me laisse plus toucher à ce truc.

J'ai parcouru la moitié de la distance qui me sépare du garage quand il m'appelle.

— Cecelia.

Je pourrais passer ma vie à écouter sa pointe d'accent adoucir mon prénom. D'un regard en arrière, j'avise l'avertissement dans ses yeux. La moitié de ma journée de boulot, ma collègue m'a rabâché de ne pas traîner avec ces types, ce qui a pour seul effet d'exacerber ma curiosité.

— Je ne le répéterai pas. Ce n'est pas une bonne idée que tu sois ici.

— Je sais.

— Non, pas vraiment.

— Oh, mais j'en sais déjà beaucoup, *le Français*.

Je lance cela dans la langue de Molière, quoique ce soit à peu près tout ce que j'ai retenu de mes années de lycée. Toutefois, même si je ne parle pas la langue couramment, ma tentative me vaut un tremblement modéré de ses lèvres, et de la surprise réprimée dans ses yeux.

— Je ne parle pas français.

Le sourire suffisant qu'il me renvoie est à tomber. Littéralement parfait sur ses lèvres charnues. Le courroux mêlé d'indifférence dans ses yeux m'accable jusqu'à ce que je rompe le contact visuel, uniquement pour me soustraire à son intensité. Quand je me retourne vers le garage et me remets à marcher, je titube un peu. À l'intérieur, les garçons sont réunis tout au fond de la dernière travée et jouent au billard sur une vieille table à pièces. Dès que Sean me repère et me sourit, je me détends.

— On se voit à l'intérieur ?

Je me tourne vers Dominic, qui ne m'a pas quittée des yeux. Ce qu'il pense de moi est indéchiffrable.

Tout ce que j'obtiens, c'est un hochement de tête.

Chapitre 8

Après avoir englouti mon poids en pizza, sans doute le contrecoup de la beuh, je coule un regard vers Dominic, qui s'est mis à bricoler une Chevy dès qu'il nous a rejoints. Alors qu'il est étendu sur un chariot de mécanicien, son tee-shirt remonté m'offre une vue parfaite sur les reliefs de ses abdos et sur sa ceinture d'Adonis. L'espace que je pensais dédié à un usage commercial est en réalité un espace détente, meublé de canapés en cuir disposés autour d'une table de billard au tapis vert élimé.

Ce soir, nous sommes juste Sean, Russell et Jeremy, dont j'ai appris qu'il travaillait au garage avec Dominic. Je suis tassée dans l'angle d'un long canapé défoncé en similicuir, à côté de Sean, tandis que Jeremy et Russell font une partie. Du rock fait office de fond sonore, sur l'insistance de Sean. Il est assis à ma gauche, sa cuisse musclée touchant la mienne, un bras étendu derrière mon dos sur le dossier du canapé. Entre la chaleur de son corps, son musc et la vue des abdos de Dominic, j'ai un mal fou à garder le contrôle de mes hormones et de mon imagination galopante. Mais à en juger par les regards incessants que me lancent mes compagnons, je dois émettre un bataillon de phéromones. Je ne me berce pas d'illusions, je sais que je ne les intéresse pas. Je les intrigue, autant qu'eux et leur tatouage de corbeau piquent ma curiosité.

L'explication de Sean sur la promesse qu'il représente est plus que floue.

Je m'astreins à espacer mes coups d'œil à Dominic, sans quoi j'aurais l'impression d'être une voyeuse. Il est le plus réservé des quatre, donc le plus énigmatique.

Tout comme Sean, c'est contre nature qu'un homme soit à ce point attirant. Malgré tous les regards que je lui ai lancés, je n'ai pas repéré une seule imperfection.

— Alors, tu détestes l'usine, Pup ? me demande Sean pendant que je regarde Dominic farfouiller dans sa caisse à outils.

— Arrête avec ce surnom, fais-je en lui flanquant un coup de coude dans les côtes.

— Oh que non, il te colle à la peau.

— Ce boulot est juste… trop barbant, dis-je dans un soupir. Heureusement que j'ai mon monde intérieur et de l'imagination.

Je détourne mon attention de Dominic, couché sous le pick-up, au moment où son regard glacial se pose sur moi. Je me tourne vers Sean.

— Mais j'aime bien mon superviseur.

— Ah ouais ?

— Ouais.

J'ai à peine apprécié la tension dans le regard que nous échangeons que la porte s'ouvre dans le fond du garage. Tyler apparaît avec un pack de bières.

— Ça baigne, les gars ?

Son regard tombe sur moi, et il sourit quand je lui fais un petit coucou.

— Salut, beauté. Encore à t'encanailler ?

Il prend un joint de la main de Jeremy et inhale, pendant que Russell met les bières au frais dans une glacière.

— Pas du tout. Et pour info, j'ai grandi dans un misérable pavillon, je ne suis pas née avec une cuillère en argent dans la bouche.

Les yeux brillants d'intérêt, Tyler tente de se substituer à Sean à côté de moi.

— Y a pas de place, le rembarre ce dernier.

La pointe d'irritation dans sa voix sonne un brin protectrice. Je ne peux empêcher mon pouls de s'emballer.

— T'as oublié que je suis le type qui trouve des solutions.

Tyler me soulève sans mal et m'assied sur les genoux de Sean. Je m'y sens à mon aise. En vérité, je me sens bien avec eux, comme si je les connaissais depuis plus de deux jours. C'est pour le moins étrange. Le seul malaise vient de l'homme à quelques mètres. Je laisse mes yeux s'évader vers Dominic et constate qu'il observe les mains de Sean, ces mains qui s'enroulent autour de ma taille en toute décontraction.

Et quand il relève lentement son regard sur mon visage… il n'en bouge plus.

— T'arrêtes quand, mec ? lui demande Tyler. Tu as largement dépassé l'heure.

Dominic détache son regard du mien.

— Dans vingt minutes.

— Pile ? dis-je à Dominic, qui ignore ma question.

— Probablement, murmure Sean pour lui.

— Chronométrons-le, dis-je en réglant ma montre.

Agacé, Dominic secoue la tête.

— Depuis combien de temps tiens-tu ce garage ? dis-je pour le faire participer à la conversation.

— C'est une affaire familiale, répond Sean pour m'épargner le silence grossier de Dominic. Il est ouvert depuis longtemps. Un peu comme celle de ta famille.

Il y a une pointe de rancœur dans sa voix. Clairement, mon père n'est pas des plus appréciés à Triple Falls. Ce n'est pas une surprise. Les regards dont j'ai écopé aujourd'hui à l'usine suffisent à me classer comme une paria. Même au lycée je ne me suis jamais sentie aussi exclue. Heureusement que je peux compter sur la charitable Melinda et sur Sean, sans quoi je me serais enfermée aux toilettes jusqu'à la fin de mon service.

Claironner que je suis la fille du directeur était idiot, mais je ne peux pas revenir en arrière.

Fais-toi discrète. Dans un an, à toi la liberté.

Au signal du minuteur, Tyler se lève du canapé pour jouer au billard. Dominic s'assied, un magazine et une sacoche en cuir dans la main. Je le complimente pendant qu'il ouvre son sac.

— Vingt minutes précisément, bravo.

Seul le silence me répond.

« Il paraît qu'ils partagent leurs petites copines. »

La phrase résonne dans ma tête depuis que Melinda l'a prononcée. Mais compte tenu de la froideur de Dominic, un scénario de ce genre me semble inimaginable. Ou est-ce ma présence qui le contrarie tant qu'il se ferme ? Il a manifestement un problème avec moi, et ce depuis la toute première fois.

Était-ce seulement hier soir ? J'ai l'impression de le connaître depuis longtemps et je me sens à ma place sur les genoux de Sean.

Dominic ouvre le magazine sur ses cuisses puis sort des feuilles, du tabac à rouler et un gros sac d'herbe.

Plus jeune, je ne me suis jamais autorisée à fréquenter un groupe tel que celui-ci. Par crainte des répercussions. Pour eux, c'est une soirée comme les autres. Pour moi, c'est comme pénétrer dans un monde parallèle.

— À quoi penses-tu ? murmure Sean derrière moi.

Ses doigts qui m'effleurent sèment des frissons sur mon bras. Je le regarde par-dessus mon épaule. Seuls quelques centimètres séparent nos lèvres.

— Rien de spécial. Je suis juste crevée.

Je sens une légère tension entre nous tandis que nous nous défions du regard. S'il m'embrassait ce soir, je l'embrasserais aussi. Ça, je peux le garantir. Mais l'électricité dans l'air suffit à me rassasier. Je baigne dans la testostérone, sans que j'en connaisse la source exacte. Pour la première fois de ma vie, j'ignore mes signaux d'alarme et je m'en fiche. Sean détourne les yeux en premier. Tandis qu'il fait courir son doigt sur mon bras, je sens qu'il a reçu le message. À ce moment précis, je sais que s'il tente une approche, ce sera en tête à tête.

Tous se lancent dans une conversation, s'interpellant les uns les autres comme cela ne se fait qu'en famille, pendant que Dominic roule savamment un pétard. Captivée, je le regarde humecter le papier d'une langue experte, les yeux baissés, ses cils noirs papillonnant. Mes lèvres s'entrouvrent quand son regard ténébreux croise le mien et que sa langue glisse le long du papier.

Trop torride.

Sean m'étreint plus étroitement. Dans le mouvement, je décale involontairement les jambes. En râlant, Dominic tente de sauver la beuh qui s'est renversée du magazine sur ses genoux. Les yeux étrécis, il regarde Sean se gondoler de rire. Je me laisse aller entre les bras de Sean, véritable muraille de muscles, alors que Dominic pointe sa langue pour mouiller le papier, encore une fois.

Dès que le joint est allumé, l'un d'eux monte le son de la musique et le volume de la conversation augmente en conséquence. À partir de cet instant, je plane, sans pouvoir dire quel contact me fait décoller. Probablement les trois.

Chapitre 9

Je suis réveillée par la douce caresse de doigts qui écartent mes cheveux de mon visage. Mes yeux s'ouvrent sur Sean, accroupi devant moi, ses yeux noisette débordants de tendresse. Je n'ai pas le souvenir de m'être assoupie, mais sous son regard, je rattrape la salive qui menaçait de s'échapper au coin de ma bouche.

— Dominic va te raccompagner et Tyler suivra avec ta voiture.

— Quelle heure est-il ?

— Un peu plus de 3 heures du matin.

— Punaise, j'ai comaté tout ce temps ?

Je me redresse et me recoiffe. Pendant que je rassemble mes esprits, je sens qu'on m'observe. Levant les yeux, je croise le regard de Dominic, qui suit attentivement notre échange. Je réponds à Sean tout en restant rivée à Dominic :

— Pourquoi c'est lui qui me reconduit ?

— J'habite près d'ici et je dois fermer le garage, répond-il sur un ton bourru.

Je bascule mon attention vers lui.

— Ça n'a pas l'air de te faire plaisir.

Il m'offre son sourire radieux, comme pour évacuer un certain agacement.

— J'aurais aimé te reconduire.

— Alors reconduis-moi, le prié-je, me raclant la gorge pour chasser le sommeil dans ma voix. Tu n'es plus mécano ici, si ?

— C'est juste pour ce soir, rétorque-t-il nerveusement.

— D'accord, fais-je en me levant. Mais je peux rentrer toute seule.

— Laisse Dominic te reconduire, insiste Sean. T'as comaté un bon moment. Le matos que t'as inhalé était puissant. Juste par sécurité.

J'acquiesce, l'esprit embrumé après toutes ces heures dans ce bocal enfumé. Je ne suis pas encore à l'aise sur les routes de montagne, encore moins la nuit. Autant éviter de prendre des risques inutiles.

Dehors, l'air frais me ragaillardit. Je suis un Dominic muet vers une élégante Camaro, un modèle ancien noir. Il m'ouvre la portière du côté passager.

— Jolie, dis-je.

D'un regard en arrière, je vois que Sean nous observe de l'entrée du garage. Je souris et lui fais un petit coucou. Après un regard à Dominic, il me renvoie un sourire forcé. Je connais suffisamment le sourire sincère de Sean pour faire la différence. Là, il est mécontent. Au moment où je me retourne vers Dominic, j'aperçois le regard intransigeant de ce dernier sur Sean avant qu'il me fasse monter dans la voiture et claque la portière. J'ai à peine capté leur échange que Dominic s'installe et démarre la Camaro. La musique qui se met à brailler me fait sursauter sur mon siège, tandis que les ronronnements du moteur titillent mes sens. Au lieu de baisser le son, il fait tout l'inverse.

Le volume à faire saigner les oreilles annihile toute possibilité de discuter.

Abruti.

Les hurlements stridents d'une guitare saturent l'habitable. Il recule dans l'allée, la main sur le levier de vitesse, puis il déboule sur la route en marche arrière sans même prendre le soin de regarder dans son rétroviseur.

Les yeux écarquillés, je me retourne vers l'entrée du garage, mais Sean a déjà disparu.

Alors Dominic met la gomme. Sans à-coups, il passe les vitesses et profite de chaque ligne droite pour accélérer pied au plancher. Ce sont les quinze secondes les plus effrayantes de ma vie jusqu'à ce que je décide de lâcher prise et de m'ouvrir au plaisir de la vitesse. Très vite, je me prends au jeu, gagnée par l'euphorie, le cœur tambourinant. La tête basculée en arrière, j'éclate de rire.

Maître de sa mécanique, il négocie comme un pro chaque centimètre du bitume, colle aux lignes de marquage sur la chaussée comme s'il les avait toutes en mémoire. Il ne m'accorde pas un regard, mais je jurerais que ses lèvres frémissent quand je ris. Elles se retroussent pendant que je l'examine dans la pénombre, la musique résonnant en moi, en harmonie avec les vibrations du moteur. Dans son élément, Dominic conduit avec un contrôle absolu dans la nuit noire. Je distingue à peine les phares de ma voiture derrière nous, puis plus du tout.

Dans les enceintes, le rock déjanté d'Animal Alpha contraste avec le calme de la nuit, parmi les étendues de sapins. Je pose les mains sur le tableau de bord. La voiture avalant la route me donne la sensation de voler. Savourant chaque instant, je sens un changement dans l'air quand je me balance un peu au rythme de « Bundy ». Si par sa conduite Dominic a pour intention de m'intimider ou de me terrifier, il échoue lamentablement, à mon grand étonnement.

En l'espace d'une chanson, je lâche prise, sans me soucier de ce qu'il pense. Je profite de ces quelques minutes où je ne contrôle plus rien, où je mets mon destin entre ses mains. Depuis que je suis arrivée à Triple Falls et que j'ai senti la distance entre ma mère et moi, j'ai compris que nos rôles étaient plus inversés que je voulais bien l'admettre. Je me l'avoue à présent : j'ai plus été le parent qu'elle, ces dix-neuf dernières années. J'ai été plus stricte avec moi-même qu'elle l'a été avec moi. Délibérément, je ne lui ai jamais donné de raison de se tracasser. Je lui ai retiré des mains ses verres de vin, j'ai écrasé ses cigarettes consumées et l'ai bordée plus de fois que je peux les compter. J'ai préservé ma virginité pour quelqu'un dont je pensais qu'il m'aimait et me respectait, tout en la condamnant en secret pour ses mœurs légères. D'après ce qu'elle m'a raconté de sa jeunesse, elle était une fêtarde invétérée, et tous les jours, j'ai été témoin des conséquences de ses choix de vie. J'ai vécu en prenant le contre-pied de ses décisions, parce que cela la soulageait. Mais à cet instant, le temps de quelques minutes, je m'affranchis de ces contraintes. Avec le vent dans mes cheveux, je ferme les yeux et je me contente de… voler.

Et c'est sacrément libérateur. À tel point que je suis déçue quand la voiture ralentit et bifurque dans la petite route qui mène à la propriété de mon père.

En pleine descente après une défonce inimaginable, qui surpasse de loin la plupart des sensations fortes d'adolescents, nous attendons sans bouger que les phares de ma voiture se profilent sur la route déserte. Dès que Tyler s'arrête derrière nous, je tape le code du portail. Le portail métallique en arcade s'ouvre. Dominic observe la maison au loin, tout en avançant à pas de tortue dans l'allée. Après quoi il contourne l'entrée et se gare au pied du perron. Puis il se tourne vers moi, dans l'expectative.

— J'hésite entre te gifler et te remercier.

— Tu as kiffé.

Son ton est apathique, contrairement à ses yeux, empreints d'un mélange de curiosité et – oserai-je le penser ? – d'intérêt.

Je décide de ne pas le remercier ni d'encourager sa rudesse. Je sors, referme la lourde portière et me dirige vers Tyler. Debout à côté de ma Camry, il me tend mes clés, suspendues à son doigt.

— Merci.

Je me sens soudain exténuée par la course en voiture et la longue journée de travail. Il me fait un clin d'œil.

— Pas de quoi. À plus.

— Je l'espère.

Je jette un regard vers Dominic, qui est occupé à examiner la demeure de mon père, mâchoire serrée. Je n'ai jamais vu personne porter un masque aussi impénétrable. Le conseil de Christy me revient en mémoire.

« Ce sont des gamins. Trouve-toi un homme. »

Ces types sont sans commune mesure avec ceux que je fréquentais au lycée. Certes, ils ont la même attitude arrogante et des habitudes similaires, mais ils ont quelque chose de radicalement différent. Je me demande à présent que j'observe Dominic si c'est vraiment une bonne chose. Le sourire de Sean ressurgit dans mon esprit. Son éclat, la lumière dans ses yeux et sa façon de prendre soin de moi, que j'en aie besoin ou pas, tout cela me met à l'aise. Dominic sent que je l'observe. Pourtant, sans m'accorder un regard, il fait signe à Tyler de monter dans la voiture.

— Dors bien, Cecelia.

Tyler parcourt la courte distance jusqu'à la Camaro de Dominic et prend mon siège. Le charme se rompt à l'instant où il ferme la portière noire étincelante. La voiture fonce déjà au loin le temps que j'atteigne la porte d'entrée, soulagée que mon père ne soit pas là pour m'accueillir.

Peu après, je me glisse entre les draps en laissant la porte de mon balcon ouverte. Le souffle d'air frais de la nuit circule dans la chambre et recouvre ma peau tout en me ramenant dans la Camaro de Dominic.

Quand je m'endors, je rêve d'yeux noisette éclatants, de lèvres retroussées, d'étendues d'arbres et de routes infinies.

Chapitre 10

Le lendemain matin, sous la douche, je souris en me repassant le film de mes rêves. Je descends l'escalier d'un pas guilleret, une excuse toute prête à la bouche. La nervosité m'envahit dès que je pose le pied dans le hall d'entrée et me suit jusque dans la salle à manger. Par bonheur, elle est déserte. Mais le soulagement est de courte durée. Un e-mail de mon père s'affiche sur mon téléphone. Objet : visiteurs. Roman Horner ne communique pas par SMS, ce serait bien trop personnel. Il échange avec son enfant par e-mail.

> Tu es une adulte, et je suis conscient que les conditions de ton séjour, en raison de tes horaires de travail tardifs, peuvent peser sur ton temps de loisirs. Cela étant dit, mon sommeil a été perturbé deux soirs de suite par tes retours en pleine nuit et par le vacarme à ma porte d'entrée. Dorénavant, fais de ton mieux pour être rentrée en début de soirée et respecter mon domicile. Il convient que les visites soient limitées au strict minimum. Par ailleurs, mon emploi du temps nécessite que je séjourne à Charlotte pendant quelques jours. La gouvernante sera

présente aujourd'hui. Si tu as besoin de quoi que ce soit, signale-le-lui.

Roman Horner
P-DG Horner Technologies

Je me retiens de lui adresser un émoji exaspéré et me cantonne à un « Oui, monsieur ». Je suis sur le point d'appeler Christy en visio quand mon téléphone sonne.

— Salut, maman, dis-je en allant chercher un yaourt dans la cuisine.

— Ça fait deux jours et je n'ai pas eu de nouvelles.

— J'ai été occupée. Je n'ai pas appelé Christy non plus.

— C'est censé me rassurer ?

— Oui. Elle est la première et la dernière personne que j'appelle en temps normal.

Silence. Je la fais culpabiliser, et pas qu'un peu. Elle sait qu'elle n'a pas été là pour moi depuis qu'elle a mis sa vie sur pause.

— Comment ça se passe ?

— Bien.

— Ce mot veut tout dire et rien dire. Tu sais que je le déteste.

— Pour l'instant, et sans surprise, Roman est absent. Je ne vois vraiment pas ce que tu as pu lui trouver.

— C'était il y a longtemps. Dans une autre vie, dit-elle, maussade.

Je me demande si un jour je comprendrai les circonstances de ma venue au monde.

— Vous deux n'avez vraiment rien en commun. Comment te sens-tu ?

— Bien.

J'entends le sourire dans sa voix.

— Te moque pas de moi.

Nous partageons un rire. Après quoi, son long silence me rend anxieuse.

— Maman, ça va ?

— Est-ce qu'il parle de moi ?

— Non. Nous ne parlons même pas de la météo. Pourquoi ?

— Je ne voudrais pas qu'il me casse du sucre sur le dos.

— Je ne le croirais pas de toute façon. Ce n'est pas lui qui m'a élevée.

Je l'entends soupirer.

— Voilà qui me réconforte un peu, je crois.

— Tu es sûre que ça va ?

— Ouais. Je n'aime pas te savoir là-bas. J'ai l'impression de t'avoir abandonnée.

— Tu as eu un passage à vide. C'est humain. D'ailleurs, ça arrive à tout le monde, non ?

— Possible. Mais si tu te sens mal là-bas…

— Non, ça va. Je reste tranquille dans mon coin. C'est comme loger dans un hôtel sans personnel. Je gère.

— Tu es sûre ?

Pour toi, je peux. C'est ce que j'ai envie de dire.

— Certaine.

— Je t'aime, mon bébé.

Chapitre 11

Mes deux premières semaines à l'usine sont supportables, grâce à mon superviseur et aux pauses à rallonge qu'il m'accorde. Tout de même, j'entends les murmures des ouvriers quand je passe et les persiflages de certaines femmes qui me détestent probablement à cause de mon nom de famille. L'une d'elles en particulier, une belle Latina qui se prénomme Vivica, me lorgne à longueur de temps comme si je ne perdais rien pour attendre. La nouvelle de mon lien de parenté avec le patron a dû se répandre comme une traînée de poudre, au vu du nombre croissant de sourires qu'on omet de me rendre.

La pacifiste en moi s'efforce de l'ignorer, de tendre l'autre joue et de faire profil bas. J'ai maintenant toutes les raisons de penser que je purge une peine cette année. Sean sent aussi leurs regards, mais personne ne moufte quand il me fait quitter la chaîne, même pas Melinda. Si elle ne s'oppose pas verbalement, elle ne lésine pas sur les regards perplexes quand il m'enlève à notre poste de travail commun. Alors que je passe pour l'ennemi public numéro un, tout le monde à l'usine a l'air d'apprécier

Sean. Il entretient de bons rapports avec la plupart des employés. Quelle ironie : je m'en sors parce que je suis avec lui, pas à cause de mon nom.

Nous passons le plus clair de notre temps ensemble. Que ce soit à lézarder au bord de la piscine avant de prendre notre service, ou tard le soir, au garage, où les garçons m'apprennent chacun leur tour à jouer au billard. Russell, Tyler et Jeremy sont toujours là, contrairement à Dominic, qui fait juste de rares apparitions. Même alors, il ne me calcule pas. Pourtant, chaque fois que je surprends son regard sur moi, cela me rend anxieuse. Son expression reflète invariablement un mélange de curiosité et de dédain. À plus d'une reprise, je me suis intimé de le confronter à son attitude, mais je me dégonfle systématiquement.

Depuis que je suis à Triple Falls, Sean me tient compagnie et accapare tout mon temps libre, le plus souvent dans l'oasis qu'est le jardin de mon père. Chaque fois que nous atteignons un certain degré d'intimité, il appuie ses lèvres sur ma tempe, pas sur mes lèvres, et s'écarte. Plus d'une fois, quand il a approché ses lèvres, j'ai retenu mon souffle dans l'espoir qu'elles dérivent de ma tempe ou de ma joue vers ma bouche, ainsi que je l'ai si souvent imaginé. Mais c'est comme s'il attendait de voir dans mes yeux autre chose que mon feu vert. Je l'ai souvent surpris à m'observer d'une manière que je ne qualifierais pas de purement platonique. Je me sens tout chose quand il est dans les parages, et mon corps frémit chaque fois qu'il m'attire contre lui. Son corps est gravé dans ma mémoire, et je me languis jour après jour que nous devenions plus que des amis. Son refus de passer à l'action malgré notre alchimie me tape sur les nerfs. En même temps, je savoure cette attente, de sentir ses yeux sur moi quand je tente ma chance au billard, de sentir ses doigts suivre les gouttes d'eau sur ma peau. C'est à la fois frustrant et électrisant, et à la chaîne de montage, je m'égare souvent dans mes rêveries pendant que Melinda blablate sur ses copines d'église, notamment la femme du pasteur. Et pas en des termes élogieux.

Depuis que Sean a déboulé dans ma vie, le soir quand je me couche, je le retrouve aussi fréquemment dans mes rêves.

Ce matin, je me surprends à sourire bêtement au souvenir de lui qui traverse la piscine dans ma direction, auréolé de soleil, me fixant avec un regard prédateur. J'envisage un instant de me rendormir pour reprendre en rêve ce délicieux tête-à-tête, quand mon téléphone se met à vibrer.

Sean : Je pense à toi.

Sois plus précis.

Sean : À toutes sortes de trucs.

Mais encore ?

Sean : Une autre fois.

La voie est libre si tu veux faire un saut dans la piscine.

Sean : Ça tombe bien, je suis devant chez toi.

Dégringolant du lit, je me précipite dans l'escalier pour ouvrir la porte. Bras croisés, Sean est appuyé contre sa Nova. Douché de frais, ses cheveux mouillés joliment ébouriffés sur le dessus, il porte ses boots, un short et un débardeur noir. Je le photographie mentalement. Plantée devant la porte, je prends conscience de ma dégaine négligée. Je rougis et me démêle les cheveux avec les doigts.

— Je viens de me réveiller.

— T'es belle.

Il marche vers moi.

— Tu peux entrer. Mon père ne sera pas là de la journée.

Il s'apprête à m'embrasser sur la joue, mais je recule.

— Haleine du matin.

— M'en fous.

Il plante un petit baiser sur le bas de ma joue, ses lèvres s'attardent, il y a comme une tension dans l'air. Le souffle court, je résiste à l'envie de l'attirer contre moi.

— As-tu des chaussures de randonnée ?

Sa question me désarçonne.

— Euh, ouais.

— Habille-toi léger et chausse-toi. J'aimerais te montrer quelque chose.

— Tu m'emmènes en rando ?

Marcher est la dernière chose que j'ai envie de faire avec lui.

— Tu ne le regretteras pas.

— C'est magnifique, dis-je, haletante.

Pendant que nous escaladons une série de rochers à flanc de montagne, des muscles dont j'avais oublié l'existence se rappellent douloureusement à mon bon souvenir. Les chevilles caressées par de la mousse, j'essaie de grimper sur un rocher. Derrière moi, Sean assure mes mouvements, son souffle sur mes cuisses. Je baisse les yeux vers lui.

Comme toujours, il est prêt à me retenir au cas où je perdrais l'équilibre.

— Tout à fait d'accord avec toi.

Ma fesse dans sa main, il m'aide à monter sur le bord. Son ton suggestif m'électrise jusqu'à la pointe des orteils au moment où j'enjambe la saillie.

— Où m'emmènes-tu ? dis-je en découvrant le panorama.

Il grimpe à son tour – le grand sac sanglé sur son dos n'entrave en rien son ascension –, puis il me saisit la main, entrelace nos doigts.

— Nous y sommes presque.

Je vérifie l'heure. Je suis censée dîner avec Roman, et je déteste l'appréhension que je continue de ressentir quand il est question de lui. Je redeviens alors une gamine de onze ans. Après plusieurs dîners, nous ne sommes pas plus à l'aise en compagnie l'un de l'autre que le premier jour.

— Quelle heure est-il ? demande Sean.

— Encore tôt.

— As-tu des obligations ?

— Non, désolée, je dois juste voir mon père, dis-je en relâchant un souffle de tension. Il est prévu que nous dînions ensemble plus tard.

— Mais c'est plus tard.

— Exact…

J'étire le mot en lui conférant une note interrogative.

— Donc ton temps libre est maintenant, ici, avec moi.

Je lève les sourcils.

— Moui.

— Donc tu devrais être ici avec moi.

— Je le suis… ?

— Est-ce une question ?

— Non. Je suis avec toi.

— Mais tu penses à ton père.

— Peux pas m'en empêcher.

— En es-tu sûre ?

Je me renfrogne.

— Est-ce un test ?

— L'hymne national dit « sur la Terre de la Liberté et la patrie des braves », grommelle-t-il.

Sur ce, il se remet à marcher.

— Où veux-tu en venir ? dis-je en lui emboîtant le pas.

Il se retourne vers moi.

— À mon avis, c'est plutôt la terre des mentalement incompétents, dépendants de l'électronique, et des esclaves conditionnés par les médias.

— Tu viens de m'insulter, là, non ? Et gravement, je pense.

— Pardon. Ce que je veux dire, c'est pourquoi gâcher le temps présent en se souciant de ce qu'il adviendra plus tard ?

— Le temps présent ?

— C'est la seule mesure temporelle qui importe. Le temps en soi n'est qu'une ligne invisible, une mesure inventée par l'être humain. Alors certes, c'est utile pour se repérer, mais c'est aussi un gros facteur de stress, parce qu'on le laisse prendre le contrôle sur nous.

Je ne peux même pas nier. La perspective de dîner avec Roman gâche mon moment avec Sean.

— Compris. Désolée.

— Ne le sois pas. Mais ne lui accorde pas de pouvoir. Le présent, c'est maintenant. Plus tard finira par devenir maintenant. Ne te soumets pas à l'aliénation mentale qui consiste à être toujours à l'heure et à ne pas prendre de retard. Le présent est la seule notion que tu puisses contrôler. Et même ça, c'est une illusion.

— T'es un drôle de gars, fais-je en riant.

— Peut-être. Ou peut-être que tout le monde a besoin d'avoir un déclic et de se déconnecter du mode boulot-boulot. Mais personne ne le fera, ils sont trop bien, dans le confort de leur couette qu'ils ont achetée en voyant une pub sur Instagram.

— Maintenant, tu me reproches ma vie confortable ?

— Ça dépend.

Il saisit mon bras, détache lentement mon Apple Watch, la lâche sur les cailloux et l'écrase sous sa chaussure.

— Oh, putain, dis-je, ouvrant et fermant la bouche comme un poisson hors de l'eau. C'est pas sympa !

— Qu'as-tu ressenti ?

Je ramasse la montre en morceaux et réponds sans détour :

— Ça pique.

— Ouais, mais quelle heure est-il ?

— Manifestement, je l'ignore.

J'enfonce ma montre brisée dans mon short en jean découpé.

— Félicitations, bébé. Ça, c'est la liberté.

— Ce n'est pas réaliste.

— Pour toi. Là-dedans, tu cherches toujours à te plier à des horaires, dit-il en me tapotant la tempe.

— Message reçu. Tu veux dire que je dois déconnecter, blablabla. Mais il y a sûrement une façon moins désagréable de faire entendre ton point de vue.

— Ouais, mais tu ne comprends pas. Tu dois reprogrammer ton cerveau. Je parie que tu m'en empêcherais si je tentais d'éclater ton portable.

— Bien sûr que je t'en empêcherais.

— Pourquoi ?

— Parce que j'ai besoin de mon téléphone.

— Pour quoi ?

— Pour… tout.

Il prend une cigarette dans sa poche et l'allume. Puis il me désigne avec sa cigarette serrée entre ses doigts.

— Examine la situation d'un œil critique. Combien de fois en as-tu eu besoin aujourd'hui ?

— Primo, pour répondre à ton SMS.

— J'aurais pu sonner à ta porte, mais je sais que tu réponds plus rapidement au téléphone que tu descends ouvrir. Et sais-tu pourquoi ?

— Parce que je garde mon portable à portée de main ?

Il hoche la tête. Puis il reprend la marche. Je lui emboîte le pas sans enthousiasme, trop contrariée pour ma montre.

— Je suppose que tu n'es pas sur les réseaux sociaux ?

Il soupire.

— Sûrement pas. Plutôt mourir. La pire bêtise qui ait été faite, c'est d'avoir donné à tout le monde un micro et un espace où s'en servir.

— Pourquoi ?

Il marque une pause et se retourne vers moi. Il n'y a pas de trace d'humour dans ses yeux.

— Pour une bonne centaine de raisons.

— Quelle serait la plus probante ?

Il réfléchit un court instant en tirant longuement sur sa cigarette.

— Très bien. En dehors de la lente et inévitable dégradation de l'humanité, je vais te répondre par un scénario. Imagine qu'un individu naisse avec un don hors pair pour mémoriser les connaissances. Il découvre qu'il possède ce don et le met à profit immédiatement : il s'instruit de longues années pour affûter son talent et en faire un superpouvoir. Il devient un puits de science, du jamais vu. Une force estimée et respectée de tous, quelqu'un à vraiment écouter. Tu me suis ?

J'acquiesce.

— Imaginons maintenant que cet individu subit un deuil. Disons qu'il perd un proche, et que ce décès le confronte à une question dont il n'a pas la réponse. Donc il se donne pour mission de répondre à cette question et refuse de lâcher avant de détenir la preuve irréfutable de l'endroit où est partie la personne aimée. Alors il vit, mange, respire chaque minute de chaque journée de sa vie pour répondre à cette unique question. Un jour, il réussit. Il parvient à étayer sa théorie avec des faits. Il sait qu'en partageant les preuves qu'il a rassemblées il pourrait changer la vie telle que nous la connaissons tous. Et disons qu'il peut non seulement prouver qu'il existe un au-delà, mais aussi l'existence même de Dieu. La foi n'est plus nécessaire en soi, Dieu est réel. Grâce à cette preuve, sa vie n'est plus dénuée de sens, la mort qu'il pleure n'est pas vaine, il a sa réponse et veut la divulguer. (Sean fume et recrache un filet de fumée avant de tourner ses yeux vers moi.) S'il la publie sur les réseaux sociaux pour que le monde connaisse enfin la réponse à une question qui tourmente l'humanité depuis de longs siècles, que se passera-t-il ?

— Personne ne le croira.

Il hoche doucement la tête.

— Pire que ça. Betty Lou le discrédite en dix minutes, à tort ou à raison. Juste parce qu'elle est suivie par des millions d'abonnés, et que son opinion *est* Dieu. Alors cet individu, celui qui détient des preuves, des faits et des vidéos, est considéré sur Internet comme un charlatan – un de plus – parce que Betty a dit qu'il en était ainsi. Donc des millions de gens refusent de l'écouter, de même que leurs amis, parce que Betty a toujours raison.

Malgré tout, ce charlatan qui ne doute pas un instant de sa vérité, qui a des preuves en béton supplie tous les autres charlatans d'écouter, mais personne ne l'écoute parce que tout le monde pérore grâce à tous ces micros ouverts. Résultat, aucun de nous ne saura jamais que Dieu existe, et la plupart des gens continueront de vivre paralysés par la peur de mourir.

— C'est affreusement triste et… tellement vrai.

D'une pichenette, il fait sauter le bout incandescent de son mégot et l'écrase.

— La triste vérité est que le seul moyen de surmonter la peur de mourir, c'est en mourant.

— Seigneur.

Sean sourit.

— Tu es sûre ? Est-ce qu'Il écoute ?

Je lève les yeux au ciel.

— Tu me tues.

— Pourquoi cette expression ? La mort t'effraie ?

Je lui flanque une tape sur le torse.

— Cesse de jouer avec mes mots.

Il a un petit rire puis hausse les épaules et décapsule sa bouteille d'eau.

— Tu as voulu savoir. Je ne fais que relayer un message.

— Ce laïus n'est pas de toi ?

Il boit une lampée et referme sa bouteille en esquivant mon regard.

— Non. D'un charlatan.

— Mais il reflète tes convictions ?

Son regard intense croise le mien.

— C'est celui qui me paraît sensé. Qui sonne vrai pour moi. C'est comme ça que je vis.

Il se penche vers moi. Tout près, tellement près.

— Ou alors je suis un charlatan parmi tant d'autres, reprend-il en écartant de mon front mes cheveux humides de sueur, avant de m'offrir un sourire éblouissant.

— Probablement, dis-je d'une petite voix. D'ailleurs, toi aussi tu te soumets à l'horloge ne serait-ce que pour être ponctuel au travail.

— Touché. Mais mon temps libre m'appartient. Je ne suis pas esclave du temps. Et si tu veux tout savoir, mon temps de travail m'appartient aussi.

— Comment ça ?

La main dans mon dos, il me pousse doucement en avant.

— On y est presque.

— Tu n'as pas l'intention de répondre à ma question ?

— Non.

— T'es pas croyable.

Cet homme est plein de surprises. Pourtant, je n'oublie pas ses discours, auxquels je sais qu'il croit. Jamais je n'ai rencontré quelqu'un d'aussi bien dans sa peau, en phase avec lui-même. Mon regard s'attarde sur la perfection qu'est Alfred Sean Roberts, qui marche dans un silence contemplatif à côté de moi.

— Et toi, quel est ton superpouvoir ? dis-je, un peu essoufflée à force de me caler sur son pas.

— Je suis doué pour lire les gens. Anticiper leurs envies. Et le tien ?

Je réfléchis un instant.

— Je ne sais pas si c'est un superpouvoir, mais souvent le matin, je me souviens parfaitement de mes rêves. Et parfois, quand je me réveille en pleine nuit, je peux les poursuivre. D'autres fois, je replonge dedans par la force de ma volonté.

— Tu les reprends là où ils se sont arrêtés ?

— C'est ça.

— Hyper cool. Je dors si profondément que je ne me rappelle pas vraiment les miens.

— Ils peuvent être douloureux, admets-je. Tellement que cela me gâche la journée juste à cause du sentiment qu'ils m'ont procuré. Alors, il n'y a pas que de bons côtés.

— Je suppose que tous les superpouvoirs ont un prix.

Nous cheminons hors des sentiers battus, étant partis à l'opposé des sentiers balisés au pied de la montagne. En haut d'un autre amas de rochers, je m'émerveille devant le panorama qui est mon nouveau jardin. Depuis des semaines que je roule sur ces routes étroites, le long de ces dénivelés abrupts, je n'ai pas une fois songé à m'enfoncer dans les bois pour voir ce qu'ils abritent. En immersion totale dans la nature, arrive quelque chose auquel je ne m'attendais pas : je tombe amoureuse de la sérénité, de l'air frais, de l'odeur organique, de la transpiration sur ma peau. Je regarde Sean d'un œil neuf.

— Tu vas me convertir en hippie des montagnes.

— Espérons-le.

Quelque part entre le moment où je l'ai trouvé sur le pas de ma porte ce matin et la randonnée, j'ai laissé une partie de moi que je gardais enfermée depuis des années, mon cœur romantique, s'ouvrir à l'espoir. Grâce à Sean, il a sans mal trouvé une raison de s'aventurer au-delà de l'amertume sous laquelle je l'avais enfoui. À chaque regard, à chaque contact, à chaque échange verbal, je sens cet appel, ce signal qui m'informe que je ne risque peut-être rien à sortir de ma coquille et à jeter un œil dehors.

Mais cet état d'esprit est encore récent, quoi qu'il fasse naître entre Sean et moi. Même si ce dernier a déclaré que le temps est notre ennemi, je ne suis que trop consciente que la confiance est fragile, et risque de se rompre en un instant. Le temps m'a appris qu'il suffit de quelques secondes pour se faire berner. Au cours de ma brève expérience avec les hommes, ils m'ont trompée, menti et humiliée, et si je peux l'éviter, je n'ai pas l'intention de laisser cela se reproduire. Je tire un bilan très mitigé des expériences amoureuses où j'ai suivi mon instinct. Et après mes derniers déboires, je me suis promis de me tenir sur mes gardes. Le prochain homme qui remportera mon cœur, mon affection, devra pour les mériter m'offrir plus que des mots doux et des serments. Cependant, cette promesse à moi-même ne colle pas avec ma récente détermination à me lâcher. Sean est une pomme appétissante dans mon jardin d'abstinence. Il m'attire physiquement. Et il est clair que c'est réciproque. Peut-être que je ne devrais pas me triturer davantage le cerveau.

— À quoi penses-tu ?

— Que ça me fait du bien d'être ici.

Il me regarde du coin de l'œil.

— Et en vérité ?

— Que je n'ai pas… eu de petit copain depuis un bon moment.

Je ne suis pas sûre que la formule soit appropriée.

— Et ? dit-il en me regardant plus franchement.

— Bah, ça fait un moment, c'est tout.

— Qu'est-il advenu du dernier en date ?

— Toi d'abord, dis-je alors qu'il enjambe un tronc d'arbre couché et me soulève sans effort pour me le faire franchir.

— Ma dernière copine s'appelait Bianca. C'était une manipulatrice, l'histoire a tourné court.

— Manipulatrice dans quel sens ?

— Elle voulait me fliquer. Je l'ai mal vécu. Elle voulait manipuler mon présent, et je me suis retrouvé à essayer de lui échapper plus souvent que je voulais la voir. J'ai rompu. À toi.

— Il a couché avec une autre dans les toilettes d'une boîte de nuit le jour de mes dix-huit ans.

— Moche.

— Ouaip, c'était un enfoiré. Pour tout te dire, on m'avait prévenue. Ma meilleure amie Christy ne pouvait pas le saquer, mais je ne l'ai pas écoutée. D'ailleurs, on m'a mise en garde contre toi aussi, dis-je avec un regard équivoque.

Il lève les yeux au ciel.

— Je savais que j'aurais dû te proposer des bouchons d'oreille.

— C'est sûr que Melinda est un moulin à paroles.

— Elle ne sait que ce qu'elle pense savoir.

Après quelques pas, je m'arrête pour écouter un chuintement entre les arbres.

— Qu'est-ce que c'est ?

— Viens, dit-il en me guidant dans une clairière, puis derrière d'épais buissons.

La mâchoire m'en tombe. Les yeux écarquillés, je me retrouve face à une impressionnante cascade qui jaillit au-dessus de nous. Et à une sorte de grotte derrière le voile d'eau. L'intérieur évoque une alcôve.

— Oh, mon Dieu, je n'en avais jamais vu de vraie.

— Pas banal, hein ?

Une fois dans la grotte, alors que nous avons contourné le rideau aquatique qui se jette dans le bassin en contrebas, Sean pose son sac à dos et déplie une épaisse couverture.

— Nous pique-niquons derrière la cascade ?

— C'est cool, non ?

— C'est carrément génial.

Comme il refuse mon aide, je le regarde déballer tout un stock de victuailles. Fromage et biscuits salés, barres de céréales, fruits. Simplissime, mais l'attention fait tambouriner mon cœur. Après avoir posé des bouteilles d'eau, il tend la main vers moi. C'est un rêve, un rêve éveillé, cet homme sublime à la peau gorgée de soleil et aux yeux lumineux qui m'invite à m'asseoir à ses côtés dans un cadre exceptionnel. Résistant à l'envie de le plaquer au sol, je m'installe à côté de lui sur la couverture. Des petits cailloux me piquent les fesses pendant que j'admire le panorama.

— Incroyable, cet endroit.

— Content qu'il te plaise. Il y a d'autres cascades dans le coin, mais celle-ci est à l'abri des regards.

— Elle est secrète parce que nous sommes entrés illégalement dans un parc national, fais-je remarquer avec un grand sourire. Au cas où tu n'aurais pas remarqué le panneau « Accès interdit ».

Il hausse les épaules.

— Encore des limites imaginaires.

— Comme le temps ?

— Ouais, comme le temps. (Il repousse les cheveux humides de mon front.) Joyeux anniversaire, Cecelia, déclare-t-il tendrement.

— Merci. C'est gentil de t'en être souvenu.

— Tu avais dit que c'était bientôt. J'ai mes sources aux RH.

— C'est tellement mieux que ce que j'avais prévu, dis-je en m'emplissant les poumons de la brume fraîche qui s'échappe des chutes d'eau. Je ne voudrais être nulle part ailleurs.

Je prends une photo mentale d'un petit arc-en-ciel qui forme un pont sur les rochers, en dessous de nous.

— Qu'avais-tu prévu ?

— De bouquiner. Mais comparé à ta surprise, mon plan était tristounet. (Je le regarde et m'autorise à poser la question qui me tient à cœur :) Es-tu réel ?

Il ouvre une boîte et grignote un bout de fromage.

— Dans quel sens ? s'enquiert-il, intrigué.

— Eh bien… es-tu toujours aussi gentil ? Ou vas-tu te transformer en emmerdeur de première catégorie dans les deux semaines à venir ?

Ma question ne le perturbe aucunement.

— Es-tu coutumière de ce genre de revirement ?

— Oui, dis-je franchement.

— Alors disons que ça dépend.

— De quoi ?

— Peux-tu garder un secret ?

— Ouais.

Je suis démangée par l'envie de dégager à mon tour ses cheveux humides de son front.

— Super.

— C'est tout ?

— Ouaip.

— Tu recommences avec tes énigmes. Le secret, c'est nous ?

Il m'attire dos à lui, attrape un morceau de fromage et me le tend. Abandonnée entre ses bras, je me délecte de la vue et de la sensation de sa présence derrière moi. Il est tellement attentionné, désarmant, doué pour me mettre à l'aise que je déteste l'éventualité qu'il soit tout sauf celui qu'il montre.

C’est alors que je sens son hésitation.

— Quoi que ce soit, dis-le maintenant. Sérieux. Je préfère savoir.

Son souffle me chatouille l’oreille.

— Je ne fais pas les choses comme tout le monde, dans tous les domaines de ma vie. Je suis mon intuition, mon instinct dans tout, et je ne rends de comptes à personne ou presque.

— Tu peux décrypter ?

— Comprends que je suis mon propre maître, Cecelia, en toutes circonstances. Et je choisis soigneusement avec qui je passe mon moment présent. Je suis égoïste avec mon temps, et parfois, avec ce que je veux.

— D’accord.

— Mais quels que soient mes choix, je m’y tiens et j’ai peu de regrets, quelles que soient les conséquences.

— Ça a l’air… dangereux.

Un autre silence.

— Ça peut l’être.

Chapitre 12

Après avoir pique-niqué, nous nous assoupissons sur le plaid. Je suis la première à me réveiller, la tête sur le torse de Sean. Affalé sur le dos, il a les mains croisées derrière la tête, les yeux fermés, la respiration profonde et régulière. Il continue de dormir même quand je remballe les boîtes et m'époussette les mains.

Ranger est le moins que je puisse faire. C'est une parfaite journée d'anniversaire, même si une partie de son laïus n'est pas facile à digérer. Si je l'interprète correctement, Sean n'est pas du genre à se mettre en couple ou à s'engager, quand bien même sa manière de se comporter, ces dernières semaines, dit le contraire. Il demeure un mystère, malgré tout le temps que nous passons ensemble. Mais ce n'est plus mon besoin de savoir où on en est qui me fait le regarder avec émerveillement. C'est le désir ardent, l'impulsion, le besoin de me rapprocher qui m'incite à examiner ses biceps bien dessinés, son torse musclé. Mes doigts sont démangés par l'envie de jouer avec l'anneau qui scintille à ses lèvres ultra sensuelles. Ma langue brûle de suivre sa pomme d'Adam. J'ai envie de lui avec une force… et je me surprends à lui en vouloir tellement je suis à cran, alors qu'il est totalement détendu.

J'ôte mon débardeur et, en brassière de sport, je le mouille sous la cascade pour enlever la sueur et la poussière accumulées lors de la montée. Sean repose comme un bienheureux sur la couverture pendant que je me rafraîchis. Ce faisant, j'imagine comment ce serait de le toucher comme j'en ai envie, de l'embrasser et qu'il m'embrasse.

Il affirme qu'il est du genre à prendre ce qu'il veut, qu'il suit son instinct sans aucun regret et sans se soucier des conséquences. Qu'en penserait-il si je suivais son exemple et obéissais à mes pulsions ? Je me rassieds sur la couverture juste pour le contempler.

Je suis flippante, à l'épier ainsi dans son sommeil. Je me détourne, le feu aux joues, et me frotte le visage. Nous sommes totalement seuls. Était-ce son objectif ? Si ce n'est que nous nous sommes déjà retrouvés en tête à tête, à plusieurs reprises.

Ma raison a beau me dicter de ne pas me ridiculiser, je suis le conseil de Sean. Tout à coup, je m'assieds à califourchon sur lui, me penche et passe timidement la langue sur son anneau de lèvres.

Sa réaction est instantanée. Me saisissant par la nuque, il me maintient à une toute petite distance de lui, assez pour frotter son nez sur le mien. Je retiens mon souffle. Ses yeux pénétrant les miens, il s'imprègne de l'expression de mon visage. Et quand il se décide à parler, sa voix déborde de désir à l'état pur.

— Il t'en a fallu du temps.

Puis sa bouche est sur la mienne, sa langue s'impose entre mes lèvres dans un grognement. Il m'embrasse si passionnément que l'excitation inonde mon entrejambe. Sans détacher un seul instant sa bouche de la mienne, il nous fait basculer pour m'allonger sur le dos. Il défait le bouton de mon short puis en abaisse la fermeture, son érection pressée contre ma hanche. Déroutée par son empressement et la vivacité de sa réaction à mon baiser, je m'ouvre à lui, happée par sa bouche avide. Il interrompt soudain le baiser, et sa main s'aventure entre mon short et ma culotte, un doigt sur mon clitoris. La bouche entrouverte, il m'hypnotise avec ce seul doigt, qui monte et descend avec langueur.

Et prend tout son temps.

La pulpe de son index suffit à propager des ondes de choc à travers tout mon corps. Il s'écarte et m'observe avec une intensité foudroyante.

Alors qu'il se borne à m'effleurer, un geignement puissant s'échappe de mes lèvres. Tant et si bien que je saisis sa main, lui enjoins de me donner plus, les hanches tendues.

— S'il te plaît. S'il te plaît !

— Pas question. Je prends mon temps. Tu as pris le tien.

— J'ignorais que c'était ce que tu voulais.

— M'étonnerait. Je t'ai juste laissé prendre la décision.

— Tu m'attendais ?

Sa caresse fait rouler mes yeux en arrière.

— Je voulais que tu sois sûre.

Mon corps vibre d'un désir incandescent.

— Je suis sûre.

Il sourit largement quand j'agrippe sa main, mes ongles plantés dans sa peau et le presse de me contenter.

— Sean, s'il te plaît.

Enfin, il glisse ce doigt charnu dans ma petite culotte et gémit quand il me découvre trempée. Aveuglée par le désir, je sens mes cuisses trembler dès qu'il reprend son petit jeu de doux assauts. Trop doux, et il le sait pertinemment.

Je lui empoigne les cheveux et tire dessus. Il sourit, content de lui, et ses yeux s'illuminent de désir pendant que ses doigts continuent de m'affoler. Ce n'est pas assez. Pas du tout. Je remue les hanches et grogne de frustration. Sur ce, il retire sa main une nouvelle fois.

Il me punit pour mon impatience.

Salopard.

— J'arrête. J'arrête. Mais ne me fais pas ça.

Je me fiche de supplier. Ça fait bien trop longtemps que personne ne m'a touchée, et jamais, dans toute l'histoire de tous mes moments présents, un homme ne m'a attirée avec une telle intensité. Je murmure son nom.

— Sean…

Lisant le désir dans mes yeux, il m'embrasse si profondément que les émotions me submergent. En l'espace d'une poignée de secondes, je suis grisée, mon excitation se déchaîne, hors de contrôle. Je me cramponne à lui.

C'est trop intense.

Et alors qu'il me sent embrasée sous ses mains, il plonge son doigt en moi, et mon dos se cambre.

— Dis-moi ce que tu veux pour ton anniversaire, m'ordonne-t-il en me couvant du regard.

— Je veux ta bouche.

— Où ?

— Sur moi.

— Où, sur toi ?

— N'importe où.

Il fait mine de retirer son doigt.

— Entre mes jambes. Immédiatement.

Il se redresse, abaisse mon short sur mes jambes et le lance derrière lui avant d'écarter mes jambes. Sa tête plonge et il lèche en douceur la peau soyeuse entre mes cuisses.

— S-S-Sean ! je bafouille.

Il m'aguiche en aspirant mon clitoris dans sa bouche à travers le tissu de ma petite culotte. Submergée de désir, je tape sur ses bras.

Il relève les yeux, un sourire d'une arrogance exaspérante plaqué sur la figure.

— C'est ça que tu veux ?

— Je veux ta bouche sur mon sexe, ta langue en moi.

Après quelques secondes de supplice, ma petite culotte retombe quelque part sur un rocher et Sean écarte mes cuisses. Ses doigts me caressent un peu, puis sa tête replongeant, il me goûte d'un long coup de langue. Je l'accueille dans un petit cri. Alors les caresses adroites de sa langue se renforcent dans une intention exclusivement coquine. Me tortillant sur la couverture, je profère une volée de jurons dès qu'il enfonce un doigt en moi et le recourbe sur mon point G. Cela m'a pris des mois pour identifier ce déclencheur d'orgasmes et toutes les parties érogènes de mon anatomie, et lui se débrouille pour les localiser en deux minutes. Superpouvoir en action.

Sa façon de me laper me prive de toute aptitude à communiquer. Mes jambes tremblotent, enroulées autour de sa tête. Ses yeux noisette remontent sur moi à l'instant où j'agrippe la couverture à deux mains et me contorsionne sous les assauts de sa bouche magique. Il me lèche avec frénésie, et en réaction, je projette mes hanches vers lui, le cœur battant et luisante de sueur. Ses doigts m'explorent, m'excitent, me torturent, avant de s'enfoncer en moi comme un signal. Aussitôt, l'orgasme explose. Secouée de spasmes, je me laisse aller en psalmodiant son nom pendant que sa langue m'assaille. Il continue de lécher pendant que je frémis, l'implorant d'arrêter, trop sensible pour en supporter davantage. Mais j'ai beau resserrer mes cuisses autour de sa tête, il aspire mes petites lèvres dans sa bouche, avale ma jouissance jusqu'à la dernière goutte. C'est obscène et parfait, et quand il se relève pour m'embrasser, je lèche sa bouche, suce sa langue avec ferveur. Je fais courir ma main sur toute la longueur de son sexe sous le tissu, jaugeant sa réaction. Puis je glisse les doigts dans son short, les promène sur son ventre ferme et gémis de sentir une traînée humide. Son désir est aussi ardent que le mien, à en juger par sa hampe prodigieuse, que je saisis une petite seconde. Mais soudain il se recule, me refusant l'accès. Bien qu'assouvie, je suis résolue à le caresser. Et je transmets par le regard l'intensité de mon désir.

Il secoue la tête.

— Aujourd'hui, c'est ta journée.

— Crois-moi. Ce serait pour moi. On a tous le droit d'être égoïste, dis-je, haletante.

Il saisit ma main qui part à sa rencontre et l'embrasse.

— Sean, je ne suis pas innocente.

Il entremêle nos doigts.

— Non, mais tu es plus que ça. Beaucoup plus.

— Tu le penses vraiment ? Après ce que tu m'as dit tout à l'heure ?

— Tu l'as mal interprété.

— Dans quel sens ?

Ma joue dans le creux chaud de sa main, son pouce caresse ma bouche.

— Dans le sens où avec toi, là, je me sens un peu égoïste.

— Est-ce une mauvaise chose ?

— Très mauvaise.

— Comment ça ?

Il pose la tête sur mon ventre et grogne.

Mon cœur s'épanouit dès qu'il lève la tête pour me regarder. Quand nous échangeons un regard, le sien est tellement âpre que je sais que je lui fais de l'effet, autant que lui sur moi. En échange de sa confidence silencieuse, je lui concède une parcelle de ma confiance. Les mots ne sont plus nécessaires.

Sur le chemin du retour, il prend grand soin de me soulever entre ses bras et de m'arrêter à l'occasion pour un baiser. Je sais alors que je pourrais tomber amoureuse d'Alfred Sean Roberts. Et aujourd'hui une petite partie de moi l'est déjà.

Chapitre 13

Sean : Je pense à toi.

Quoi exactement ?

Sean : Toutes sortes de choses.

Sois plus précis, stp.

Sean : T'es belle, t'as pas idée. Et je kiffe ton goût.

Et que me fais-tu ?

Sean : J'en fais pas assez. Viens au garage.

Je suis là dans une heure.

Depuis la cascade, il y a plusieurs jours de cela, il m'a à peine touchée. Ou pas intimement. Il me mange des yeux en présence de ses potes, mais ensuite, il me quitte sur un chaste baiser. Ses signaux contradictoires me tapent sur les nerfs. À croire qu'il attend… quelque chose que je ne saurais identifier. Loin de m'en plaindre, je joue le jeu parce que j'avoue que j'aime la frustration et l'impatience que cela fait naître en moi. Je n'ai jamais été du genre rapide, mais il m'attire tellement qu'il m'est difficile de rester sur ma réserve. Les garçons que j'ai connus par le passé ne lui arrivent pas à la cheville. D'ailleurs, ces jours-ci, dans le miroir, je ne peux que remarquer sur mon visage l'éclat donné par ces semaines sous son regard. C'est une euphorie que j'avais presque oubliée, un état plus addictif que n'importe quelle drogue. Malgré ses cicatrices, mon cœur bat à un rythme soutenu, rappel permanent qu'entrer dans le jeu de Sean me fragilise. Quelque part au fond de mon esprit, j'entends l'avertissement. Mais pour l'instant, je fais la sourde oreille, dans l'espoir de la prochaine flèche.

— Tu veux bien ranger ton téléphone lorsqu'on est à table ?

Sous le regard appuyé de Roman, je me raidis sur ma chaise. Je rempoche mon téléphone et reprends ma fourchette.

— Désolée, monsieur.

— Tu as manifestement la tête ailleurs, ce soir.

C'est-à-dire que je préférerais vivre le présent avec Sean. J'ignore pourquoi Roman tient tant à ces dîners. La conversation est forcée, nos repas d'un embarras insoutenable, du moins pour moi. Difficile de cerner ce qui met Roman mal à l'aise, vu que c'est un roc impénétrable. Il est contrarié à longueur de temps, ce qui semble être son unique émotion discernable. Si tant est qu'il soit capable de s'émouvoir. Plus je passe de temps chez lui, plus il m'est étranger.

— Quel genre de personnes étaient vos parents ?

Je n'ai jamais posé de questions sur eux jusque-là. Même pas enfant. Même quand ma jeunesse aurait pu excuser un acte de bravoure, je savais que le sujet était tabou.

Mes grands-parents paternels sont tous deux décédés, c'est à peu près tout ce que nous savons, maman et moi.

Roman porte à sa bouche des pâtes impeccablement enroulées autour de sa fourchette.

— Que veux-tu savoir exactement ?

— Étaient-ils aussi démonstratifs que vous ?

Sa mâchoire se crispe. Je m'en félicite, sans pour autant le montrer.

— C'étaient des mondains. Mon père faisait preuve d'une extrême assiduité sur le terrain de golf.

— Comment sont-ils morts ?

— Ils buvaient.

— Ils ont avalé du poison ? Façon Shakespeare ?

— Tu trouves la mort amusante ?

— Non, monsieur.

Je trouve cette conversation amusante.

— Ils sont décédés à trois petites années d'intervalle. Ils m'ont eu à la quarantaine.

— Vous les avez pris de vitesse sur ce coup-là, hein ?

À ma naissance, ma mère avait vingt ans et Roman, douze de plus. Il a trempé son biscuit dans le nectar d'une jeune fée.

— Avoir un enfant ne faisait pas partie de mes projets.

J'écarte les bras en l'air d'un geste théâtral.

— Ta-da, c'est une fille !

Même pas l'ombre d'un sourire.

— Vous n'êtes pas un public facile, dis-je avant de boire un peu d'eau. Désolée pour les couches, pas pu faire autrement.

Nul doute qu'il n'a jamais changé ma couche. Pas une seule fois.

— Cecelia, as-tu l'intention de te comporter ainsi toute la soirée ?

— Espérons-le.

Espérons aussi que tu n'atomiseras pas mon âme avec ton regard assassin.

— Donc pas de parents, pas de petite amie. Un pote avec qui traîner ?

— J'ai plein d'assistants.

— Et que fait Roman pour décompresser ?

Un énième coup d'œil méprisant. Je vais dans le mur.

— Bon, le dîner était divin. Hélas, j'ai des projets pour la soirée. J'peux sortir de table ?

— Oui, répond-il sans hésiter.

Je décampe. Et là, je jure que je l'entends soupirer de soulagement en même temps que moi.

Un peu plus d'une heure plus tard, je débarque au garage, où je suis accueillie par la fossette de Tyler. Il me contemple de la tête aux pieds, pendant que je savoure son attention. Avant de venir, je me suis faite belle comme rarement, m'enduisant le corps de lotion mélangée à de l'huile essentielle de genévrier. Je me suis ondulé les cheveux, et j'ai appliqué de la poudre bronzante pour me donner un effet bonne mine, même sous ces néons jaunes douteux. Je n'ai pas forcé sur le maquillage, afin de laisser paraître les taches de rousseur que Sean affectionne. Mais j'ai coloré mes lèvres d'un rose vif assorti à ma nouvelle robe bain de soleil.

— Nom d'un chien, ma puce, t'es superbe, s'exclame Tyler en me saluant d'un chaleureux câlin.

Sean discute avec Dominic à l'écart dans le fond du garage. Outre la distance, leurs voix sont étouffées par « The Joker », de Steve Miller. La conversation ayant l'air tendue, je décide de les laisser entre eux. Jeremy m'accueille d'un geste du menton doublé d'un coup d'œil appréciateur, sans cesser de jouer au billard. Jeremy n'est pas très grand, mais de toute évidence, la salle de sport est sa seconde maison. Ses vêtements simples sont très seyants sur sa carrure tout en muscles. Il arbore une barbe taillée dans un style très branché, et des bretelles par-dessus son tee-shirt. Ses cheveux châtains sont coupés court – pas comme ceux de Sean, qui donnent l'impression d'avoir été frappés par la foudre.

— Cee, tu fais une partie ? propose Jeremy avant de rentrer la bille numéro neuf.

— Pour me prendre une autre raclée ?

Mon regard passe de son corbeau tatoué au bonnet noir qui pendouille de sa poche arrière. La température chute agréablement après le coucher du soleil, toutefois le bonnet détonne en ce début d'été.

— Tu prévois de faire un casse, Jeremy ?

Il frotte la craie sur la pointe de la queue du billard puis enfonce son bonnet dans sa poche.

— Déjà fait.

— Ah oui ?

Il m'adresse un clin d'œil et Tyler se tord de rire.

— Tout ce que tu as dévalisé ce soir, c'est la commode de ta mère.

Jeremy fusille Tyler du regard.

— Si on se lance sur le sujet de ta maman, nous savons comment ça se termine. Toujours bien, en ce qui me concerne.

— Ferme ta grande gueule, rétorque Tyler.

Russell, qui arrive second après Dominic en termes de mutisme, attrape une queue et l'enduit de craie.

— Tyler, tu sais que personne ne s'occupe aussi bien de ta maman que Jeremy.

Tyler écume de rage.

— J'ai loupé quelque chose ? je m'étonne.

— Rien, riposte Tyler, plus aux autres qu'à moi. Ils veulent juste m'emmerder.

— Si c'est la version qui te permet de dormir tranquille, fiston, raille Jeremy avant de se tourner vers moi. C'est un fils à maman. Mais je pense qu'on doit juste lui accorder un peu plus de temps et d'attention. Papa le sait mieux que personne.

J'assiste à leur échange en souriant. Dominic m'observe, pendant que Sean s'exprime avec un débit rapide. Alors qu'il me scrute, une étincelle me parcourt. Nous n'avons pas échangé un mot depuis le soir où il m'a autorisé l'accès au garage. Dès que je m'approche pour lui parler, il se renferme et m'ignore délibérément. D'après Sean, je ne dois pas le prendre personnellement, mais la façon dont Dominic m'évite constamment et me regarde m'énerve. Je l'ignore à mon tour et porte mon attention sur Sean. Je me souviens de la sensation de son baiser, de l'expression dans ses yeux, de sa bouche avide, qui portait la promesse de m'embraser encore. Cette promesse, je la vois sur son visage quand finalement il se tourne dans ma direction. Son regard admiratif glisse sur mon corps, un léger sourire se dessine sur ses lèvres.

Pour peu qu'il me regarde ainsi, des frissons parcourent mon échine. C'est comme si nous savions ce qui va se produire. Et nous ne sommes pas les seuls.

— Faut qu'on vous laisse un moment seuls, tous les deux ? raille Russell quand il surprend notre échange de regards.

— Boucle-la, lui répond Sean sans agressivité en m'attirant dans ses bras.

Il déborde d'assurance. Son sourire ferait fondre la culotte d'une bonne sœur, et ses yeux sont tellement expressifs qu'ils parlent pour lui. Chaque jour, il me subjugue un peu plus, et chaque jour, je sens le lien qui se forme entre nous. Les actes avant les mots : c'est ce que je retiens de ses avertissements, le jour de mon anniversaire. Toutefois, je le prends avec des pincettes.

— Tu m'as manqué, me dit-il.

Alors que je suis détendue entre ses bras, mon regard croise celui de Dominic derrière son épaule. Sans un mot, Sean nous fait sortir par la porte arrière du garage.

— Pourquoi me déteste-t-il ?

— Ignore-le.

— Facile à dire.

— Il est doué pour ça, renchérit-il en posant ses lèvres sur mon épaule nue. Tu es belle, dit-il en me humant d'une manière qui me fait presque gémir. Et tu sens bon.

— Merci.

— C'est à mon intention ?

Le dos de ses doigts parcourant mes flancs, le désir éclot dans mon ventre, ravivant le souvenir des cailloux sous mon dos, de la cascade et de sa bouche experte. Je vois qu'il lit dans mes pensées. Son regard s'embrase, et cette fois c'est moi qui arbore un sourire orgueilleux.

— Peut-être.

— Complications, murmure-t-il.

Je me mords la lèvre et je jure que j'entends un faible grognement.

— On joue ou quoi ? nous lance Russell, faisant éclater notre bulle.

Sean lève les yeux au ciel et attrape deux bières dans une glacière. J'en accepte une, décidée à n'en boire qu'un peu. Dès qu'il décapsule la sienne et que le volume de la musique explose, je m'empare de la queue de billard et la partie commence.

Je joue atrocement mal. Malgré tous mes efforts, ma perception de la profondeur est mauvaise, au point que c'en est embarrassant. Et les gars ne se gênent pas pour me vanner à ce sujet. Après avoir abandonné la bataille face à Jeremy, je me dirige vers le canapé, boudeuse. Sean m'accueille sur ses genoux, ravi.

— Je suis nulle.

— C'est un fait avéré.

Je plante mon coude dans ses côtes.

— Détends-toi. Il faut de l'entraînement, murmure Sean.

Je m'appuie contre sa main qui me caresse le dos. Le va-et-vient de ses doigts ranime mon désir, pendant que je le regarde se marrer avec ses potes.

Au bout de quelques parties, je suis complètement absorbée par son odeur, ses mains, le timbre de sa voix, la sensation de lui. Tout en lui m'excite. Son physique, mais aussi sa façon de penser. Cette attraction m'étourdit, m'excite et m'enchante avec une intensité dont je ne suis pas coutumière. Sean est comme une drogue. En plus puissant. En plus addictif. En plus… tout.

Il se tourne vers moi, et comme s'il lisait dans mes pensées, son sourire s'élargit.

— Une idée derrière la tête, Pup ?

Il sait pertinemment à quoi je pense, mais je n'entre pas dans son jeu.

— Je… tu m'apprendrais à conduire ?

— Tu sais conduire.

— Pas comme toi.

Mon regard sonde son visage et descend plus bas. Nous partageons une seconde ou deux, perdus dans cet instant dans la grotte. Je sais qu'il y pense aussi. Son corps se contracte lorsque je m'appuie contre lui.

— S'il te plaît ?

Sans un mot, il se lève en me tenant contre lui.

— Nous sortons, annonce-t-il à Tyler.

Je distribue des au revoir aux garçons avant de le suivre sur le parking. Il extirpe ses clés de sa poche et me les lance. Je les attrape du premier coup, soudain traversée par un frisson d'exaltation.

— Tu vas vraiment me laisser conduire ?

Je regarde le bolide si cher à ses yeux.

— Voyons ce que tu as dans le ventre.

Je m'installe, survoltée, et savoure la sensation du volant sous mes doigts. Sean s'installe à côté de moi.

— Tu sais passer les vitesses ?

Je hoche la tête.

— Ma mère a eu une voiture à boîte manuelle. J'ai appris avec.

Je vérifie que le levier est au point mort avant de mettre le contact et de la laisser chauffer.

J'apprécie la fraîcheur du siège baquet sous ma robe, sous mes cuisses.

— Comment avez-vous trouvé ces modèles anciens ?

J'admire l'état de l'habitacle, émerveillée. La voiture a été parfaitement restaurée.

— Elles appartenaient toutes à ma famille. Mon oncle en faisait collection, et à sa mort, nous les avons retapées. C'est comme ça que nous nous sommes tous mis à réparer des voitures.

— Elles sont tellement rares. Vous n'avez pas peur de les abîmer ?

— Quel intérêt de posséder quelque chose si on ne l'utilise pas ?

— C'est pas faux, dis-je en ajustant la ceinture d'époque autour de ma taille.

Je passe le doigt sur le ss incrusté dans le volant. Le doute se pointe, mais Sean l'apaise. Il sait trouver les mots qu'il faut pour me rassurer. Le fait qu'il ne soit pas nerveux m'aide à me détendre.

— Ce n'est qu'une voiture. Doucement dans les virages, ces engins ne sont pas faits pour les routes de montagne.

— C'est vrai, ça. Alors pourquoi les conduisez-vous ?

Ses dents apparaissent dans un sourire.

— Parce que nous le pouvons.

Il y a tant de fierté dans ses yeux que je secoue la tête.

— Nan, mais quel mec.

— Merci. Alors, tu finiras par t'habituer à la souplesse du volant, mais prends ton temps pour cela.

Je hoche la tête, examine le levier de vitesse.

— Il est différent de celui que je connais.

— Manie-le doucement, dit-il en caressant du bout du doigt ma main sur le volant. Nous avons tout le temps du monde.

Je lui fais un grand sourire et son expression me coupe le souffle. Le tambourinement dans ma poitrine souligne l'invitation avec vigueur. L'habitacle s'emplit de tension, d'un genre plaisant, pendant qu'il reste tranquillement assis sur son siège.

— Prêt ?

— Plus que ça, murmure-t-il avant de retirer sa main.

Après avoir fait grincer le levier de vitesse et grimacé, je prends le départ.

Les premières minutes, Sean me guide de sa voix douce et rassurante, il m'aide à négocier les routes en lacets. Dès que j'ai dépassé les virages les plus serrés, j'accélère et il me donne quelques tuyaux supplémentaires pendant que je mémorise le schéma des vitesses.

— T'as pigé le truc.

— C'est pas encore ça.

— Je t'assure, dit-il, sa main effleurant mon épaule. T'as pris le coup. Lâche-toi.

Je frémis sous sa main. D'un regard furtif dans la pénombre, je le vois me faire un clin d'œil.

La musique pulse en sourdine dans les haut-parleurs. Sean monte le son.

— Sympa, cette chanson.

Sans un mot de plus, il met fin à toute communication. Signe que le cours est terminé et que je navigue en solo.

Les Black Crowes se mettent à brailler « She Talks to Angels » pile au moment où j'embrasse ma liberté. J'en profite à fond, avide de sensations. Entre la musique et le bourdonnement du moteur, la chair de poule recouvre ma peau. Le vent soulève mes cheveux et je souris.

Nous roulons à vive allure, à présent. Mon cœur s'emballe quand je change de vitesse avec une dextérité qui m'étonne moi-même. Alors j'écrase l'accélérateur.

Sean ne bronche pas sur le siège passager. Portée par sa confiance, je me mets à chanter sur la chanson avec lui. Je me situe quelque part entre hurler et chanter à l'instant où ses doigts écartent mes cheveux de ma nuque, puis caressent mon bras. Tous mes sens aux aguets, mon corps soupire sous sa caresse. Sa main effleure mon cou, mon bras, s'aventure vers celle qui recouvre la mienne sur le levier de vitesse. Puis remonte. Ses doigts, après avoir effleuré mon menton, abaissent la bretelle de ma robe d'été. Mon cœur loupe un battement dès qu'ils survolent ma peau.

À son contact, mes lèvres s'entrouvrent. Je ralentis, le regarde à la dérobée. Une seconde passe, puis une autre et bientôt je bifurque vers l'une des nombreuses routes désertes, enclenche le point mort et le frein à main. Nous restons là, près l'un de l'autre, si près. Ses caresses portent mon excitation à son comble, pourtant je patiente.

— Regarde-toi, dit-il d'une voix chargée de désir et d'urgence.

— Sean, gémis-je d'une voix rauque, l'entrejambe moite d'excitation.

Ses doigts me font tomber un peu plus sous son charme.

Son hésitation est palpable, et je la sens alors même qu'il m'aguiche avec ses mains, et que je ne suis pas loin de craquer. La tension monte au rythme des pulsations de mon entrejambe. Mes yeux le supplient de passer à l'acte. Je vois le verdict dans ses yeux une seconde avant qu'il lâche :

— Oh et puis merde.

La suivante, nous fondons l'un sur l'autre. Son baiser est tout sauf doux. Sa langue s'insinue entre mes lèvres, explore ma bouche en profondeur. C'est comme si chaque regard, chaque contact, chaque échange, si subtil soit-il, nous avait conduits à cet instant. Ardente, je laisse mes mains se promener sur lui, agripper les manches de son tee-shirt lorsqu'il m'attire contre lui. C'est alors que je l'enjambe, pressée contre lui, l'afflux d'adrénaline alimenté par un besoin insatiable. Nous nous embrassons avec ferveur, seuls dans la voiture sur une route sans nom, le cœur tambourinant, nos souffles courts mêlés. Dès qu'il remonte ma jupe sur mes hanches, je me frotte sur ses cuisses. Je lèche l'intérieur de sa bouche, redessine son piercing avec ma langue.

— Putain, murmure-t-il entre deux baisers.

Il descend l'autre bretelle de ma robe. Aussitôt après, il tire sur mon décolleté pour dénuder ma poitrine, mes mamelons tendus. Le désir se fait impérieux. Il saisit mes seins dans ses paumes rugueuses, son baiser d'une intensité inouïe fait palpiter mon clitoris implorant. Je guide sa main vers ma cuisse, sous ma jupe. Après une petite seconde d'incertitude, le dos de ses doigts cajole la bande de soie et de dentelle. Soudain, il dérive sous l'élastique, écartant ma petite culotte. Je halète dans sa bouche quand, brusquement, il introduit deux doigts en moi. Encouragé par mon gémissement, il me baise sans ménagement avec sa main.

— Sean, dis-je d'une voix entrecoupée.

Un bras autour de son cou, je chevauche sa main.

La paume sur son érection, je le pétris et avec un râle, il me repousse contre le tableau de bord. Ainsi positionnée sur ses genoux, je me contente de l'observer, les coudes en appui derrière moi, ma robe relevée sur mes hanches. Il arrache d'un coup sec le fin triangle de tissu entre mes cuisses.

Impatiente d'exposer son sexe, je tends la main, mais il la repousse d'une tape. Il préfère déboutonner son jean et libérer lui-même son érection, qu'il étreint dans son poing. Qu'il se dévoile suffit à me faire saliver. Il sort un préservatif de son portefeuille, me le confie et je déchire l'emballage. Je fais glisser son sexe satiné dans ma main de la base à son gland humide, avant de dérouler le latex. Cela fait, il suit mes petites lèvres du bout du doigt, me titille avec le fluide recueilli. Un petit vent frais circule dans la voiture au moment où, ma tête dans sa paume, il m'attire pour m'embrasser puis m'allonge sur le dos. D'une petite contorsion, il s'ajuste entre mes jambes et s'enfouit entièrement en moi. Je tremble de le sentir me pénétrer. Enivrée par l'écho des claquements, je porte mes hanches à sa rencontre. Mes cheveux dans son poing, il plonge en moi, si fort que je ressens des tiraillements. Ma sublime récompense. Sous son tee-shirt, mes mains explorent son torse musclé pendant que son regard en fusion me fixe, son cœur affolé sous ma paume.

— Bon… sang…, gronde-t-il en accélérant la cadence, t'es une méga complication.

Comblée comme jamais, je tâtonne pour ôter son tee-shirt, dont il se débarrasse aussi sec. Alors, je m'imprègne du timbre de ses grognements, de la texture de sa peau, de la moindre nuance de sa carrure. Puis, mes jambes verrouillées autour de lui, contre ses hanches, je bascule la tête en arrière. Il m'emplit à fond, et plus encore. Je ne peux que m'accrocher à lui et le laisser mener la danse. Il me consume intégralement, avec son musc, son visage, son corps, son sexe. Une main sur ma cuisse repliée, il s'enfonce au tréfonds de moi et je hurle son nom. Bestial, il m'enflamme avec ses hanches qui s'agitent à un tempo prodigieux.

Soudain, sa main disparaît entre nous, ses doigts pétrissent mon clitoris, et sa queue tape en moi. Je cligne des yeux. Alors il s'écarte un peu, juste de quoi se positionner à la perfection. L'orgasme gronde et retentit. Mon corps entier vibre d'extase quand il replonge en moi, par deux fois, avant de jouir, la mâchoire relâchée. Ses yeux étincellent dans la pénombre comme des émeraudes en feu. Dans le silence, mes doigts volètent sur ses bras. Son précieux sourire reparaît et fond sur ma bouche en un tendre baiser. D'un bras, il me soulève pour me rapprocher de son torse.

— Ça n'a pas traîné, dit-il avec un petit rire.

— Mmm, fais-je d'une voix fatiguée.

— On a un problème, marmonne-t-il dans mon cou.

Je masse ses épaules luisantes de sueur.

— Lequel ?

J'ai du mal à croire que je nous ai laissés, ou plutôt que j'ai voulu, aller aussi loin. La tête relevée, il me regarde reprendre ma respiration sur ses genoux.

— J'ai pas d'autre capote.

— Nous avons tout le temps du monde, non ?

Il hoche le menton contre mon épaule. Une ombre tourmentée voile son regard quand il croise le mien.

— C'est sûr.

— Qu'est-ce qui te chiffonne ?

Son regard s'éclaircit et il secoue la tête, les épaules détendues. Il caresse ma peau puis prend mes seins dans ses mains.

— Rien, répond-il. Rien du tout.

Possessif, il s'approprie ma bouche. Et je me perds dans ce baiser qui me revendique.

Chapitre 14

Du linge sale.

C'est ce que nous trions, Sean et moi, depuis un bon quart d'heure. Et pas juste le linge de Sean. Celui de Tyler et de Dominic aussi.

— Tu laves les vêtements de tes colocs pour une raison en particulier ?

— Pourquoi je ne le ferais pas ?

— Parce que c'est leur linge, voilà pourquoi.

— Tu rends pas des services à tes copines ?

— Si. Je paie l'addition au resto une fois de temps en temps ou je leur vernis les ongles. Mais je ne lave pas leurs strings.

— Ça, c'est mieux.

— En quoi est-ce mieux ?

— Qui aime faire la lessive ?

Moi. J'aime trier le linge à cause de Sean. Il a le don d'égayer les corvées les moins ragoûtantes, surtout quand il me frôle de son entrejambe alors que je suis assise sur le lave-linge. Enfiévrée, je me demande si c'était délibéré, avant de voir apparaître son sourire narquois.

Salopard.

Il joue sans cesse au plus malin avec moi, ce qui m'oblige à rester sur le qui-vive. Cela se traduit par des jeux de mots, le plus souvent des sous-entendus sexuels qui m'échapperaient si j'étais moins attentive. Mais je les remarque, parce que Sean me provoque sans cesse, parfois jusqu'aux larmes, et que je supplie.

Sa tendance sadique, j'en raffole.

Chaque instant de la semaine passée était un peu la phase lune de miel de notre relation, ou je ne sais comment la qualifier. Je n'y réfléchis pas vraiment puisqu'il ne m'a pas donné de raison de me tourmenter. Même s'il ne faut pas compter sur lui pour communiquer à distance : il emporte rarement son téléphone et des heures s'écoulent avant qu'il réponde aux SMS. Nous sommes énormément dans l'instant ensemble.

Il insère des pièces dans une des machines cabossées de la laverie.

— Tu disposes d'une buanderie à la coloc, non ?

— Pourquoi cette question ?

— Comme ça. Ce serait plus économique à long terme si vous achetiez une machine d'occasion, sur Internet par exemple.

Il m'entoure de ses bras puissants et frotte son nez sur le mien, ses lunettes de soleil sur le dessus de sa tête, son tee-shirt gris clair tendu en travers de son torse musclé. Pelotonnée contre lui, je triture la taille de son jean et inhale son odeur ensoleillée. Je me noie dans les sensations, presque au point de perdre le fil de la conversation. Pour indécent que ce soit, je noue mes jambes autour de lui, mon short remontant sur mes cuisses.

Son regard plonge entre nous, vers ses doigts qui frôlent ma peau le long de l'intérieur de ma cuisse.

— Je suis fou de tes jambes et de cet endroit…

Il tire doucement sur mes cheveux pour exposer mon cou. Ses lèvres se posent dans le creux de ma gorge.

— … juste ici.

— Quoi d'autre ?

— Survolons les points essentiels.

Il m'embrasse juste sous l'oreille puis prend ma main et amène mon poignet à ses lèvres. Son doigt suit lentement le décolleté de mon débardeur puis, mon visage entre ses mains, il promène son pouce sur ma joue.

— Ce visage, murmure-t-il en semant de petits baisers sur mon front, mes paupières, les taches de rousseur sur mon nez avant de se figer sur mes lèvres.

À peine m'a-t-il titillée qu'il approfondit son baiser, capturant mon gémissement alors que je fonds entre ses bras. Il se moque éperdument du regard des autres. Il me touche souvent en public et en privé, et tous les coups sont permis. Sans la moindre retenue, il revendique ses droits sur moi au quotidien. À présent qu'il prend possession de ma bouche et que je m'abandonne contre lui, il oublie toute pudeur. Je n'ai jamais bénéficié de tant d'affection.

Par l'attention et la tendresse dont il me couvre, il a rabaissé au rang de menteurs tous les hommes qui l'ont précédé et les a humiliés en quelques semaines à peine.

C'est pour cela que j'aime tant aller à la laverie, ou faire n'importe quoi d'autre avec lui.

Avec lui, je suis constamment excitée ou intriguée. Il est curieusement fascinant, et je ne peux jamais prédire ce qui sortira de sa bouche.

— Je n'économise pas.

En voilà un bon exemple.

— Pourquoi ça ?

Pour toute réponse, il se contente de hausser un sourcil.

— Laisse-moi deviner… Seul le présent compte. Tu vis sans jamais penser à l'avenir.

— J'applique ce principe de toutes les manières possibles, chuchote-t-il dans mon cou.

Avant que j'aie pu creuser, il continue :

— Je préfère distribuer l'argent qu'épargner.

— Pourquoi ? L'argent aussi est une vue de l'esprit ?

— Tu commences à comprendre, réplique-t-il avec un grand sourire.

La main dans sa nuque, j'enfonce mes doigts dans ses boucles.

— Y a-t-il une seule loi que tu respectes ?

— La mienne.

— Un hors-la-loi sans avenir. Et tu dis que je suis dangereuse.

— Tu n'imagines pas à quel point, déclare-t-il en me faisant descendre de la machine à laver. Viens, j'ai envie d'une cigarette.

Nous sortons nous asseoir dans la voiture, en face du centre commercial. Notre attention est partagée entre les allées et venues dans la laverie et le restaurant mexicain qui la jouxte. Derrière la vitrine du restaurant, une femme debout dans un coin confectionne des tortillas fraîches en souriant. Elle pétrit la pâte, l'étale et la lance sur un réchaud à côté du plan de travail. Mon esprit divague pendant que je la regarde, que Sean triture son Zippo, sa cigarette cédant la place à une seconde puis à une troisième, avant qu'il retourne s'occuper du linge. Seul, car il décline mon coup de main. Restée sur mon siège, je me perds dans la monotonie du spectacle de la vendeuse de tortillas. Son métier est aussi répétitif que le mien à l'usine. Mais si je ne lâche pas l'horloge des yeux jusqu'au coup de sifflet tant espéré, en revanche, son sourire paisible ne faiblit pas, même quand elle n'est pas occupée à parler avec ses collègues ou avec des clients. Elle semble satisfaite, heureuse, dans l'acceptation de sa tâche. Je l'envie, j'aimerais ressentir une paix similaire au travail. Sean revient et, sans un mot, allume une cigarette, le claquement du briquet étant le seul son de l'habitacle.

— Cette femme n'a pas arrêté une seconde de confectionner des tortillas.

— Elle fait ça nuit et jour.

— Hallucinant.

— C'est sa vie. Il y a des millions de gens qui font le même type de boulot.

— Je sais, j'en fais partie.

— Ouais, fait-il en soufflant un nuage de fumée, sauf qu'elle ne crache pas sur son boulot.

— Très juste. Elle sourit sans arrêt.

Nous restons d'interminables minutes à l'observer.

— Je n'arrive pas à comprendre ce qui la rend aussi heureuse.

— C'est sa décision, dit-il comme si c'était une évidence.

— Sa décision. (Je remarque qu'il l'observe avec intensité.) Tu la connais ?

— Elle s'appelle Selma. Elle amène sa camionnette au garage de temps en temps.

— Elle vous paie avec de l'argent imaginaire ? dis-je pour plaisanter.

— D'une certaine façon. C'est gratuit pour elle. Le linge est sec, ajoute-t-il.

— Je vais t'aider.

Il ouvre sa portière et fait un signe de la tête.

— Reste là.

— Sean, je regarde cette femme cuire des tortillas depuis, genre, deux heures.

— Alors continue, dit-il en refermant la portière.

Je m'affaisse sur le siège, exaspérée par ses ordres sans pour autant bouger. Bien vite, je m'absorbe dans mes réflexions et retourne dans ma tête notre échange de tout à l'heure dans la laverie.

« Seul le présent compte. Tu vis sans jamais penser à l'avenir.

— J'applique ce principe de toutes les manières possibles. »

Dominic. Je ne vois pas d'autre conclusion possible. Il est des plus pénibles avec moi depuis que je me suis pointée chez eux. Il finira par devenir un obstacle, je le vois à son regard hostile et à son manque de courtoisie. Je décide de questionner Sean, pendant que Selma termine de retourner une fournée de tortillas avec ses doigts au-dessus de la flamme. Ensuite, elle en empile plusieurs, les glisse dans un sac et pioche des billets dans son bocal à pourboires. Elle se dirige vers la caisse enregistreuse de l'autre côté du comptoir et compte minutieusement chaque dollar avant de les échanger contre ce que je devine être des billets plus gros, dans la partie opposée du tiroir. La mâchoire m'en tombe quand, après avoir regardé autour d'elle, elle réunit d'autres billets, qu'elle fourre furtivement dans le sac de tortillas. Puis elle s'occupe de quelques clients désireux de régler leur addition. Obnubilée, je la vois garder le tiroir ouvert, rendre la monnaie puis faire disparaître les additions dans son tablier. Elle brouille les pistes. Une fois seule à la caisse, elle rassemble des billets et fait de la monnaie. Je sais qu'elle veillera à ce que les chiffres coïncident à la fin de la soirée.

La souriante Selma est une chapardeuse.

Et elle n'en est pas à son coup d'essai.

J'ai passé des heures, aujourd'hui, à observer cette femme, à admirer sa capacité à trouver de la joie dans sa solitude, pour découvrir qu'au final, c'est une voleuse.

N'est-ce pas navrant ?

Je sais que Sean ne me croira pas. Pourtant, ça me démange de lui raconter. Au même instant, une camionnette se gare à côté de moi. Un homme dans la trentaine en descend et fait coulisser la porte arrière. Rattaché à cette porte, un dispositif électrique destiné à un fauteuil roulant. Focalisée sur le véhicule, je ne remarque pas Selma avant qu'elle sorte guetter la camionnette, son sachet à la main. D'une voix douce, elle s'exprime en espagnol avec un débit rapide, au moment où le siège pivote, révélant un jeune garçon, gravement handicapé. Ses jambes et ses bras sont recroquevillés sur les côtés, ses yeux fouillent l'espace par d'incessants mouvements latéraux. Il est aveugle. Selma s'approche de lui, le couvre de baisers et lance le sachet de tortillas garni de billets sur la banquette.

Mon cœur s'effondre.

Elle le fait pour lui.

Elle vole pour lui.

Mon regard retourne vers le garçon, âgé de onze ou douze ans environ. Son petit-fils, peut-être ?

Un instant, je me dis que si j'avais choisi l'espagnol à la place du français, j'aurais pu comprendre ce que l'homme et elle se disent, tandis qu'il la regarde couver l'enfant d'un regard tendre. Il est douloureusement évident qu'elle vit pour lui. L'homme s'adresse à elle avec égard, comme à une femme fragile. Tant de gratitude brille dans les yeux de ce monsieur, pendant qu'elle embrasse le front, le nez et les joues de l'enfant.

La culpabilité me tenaille, à la pensée des suppositions qui m'ont traversé l'esprit lorsque je l'ai vue dérober de l'argent.

La portière de Sean s'ouvre et se referme, mais je reste concentrée sur le garçon. Quel genre de vie mène-t-il, ainsi prisonnier de son corps, incapable de voir, de bouger ses bras et ses jambes ?

— Il est malentendant aussi, dit Sean, alors que mes larmes menacent de couler.

Quand Selma redescend du marchepied, l'homme l'étreint, ses yeux emplis de honte et de culpabilité. Il s'écarte d'elle, la scrute avec une inquiétude manifeste puis lance un regard vers le restaurant. À l'évidence, il désapprouve qu'elle vole.

— Elle vole pour son fils et son petit-fils ?

— Son beau-fils. Après l'accouchement, sa fille a laissé ce dernier élever le garçon seul. Il touche des allocs, mais pas assez pour vivre. Selma souffre d'arthrite sévère, mais tous les jours de l'année, elle pétrit cette pâte pour ses garçons, et cela la rend heureuse. Le plus triste est qu'elle est un pilier de ce restaurant. Ce ne serait pas aussi sympa sans elle. Les enfoirés de gérants ne l'ont pas augmentée une fois en huit ans.

Je déglutis.

— J'étais impatiente de t'apprendre qu'elle piquait dans la caisse. Je me disais que tu n'allais pas me croire. D'ailleurs, j'ai eu du mal à en croire mes yeux.

Il recueille une larme sur ma joue, et je me tourne pour le regarder. À son expression, je devine le reste.

— Tu étais au courant, tu savais que je le verrais.

— Qu'as-tu ressenti ?

— Ça m'a fait plus mal que la montre.

Une vague satisfaction dans les yeux, il porte son regard vers l'homme, qui redémarre, emmenant son fils. En l'espace de quelques minutes, Selma a repris sa place derrière le comptoir, martelant sa pâte à tortilla avec un grand sourire. J'examine Sean.

— Qui es-tu en vérité ?

Quel jeune homme de vingt-cinq ans lave le linge de ses copains, se soucie sincèrement des problèmes financiers et du petit-fils handicapé d'une Selma, méprise l'argent, le temps, ne s'intéresse pas au statut social et vit sans se tracasser du lendemain ?

Alfred Sean Roberts.

Voilà qui est ce jeune homme.

C'est alors que je m'accorde la permission de lui faire un peu plus confiance. Mais c'est aussi là que mes sentiments naissants me font réfléchir. Avec tout ce qu'il a fait, c'est bien trop facile de l'apprécier. Toutefois, cet homme qui rejette les règles et les limites pourrait se révéler dangereux pour moi.

Sentant ma peur, il se penche pour m'embrasser pendant ce qui semble une éternité. Quand il s'écarte, je me sens plonger plus profond ; je suis plus fascinée, et encore plus tiraillée.

— Sérieusement, Sean, qui es-tu ?

— Quelqu'un qui a du linge propre et qui crève la dalle. Mexicain, ça te fait envie ?

Tout ce que je peux faire, c'est hocher la tête.

Chapitre 15

Sean m'entraîne dans le bar en me tenant par la main. Avec toutes les fajitas que nous avons englouties, nous sommes repus. Et nos poches sont nettement plus légères après les généreux pourboires que nous avons laissés à Selma. Gênée, je me hâte derrière lui en découvrant le cadre : des néons multicolores le long des murs, le sol jonché de serviettes en papier usagées. La seule chose qui paraisse récente est un juke-box dans un coin. Le bar est une cage à lapins qui empeste le rance.

— Ça baigne, Eddie ? lance Sean au barman.

Eddie, une petite trentaine, semble brut de décoffrage. Ses yeux sont noirs comme la nuit, et sa corpulence pour le moins intimidante. Je ne peux m'empêcher de remarquer le tatouage familier sur son bras quand il se flanque un torchon taché sur l'épaule.

— Salut, mon gars, répond-il en me reluquant derrière la solide charpente de Sean. Je comprends mieux ce qui t'a occupé ces temps-ci.

Sean répond d'un sourire de travers.

— Voici Cecelia.

— Salut.

— Qu'est-ce que vous buvez ?

Hésitante, je me cramponne au bras de Sean. Il sait que je n'ai pas l'âge de consommer de l'alcool. Son pouce caresse le dos ma main.

Il va gérer.

Bien sûr qu'il gère.

— Je prends une bière. Et toi ? me demande-t-il.

— Whisky-Coca.

Appuyée contre lui, je glousse presque quand il hausse les sourcils.

— J'ai toujours eu envie d'en commander un. Ou un martini, mais je ne pense pas qu'Eddie sache le préparer.

Il me sourit.

— Bonne déduction.

Sean règle nos verres et choisit une table au fond près du juke-box. Il étale les dernières pièces de vingt-cinq cents qu'il nous reste de la laverie.

— Choisis judicieusement. Sinon Eddie nous jettera à la rue.

Je ramasse les pièces, sélectionne quelques titres et reprends ma place. Il me tend mon verre et je le remercie avant d'avaler une gorgée. Mes yeux s'écarquillent alors que le whisky attaque le fond de ma gorge, et je me mets à tousser. Sean grimace, se retournant vers Eddie. Ce dernier hausse un sourcil perplexe.

Malgré la brûlure qui me menace de mort imminente, j'ai conscience que je dois assurer un peu mieux si je veux qu'on me serve de l'alcool. Les larmes aux yeux, je m'éclaircis la voix. Sean rit doucement.

— C'est la première fois que tu goûtes de l'alcool fort ?

— Ça passe tout seul, dis-je, le liquide s'infiltrant dans mes veines.

Avec un sourire chagriné, il secoue la tête.

— Rappelle-moi où tu as grandi ? Ça se termine par « bourg », je crois.

— Très drôle. Moi, je viens d'un bourg perdu ? Y a pas plus de deux feux rouges dans ta super ville.

— Y en a douze.

— Je t'ai dit que je ne sortais pas souvent au lycée.

— Dis plutôt que tu sortais jamais, plaisante-t-il.

— C'est que…

Je soupire.

— Quoi ?

— En fait, ma mère était déprimée et assez alcoolo pour nous deux. Il fallait bien que l'une de nous fasse l'adulte.

Les yeux noisette de Sean s'adoucissent. Je décide qu'ils sont plus verts que marron.

— Ne nous méprenons pas. Je ne l'échangerais pour rien au monde. Elle était super marrante.

— Était ?

— Ouais. Quand j'avais huit ans, elle m'a appris à conduire.

— Répète un peu ? dit-il en se penchant vers moi.

— C'est vrai. J'avais des prédispositions, un truc de fou.

Je fanfaronne, et m'offre courageusement une lampée de whisky allongé d'une goutte de Coca éventé.

— J'imagine.

— Comme nous n'étions pas riches, on se débrouillait. Ma mère était créative de ce côté-là. Elle trouvait toujours un moyen de se faire vingt dollars en plus de sa semaine de travail. Un samedi, il faisait beau, elle a eu cette idée fabuleuse de m'emmener sur une route abandonnée et de me laisser le volant. (Je souris, absorbée dans ce souvenir.) Elle a glissé un annuaire sous mes fesses et m'a laissée conduire notre minivan pendant des heures. Après ça, elle nous a emmenées dans une gargote au bord de la route. Ils servent les meilleures croquettes de pommes de terre au fromage. Pendant un an environ, c'est devenu notre rituel du samedi. Moi, ma mère, un annuaire, notre minivan et les croquettes de pommes de terre au fromage.

Sean s'adosse sur sa chaise, sa bière en suspension devant sa bouche.

— J'adore.

— Je lui envie sa façon d'être, parfois. Elle était capable de faire n'importe quoi à partir de rien, et de rendre exceptionnel un jour ordinaire. De ce point de vue, tu me fais penser à elle.

Il me fait un clin d'œil.

— Tout vient de la personne qui nous accompagne.

— Ce n'est pas moi, le grain de folie. Nous le savons tous les deux. Je suis du genre à rester dans les clous, et toi, tu es la touche de fantaisie.

— Ne sois pas si dure avec toi-même. Il n'y a pas de mal à être responsable et à prendre soin des gens qu'on aime.

— C'est d'un ennui mortel. Ma copine Christy m'a sauvée de l'introversion absolue. Je n'ai jamais cherché à être au centre de l'attention, tu vois ? dis-je en baissant les yeux. Mais j'envie ceux qui savent pimenter une journée ordinaire. Comme toi, Christy et ma mère.

— Tu as ça en toi.

— Pas du tout. Je suis juste faite pour admirer ceux qui l'ont. Bref. Et tes parents ? Parle-moi de leur restaurant.

— Je vais faire mieux : je t'y emmènerai bientôt. Je veux qu'ils fassent ta connaissance.

— J'aimerais beaucoup.

— Ce sont mes idoles, tous les deux. Des gens bien avec des opinions tranchées et un cœur énorme. La famille et la loyauté avant tout. Mariés depuis plus de trente ans. Ils travaillent côte à côte tous les jours que Dieu fait. Ils vivent au grand jour, se querellent au grand jour, se rabibochent au grand jour.

— Ils s'aiment au grand jour, hein ? C'est peut-être pour ça que tu me témoignes ton affection en public aussi facilement ?

— Probablement.

— Tu as des idoles en or, dis-je lentement, ma quatrième gorgée de whisky passant mieux que la première. Hé, c'est pas si mauvais. Je suis une buveuse de whisky.

— Vas-y doucement, dit-il en grattant l'étiquette de sa bière. Tu ne parles pas beaucoup de ton père.

— C'est parce que je ne sais rien de lui. Je ne comprends vraiment pas pourquoi il tient tant à m'avoir dans sa vie. D'ailleurs, les apparences sont trompeuses. Je suis peut-être là, mais pas lui. Depuis que j'ai emménagé chez lui, il dort à Charlotte la moitié de la semaine. Après dix-neuf ans, il demeure un mystère pour moi. Un iceberg. C'est dur quand tu ne trouves pas une étincelle d'humanité en celui qui t'a donné la vie pour moitié. Au début, même si je n'étais pas ravie d'être ici, j'ai essayé de garder l'esprit ouvert, mais ça s'est révélé inutile. Si je devais choisir un mot pour le décrire, lui ou notre relation, ce serait « insaisissable ».

— Et ta mère ?

— Aux abonnés absents, dis-je dans un murmure, réprimant l'émotion qui enfle en moi et me forçant à sourire. Douloureusement, et depuis six mois.

Il retourne ma main sur la table et caresse ma paume du bout des doigts.

— Je suis désolé.

— Faut pas. C'est la vie. Je suis une grande fille, maintenant. Ma mère a fait son boulot. Au moins, mon père a aidé à payer les factures. Je n'ai pas de vraies raisons de me plaindre.

Toutefois, le chagrin me submerge quand je me remémore qu'autrefois je sentais que j'étais la priorité de ma mère.

— Elle me manque, dis-je en retirant ma main. Il paraît qu'elle appartient à une génération désorientée. Je ne peux pas contester. Pendant des années, elle a vécu cette grande vie d'abondance, à chercher toujours autre chose, à toujours vouloir plus sans trop se soucier que ses grands projets aboutissent ou pas. Je l'admirais tant. Et quelque chose, je ne sais quoi, a dû se produire en chemin. Je ne comprends pas. C'est comme si elle avait oublié qui elle était et… avait baissé les bras.

— Elle a quarante, quarante-cinq ans ? demande Sean.

J'acquiesce.

— Ma mère était à peine plus âgée que moi quand elle est tombée enceinte. On peut dire que nous avons grandi ensemble.

— Grosso modo, elle a atteint la moitié de sa vie. Elle doit réfléchir à ce qu'elle souhaite faire de la seconde moitié.

— Possible, dis-je en me frottant le nez pour endiguer l'irritation. J'aimerais juste qu'elle me laisse l'aider à trouver.

— Ce n'est pas ton rôle.

— Je sais.

Il me pousse avec gentillesse.

— Mais ça n'aide pas, hein ?

— Non.

Il n'offre pas d'autres mots de réconfort. Il reste juste là à mes côtés, me laisse à ma tristesse et me presse la main d'un geste rassurant.

— Hormis tes parents, qui est ton héros ? dis-je en avalant une autre gorgée.

— Si je devais en citer un, ce serait Dave Chappelle.

Je me creuse la tête.

— L'humoriste ?

— Ouaip.

— Pourquoi ?

— Parce qu'il est brillant et authentique. Il s'approprie la scène avec un tel charisme et un tel génie. Il dit des choses que personne n'ose dire, il glisse des idées de-ci de-là qui te sidèrent, et te font réfléchir. Il a tourné le dos à cinquante millions de dollars et refusé de vendre son âme comme tant d'autres le font.

— C'est aux antipodes des réponses que j'imaginais.

— Bon, il a aussi ses défauts, et il les assume.

Un message de Christy fait vibrer mon téléphone.

— Tu regarderas des extraits de ses spectacles sur ton ordi quand tu rentreras.

— Peut-être, oui.

— Rends-toi service, ne fais pas de recherches sur tes héros.

— Pourquoi ?

Il incline sa bouteille.

— Tu risques de t'apercevoir qu'ils sont humains. (Voyant que je vais consulter mon message, il me confisque mon téléphone.) Nouvelle règle : pas de téléphone en ma présence.

— Pardon ? Jamais ?

— Jamais. Ni dans ma voiture, ni dans ma maison, ni au garage. Quand tu es avec moi, tu laisses ton téléphone chez toi.

— T'es sérieux ?

— C'est mon unique exigence. Mais je suis intransigeant sur ce point.

Sa sévérité laisse peu de place à la négociation.

— Pourquoi ?

— Pour plusieurs raisons, la première étant que c'est mon moment. Je choisis de le passer avec toi, et j'attends la même chose de toi.

— Tu veux me contrôler, comme je vois les choses.

Il se penche vers moi.

— Sur la tête du Messie. Je te promets, bébé, la dernière chose que je souhaite, c'est te contrôler.

— Alors pourquoi cette règle ?

— Si je te demandais de me faire confiance et que l'explication viendra plus tard, l'accepterais-tu ?

Ses yeux me testent. Si solennels que je ne peux détourner les miens.

— Pourquoi ne me l'expliques-tu pas maintenant ?

— C'est trop tôt.

— Tu te remets à répondre par énigmes.

— Je sais, mais c'est pour moi un point rédhibitoire.

Je suis bouche bée. Jamais il n'avait adopté avec moi cette attitude autoritaire. Cela me hérisse au plus haut point. Mais en demande-t-il trop ?

— C'est une pente glissante. Si je te l'accorde, l'explication devra être valable.

— Elle le sera.

— Bon. D'accord. Pour l'instant, pas de téléphone.

— Bien, dit-il en se penchant vers moi. Deux mots pour te décrire… (Il redresse mon menton.) Belle et vibrante.

Je lui souris à contrecœur.

— Vibrante ? Nan, pas pour le moment.

— OK.

Il pose sa bière et me tire par la main tandis que résonnent les premières notes de « So What'Cha Want », des Beastie Boys.

— J'aime bien ce titre.

— Il y a des avantages à être élevé par la génération X.

Je le mange des yeux.

— Lesquels ?

— La musique, bien sûr.

— Peux pas le nier.

— J'ai appris à danser sur cette chanson. Mais je ne pensais pas que c'était ton truc.

— Que sais-tu de mon truc ? me provoque-t-il en m'entraînant sur le carré minable qui fait office de piste de danse.

— Je sais une chose ou deux sur ton truc, bébé.

Il se met à balancer les hanches, le buste détendu. Il danse bien, et même mieux que ça. Stupéfiée par sa façon de bouger, son aisance, je me contente de le regarder. Puis il m'attire à lui et m'incite à suivre son exemple en me donnant de petits coups de hanches. Les joues en feu, je m'assure que personne ne nous regarde. Seuls quelques clients traînent dans ce bar hors du temps, et manifestement, tous s'en contrefichent. Aidée par la chaleur qui bourdonne dans mes veines, je décide de m'en fiche aussi. À l'instar de Sean, je remue les hanches. Moi aussi, j'ai le sens du rythme ! À en juger par son regard qui s'éclaire, Sean est agréablement surpris, et nous continuons de danser sur les morceaux suivants.

Je commande un second whisky additionné d'une goutte de Coca.

Nous dansons.

Et quand il relève ma jambe sur sa hanche, mon short remontant sur ma cuisse, je m'agrippe à son tee-shirt.

Peu à peu, nous nous frottons l'un contre l'autre.

Il s'amuse à aspirer quelques gouttes de sueur dans mon cou et souffle sur l'humidité restante.

Nous dansons.

Enroulée autour de lui sans aucune pudeur, je lèche le duvet dans son cou.

Nous nous frottons l'un contre l'autre.

Il vide un shot de tequila, lèche le sel sur mon poignet sans détacher ses yeux des miens un seul instant.

Nous dansons.

Je le chauffe, presse mes fesses contre son érection, les mains nouées autour de sa nuque pendant qu'il me tient par la taille d'un bras possessif.

Nous nous frottons l'un contre l'autre.

De retour sur la piste improvisée, il me regarde l'allumer avec ma danse du ventre sur « Oh », de Ciara.

Nous buvons encore.

Au milieu de la chanson et en nage, exsudant l'alcool par tous les pores, il m'interrompt en plein mouvement et, la main sur ma nuque, me plaque contre lui pour m'embrasser voracement tel un possédé.

Nous sortons du bar.

Sous un début d'averse, nous courons vers sa voiture.

Les portières refermées, nous fondons l'un sur l'autre, nos langues se disputant la suprématie.

Pendant qu'il déchire les bretelles de mon dos-nu, je déboutonne mon short, puis le lance au loin.

Je grimpe sur lui.

Son grognement vibrant sur ma langue, je lui suçote le cou.

Après avoir libéré son sexe de son jean, il déroule un préservatif, écarte ma culotte sur le côté et m'empale d'un seul coup.

Juste là sur un parking fréquenté, à quelques mètres du bar…

Nous baisons.

Chapitre 16

J'émerge dans une brume pourpre, passant d'un sommeil en mode black-out à des martèlements dans les tempes, vaguement désorientée jusqu'à ce que je sente la chaleur de son corps qui m'enveloppe. J'avais presque oublié ce que ça fait d'être blottie dans des bras masculins. Hier soir, c'était la première fois que Sean m'invitait à dormir chez lui.

Quelque chose de tacite s'est produit entre nous hier.

Me réveiller auprès de Sean vaut de l'or, malgré le tohu-bohu dans ma tête.

Ces dernières semaines passées avec lui comptent parmi les meilleures de ma vie.

C'est juste… Sean.

Il est tout ce que j'ignorais vouloir trouver auprès d'un homme et tellement plus que j'aurais jamais espéré trouver. Il est attentionné, plein d'égards, d'une intelligence stupéfiante. Sans oublier qu'il m'attire sur tous les plans. Avec lui, je me sens chanceuse, comme si j'avais remporté une sorte de loto masculin. En un sens, cela m'effraie.

Mon cœur ne se tapit plus dans l'ombre. Il danse au grand jour à présent, à l'image de nous dans ce bar, hier soir.

Et le sexe… je n'avais jamais rien connu d'aussi puissant. Son style est à la fois divin et alambiqué. Nous avons passé notre temps à plonger l'un en l'autre, dans des murmures enfiévrés. J'aurais aimé que ce marathon de gémissements et de grognements ne cesse jamais. Mélanger le sexe et l'alcool, c'était une première pour moi. J'ai levé mes inhibitions et reçu au centuple.

Je ne suis pas loin de gémir quand je me souviens qu'il m'a pénétrée par-derrière, ses mains m'écartant pour s'enfouir au plus profond pendant qu'il chuchotait des mots coquins dans mon dos.

Quand il a joui, ses ongles griffant mon crâne, je me suis surprise à avoir un orgasme sans l'assistance d'une main entre mes jambes. Encore une première.

Nous avons ralenti, à défaut de pouvoir arrêter, pour recommencer de plus belle quelques minutes plus tard. J'ai répété son nom en hurlant par crainte de ce qu'il révélait de moi, de ce qu'il pouvait entrevoir. Son baiser, sa main, ses lents mouvements de hanche m'apaisaient, autant que ses doux « Je sais, bébé, je suis avec toi ».

Avec moi. Il l'était. Pendant si longtemps, je me suis cachée. Depuis un mois que je le connais, c'est comme s'il m'avait libérée.

Il m'entoure de ses bras. Bercée par sa respiration profonde qui me replonge dans la quiétude, une foutue voix vocifère dans ma tête : « C'est quoi ce bordel, Cecelia ? »

Je me niche dans l'étreinte de Sean, me délectant de sa chaleur associée aux tiraillements entre mes cuisses, à mesure que rejaillissent les souvenirs de la soirée.

Soudain, mon corps me rappelle pourquoi je me suis réveillée – la sensation de ma vessie pleine m'exhorte à me détacher de lui. Soulevant son bras tatoué, je me faufile hors du lit et le regarde dormir. Ses cheveux emmêlés par mes doigts, son corps doré sous sa couette délavée.

Je m'accorde une seconde à reluquer mon nouvel homme avant de refermer la porte sans bruit et de traverser le couloir à pas feutrés. Tyler et Dominic ont une chambre avec salle de bains. Sean a volontiers cédé sa place.

Évidemment, il est altruiste.

Une autre raison qui incite à lui faire confiance.

Ses besoins sont élémentaires, pourtant j'ai l'impression que je commence à en devenir un pour lui. C'est ce qu'il semble suggérer.

Une fois que je me suis soulagée, non sans grimacer, je m'examine dans le miroir en me savonnant les mains. J'avise de légers suçons dans mon cou. Impatiente de trouver un antalgique pour remédier à un début de migraine, mais encore plus impatiente de retourner auprès de Sean, j'ouvre la porte et je tombe sur Dominic, dans la chambre d'en face.

Nu.

Il dort nu.

Ce spectacle me coupe le souffle, tant et si bien que je reste pétrifiée, un pied dans la salle de bains et l'autre dans le couloir.

Couché sur le dos, la tête inclinée sur l'oreiller relevé, son bras musclé niché en dessous.

Je. Suis. Incapable. De. Détourner. Le. Regard.

Son torse se soulève à un rythme régulier. Une jambe repliée repose sur le rebord du lit, l'autre est étendue, sa position est celle d'une offrande. Mon regard plonge vers son sexe, entre ses cuisses musclées.

Punaise, ce qu'il est beau. Je ne sais combien de temps je reste là, à le regarder, à tout assimiler de lui. Je sais juste qu'au moment où mon regard s'éloigne de son sexe massif je croise des iris argentés.

Mes paumes me picotent, je me décompose. Mais malgré la honte et l'humiliation, je ne peux toujours pas détourner les yeux.

Alors je le fixe… et il me fixe en retour. Je sais que je devrais m'excuser et décamper, mais je suis incapable de former des mots, ne serait-ce que pour présenter des excuses de rigueur.

En vérité, les mérite-t-il vraiment ?

Il nous a forcément entendus cette nuit. A-t-il laissé sa porte ouverte dans le but que je le voie ?

Embarquée par l'instant, par ma stupidité, je vois qu'il baisse les yeux dans la lumière du matin. Suivant son regard, je constate qu'il bande.

Fiche le camp, Cecelia !

— Désolée, dis-je dans un murmure à peine audible.

Puis je file me réfugier dans la chambre de Sean, soulagée de trouver ce dernier profondément endormi. Je suis rongée de culpabilité quand il me reprend dans ses bras. Je reste couchée près de lui, le regard rivé sur la bande de lumière filtrée par les volets, le cœur battant de peur et le corps palpitant d'exaltation. Je me retourne entre ses bras et l'examine. Il est le plus beau petit copain que j'aie jamais eu. Haut la main. Il m'a fait ressentir des choses dont j'osais à peine rêver.

Il est rien de moins qu'incroyable avec moi, pour moi.

Pétrie de honte, je passe les doigts dans ses cheveux et le serre fort.

Dominic m'attire, et alors ? Bien sûr qu'il m'attire. Il dégage cette sorte d'arrogance dont raffolent les femmes.

Et ce matin, bien que comblée sexuellement, j'ai fait comme les autres.

Pour info, Dominic est plus attirant qu'un type ordinaire. En fait, son physique réclame de l'attention, de l'admiration, tout comme celui de Sean.

Un bel homme nu.

C'était fatal que je le mate.

Parce qu'il était nu.

La meilleure chose à faire à présent, c'est oublier son regard d'acier chargé d'hostilité, et le fait qu'il y a quelques minutes, il n'était plus hostile. Vraiment pas.

Ce regard-là se situait dans un tout autre registre.

— Alors, je fais quoi ? Je lui dis ?

— Que tu as tellement lorgné le membre de son coloc qu'il t'a grillée ?

Tordue de rire au téléphone, Christy s'amuse à mes dépens pendant que je déballe les courses en tâchant de trouver une place pour le brouillard de culpabilité qui me suit partout.

Par manque d'expérience, je ne sais pas comment avouer : « J'ai vu le machin de ton coloc, et par culpabilité, je t'ai taillé une pipe juste après. » Christy n'est pas d'une grande aide. Après avoir claqué la moitié de mon salaire, je farfouille dans leur cuisine de célibataires pour préparer un dîner à base de steaks, tout en glaçant le gâteau aux carottes que j'ai confectionné. Gâteau censé communiquer : « Promis-juré, je ne veux que toi, mais je n'ai pas pu résister. » Parce qu'on dit (qui que soit ce « on ») que l'estomac est le chemin le plus court pour atteindre le cœur d'un homme. J'espère que c'est aussi la voie des excuses sincères. Celles que je présenterai dès que j'aurai trouvé par quel bout m'y prendre.

Je ne veux surtout pas gâcher notre relation à cause d'un instant de voyeurisme.

— Dis-lui que son coloc doit cacher sa quéquette, et tâche d'être convaincante.

— C'est un mensonge.

— C'est la vérité. Tu n'es pas responsable s'il s'est exhibé quand tu es sortie de la salle de bains.

— Certes, mais c'est moi qui…

— Ma puce, il n'a pas besoin de le savoir. Mais je vais être franche avec toi : si tu l'avais dit dès ce matin, ça aurait semblé un peu plus sincère.

Nous sommes sortis peu après nous être levés, ce dont j'étais soulagée car j'échappais ainsi à Dominic. Après avoir récupéré la voiture de Sean au bar, où Tyler est venu nous chercher hier soir parce que nous étions éméchés, nous sommes partis randonner. J'ai râlé toute la première demi-heure à cause de mon mal de tête, mais une fois réhydratée, j'ai retrouvé la forme. Sean ne supporte pas de rester enfermé. Qu'il s'agisse de bricoler sa voiture pendant que je traîne dans le garage et discute avec lui, de nager ou de randonner, il est heureux en plein air. D'après ce que je vois, il a besoin de se dépenser. Il n'est pas du genre à décompresser devant Netflix. Et avec lui, la partie détente n'est jamais oisive. Doué de sa bouche, de ses mains et de son sexe, il préférerait me prendre sur un tronc d'arbre dans les bois que sur le canapé du salon.

L'avantage est qu'on ne s'ennuie jamais. Pour notre jour de repos, même faire les courses s'est transformé en aventure. Face à son insistance, je me suis accrochée au chariot, qu'il a poussé à toute allure dans les allées, tout en nous lançant des grains de raisin dans la bouche.

Même s'il a consenti à me laisser cuisiner, je ne doute pas qu'il nous emmènera dehors tout de suite après. À croire qu'il a besoin de s'épuiser pour espérer dormir la nuit. Il a eu beau m'avertir qu'il ne fait rien comme tout le monde, cette phase de notre relation s'apparente à la nidification. Raison pour laquelle je joue à la ménagère avec lui et je ne veux pas tout foirer. Trouver un copain dès mon deuxième jour dans cette ville ne faisait pas partie de mes plans, mais rencontrer un type comme Sean relève du miracle.

Dans mon esprit, le fait que mes sentiments entrent en jeu aggrave la trahison. Surtout après ce matin. Sean n'a pas l'air du genre jaloux. Pourtant, si je me leurre, mes aveux pourraient nous conduire à la catastrophe.

— Il faut que je vienne faire un tour s'ils sont aussi canon que tu le dis.

— Restons concentrées, dis-je en cherchant une planche à découper. Nouveau mec. Vu le pénis d'un autre.

— Tu n'as pas dit qu'ils partageaient ?

— Ce n'est qu'une rumeur. Forcément.

— Pourquoi ?

— Parce que… je sais pas. Je ne les imagine pas faire ça.

— Les monstres se cachent à la vue de tous, mon chou. Tu en es la preuve vivante.

— La ferme. Je ne sais pas pourquoi je t'ai téléphoné.

— Parce que tu m'adores, et parce que tu rêvais de m'annoncer que tu avais eu des orgasmes multiples. Enfin !

— Christy, écoute-moi. Il se pourrait que je sois en train de tomber amoureuse de lui.

— Purée, déjà ?

— Je sais, je sais, c'est trop tôt et trop irréfléchi. Le fait est qu'il est exceptionnel.

— Avec tout ce que tu m'as raconté, je te crois volontiers. Sois prudente, d'accord ?

— Comment je fais ?

— Aucune idée. C'est le conseil que je suis supposée te donner. Une fois qu'on commence à tomber amoureuse, c'est impossible d'arrêter. Ou je me trompe ?

— C'est exactement ça. Une catastrophe.

— Ne sois pas aussi mélodramatique. Dis-lui que tu as vu son coloc à poil et passe à autre chose.

— Super. Je vais faire ça.

— Et prends une photo, putain. Dieu a inventé les smartphones dans ce but.

— Sean ne m'autorise pas à garder mon téléphone quand nous sommes ensemble. Faudra que je le planque avant qu'il revienne.

Je grimace, consciente de l'image que ça donne de lui. De fait, je reçois en réponse un silence absolu.

— C'est un peu manipulateur, tu ne penses pas ?

— Il déteste l'inattention que provoque le téléphone. Il veut que je sois à cent pour cent présente quand nous sommes ensemble.

— C'est plutôt charmant.

— Il n'est pas banal, tu peux me croire.

— Bon, arrache le pansement d'un coup sec. S'il pète un câble, au moins tu le sauras dès à présent. Le plus tôt sera le mieux.

— Très juste. Christy, je suis déjà attachée à lui. Il me fait voir les choses… autrement. Et me sentir… Aaah, qu'est-ce qui me prend ?

— Je sais que tu as la frousse, mais ne laisse pas ton passé dicter ce qui pourrait être bon pour toi. Dieu sait que j'ai prié pour que cela t'arrive. Bisous. Appelle-moi demain.

— Bisous.

Sur ce, je me dépêche de balancer mon téléphone dans la boîte à gants de ma voiture. Bien que cette règle me déplaise, je décide de la respecter à l'avenir. Pour Sean, elle est rédhibitoire, je n'ai aucun doute là-dessus.

De retour dans la cuisine, j'ajoute des épices à ma salade composée et découpe des tomates tout en m'appliquant à rationaliser. Christy n'a pas tort. Ce n'est pas la fin du monde. Je me fais une montagne d'un rien.

Dominic ne devrait pas dormir nu comme un ver, la porte ouverte, s'il ne veut pas qu'on le voie, et je dois m'en remettre. Sean trouvera sûrement cela amusant.

Il va se marrer autant que toi quand tu as surpris Jared en plein acte, c'est certain.

Mais Sean n'est pas mon ex, et je fais tout mon possible pour éviter qu'il paie pour les erreurs d'un autre. Décidée à révéler la vérité avant le dîner, je hache un oignon sur la planche en plastique, et souris quand j'entends la porte d'entrée se refermer. Comme nous avons oublié d'acheter de la bière, Sean a dû retourner à l'épicerie.

— Tu as fait vite, dis-je en sortant de la cuisine.

Et je fonce en plein sur Dominic. Les yeux écarquillés, il attrape mon poignet et me fait lâcher le couteau une fraction de seconde avant l'impact. Ses écouteurs dans les oreilles, il me fusille du regard.

— Qu'est-ce que tu fous ?

— Désolée, j'ai cru que c'était Sean, je bafouille. Tu m'as entendue, de toute façon.

— Manifestement pas. Tu fais quoi ? demande-t-il en jetant un coup d'œil dans la cuisine.

— Manifestement, je cuisine. Tu n'es pas obligé d'être aussi désagréable.

Mon agacement l'amuse.

— Je préfère le steak saignant.

— Celui-ci est pour Tyler.

— Pour moi maintenant.

Il attrape une tomate cerise dans mon dos et la gobe.

— Cours toujours, je ne cuisine pas pour toi.

Il me tire vers lui et, son regard tombant sur ma bouche, j'en oublie de respirer.

— Ma maison, mes règles. Tu cuisines pour l'un de nous, tu cuisines pour nous tous.

— La maison de Sean, mes mains et ma putain de prérogative.

Il a un sourire cruel.

— Tu aimes jouer au petit couple ?

— Je ne joue pas au petit couple. Je cuisine pour mon…

— Copain ? Trop mignon. Tu penses que Sean est ton mec ?

Dès qu'il me lâche, je ramasse le couteau, vaguement tentée d'en faire usage. À la place, j'essaie de me rattraper.

— Je n'ai pas dit ça.

— Pas la peine. Fais attention à ne pas t'attacher, trésor. À mauvais entendeur, salut.

Avec un sourire narquois, il prend une bouteille d'eau dans le réfrigérateur. Je profite de ce qu'il la vide pour le parcourir des yeux. Ses épaisses boucles de cheveux sont en désordre, son torse nu en sueur. Les gouttelettes qui coulent sur ses abdos finement dessinés suivent la ligne de poils épars qui disparaît sous son short. Je détourne les yeux, mais son regard pèse sur moi.

— Il te baise dans la forêt, pas vrai ?

Je le regarde, résolument silencieuse.

— Que je devine, poursuit-il. Il t'a emmenée voir une jolie cascade.

Cela me fait l'effet d'une gifle. Pire que tout, je me sens… dupée. Mais je ne me laisse pas démonter.

— En fait non. Il m'a d'abord baisée dans sa Nova.

Son petit rire m'exaspère.

— Ah ouais, sur la banquette, à l'ancienne ?

— Quoi ? T'es jaloux ? Je ne vois pas de fille ici qui prenne plaisir à cuisiner pour toi. Il n'en existe sûrement aucune assez stupide pour ça.

Il marche vers moi et dépose la bouteille vide sur le comptoir dans mon dos. Il se tient si près que je suis contrainte de relever le menton.

— Que de mots méchants et méprisants prononcés par une vulgaire bouche pleine de sperme.

Alors que je tends le bras pour le gifler, il attrape ma main et la pose sur le renflement de son short. La tête inclinée sur le côté, ses yeux fiévreux étincellent comme un canif.

— Attention à toi, la violence m'endurcit. Je suis le fantasme des psychiatres, renchérit-il.

Même si je me débats, il frotte ma main sur son sexe, son sexe très dur. Je ne peux que jauger la longueur de son érection. Ce qu'il y a de pervers dans cette réflexion me serre l'estomac.

— Hélas pour eux, je ne suis pas faible.

— Je ne suis pas faible.

Bien qu'en sueur, son parfum frais envahit mes narines.

— Tu prends ton pied avec lui, contre les arbres ?

Je jette un œil derrière lui en priant pour que Sean revienne.

— Regarde-moi, Pup, crache-t-il avec dégoût.

— Lâche-moi.

— C'est déjà fait. Vise un peu comme tu te débrouilles bien sans moi.

C'est alors que je réalise que mes doigts sillonnent son érection de leur propre chef. J'écarte aussitôt ma main, tandis que son rire sarcastique résonne dans la cuisine.

— Pourquoi te comportes-tu ainsi ? Je ne t'ai rien fait.

— Si ça se trouve, je ne t'apprécie pas.

— Si ça se trouve, je n'en ai rien à foutre.

Il se penche vers moi et me pince le menton.

— Oh que si tu en as quelque chose à foutre.

Je remue pour échapper à son emprise au moment où la porte claque. Je tremble de la tête aux pieds quand Sean surgit dans l'embrasure. Un regard à mon visage fait disparaître son sourire.

— Ta copine m'a caressé la queue, lance Dominic comme s'il parlait météo.

Il attrape une bière dans le sac de Sean, en ôte la capsule qu'il lance ensuite dans l'évier. La mâchoire m'en tombe.

— Remarque, elle aime aussi me regarder dormir, ajoute Dominic. Autant que tu le saches.

Je secoue furieusement la tête. Les larmes aux yeux, je me tourne vers Sean.

— Ce n'est pas vrai, Sean. Ne le crois pas.

Sean pose le sac de provisions en jurant. L'index levé, il coupe court à mes arguments, avant de poursuivre Dominic dans l'escalier. Perplexe, je reste dans la cuisine et songe à mes excuses méticuleusement préparées qui partent en fumée.

Chapitre 17

Le temps que Sean me rattrape, je suis à mi-chemin de ma voiture.

— Cecelia.

— Ce type est le putain de diable.

Je me sens fautive, humiliée et enragée.

— Fais-moi confiance, il n'est pas comme ça.

J'ouvre ma portière, mais Sean la referme d'un geste sec.

— Ne le laisse pas s'interposer entre nous.

— Je n'ai pas touché son sexe.

Je mens. Je lui mens. Je rectifie :

— Enfin si, mais pas de cette façon. Sans connotation sexuelle. Il… c'est vrai que je l'ai vu nu. Ce matin. Sa porte était grande ouverte, il était couché sur son lit. Nu. Et je l'ai vu.

Le coin des lèvres de Sean se relève avec amusement.

— Ce salopard irait bosser à poil s'il le pouvait. C'est un naturiste. Te fais pas de souci pour ça.

— C'est vrai ?

— Bien sûr que c'est vrai. Est-ce pour cela que tu étais stressée, aujourd'hui ? Tu pensais que je serais fâché ?

— Bah, je ne savais pas…, dis-je. C'est pas cool de se retrouver dans cette situation.

— Dominic a le don de retourner les situations. Ce n'est pas nouveau. As-tu aimé ce que tu as vu ? me demande-t-il après m'avoir observée un instant.

— Pardon ? fais-je, éberluée.

— Je ne vois pas de meilleure façon de poser la question.

Il ne se dégonfle pas, et comme il voit à travers moi, il serait vain de nier. Je refuse de mentir à Sean.

— Il est attirant, mais…

— La fellation, ce matin ? demande-t-il, sourcils levés, avec un immense sourire. Tu l'as faite soit par culpabilité, soit parce que tu étais excitée. Ou les deux.

— On peut parler plutôt du côté diabolique de ton coloc ?

— Tu esquives, s'amuse-t-il. Intéressant.

— Arrête ça. Il est attirant et il le sait. Parmi une flopée de qualificatifs.

La main sur ma nuque, il rapproche mon nez du sien.

— Je suis dingue de toi. Tu le sais, pas vrai ? Hier soir, c'était génial.

Je lui retourne son sourire.

— C'est réciproque. Je ne savais pas comment t'en parler sans…

— Cecelia, c'est pas grave de regarder. Et je ne vais pas me plaindre que tu m'aies sucé, même par culpabilité.

— Lui, je ne l'apprécie pas du tout.

— Peu importe, dit-il en me lâchant. Il habite ici. Alors rentre terminer de cuisiner, sinon il gagne.

— T'es ouf ? Je n'y retourne pas. Il a déformé mes propos…

— Tu dois défendre ton territoire, avec lui. Et dès le début, sans quoi il t'écrasera.

C'est un ordre dénué de remords, donné sur un ton à la limite du militantisme, comme hier soir. Je cède un peu.

— Sean, comment sait-il pour la cascade ?

Il me fixe avec un regard vide.

— Donc tu vas le laisser gagner.

— Vas-tu répondre ?

Son silence est éloquent. Je m'efforce de décrypter son regard, mais il reste de marbre. Il ne compte pas s'excuser pour les actions d'un autre. Et de toute évidence, il ne me laissera pas me positionner en victime. Pour furieuse que je sois, il a totalement raison. Si je laisse Dominic s'interposer entre nous, que ce soit par ses actes ou par ses paroles, ce dernier gagnera.

Je redresse les épaules, slalome entre les voitures en direction de la maison. J'entends le petit rire de Sean derrière moi.

— Colle-lui une raclée, bébé.

Dominic lorgne avec mépris son steak bien cuit. Sans m'embêter à masquer mon sourire, je mâche ma salade. Son regard croise le mien, et il émet un petit sifflement. Brandy, le spitz de Sean, déboule dans l'escalier sitôt que Dominic lance le steak entier derrière son épaule.

— Elle ne peut pas mâcher les gros morceaux, crétin, objecte Sean.

Il ramasse le steak et le jette sur le plan de travail. Avec ses couverts, il entreprend de le découper à même la surface.

Animal.

— Peut-être que tu aurais dû prendre un vrai chien plutôt qu'une espèce de fleur de douche, rétorque Dominic.

Je ne peux m'empêcher de glousser. Je ne m'attendais tellement pas à un toutou à sa mémère quand Sean m'a présenté Brandy que je l'ai chambré aussi.

— Au moins, elle est amusante. Tu sais faire des tours aussi ? dit Dominic en me jaugeant.

Sean me regarde, dans l'expectative, et j'envisage un instant de lancer mon assiette sur Dominic. Mais il ne vaut pas la peine de gaspiller un bon steak.

De toute façon, que se passe-t-il exactement ? Je les observe tour à tour, sans détecter de signe de cabale. Mais pourquoi Sean ne me défend-il pas ? Même pas un peu. Je comprends qu'il veuille que je m'impose de moi-même, mais… et le soutien ? Ne devrait-il pas au moins dire quelque chose ? Nourrie par cette aigreur, je me tourne vers un Dominic douché de frais, ses cheveux noirs ébouriffés sur le dessus de sa tête, sa peau hâlée par son footing en plein soleil, un sourire plein de morgue sur son beau visage d'enfoiré.

— Écoute, monsieur Dysfonctionnement, je comprends que tu souffres d'une sorte de trouble de la personnalité, mais peux-tu faire semblant d'être sympa, au moins le temps que je termine de manger ?

— Monsieur Dysfonctionnement. Bien envoyé, bébé, m'applaudit Sean.

— Miss Prends-moi sur la banquette dit que tu l'as sautée dans ta Nova, sort Dominic.

Mon morceau de viande se coince dans ma gorge. Je m'étrangle, attrape mon verre d'eau, le regard tourné vers Sean. Son pote se sert de chacun de mes mots à mes dépens.

Un sourcil arqué, Sean coule un regard vers moi. Je fixe Dominic avec hostilité.

— Ça t'amuse de déformer les propos des autres, hein ?

— J'aime jouer avec les simples d'esprit, ironise Dominic en buvant une gorgée de bière. C'est un loisir comme un autre.

— Va te faire foutre, Dominic. Ça te fera un passe-temps de plus.

Pensif, il lèche sa lèvre supérieure puis secoue la tête.

— Non. J'aimerais mieux que tu me termines avec la main, histoire de finir ce que tu as commencé avant que ton mec se pointe. (Il se tourne vers Sean.) À propos, je te déconseille de trop t'investir avec elle. Elle n'était pas très enthousiaste à l'idée de te considérer comme son copain. Entre ça, sa manie de me mater et ses mains baladeuses, je ne pense que tu devrais la présenter à ta maman.

Je pose bruyamment mes couverts et les examine d'un air furieux. Puis je me concentre sur Sean.

— Quelque chose m'a échappé ? Tu laisses ce connard m'insulter sans rien dire ?

— Crois-moi, soupire Sean. Quoi que je dise, ça ne changera rien.

Je me lève d'un bond.

— Bon appétit.

— Tiens, on a atteint le trop-plein. Comme c'est original, raille Dominic avec un petit son désapprobateur pendant que j'attrape mon sac.

Alors que je me dirige vers la porte d'entrée, j'entends Dominic derrière moi.

— Je te l'avais dit : elle n'est pas assez forte.

— Laisse-lui du temps.

Je ne supporte plus qu'ils racontent n'importe quoi ni d'essayer de les comprendre. Tyler entre au moment où je m'apprête à sortir.

— Salut…

— Salut, Tyler. Peux pas. Désolée.

Je le bouscule pour m'enfuir. Les larmes aux yeux, je claque la porte derrière moi.

Je fulmine devant ma portière. Que ce soit intentionnel ou pas, la voiture de Tyler bloque la mienne. Comme entre-temps ils l'ont sûrement mis au courant, il ne fera rien pour me faciliter les choses. Je reste sous une chaleur étouffante pendant ce qui semble une éternité avant que la porte d'entrée s'ouvre et se referme sur Sean. Je détourne le regard.

— Que t'a fait cette porte, Pup ? T'as l'intention de passer la soirée à la foudroyer du regard ?

Il sourit, ce qui ne fait que m'exaspérer un peu plus.

— Vous êtes des vrais cons.

— Peut-être, dit-il en baissant la tête.

— Peut-être ?

Je contourne ma voiture, lance mon sac sur le capot.

— Peut-être ? Qu'est-ce que vous manigancez, tous les deux ?

— Rien. Je t'ai dit de ne pas marcher dans son jeu et tu as quand même couru.

— Il est insupportable. Et que voulait-il dire par « Elle n'est pas assez forte » ?

— Exactement ce qu'il a dit. Et tu lui as donné raison.

— Pourquoi devrais-je lui prouver quoi que ce soit ?

— Tu n'as pas à le faire. Mais pour te faire accepter dans un espace qu'il partage, tu dois trouver un moyen.

— Un moyen de quoi ?

— De t'entendre avec lui.

— Avec lui ? je ricane. Impossible.

— Pas impossible. Improbable.

— Sean, arrête ton manège. Dominic ne me foutra pas la paix. Ça, c'est clair.

— Alors impose-toi.

— De quelle manière ? Je lui botte le cul ?

— Ça ne peut pas lui faire de mal.

Son ton amusé me hérisse.

— Tu trouves ça drôle ?

— Désopilant. Un court instant, tu as sorti ton épingle du jeu.

— Donc c'est bien un jeu.

— Plutôt une guerre des nerfs. Et j'espère franchement que tu l'emporteras.

— Dis-moi que j'ai mal entendu.

— Tu as bien entendu. Et je le redirai. Tu es capable de gagner. Je le sais. Ne te laisse pas impressionner.

— C'est tout ?

Bras croisés, il serre ses biceps.

— C'est tout.

— Une autre injonction.

L'index sur la bouche, il signifie un secret.

— Tu avais dit que tu ne jouerais pas au con avec moi. Comment appelles-tu ça ?

Il soupire.

— Navré de te décevoir. Mais je te promets que je peux l'être encore plus.

Je sens littéralement mon cœur se recroqueviller. Je peux partir sur-le-champ, et une partie de moi estime que ce serait une sage décision. Mais ce comportement est en contradiction avec le Sean que j'ai appris à connaître. Je le regarde, indécise.

— Vous vivez sur une autre planète.

— C'est sympa ici, mais notre planète est beaucoup plus belle avec toi dessus, dit-il avec douceur.

Je secoue la tête.

— Je ne sais pas quoi penser de toi.

— Pareil pour moi. Ça pimente les choses, non ?

Je le regarde, bouche bée.

— Je croyais que nous…

— Tu croyais quoi ?

Mon cœur s'effondre.

— Je suis trop bête. C'était une mauvaise idée.

Comme je me baisse pour ramasser mon sac, il m'arrête en expirant d'un coup sec.

— Cecelia, tu laisses se produire des trucs pénibles tout à fait évitables.

— Et tu restes planté là sans rien faire. À quoi ça rime, Sean ?

Il prend mon visage entre ses mains et m'embrasse. Je mets fin au baiser et le repousse.

— Je veux m'en aller. Dis à Tyler de déplacer sa voiture.

— Dis-lui toi-même, rétorque-t-il, le regard durci.

— Bien !

Je franchis le seuil d'un pas énervé. Dans le salon, Tyler et Dominic jouent à la PlayStation.

Typique.

— Tyler, tu peux déplacer ta voiture ?

Tyler lance un regard à Dominic.

— Après la partie.

— T'es sérieux ?

— Ouais. Relax.

Sean entre derrière moi. Désarmée devant ses deux copains vautrés sur le canapé, je sens sa chaleur dans mon dos. Je jette un regard par-dessus mon épaule, vers

Sean qui m'observe intensément. Ma colère gonfle à n'en plus finir. Il y a moins d'une heure, ma journée était parfaite. Avec Sean, tout roulait, puis Dominic nous est passé dessus avec un rouleau compresseur. Il a bousillé ma journée, mon dîner et le dessert.

Le dessert.

Écumant de rage, je me dirige vers la cuisine et m'empare du gâteau que j'ai glacé un peu plus tôt. Le préféré de Sean. Je retourne au salon et l'écrase sur l'arrière de la tête de Dominic. Il bondit sur ses pieds, pendant que je rassemble des morceaux de gâteau et les jette sur le visage souriant de Sean.

— Ç'aurait été impoli de ma part de partir avant d'avoir servi le dessert. Allez tous vous faire foutre.

Dominic jette sa manette sur le canapé, ses yeux vengeurs tentant de me clouer sur place. Je lâche le plat, m'empare des clés de Tyler sur la table basse et fonce vers la porte.

Les rires de Sean et de Tyler retentissent par la porte ouverte au moment où je monte dans le pick-up, démarre et sors en trombe de l'allée. Je laisse le moteur tourner au milieu de la route et me précipite vers ma voiture, où Sean patiente en suçant son doigt nappé de glaçage.

— Ce gâteau est exquis, bébé.

Je suis sur le point de me défouler sur lui quand il me soulève comme un sac de patates. La tête en bas, je lui martèle les fesses avec mes poings.

— Repose-moi immédiatement.

— Sûrement pas. J'aime pas le gâchis, dit-il en me ramenant à l'intérieur.

Devant l'évier de la cuisine, Dominic retire son tee-shirt. Il me défie de son regard polaire pendant que Sean monte les marches avec une lenteur délibérée. Je tends mon majeur dressé vers Dominic, arborant mon sourire le plus haineux jusqu'à ce qu'il soit hors de mon champ de vision.

Sean ferme la porte de sa chambre et me repose sur mes pieds. Après quoi il me presse le dos contre le chambranle. Son visage à moitié entarté lui confère un charme scandaleux. Malgré tout, quand il rapproche ses lèvres, j'esquive son baiser.

— Encore mieux.

Avec un rire machiavélique, il étale le glaçage sur mon visage. Puis je l'entends déchirer l'emballage d'une capote.

Chapitre 18

Pause.

Une parenthèse est nécessaire.

Si un homme a l'air trop bien pour être vrai, c'est généralement un menteur.

C'était la conclusion à laquelle j'en suis venue, la nuit où j'ai laissé Sean endormi dans son lit.

Après quatre semaines à m'évertuer à reconstituer le puzzle éblouissant qu'est Alfred Sean Roberts, je n'ai pas progressé dans ma compréhension de ses véritables intentions à mon égard. Il n'est pas inoffensif, ça au moins je le sais. En revanche, je ne saurais dire si Sean est un bon ou un mauvais garçon.

Peut-être les deux.

Durant deux jours, après avoir claqué la porte sans un au revoir, j'ai ignoré ses SMS, et ces deux jours-là, il m'a laissée tranquille à l'usine. Il ne s'excuse pas.

Quand je ne réagis pas, il ne se prosterne pas. Je m'y attendais, même si coucher avec lui était encore plus exceptionnel sous le coup de la colère. Ce n'était pas du sexe de réconciliation, du moins pour moi. Je ne décolère pas qu'il ne m'ait pas défendue. Pourtant, avec Sean, je commence à m'attendre à l'inattendu.

Ce serait plus simple si je comprenais pourquoi il a laissé un homme qu'il considère comme son frère me traiter aussi mal.

Donc pour l'instant, je suis furieuse et c'est comme ça.

Je décide de prendre du recul quoi qu'il advienne. Franchement, éprouver des sentiments aussi rapidement pour quelqu'un est périlleux pour une fille comme moi.

Est-ce que je fais un drame de pas grand-chose ?

Je rejoins Sean dans la plupart de ses observations. L'une d'elles en particulier est que nous sommes conditionnés à de nombreux égards. Bien évidemment, nous le sommes. Mais une autre partie de moi sait que nous pouvons nous conditionner ou, encore mieux, nous souiller nous-mêmes de différentes manières.

Les schémas que j'ai répétés par le passé m'ont appris que j'éprouve de l'attrait pour les dysfonctionnements, et encore plus pour les hommes qui apportent des problèmes.

Je suis déterminée à ne pas répéter mes erreurs.

Selon ma théorie malavisée, si l'on ne souffre pas, c'est qu'on n'aime pas assez fort, pas assez profondément. Ce n'est pas sain.

J'ai donné à Brad mon cœur et ma virginité, et nous avons rompu parce qu'il estimait que j'avais trop d'attentes.

Avec Jared, même topo. Pour un peu, je lui aurais pardonné de m'avoir trompée. Ou presque.

Par la suite, j'ai choisi de me faire passer en premier.

La vérité est que j'attends énormément d'une histoire d'amour, et de mon amoureux.

J'attends de la passion et des papillons dans le ventre, et quelques chapitres de contes de fées. Les disputes, je veux qu'elles fassent mal. Le sexe, je veux le sentir dans chaque fibre de mon être. Quand un homme me déclare qu'il m'aime, j'attends de lui que ce soit sincère. Je ne veux pas douter de l'authenticité d'une telle déclaration. Je veux que l'amour me réclame, me possède, me dirige et m'obsède.

Est-ce trop demander ?

Peut-être. Peut-être ai-je lu trop de romans sentimentaux.

D'après ce que j'ai appris à ce jour, il est possible que j'aie trop d'attentes.

En particulier si l'homme dont je tombe amoureuse ne me défend pas.

Ai-je provoqué la scène ? Non. La faute incombe à Dominic.

Ai-je trop attendu de Sean ?

Cette éventualité me brise le cœur. Ainsi que de penser qu'il est incapable d'être celui que j'espérais, considérant qu'il m'a déjà tellement donné.

Dois-je faire des compromis pour le garder ? Certainement pas.

Sean avait tort. Dominic avait tort. Moi, je digère doucement.

Après les deux mauvais exemples que j'ai connus, je sais déceler les signes d'avertissement.

Une partie de moi pense que j'ai hérité de mon cœur à l'eau de rose, qu'il est codé dans mes gènes. Non seulement ça, mais j'ai aussi vu ma mère enchaîner les histoires d'amour sans se soucier de son bien-être, espérant vainement surmonter son dernier naufrage par un naufrage encore plus gros.

Ce n'est que depuis qu'elle a rencontré son dernier copain que cette partie d'elle-même s'est apaisée. Mais je sais que dans le fond de son cœur, elle n'a jamais reçu à sa juste mesure. Elle a lutté de longues années pour trouver un homme qui lui procure ces sentiments. Au lieu de quoi elle a posé ses valises. Elle a jeté l'éponge, nous le savons toutes les deux.

Même si j'ai fait le vœu de vivre ma vie différemment de ma mère, nous souffrons de la même maladie. Nous courons après la passion dévorante, ébouriffante et mélodramatique, vouée à nous envoyer dans le mur. Mon cœur, que j'ai hérité d'elle, est opiniâtre.

Malgré mes craintes, je ne peux pas renoncer. Trouver l'amour est le summum de ce dont je rêve pour moi-même. J'ai d'autres rêves, des rêves suffisants pour me soutenir. Une carrière épanouie, cela va de soi, mais trouver cet amour du genre que l'on ne vit qu'une fois, c'est non négociable. Malgré les exemples merdiques qui jalonnent ma vie, je persiste à y croire.

Mon plus grand espoir est de connaître l'amour dévorant. Ma plus grande peur est de connaître l'amour dévorant.

Sean a révélé cette fille assoiffée, pour aussitôt assécher ses espoirs.

Une partie de moi sait qu'une histoire d'amour avec lui se terminera mal. J'éprouve déjà trop de sentiments pour lui, beaucoup trop alors que je ne le connais que depuis un mois.

Mais n'est-ce pas ce que je souhaitais ?

Peut-être que pour l'instant, je devrais juste écouter la voix de la raison dans ma tête, au lieu de l'accro dans mon cœur. La voix qui me dit qu'il existe des relations passionnées qui ne s'achèvent pas en bain de sang.

En vérité, il m'en coûte de prendre position. Le fait est que Sean me manque effroyablement.

Mais je m'en tiendrai à mes principes parce que faire l'imbécile, y en a marre. Sean avait raison sur un autre point : si je ne me défends pas dès le début, je place la barre bien bas.

Alors je m'en tiens à être furieuse.

Putains de mecs.

D'une humeur de chien, je plante ma fourchette dans mon plat et lève un regard noir vers le profil de Roman.

Côtes d'agneau sauce à la menthe accompagnées de pommes de terre au romarin. Le menu le plus prétentieux que l'on puisse imaginer. Je déteste l'agneau. Roman me retourne mon regard sans ciller, et je braque sur lui des yeux bleu acier semblables aux siens. Il est séduisant, pour un homme d'âge mûr. Un instant, je me demande à quoi il ressemblait quand ma mère l'a rencontré. Était-il aussi charmant que Sean ? Tout aussi désarmant ? S'est-il attiré la confiance de maman avant de lui faire de la peine ? Ou a-t-elle été intriguée par son abord froid au point qu'elle n'a pu lui résister ? J'ai eu beau la questionner au fil des années, elle n'a jamais divulgué les détails de leur histoire. Elle refuse de se replonger dans cet épisode de sa vie, et je suppose que c'est parce qu'il est douloureux. Être la fille de Roman est un tel calvaire, j'imagine à peine ce que c'était d'être sa petite amie.

— Cecelia, quelque chose ne va pas avec ce repas ?

— Je n'aime pas l'agneau.

— Tu aimais bien, avant.

— Je le tolérais pour vous faire plaisir.

— Je vois que contenter ton père n'est plus à l'ordre du jour.

— J'ai grandi. Je préfère manger ce que j'apprécie.

Roman découpe sa côtelette, trempe un morceau dans la gelée verte, puis hésite.

— Cecelia, j'ai conscience d'avoir manqué beaucoup…

— Huit années, dis-je en m'essuyant la bouche. Pardonnez-moi si je me demande ce que je fiche ici.

— Tu es d'humeur sombre, ce soir.

— Je suis curieuse.

— Je vois.

Il appuie les poignets sur le bord de la table, symétriquement. Ses couverts sont posés de même. Le rituel me donne la nausée. Je suis un membre de son entreprise, pas de sa famille.

— Tu fais partie de mon héritage. Tu es mon unique enfant.

Pas d'excuses pour les années manquées. Pas d'excuses pour son absence prolongée. Des réponses succinctes dénuées d'émotion. Je n'imagine même pas Roman dans l'intimité. Ma mère a dû se marrer quand elle était amoureuse de ce bout de bois.

— Nous avons évoqué vos parents la dernière fois que nous avons échangé quelques mots. Avez-vous grandi dans l'opulence ?

Il fronce les sourcils.

— D'une certaine façon.

— Mais encore ?

— Ma mère a perçu un héritage non négligeable quand elle a épousé mon père. Mais elle a dilapidé sa petite fortune au lieu de l'investir, et elle s'est éteinte sans le sou. C'est là qu'ils ont commis l'erreur de leur vie.

— Étiez-vous proches ?

— Non.

— Pourquoi ?

— Ce n'étaient pas des gens affectueux. Et abstiens-toi de commentaires désobligeants. J'ai conscience que certains considèrent cela comme une défaillance.

— Seulement les gens dotés d'un pouls.

Il mâche lentement, me regarde avec insistance.

— Mon sang est rouge, je peux te l'assurer. C'est le même sang qui coule dans tes veines.

— Je ne suis pas du tout comme vous.

— Tu n'as pas la langue dans ta poche.

— Pas la peine de faire comme si ça vous touchait, Roman. Pourquoi m'impliquer maintenant si vous ne vouliez pas de moi dans votre vie ? Pourquoi me donner quoi que ce soit, alors que vous pouviez vous débarrasser de moi avec un chèque ?

Il porte lentement son verre à ses lèvres et avale une gorgée.

— Peut-être que j'ai des regrets sur la manière dont j'ai géré les choses avec toi.

— Peut-être ?

— J'en ai. (Il repose son verre et tamponne sa bouche avec sa serviette.) Si tu veux bien m'excuser, j'ai à faire.

— C'était super de bavarder avec vous, monsieur.

Je vais bientôt avoir mes règles et ce requin le sent. Ce serait embarrassant si ce n'était pas Roman Horner qui subissait ma mauvaise humeur. Mais ce soir, j'en ai ma claque des faux-semblants.

Juste avant de sortir, il se retourne vers moi. Il attend que nos regards se connectent pour parler.

— Je t'ai donné mon nom de famille parce que j'espérais être un père pour toi. Un jour, j'ai compris que je ne le serais jamais. Le minimum était de t'apporter un soutien financier. Je te transmets l'œuvre de ma vie pour compenser mes manquements. Tout ce que je te demande, c'est de jouer un petit rôle. Je sais que ça ne rattrape rien, mais je n'aurai jamais rien d'autre à te donner.

— Avez-vous aimé ma mère ? dis-je, la voix cassée, pestant contre l'émotion qui me gagne. Avez-vous déjà aimé qui que ce soit ?

Il grimace, le regard perdu dans ses souvenirs.

— J'ai essayé.

Sur cet aveu, il me laisse seule à table.

Je fais de mon mieux pour ignorer mes yeux qui me piquent, la larme qui coule. Le débat est clos. Je le sais dans le fond de mon âme. De toute sa vie, ce sera l'unique confidence que mon père me fera sur ce qu'il ressent pour moi.

Après des années de questionnements, j'ai enfin ma réponse.

Il a essayé.

Mon père vient d'admettre qu'il ne m'aimait pas.

Je recueille ma larme sur le bout de mon doigt et l'examine. À choisir, Roman Horner aurait sûrement préféré l'avortement à une héritière, et dans son esprit détraqué, il pense que transmettre son patrimoine le rachètera.

J'écrase entre mes doigts la larme remplie d'espoir que j'ignorais recéler, et m'autorise enfin à le haïr. Une preuve de plus que les fantasmes d'un cœur masochiste valent mieux que toute expérience avec sa version réelle.

Ce savoir acquis, je monte dans ma chambre.

Chapitre 19

Qu'il en soit ainsi. Comme je ne reçois plus de SMS depuis des jours, je m'efforce de me convaincre que je m'en accommode. Si Sean ne tolère pas que je défende mes positions au sujet de son comportement plus que condamnable, notre relation est une cause perdue.

J'ai craqué pour chaque phrase dont ses belles lèvres m'ont abreuvée. Tout ça pour me sentir giflée.

J'ai ouvert les yeux juste à temps.

Pour aggraver la situation, cette petite brute de Vivica s'acharne à rendre mes journées à l'usine encore plus éprouvantes. Dans la salle de repos, elle m'apostrophe en espagnol, dont je ne pige pas un mot, et elle m'a quasiment fracassée contre le mur quand nous avons pointé en sortant. Elle ne peut pas me saquer et elle le manifeste de plus en plus clairement. La dernière chose dont j'aie besoin est de devoir le signaler à mon superviseur, que j'évite soigneusement.

Enduite de crème, je m'allonge sur le transat, savourant les picotements du soleil sur ma peau. Une journée de repos en solo, c'était nécessaire pour recharger mes batteries. J'aimerais juste que ma libido me fasse la gentillesse d'approuver.

Sean a réveillé cette partie de moi qui refuse à présent d'être ignorée. Jour après jour, je demeure dans un état où les palpitations sont incessantes et mes nouvelles envies me rappellent ce qui me manque.

Je ne serai pas fâchée le jour où mes hormones d'adolescente cesseront d'être en ébullition. Pour le moment, je dois me hisser rapidement au statut de femme parce que je tire un trait sur les garçons.

Agitée au terme d'un énième jour d'une grande platitude, je ferme les yeux après ma troisième tentative de me plonger dans un roman, certaine qu'il me faudra plus de sept jours pour perdre cette mauvaise habitude.

Soudain, une vague m'asperge, et je bondis sur mon transat en hurlant. De là, je ne vois nul autre que Dominic surgir à la surface. Dans une gerbe d'eau, il se redresse entièrement juste avant que ma vue soit obstruée par celui que j'ai passé la semaine à ignorer, mais qui hante chacune de mes pensées.

— Tu pensais que je te laisserais t'envoler aussi facilement ?

Ses yeux noisette brillent, et il m'offre ce sourire éblouissant que je ne peux bannir de mes rêveries.

— Que fais-tu ici ?

Au claquement du portail, je me penche sur le côté. Derrière Sean, Tyler apporte une glacière. Il balaie la propriété du regard et siffle.

— Salut, la belle. Je vois pourquoi tu te planques ici.

Je lui fais un petit bonjour. Puis la même main en visière au-dessus de mes yeux, je regarde Sean.

— Qu'est-ce que vous fichez tous là ?

— Nous t'avons ouvert notre maison, répond-il avec nonchalance. Chacun son tour.

— Je croyais pourtant que t'avais pigé.

Son regard s'enflamme, sa mâchoire vibre.

— Sois pas garce. Tu me plais trop.

Quand il s'installe à côté de moi, je ne sais plus si je veux l'embrasser ou le gifler. Je décide de ne faire ni l'un ni l'autre.

— Bisou, dit-il en ne lisant que trop bien dans mes pensées.

Il se penche. J'essaie en vain de bloquer ma respiration. Au lieu de quoi je l'inhale à pleines narines. Son odeur me donne l'impression que je suis rentrée à la maison.

— Fais sortir ce connard de ma piscine.

— Arrête ça, aboie Sean.

— Pour qui tu te prends ? je rétorque.

— Pour le petit copain contre lequel tu ne décolères pas.

Ébranlée, ma détermination vacille. Tyler pose la glacière entre les chaises longues et retire son tee-shirt.

— Laisse-nous une minute, lui demande Sean.

— Bye, Cee, lance Tyler en me souriant par-dessus son épaule.

Je ne peux m'empêcher de lui sourire, surtout avec sa fossette qui me fait de l'œil.

— Salut, Tyler.

— Je suis jaloux, murmure Sean.

— De quoi ?

— Ce sourire que tu lui as fait. Ai-je merdé si gravement ?

— Tu m'as fait de la peine, dis-je en optant pour la vérité toute nue. Je pensais qu'on vivait un truc sympa, et j'ai l'impression que tu m'as jetée au loup.

— C'est ce que j'essaie d'éviter. Mais tu as déformé la réalité à la lumière de ce que tu pensais qu'il allait se produire. Tu espérais voir mon côté Gémeaux, sauf que je suis du signe de la Vierge. Je ne pouvais pas lutter contre ton imagination. Cette dispute était inévitable. Nous savions tous les deux dès l'instant où je t'ai contrariée que ce serait ton argument.

Je le regarde, bouche bée.

— J'ai peut-être un problème de confiance, mais tu ne fais rien pour m'aider.

La main dans ma nuque, il rapproche son visage, son nez contre le mien.

— Dis-moi que je ne t'ai pas manqué.

— Hors de propos. Si je ne peux pas compter sur toi pour me soutenir, à quoi ça rime ?

— Tu n'avais pas besoin de mon soutien, détrompe-toi. Il fallait que tu t'en rendes compte par toi-même. Au lieu de quoi tu t'es volatilisée et tu as décidé de me punir parce que je ne me mêlais pas de tes affaires.

— De mes affaires ? Tu manques pas d'air.

Refusant de me céder un peu d'espace, il me serre plus fort.

— J'appelle cela la foi. Tu es beaucoup plus forte que tu ne le penses, je voulais que tu le constates.

— Pourquoi ?

— Parce que je veux que tu sois présente, et souvent, murmure-t-il.

La partie de moi qui aspire à se battre faiblit face à sa logique. Mes sentiments pour lui m'affolent. Ils me terrorisent, et il n'est pas exclu que je cherchais une raison de le repousser.

— Il me semblait que c'était ma décision.

Il enfonce ses doigts dans mes cheveux.

— Je ne valide pas ta décision. Vraiment pas. Mais je la respecterai. Si c'est vraiment ce que tu souhaites.

J'ôte ses lunettes miroir et les glisse sur mon nez, afin qu'il ne voie pas les émotions que mon visage exprime certainement.

— Je refuse d'être traitée de cette façon.

— Alors ne t'autorise pas à l'être. Là, tu t'es bien fait comprendre. Je suis désolé, bébé, murmure-t-il, et je ne peux qu'espérer qu'il est sincère. Tâche de croire que je serai là pour toi quand tu auras besoin de moi. (Il pose ma main sur son torse.) Crois-le, à défaut de croire quoi que ce soit d'autre à mon sujet.

Je ne peux pas le rejeter. J'en suis incapable, qu'importe que cela m'effraie. Je veux Sean. Je veux que ses mots sonnent juste. Et la seule solution est de lui accorder une chance et de faire face.

— Je pensais bien faire, mais avec toi, je ne sais plus en quoi cela consiste.

L'air tiraillé, son regard se perd dans le vague.

— Comment ça ?

Je sens un changement dans sa posture. Il n'y a plus trace de légèreté sur son visage.

— Pour notre bien à tous les deux, je devrais sans doute te laisser tranquille. Or, je n'en ai pas l'intention.

M'attirant brutalement contre lui, il m'embrasse à m'en flanquer le tournis. Je gémis, mes mains se cramponnant à lui instinctivement, dès lors que d'une manière inappropriée, il renforce notre baiser. Mais c'est Sean, et c'est l'une des choses que j'aime tant en lui. Il m'embrasse à corps perdu. Je prends tout, et lui rends autant qu'il me donne. Quand il s'écarte, je suis en feu, incapable de dissimuler ma respiration accélérée qui soulève ma poitrine.

— Bon sang, j'ai l'air fin. (Il remonte ses lunettes sur ma tête et appuie son front contre le mien.) J'aurais pas dû venir avec les deux couillons.

Je jette un regard vers Dominic, assis au bord du bassin, du côté peu profond.

— Mon père a installé des caméras de surveillance et il m'a interdit d'inviter du monde. Ça ne fera pas bon effet.

— Nous arrangerons ce petit pépin.

— Comment ça ? De quelle manière ?

Il désigne Dominic d'un geste et je grogne.

— Écoute, reprend Sean. Il n'est pas toujours facile. Mais il avait envie de venir.

— Est-ce censé me rassurer ? Ce type est un enfoiré.

Tyler tape dans ses mains en s'allongeant sur une chaise longue à côté de nous.

— Cool ! Maman et papa se sont réconciliés. Faut fêter ça.

Il prend une bouteille dans la glacière, la secoue et nous arrose de bière.

— P'tit con, fais-je en souriant.

Au même instant, Sean me soulève entre ses bras, telle une jeune mariée, et saute dans la piscine. J'émerge avec un grand sourire, sans doute dans le genre niais qui en révèle beaucoup trop. Sean me regarde longuement, m'embrasse puis me jette dans l'eau. Je rejaillis à la surface en poussant un cri, ses lunettes en travers du front.

— Andouille, j'étais pas prête !

— Vaudrait mieux pour toi que tu entres vite dans le jeu, me provoque-t-il quand je bondis sur lui.

Nous batifolons dans l'eau pendant que Tyler prend ses aises sur un transat et allume sa radio. Alors que le téléphone de Sean sonne, il sort du bassin et, d'un geste, signale que l'appel est important.

— Salut, papa.

Je me dirige vers Dominic, qui tient une bière dans la main. Ses Ray-Ban noires dissimulent ses yeux, mais je sais qu'il suit ma progression vers lui.

— Je suppose que tu attends des excuses, grogne-t-il.

Il remonte ses lunettes sur son crâne, les coinçant dans sa masse de cheveux noirs. Trempés, ses cheveux et ses cils paraissent encore plus foncés. Tout en lui est plus sombre, plus mortel. C'est une gageure de ne pas prêter attention à son magnétisme. Et face à son petit sourire venimeux, respirer n'est plus si naturel.

— Je n'y compte pas trop.

Il me fait signe de patienter et écluse sa bière. Je lève les yeux au ciel.

— OK, je pense que je suis prêt. (Il inspire comme s'il se préparait à prononcer un discours mémorable.) Je suis désolé d'avoir dit à Sean que je t'avais surprise en train de mater ma queue.

C'est plus fort que moi. J'éclate de rire.

J'ai droit à son premier sourire authentique, lequel me prend au dépourvu.

— J'ai rarement croisé un enfoiré comme toi.

— Je préfère qu'on me traite de beau salaud. Comme la maman de quelqu'un que je connais. Hein, Tyler ?

Tyler ne bouge pas d'un cil sur son transat.

— Va crever.

Dominic sourit de toutes ses dents.

— Tu avais laissé ta porte ouverte, je m'exclame. J'ai été choquée. C'est le moins qu'on puisse dire.

— Et les cinq minutes suivantes ?

— Il y a vraiment des femmes qui couchent avec toi ?

— Non, jamais. Elles sont trop occupées à hurler mon nom, dit-il sans une trace d'humour. Sauf la dernière. C'était un cadavre.

— T'es pas possible. Le rêve des psychiatres, je confirme.

Brièvement, je me demande si la violence l'excite. Si c'est la seule chose qui le stimule.

— À quoi penses-tu ? demande Dominic, les lèvres frémissantes, alors qu'il abaisse ses lunettes de soleil.

— À rien.

Avec un sourire en coin, il se lève et se dirige vers la porte de derrière.

— Que fais-tu ?

— Besoin de me soulager.

— Tu pourrais demander.

Il me tourne le dos. Son short de bain, qui lui rentre un peu dans la raie, dévoile le haut de ses fesses fermes alors qu'il se campe devant le mur de la maison.

Je me couvre les yeux.

— Oh, mon Dieu. Quand tu entres, après le bureau, dans le couloir sur la gauche. Espèce de sauvage.

— Oh, fait-il en réajustant son maillot de bain. Je crois que je préfère encore ça à « beau salaud ».

J'enfouis mon visage dans ma main au moment où Sean me rejoint dans la piscine.

— Tu t'habitueras à lui. Juré.

— Soit ça, soit je l'étrangle.

— Ou ça.

Sean me coince dans l'angle du grand bain en m'attirant dans ses bras.

— Au fait, tu as le droit d'utiliser ton téléphone et pas moi ? je m'indigne.

— J'en avais besoin aujourd'hui pour mes parents. Désolé, ça fait hypocrite.

— Ça l'est.

— Je ne demande rien sans avoir une bonne raison.

— Donc j'attends de connaître la tienne.

— En temps voulu.

Son haleine effleurant ma peau, il se penche sur moi. Je me liquéfie du seul fait de sa proximité.

— Dis-moi un truc, Pup.

— Quoi ?

— Pourquoi as-tu laissé tomber aussi aisément ?

Son regard sonde le mien. Une rencontre avec ses yeux noisette est comme une dose de sérum de vérité.

— Est-ce parce que tu n'as pas confiance en toi ou en moi ?

— Les deux.

— Fais confiance à ton instinct.

Son ton est tout sauf enjoué.

— Tu recommences avec tes phrases codées.

— Je te veux. Est-ce assez clair ?

— C'est…

Comme il se presse contre moi, un gémissement m'échappe dans un souffle. Mon regard se porte derrière son épaule.

— Où est Tyler ?

— Je l'ai envoyé faire un tour.

— Pourquoi ?

Il m'embrasse, et je m'enroule autour de lui sur-le-champ. Il repousse mon slip de bikini sur le côté, ses doigts me pénètrent. Il remonte mon bras autour de son cou.

— Parce que je ne tiendrai pas une minute de plus sans être en toi. Accroche-toi à moi, bébé.

C'est l'unique avertissement que je reçois avant qu'il m'envahisse, s'engouffrant si profond que je lui mords l'épaule pour étouffer mes gémissements. Me plaquant le dos contre la rugosité du ciment, il me pilonne, me consume. Il ôte le triangle de tissu de mon sein, suce avidement, forçant l'allure tout en maintenant notre connexion presque jusqu'à me faire mal. Il m'inflige le plus délectable des châtiments, et je le sens : il me revendique. En quelques secondes, je décolle, son nom sur mes lèvres, tout en cherchant un signe de Dominic ou de Tyler derrière son épaule. Même s'ils faisaient leur réapparition, je ne garantis pas qu'à ce stade je dirais à Sean d'arrêter.

— Bordel, tu m'as manqué, bougonne Sean en se retirant juste avant l'instant crucial, mordant la chair de mon épaule.

— Tu m'as manqué aussi.

Il aspire mes lèvres et m'embrasse. Une flopée de baisers. Après avoir remonté son short, il rajuste mon maillot de bain. Il était temps, Tyler reparaît au portail. Le visage dans mon cou, Sean reprend son souffle. Tyler s'adresse à nous comme si l'idée que nous venons à peine de jouir ne l'effleurait pas. Possible, même si ce qui vient de se produire est ce que j'ai fait de plus assimilable à de l'exhibitionnisme. À cette idée, je pique un fard. Quand Sean s'écarte de moi, son sourire m'éblouit, je secoue lentement la tête.

— Je promets un peu plus élaboré, dans la journée. Nous ne sommes plus fâchés ?

— Le sexe n'est pas la solution à nos problèmes de communication, dis-je pour rétablir l'équilibre.

Nous nous fixons un long moment.

— Je sais, mais ne me refais plus jamais ça, demande-t-il doucement.

— Refaire quoi ?

— M'ignorer.

Chapitre 20

— Tu es rayonnante, me félicite Melinda en fin de journée. Tu passes tout ton temps libre au grand air, ma parole !

— En grande partie.

— Eh bien, si ton sourire est lié à celui de notre superviseur…

Elle laisse sa phrase en suspens pour m'inviter à confirmer ou à nier. Je ne réagis pas.

— Même s'il n'est pas fréquentable, cela n'empêche qu'il est beau garçon.

Beau, il l'est assurément. Depuis une semaine, il me traite avec une quasi-dévotion. Ses baisers durent plus longtemps. L'émotion dans ses yeux est plus intense. Mes pieds n'ont pas touché terre depuis qu'il est revenu en force et a entrepris de rogner progressivement le blindage autour de mon cœur. Nous passons toutes nos nuits ensemble et je ne m'embête plus à signaler à Roman où je dors. La plupart de mes nuits avec Sean, je les passe chez lui. Dominic étant toujours aussi charmant, je lui ai tendu une seule fois un rameau d'olivier. Le plus souvent, il s'enferme dans sa chambre, la musique à fond jusqu'à pas d'heure. Pour apaiser la tension, je lui ai apporté un bol de glace fait maison dans sa chambre. Je l'ai trouvé faisant les cent pas devant son ordinateur, si tant est que le terme soit approprié. Équipé de trois immenses écrans et de deux claviers, son poste évoque plutôt une station spatiale. J'ai déposé mon offrande sur le bureau, et, en guise de remerciement, Dominic m'a pour ainsi dire claqué la porte au nez. Quand je l'ai interrogé sur ses activités, Sean s'est empressé de changer de sujet. Je n'ai pas insisté. Ce n'est pas demain que je résoudrai l'énigme Dominic King.

Habituée à faire tapisserie, j'observe les gens depuis des années, certains plus que d'autres. Et j'aime comprendre ce qui les fait vibrer. J'ai beau me défaire doucement de ma peau d'introvertie, les vieilles manies ont la vie dure. Dominic est assurément un nouveau sujet d'attention pour moi.

La plus grosse question qui me trotte dans la tête est : pourquoi un diplômé du MIT bosse-t-il comme mécano au lieu de postuler pour un emploi qui le fera grimper dans les tranches d'imposition ? Dominic n'a sans doute pas étudié dans l'une des meilleures écoles du continent dans l'objectif de remplacer des plaquettes de freins et des pots d'échappement jusqu'à la fin de ses jours.

Mais je garde ces interrogations pour moi. Primo, parce que ce ne sont pas mes affaires. Deuxio, parce que Dominic est un enquiquineur qui ne loupe pas une occasion de me faire enrager. Toutefois, je l'asticote aussi. Depuis ce jour où nous avons à moitié fait la paix, nos joutes ont pris une tournure plus espiègle.

Outre ma curiosité envers Dominic, mon attention est pour l'essentiel dédiée à Sean. Deux ou trois fois, depuis ce jour au bord de la piscine, je me suis sentie mal de l'avoir ignoré, même si je n'ai pas obtenu les excuses que je pense mériter. Une partie de moi, peut-être celle qui est désabusée, reste sur la réserve. Sans doute parce qu'elle a du mal à croire que notre histoire est réelle. L'ironie est que la partie cynique de moi-même espère se méprendre, parce que même elle craque pour Sean.

Les nuits d'été débordent de vie, d'électricité. Nous partageons notre temps libre entre jouer aux fléchettes chez Eddie et les parties de billard avec les gars au garage. Ou nous roulons simplement, sans but, afin que je me perfectionne au volant de sa Majorette grandeur nature.

Ce soir, nous avons décidé de sortir de cette nouvelle routine pour nous accorder un tête-à-tête. Après avoir franchi une série de portails, je me gare près d'un vaste hangar où m'attend Sean. Je ne peux réprimer l'euphorie qui monte en moi à la vue de son sourire complice. Il écrase sa cigarette sous sa boots.

— Salut, bébé.

Il m'attire contre lui, m'embrasse avec intensité. Je me dresse sur la pointe des pieds pour lui retourner son baiser.

Je jette un œil derrière lui, vers les rangées de pommiers, leurs branches vigoureuses alourdies par une profusion de fruits. Triple Falls abrite une douzaine d'exploitations agricoles, et les locaux tirent une immense fierté de leurs pommes. Tous les ans, au début de l'automne, la ville accueille le Festival de la pomme, le point culminant de l'année pour les habitants. Melinda, par exemple, ne le manquerait pour rien au monde.

— Que faisons-nous ici ?

— Pique-nique de minuit, dit-il en ouvrant son coffre.

Il me tend une couverture familière, puis prend une lampe de camping et des sacs plastique. Les bras chargés, il nous entraîne sur un sentier entre les rangées d'arbres.

C'est pittoresque, surtout éclairé par cette petite lanterne. Les montagnes au loin se découpent sur le ciel nocturne.

— Comment as-tu eu accès à cet endroit ?

— Le verger appartient aux parents d'un copain. Il est à nous toute la nuit.

— C'est incroyable, dis-je en regardant autour de moi.

Nous poursuivons entre les arbres, assez loin pour ne plus distinguer nos voitures.

— Les pommes sont succulentes, mais j'ai pris de quoi nous nourrir.

Il soulève un sac plastique. Le couvercle de la boîte porte le logo The Pitt Stop.

— Ça vient du restaurant de tes parents ?

— Oui, c'est tiède, mais ce sera quand même bon. Posons-nous là.

J'étale la couverture.

— Je t'emmènerai au restaurant dès que nous aurons un jour de repos, dit Sean.

— Promis ?

Il rapproche la lampe de son visage.

— Parole de scout.

Je lève les yeux au ciel.

— Tu n'as jamais été scout.

Il a un petit rire.

— Qu'est-ce qui te permet de l'affirmer ?

— Ton problème avec l'autorité, peut-être ? Je te vois déjà te disputer avec ton chef de troupe à propos des règles et des principes que tu refuses de respecter parce qu'ils ont été créés par des abrutis moralisateurs.

Il pose la lanterne sur le plaid et m'embrasse goulûment.

— Tu commences à bien me connaître.

— Je pense aussi.

Nous prenons place sur ce que je considère comme notre couverture porte-bonheur, puis il déballe un petit festin. Si je fais abstraction de notre unique querelle, notre relation est presque idyllique. Par moments, j'essaie d'imaginer à quoi ressemblerait la vie à Triple Falls sans lui… Une vie tournée autour de mes dîners avec Roman et mes journées à l'usine, quelle horreur.

Cela dit, il n'est pas qu'une distraction avec un pénis, même si son pénis est prodigieux. La poitrine gorgée d'émotion, j'observe son profil dans le doux halo de lumière artificielle de la lampe de camping. Quels que soient mes doutes, je souhaite m'en délester. Certains persistent, ceux que je tais au nom de la paix des ménages. Toutefois, une question me taraude jour après jour et avant de pouvoir être entièrement avec lui, il me faut une réponse.

— Sean ?

— Ouais ?

Agenouillé sur la couverture, il ouvre la première boîte avec application. Les grillons stridulant avec vigueur autour de nous, j'admire le paysage. Dans ce décor et avec ce fond sonore dignes d'une mordue de romance, le besoin de poser ma question grandit. J'ai connu tant de premières fois avec Sean. Comment lui en faire vivre à lui, qui a vingt-cinq ans et aventureux comme il est ? C'est là que se niche une partie de mon indécision, avec la question que je m'abstiens de poser parce que je sais quelle impression elle donnera. J'ôte mes chaussures et mes chaussettes, et frotte mes pieds sur l'herbe fraîche, décidant de laisser cette question de côté pour le moment.

— Cecelia.

— Ouais ?

— Tu avais une question ?

— Elle m'est sortie de la tête.

— J'te crois pas.

— Tu n'as pas envie que je la pose.

Il me regarde avec impatience.

— Bon, maintenant il faut que je sache.

— Comment Dominic savait pour la cascade ?

Il expire, les mains sur ses genoux, avant de lever vers moi des yeux coupables.

— Ta vraie question est combien de filles ai-je emmenées là, pas vrai ?

— Est-ce l'endroit où tu emmènes toutes les filles ?

Il secoue lentement la tête.

— C'est un endroit que j'aime, que je fréquente volontiers avec toutes sortes de personnes. Le choix est mince pour se divertir dans le coin. Par exemple, il n'y a pas beaucoup de restaurants qui valent le détour. C'est une petite ville. Si tu restes des années au même endroit, c'est obligé qu'il y ait des doublons.

— Des doublons, je répète en buvant du thé glacé.

— Merde, le terme est mal choisi. Écoute, dit-il en s'asseyant, les genoux relevés sous son menton. Tu n'es ni la première ni la deuxième fille que j'emmène là-haut.

Mes doutes confirmés, j'essaie de masquer ma déception.

— Merci de m'avoir dit la vérité. Ce jour-là était spécial pour moi, voilà tout.

Il redresse mon menton.

— Qu'il le reste. Tu crois vraiment que je pensais aux filles précédentes quand j'étais sur toi ? Bah non. Mais ça me plaît que tu sois jalouse.

En appui sur mes coudes, je renverse la tête en arrière d'un geste théâtral.

— Pouah. Certains jours, je fais tout pour te rappeler que tu sors avec une ado.

— La jalousie n'est ni limitée ni invalidée par l'âge. Et tu as morflé. Tu me l'as dit dès le début. Donc tu es prudente. Tu ne veux plus souffrir. Il n'y a rien de mal à ça. Je comprends. Et je ne suis pas fâché que tu ais voulu savoir.

— Tu te fâches, parfois ?

— Oui, admet-il d'une voix si faible que c'en est effrayant. Et c'est un spectacle que je te déconseille.

— Oh, raconte ! dis-je en me retournant sur le ventre, les pieds en l'air. Enfant, tu piquais des colères ?

— J'étais plutôt du genre Tarzan : « Je t'arrache le bras si tu me cherches. »

J'éclate de rire.

— Je te crois.

— Je me bagarrais pas mal.

— Pourquoi ?

— Parce que j'étais un petit con.

— Étais ? Ça a changé ?

— Mignon. J'allais partager mon pudding à la banane, mais bon…

— Hé, j'suis désolée. Tu ne m'as pas donné beaucoup de raisons de ne pas te faire confiance.

Il se renfrogne.

— Cecelia…

Je lui caresse la joue.

— Je m'en veux d'avoir demandé. Mais ça me travaillait.

— La prochaine fois, demande, au lieu de gaspiller ton temps.

— Je l'ai fait, mais en pleine dispute. Tu te souviens ?

— Au temps pour moi. Plus sérieusement, ne laisse pas des bêtises bouffer ton espace mental. Demande.

— Je le ferai.

— Cool. Mangeons.

Une fois rassasiés, étendus sur la couverture, nous admirons les étoiles. Son Zippo claque et une odeur inimitable envahit mes narines. Je souris à Sean, qui me passe le joint. J'inhale longuement et expire la fumée, riant d'avance de mon geste.

— Petite joueuse, dit-il avec un rire.

— Et fière de l'être. Pourquoi fumes-tu ?

— Pour moi, c'est aussi relaxant que quelques bières. Et quand on se détend, sans penser à rien d'autre qu'à l'instant présent ni à personne d'autre que celle avec qui l'on est, on peut contrôler la défonce avant qu'elle nous contrôle.

— Pigé, mec, dis-je en soufflant de la fumée et en imitant au mieux le fumeur déchiré.

Sourire jusqu'aux oreilles, il reprend le pétard. Je me rallonge sur le dos, les yeux levés vers la voûte céleste. Il prend ma main sur mon ventre, la porte à ses lèvres et la couvre de baisers. Ses yeux se ferment alors que ma poitrine vibre de l'intimité de son geste.

— J'avais peur de détester cet endroit, dis-je.

— Content que tu ne détestes pas.

— C'est principalement grâce à toi. L'année prochaine, je vais m'en aller, tu sais. Je ne reste que jusqu'à l'été prochain.

Son baiser s'immobilise sur la pulpe de mon doigt.

— Nous rendrons ce laps de temps mémorable.

— Tu n'as pas l'air très sûr de toi.

— Rien n'est sûr.

— Oh, non, tu ne vas pas recommencer !

— C'est la vérité.

— Tu es toujours tellement énigmatique avec moi. Je ne suis pas idiote, tu sais. Tu essaies indirectement de me dire quelque chose depuis que nous nous connaissons. Quel est donc ce lourd secret ?

Il se penche, son sourire resplendissant dans la pénombre.

— Tu es le secret.

— Moi ? Rends-moi le joint ! Mince, j'en ai besoin si je dois écouter tes élucubrations.

— Tu aimes mes élucubrations.

— La vérité dévastatrice et la philosophie de vie selon Alfred Sean Roberts.

Je prends une petite taffe, lui redonne le joint.

— Savoir, c'est pouvoir, bébé. L'arme la plus puissante qui soit. Tu sais pourquoi l'herbe est illégale ?

— Aucune idée.

Après avoir fumé, il s'allonge sur le flanc. Le bout rouge du mégot luit quand il inhale.

— Parce que les autorités de l'époque ne se sont pas accordées sur un moyen d'en légaliser la culture et de la taxer. C'est pourquoi elles ont mis en place cette propagande autour de ses méfaits. Tape « Reefer Madness » sur YouTube à l'occasion, tu verras qu'elles sont allées loin. Les gens y ont cru parce qu'on le leur a mis dans le crâne.

Il se penche vers moi et écarte mes lèvres d'un coup de langue. Quand je les ouvre pour lui, il exhale de la fumée dans ma bouche, forçant mes joues à se gonfler. Tordus de rire, nous nous séparons. Je postillonne et tousse, avant de lui flanquer une tape sur le torse.

— Reefer Madness ?

— Je cite, annonce-t-il, les yeux écarquillés. « La marijuana, l'herbe qui se fume et qui prend ses racines en enfer ! »

Je glousse pendant qu'il entreprend de déboutonner ma chemisette.

— En fumant le pétard qui détruit l'âme, énonce-t-il lentement.

Les pans écartés, il laisse courir le dos de sa main sur ma peau.

— Ils trouvent un plaisir instantané, murmure-t-il avant d'embrasser le renflement de mes seins.

Sous son charme, j'entremêle mes doigts dans ses cheveux alors que les siens parcourent mes flancs.

— Mais à quel prix !

Sa voix qui éclate me fait sursauter. Prise d'un fou rire, je repousse sa main qui me chatouille pendant qu'il prend une voix de prêcheur solennelle.

— « Débauche ! Violence ! Meurtre ! Suicide ! »

J'ai beau me tortiller, ses doigts continuent de me chatouiller.

— Arrête, Sean, je vais faire pipi dans ma culotte.

Il se calme et, penché au-dessus de moi, me scrute d'un regard brumeux.

— Et au final, ce qui attend le fumeur accro à la beuh est… (un doigt levé, il fait traîner le suspens) … la démence irréversible.

— Tu plaisantes, dis ? Violence, meurtre, suicide ?

— N'oublie pas la débauche. Et non, je ne plaisante pas… renseigne-toi, dit-il en passant les doigts dans mes cheveux. Le film est sorti en 1936. Un tissu de mensonges, la population a tout gobé. Tout cela parce que des abrutis cupides n'ont pas trouvé de solution pour prélever un impôt ou contrôler la distribution. Mais de nombreuses décennies plus tard, ils en prescrivent pour soulager la douleur, freiner les crises d'épilepsie, aider à traiter des troubles incurables avec seulement la plante, sans le THC. Et pour certaines personnes, les effets sur le mental sont aussi positifs que des pilules, plus nocives.

Peux-tu imaginer tout ce que nous aurions accompli depuis les années 1930 si ces enfoirés ne s'étaient pas ligués contre une plante ? Au lieu de quoi ils nous ont fait croire que c'était mal, parce qu'ils ont décidé et déclaré que ça l'était. Les gens qui respectent la loi les ont suivis, et ont fait la morale aux autres. Nous voilà, des décennies d'interdiction plus tard, et soudain elle peut être employée sans danger à des fins médicales et médicinales ? (Il secoue la tête, écœuré.) As-tu déjà entendu parler d'un type qui se serait déchiré la tête avant de commettre un massacre ?

— Non.

— Moi non plus. Et je doute que quiconque en ait entendu parler vu qu'il y a peu de chances qu'il existe. Nous devons choisir avec précaution qui nous écoutons.

— Tu es un révolutionnaire. Y a-t-il quelque chose dans ce pays que tu aimes ?

— Les paysages, souffle-t-il en passant sa main chaude sur ma poitrine, sous mon soutien-gorge. Les monts et les vallées, poursuit-il pendant que sa paume s'égare sur mon ventre. Les océans qui l'entourent.

Je me perds dans les explorations de ses mains, et m'agace quand soudain elles cessent.

— En théorie, l'Amérique est géniale. Dans la pratique, elle l'est nettement moins. Mais notre nation est encore jeune. Il y a de l'espoir.

— J'aime tes idées, dis-je en toute honnêteté.

Je les aime parce qu'elles me provoquent, me questionnent.

— J'aime aussi t'écouter, bébé, répond-il avant de s'accaparer ma bouche.

— Tu sais, dis-je en reprenant le pétard, tu ferais un homme politique exceptionnel. Dommage que tu sois accro à l'herbe qui prend ses racines en enfer.

Il incline la tête, ses yeux éclairés par la lampe.

— Un homme politique ?

— Je voterais pour toi.

— Tu voterais pour moi, gamberge-t-il, sa tête se balançant de droite à gauche. Ouais, bah, j'ai pas envie de devenir politicien.

— Pourquoi ?

— Je préfère être du côté des solutions.

— Regrettable. J'étais justement en train d'imaginer toutes les choses obscènes que je te ferais si tu t'habillais en costard.

— Ah, souffle-t-il en laissant pendre sa tête. Voilà qu'elle veut un costard-cravate.

— Non, je te veux, toi.

Je peux sentir son sourire sur ma poitrine.

— C'est vrai ?

— Hélas.

Se faufilant entre mes jambes, il aspire mon mamelon dans sa bouche.

— Faut bosser pour ça, articule-t-il avec mon sein tendu dans la bouche.

— N'est-ce pas ce que tu fais toujours ? dis-je, le souffle court.

— Si, admet-il en s'écartant pour me regarder. Mais tu vois, ça devient sérieux parce que d'une minute à l'autre, nous atteindrons notre fin ultime d'accros à la ganja. Il faut marquer le coup.

Le ciel sans lune en toile de fond, il me surplombe.

— Vaudrait mieux qu'on se dépêche, alors, dis-je en me redressant pour l'embrasser.

Il esquive mon baiser et bloque mes poignets sur la couverture.

— T'es trop chiant.

— Et t'es… trop belle, susurre-t-il. Tellement belle, renchérit-il en posant ma main sur son torse. Cecelia, tu m'as meurtri. Pourquoi fallait-il que tu sois si jolie ?

Un instant, je vois quelque chose d'inédit dans son expression : un éclair de peur.

— Sean, qu'est-ce qui te tracasse ?

Le nuage passe dans ses yeux. Puis il pose sur moi un regard clair.

— Absolument rien.

— T'es sûr ?

Comme il enfouit la tête contre ma poitrine, je lui caresse les cheveux.

— Aide-moi, bébé. La démence a fini par me rattraper.

Chapitre 21

La transpiration dégouline dans mon dos. Melinda n'en finit plus de jacasser, et intérieurement je maudis Sean de m'avoir privée de ma montre. L'horloge murale au-dessus de l'entrée s'est figée il y a une semaine, et à l'usine, je suis indubitablement esclave du temps.

— C'était sa sœur, dit Melinda en me regardant d'un œil mauvais rassembler ses bacs et les empiler sur notre poste de travail. Non, non, c'est sa cousine qui a fait ça. Punaise, de toute ma vie, je n'ai jamais vu…

— Non ! Non ! Fait chier !

Un éclat de voix interrompt le compte rendu de Melinda sur sa famille élargie. Nous tordant le cou, nous cherchons d'où proviennent les salves de répliques en espagnol et en anglais qui retentissent dans l'atelier. Deux ouvrières se querellent violemment à une chaîne un peu plus loin. Elles surgissent soudain au milieu de l'atelier, l'une s'efforçant de contenir l'autre. C'est alors que je les reconnais : Vivica et l'une de ses comparses, laquelle se démène pour la ramener à son poste.

— J'en ai assez. J'arrête.

Vivica crie, l'éjecte de son passage. Quand ses grands yeux noirs tombent sur moi, ils s'étrécissent en deux fentes.

L'effroi me saisit tandis qu'elle avance dans ma direction.

Oh, putain. Oh, putain. Oh, putain. Oh, putain.

J'ai été mêlée à une seule bagarre dans ma vie, et mon adversaire était un objet inanimé : une jupe.

Je savais qu'à l'usine je ne remporterais pas de concours de popularité, mais j'ignorais quel genre de réputation avait mon père dans cette ville. Il n'est apprécié ni respecté par personne. Les ricanements et les chuchotements que j'entends derrière mon dos deviennent de plus en plus difficiles à ignorer. Cela dit, je ne pensais pas qu'on me tiendrait pour responsable des problèmes avec l'entreprise. Je me suis leurrée : Vivica fonce droit sur moi et je sais que sa contrariété ne me concerne pas personnellement, à moins qu'il ne s'agisse de Sean.

— Toi ! hurle-t-elle, ce qui attire l'attention de toute la chaîne.

Comme une idiote, je me montre du doigt.

— T'es la fille du patron, non ?

Quiconque ignorait cette information est désormais au courant. Son amie s'arrange pour s'interposer alors qu'elle n'est plus qu'à quelques pas de moi.

— Vivica, calme-toi et réfléchis à ce que tu fais.

— À ce que moi je fais ? rétorque-t-elle avant de se tourner vers moi.

J'hésite encore entre attaquer d'un coup de talon latéral ou risquer un coup de poing.

— Ton père est un putain d'escroc. Tu le savais ? m'agresse-t-elle en agitant une fiche de paie devant mon nez. J'ai trimé quarante-deux heures la semaine dernière, et je n'ai été payée que trente-neuf. Demande-leur, aboie-t-elle en désignant les autres ouvriers de l'atelier. Demande-leur combien de fois on leur a fait ce coup-là.

— Ils corrigeront, tempère son amie en essayant de l'éloigner.

Les chaînes d'assemblage s'immobilisent. Le bruit du tapis roulant qui étouffait jusqu'alors les invectives de Vivica n'empêche plus qui que ce soit de tendre l'oreille.

— Oh ça, ils corrigeront. Puis ils trouveront un moyen de se débarrasser de moi.

Je rassemble le courage de me défendre.

— Écoute, je n'ai rien à voir avec…

— T'es sa fille ! vocifère-t-elle, tandis que d'autres paires d'yeux se braquent sur nous. Y a pas d'erreur sur tes fiches de paie à toi, j'imagine.

— Franchement, je n'ai pas…

— Tu n'as pas regardé ? raille-t-elle. Évidemment ! Permets-moi de t'éclairer, princesse. C'est le même cirque depuis des années, il nous arnaque sur nos heures sup, nous sucre des heures par-ci par-là, histoire qu'on ne fasse pas trop de vagues. On nous rabâche chaque fois que ce sera rectifié, que c'est une omission. (Elle m'examine, et pas de la manière la plus flatteuse.) Vous êtes pas assez friqués, vous autres ?

— M'dame, je ne…

— M'dame ? souffle-t-elle. J'ai vingt-cinq ans.

— Je ne dirige pas l'usine. Je travaille. Je n'ai rien à voir avec…

— Tu es sa fille.

Je sais ce que c'est supposé vouloir dire, mais cette phrase est tellement loin de la réalité de ma relation et de mon vécu…

— Ce n'est pas aussi simple, dis-je pour tenter de dialoguer.

— Vivica, il fait travailler sa fille sur cette chaîne, par cette chaleur, souligne sa collègue, même si son regard accusateur n'est pas en phase avec ses arguments en ma faveur. Je doute qu'il se soucie de son opinion.

— Elle a parfaitement raison, dis-je enfin avec fermeté et le dos droit. Et il ne la demande même pas. Je n'ai rien à voir avec la politi…

— Ce n'est pas une question de politique ! C'est du vol !

Tous les yeux sont fixés sur moi, à présent. Survolant la salle du regard, je vois ce qu'ils ne disent pas. Ceux qui gardaient la tête baissée à mon passage me regardent maintenant sans détour, de la même façon que Vivica. Leur franche hostilité dissout mon agressivité. Peut-être qu'ils éprouvent ce ressentiment depuis le premier jour, mais que je n'ai rien remarqué parce que j'ai la tête dans les nuages.

— Je travaille ici parce que, euh, parce que…

— Es-tu ici pour nous espionner ? me défie Vivica, les poings sur les hanches.

Je n'ai aucune chance de remporter la bataille.

— Non, dis-je en bredouillant. Absolument pas. Je suis là…

Je cherche désespérément la bonne formulation. Mais que dire ? Que je tue le temps jusqu'à ce que j'hérite de l'argent de mon père ? Les joues en feu, je tente de m'extirper de ce cauchemar.

— Je peux essayer de lui en toucher deux mots.

— Essaie autant que tu veux. Ça ne changera rien, rétorque l'employée, qui s'évertue à maintenir Vivica à distance. Ne gaspille pas ta salive.

— C'est son usine, proteste Vivica. Tu travailles ici et tu essaies de me faire croire que tu n'as rien à voir avec lui ?

Tout le monde se rassemble autour de nous. La bouche sèche, je tremble de manière incontrôlable. Les murs semblent se refermer autour de nous. Je me sens étouffer, pas du tout préparée à faire face à une telle animosité. D'après les regards que l'on me jette, le feu couvait depuis un certain temps. Personne ne prend ma défense. Ils veulent tous des réponses. Des réponses que je ne détiens pas.

— En as-tu parlé au superviseur ?

Son sourire est acide.

— À ton mec, tu veux dire ?

— Vivica, ressaisis-toi. Et viens dans mon bureau, éclate la voix de Sean derrière moi. Immédiatement.

— Tu nous prends pour des imbéciles, Sean ? Tu te figures qu'on ne remarque pas ce qui se passe ici ?

Il répond du tac au tac :

— Et ce que tu nous fais là, Vivica, tu penses que cela plaidera en ta faveur ?

— En ma faveur ? Combien de fois t'avons-nous demandé de rectifier nos heures depuis ton retour ?

— Je transmettrai, rétorque-t-il en la fixant du regard. Tout le monde retourne à sa place, maintenant !

Le groupe se disperse. Puis Sean se tourne vers moi.

— Prends cinq minutes.

— Je n'en ai pas besoin.

Je me dirige vers Vivica.

Sean intervient sur un ton sans appel :

— Ce n'était pas une suggestion. Cecelia, prends cinq minutes de pause.

— Je suis désolée pour ce qui vous arrive, dis-je à Vivica. Je lui soumettrai le problème, tu as ma parole.

— Bah tiens. T'es désolée. Tu peux te torcher avec mes fiches de paie à trous.

— Stop. Dans mon bureau, tout de suite, aboie Sean.

Elle pivote sur elle-même et part d'un pas lourd vers les grandes portes.

— C'est trop tard pour moi, de toute façon. Plein les bottes de bosser ici.

Je m'apprête à rejoindre Melinda, qui travaille double pour éviter tout embouteillage à notre poste, et sans doute gonflée à bloc par l'altercation. C'est sûrement ce qui lui est arrivé de plus excitant ces dernières années. Elle me donne un coup d'épaule quand je me glisse à côté d'elle. J'essaie de me plonger dans la tâche, plus reconnaissante que jamais de disposer d'un bac de calculatrices.

— Sors respirer cinq minutes.

Sean reparaît pendant que je lutte contre les émotions qui font rage en moi.

— Ça va juste aggraver les choses, dis-je sur un ton cinglant. Laisse-moi travailler.

Je sens son regard sur moi une bonne dizaine de secondes avant qu'il cède. Une fois qu'il s'est éloigné, je retrouve la parole.

— C'est ce que tu penses de moi ? dis-je à Melissa.

— Trésor, je te connais, mais pas les autres. Je ne perdrai pas mon temps à essayer de les persuader du contraire. Les gens n'entendent que ce qu'ils veulent.

C'est l'amère vérité que je dois avaler. Les choses seront difficiles pour moi pour le reste de l'année à venir. Je suis coupable par association. Ces gens n'ont pas une dent contre Roman Horner simplement parce qu'il est le patron, ils accumulent les motifs de mécontentement, et depuis un certain temps.

Des larmes d'embarras me brûlant les yeux, j'empile les bacs vides et hoche la tête.

— Il te manque des heures sur ta paie ?

Je vois la réponse avant qu'elle soit prononcée.

— C’est arrivé, plusieurs fois, admet Melissa, les yeux baissés. Aujourd’hui aussi.

— De combien ?

— Juste une demi-heure.

Je chuchote ma question suivante peu avant que la sonnerie annonce le redémarrage de la chaîne :

— As-tu dit à quelqu’un que je sortais avec Sean ?

— Tu parles, ça saute aux yeux, répond-elle avec sympathie.

Je ne proteste pas, je sais qu’elle dit vrai.

À présent, tout le personnel de l’usine sait que je suis la fille du patron, et au cas où quelqu’un serait passé à côté de l’évidence, je couche aussi avec mon responsable.

Le combo idéal.

Je n’ai jamais tablé sur l’influence de mon père pour bénéficier d’un traitement de faveur. Pourtant, je ne m’attendais en aucun cas à prendre des coups pour lui. Le plus triste, c’est que Vivica a déclenché la polémique par désespoir. Je ne sais rien d’elle, mais elle a probablement besoin de cet emploi ; et je gage qu’elle a besoin de ces heures. À en juger par sa réaction, elle comptait sur chaque centime. De même, Melinda avait besoin de cette demi-heure, dans la mesure où elle doit participer aux factures de la maison de retraite où sa mère vient d’entrer. Son mari est peintre, et il accepte des petits boulots pour compenser l’absence de régularité de ses revenus. Ils comptent tous sur cette usine, sur Roman Horner.

C’est alors que je songe à Selma, et je ravale de nouvelles larmes. Dans quelques heures, j’aurai tout le loisir de péter un câble. Mais pour l’instant, les secondes et les minutes s’étirent telle une chaîne invisible autour de mon cou. Sean fait plusieurs apparitions dans l’atelier, sans doute pour voir comment je vais sans vraiment m’aborder.

Il parle à quelques collègues et surveille la chaîne tandis que j'évite tout contact visuel. Melinda reprend son récit là où elle l'avait laissé, une histoire de collecte de fonds qui aura lieu demain.

Je termine ma journée exténuée à la fois mentalement et physiquement. Une fois sur le parking, je suis submergée par la peur. Sean a-t-il renvoyé Vivica ? Si c'est le cas, m'attend-elle pour déverser sa fureur ? Elle sait certainement que je ne suis pas responsable de son salaire tronqué. Mais ce sont des arguments rationnels, alors que les gens en rogne font rarement appel à la raison. Et elle était tout sauf rationnelle en quittant l'atelier.

Et si elle décrétait que c'était ma faute ? Je marche d'un pas rapide vers ma voiture quand Melinda m'appelle. Il n'est pas question qu'elle se mette en danger pour moi, et en vérité, elle est le genre de femme capable de prendre des risques. Ce qu'elle démontre en tentant de me rattraper sur le parking.

— Attends-moi, je t'accompagne.

— Ça va aller. À demain, dis-je par-dessus mon épaule, la semant parmi les rangées de voitures.

Vivica pourrait bien avoir pour devise « Fais-lui la peau, à cette connasse ». À cette idée, je dois me faire violence pour ne pas courir. À la seconde où je pose les fesses sur le siège et verrouille mes portières, j'éclate en sanglots. Je déteste me sentir vulnérable. Je déteste ne pas savoir si j'aurais été en mesure de me défendre. Je déteste la position dans laquelle me met le fait d'être la fille de Roman. Même si je ne l'avais pas affiché aussi ouvertement, quelqu'un aurait fini par découvrir notre lien de parenté. Le cacher n'aurait pas été la bonne solution non plus. Pensaient-ils vraiment qu'on m'envoyait les espionner ? C'est délirant.

J'ignore mon téléphone qui sonne dans mon sac. Je sais que c'est Sean.

Un appel de phares attire mon regard dans le rétroviseur. Derrière moi, dans sa Nova, Sean me retourne mon regard dans le rétro. Il m'attendait, et il m'a vue fondre en larmes.

Génial.

Lasse de cette journée, je lui signifie de me laisser tranquille. Pendant que je m'essuie la figure, il ouvre sa portière pour me rejoindre. Je secoue la tête et sors du parking en trombe. Tandis que je m'éloigne, l'humiliation s'amenuise, et la rage reflue en moi. Sans être fâchée contre Sean, je ne souhaite pas lui faire face lorsque j'éprouve ces émotions conflictuelles. Il verra ma fureur quand il l'aura méritée. Ce soir, il a fait son devoir et je refuse de me défouler sur lui, surtout dans ce chambardement émotionnel. Sa Camaro me colle au train jusqu'à ce que je bifurque sur le chemin privé qui mène à la propriété de mon père. Là, je suis soulagée qu'il me laisse.

Au portail, je suis accueillie par une allée déserte conduisant à une maison déserte. À peine ai-je atteint ma chambre que mon téléphone sonne dans ma main.

— Pas envie de parler pour l'instant.

Je renifle pour ravaler mes larmes de colère.

— Je l'ai compris au huitième kilomètre. Ce n'est pas ta faute, ajoute-t-il.

La tendresse dans sa voix m'attriste. Je fais de mon mieux pour maîtriser ma voix, qui tremble malgré tout.

— Tu savais ?

— Je planche sur le problème depuis que je suis revenu.

— Est-ce fréquent ? Qu'il rogne sur les salaires ?

— As-tu vérifié tes heures ?

Jamais. Je dépose le chèque à la banque en partant du principe que le montant est correct. Submergée par une nouvelle vague d'irritation, je prends une décision et clique sur « Répondre » à partir de mon dernier e-mail. Je tape furieusement tout en conversant.

— L'as-tu virée ?

— Oui.

— Bordel, Sean. Pourquoi ?

— Parce que c'est mon boulot, et son comportement était trop répréhensible pour un blâme.

— Tu sais que c'est mal.

Silence.

— C'est mon combat, je reprends. Laisse-moi me battre.

— Je suis là si tu as besoin.

— Je sais, et je t'en suis reconnaissante, mais cesse de me faire sortir de la chaîne. D'accord ? C'est déjà le merdier, je ne veux pas leur fournir plus de prétextes de s'en prendre à moi.

— Sache que je ne les laisserai pas faire. J'assure tes arrières.

— Et je te remercie, mais tu ne peux pas. C'est véritablement mon combat et je… suis folle de rage, et je ne veux pas déverser ma fureur sur toi. Compris ? Je te laisse.

Je raccroche, hors de moi en raison de la débâcle de la journée, et déterminée à faire payer ce fiasco au véritable responsable. Les mots de Vivica résonnent comme un chant dans ma tête, l'accent étant mis sur un mot différent à chaque couplet.

« C'est ton père. C'est ton père. C'est ton père. »

Dix minutes plus tard, j'expédie mon e-mail, purifie mon esprit sous la douche et commence à préparer mon rendez-vous du lendemain matin.

Chapitre 22

— Je n'ai guère apprécié le ton de ton e-mail, Cecelia.

Mon père m'attaque avant même que je me serve un café. Je sais qu'il est rentré tard hier soir, exprès pour discuter du message que je lui ai envoyé. Le plus souvent, il passe la nuit à Charlotte et je reste la seule occupante de cette immense demeure.

— Vous m'avez mise dans cette position. Vous avez exigé que je prenne mon travail au sérieux. Voilà, je le prends au sérieux, dis-je en déposant mes fiches de paie entre nous. Il manque un quart d'heure, presque toutes les semaines depuis que j'ai commencé, plus une heure pleine sur deux semaines.

— Ton superviseur est là pour traiter les plaintes.

Pas d'insinuation dans sa voix. C'est un soulagement que la rumeur de ma relation avec Sean se cantonne aux ouvriers et n'ait pas atteint les oreilles de la direction. Il ne s'intéresse jamais à moi, et s'il me surveillait à la maison par l'intermédiaire des caméras de sécurité, grâce à Dominic il ne verrait qu'une bande d'images sans incident.

— Nous devons tous rendre des comptes à quelqu'un, n'est-ce pas ? Un ministère ou un autre serait intéressé d'apprendre que vos employés se font carotter depuis des années, ce qui arrondit vos résultats financiers. Surtout s'ils tiennent l'information de la fille du P-DG.

L'hostilité à l'état pur emplissant son regard, je rassemble mon courage. Je ne suis pas sûre que monter au créneau soit judicieux pour mon avenir, mais je n'ai pas oublié tous ces gens amassés autour de moi, le poids de leur accusation. Je ne suis pas seule en jeu. Il est question de milliers de gens, de leur avenir suspendu à cette usine.

— Je n'ai pas l'intention de faire de signalement. Le fait est que j'ai mis le doigt sur un problème récurrent qu'il convient de prendre au sérieux parce qu'ils en ont plus qu'assez. À tel point qu'hier ils m'ont prise à partie. Est-ce que s'attirer la haine de vos employés en vaut vraiment la peine ?

— Ce qu'ils pensent de moi m'est totalement égal. Je leur procure du travail…

— C'est du vol, pur et simple, des gens qui travaillent pour vous. Vous vouliez que je goûte aux joies de la chaîne pour gagner ma place. La saveur est un peu amère, monsieur. À quand remonte la dernière fois où vous avez passé une journée dans votre usine ?

— Tu t'es bien fait comprendre, Cecelia. Je me pencherai sur la question, mais ne va pas croire que tes menaces m'impressionnent. Je suis à la tête de cette société depuis l'âge de vingt-sept ans.

— J'ai eu peur de traverser le parking hier soir. Avez-vous la moindre idée de ce que ça fait ?

— Pour peu qu'on vive assez longtemps, on se fait des ennemis.

— Contente que vous vous sentiez concerné. Étiez-vous au courant ?

— Je renforcerai la sécurité au besoin. Et notre contrôleur de gestion surveille la comptabilité.

— Il vérifie les heures de chaque employé ? Pardon, mais ce sont des conneries.

— Surveille ton langage ! Qu'est-ce qui te prend ?

— Il faisait trente-huit degrés là-dedans il y a deux jours !

J'ai l'impression d'exploser. Ma main s'abat sur mes fiches de paie.

— Trente-huit degrés au bas mot. Un vrai sauna, et vous m'y faites travailler avec les autres. Vous espériez que je la boucle, que j'encaisse mes chèques et que je file doux ? Vous avez presque gagné. Je ne faisais pas attention, mais quelqu'un m'a ouvert les yeux hier. Avec une lame de rasoir.

— Cecelia, cesse d'en faire un drame. J'ai entendu tes inquiétudes.

— Depuis quand n'avez-vous pas rénové cette usine ? Les gens qui la font tourner pour vous méritent un minimum de confort, non ?

Les yeux baissés, il s'éclaircit la voix.

— Je le redis, je me pencherai sur la question, dit-il d'une voix glaciale.

— C'est une réponse toute faite et franchement, monsieur, je ne l'accepte pas. Surtout si je suis supposée hériter de cet endroit. Une usine d'employés mécontents qui ne peuvent pas me saquer parce qu'ils n'ont pas de quoi nourrir leurs familles ? Non, merci.

Il se redresse sur sa chaise.

— Je ne laisserai pas ma propre fille me faire la morale ni me menacer.

— Si je suis contrainte de payer pour vos « omissions », j'ai mon mot à dire. Cette ouvrière m'a répété je ne sais combien de fois que j'étais votre fille, et je ne savais pas comment lui faire comprendre que cela ne signifiait rien !

Quand il relève soudain les yeux, la violence brute de son regard me heurte de plein fouet.

Je passe ma langue à l'intérieur de ma joue, maudissant ma vision trouble pendant que je le cloue du regard.

— Qui est mieux placé que votre plus grosse erreur pour vous informer de vos omissions ?

Il ravale sa salive, et l'air entre nous change. Dans le long silence, quelque chose qui s'apparente à du remords survole brièvement ses traits.

— Je suis désolé que tu ressentes cela.

Un court instant, une lueur d'espoir s'allume dans ma poitrine, mais je la repousse, refusant de céder.

— Vous voulez que je sois fière de mon travail ? Payez-moi. Vous voulez que je m'exprime avec respect ? Soyez un employeur respectable. Vous voulez que je respecte mon nom ? Soyez un homme respectable.

— Je n'ai pas lésiné sur les sacrifices dans ton intérêt, dit-il avec douceur.

— Je n'ai jamais rien demandé, excepté de prolonger la pension pour ma mère, qui a trimé à s'en rendre malade pour que je ne manque de rien. Je vous demande d'arranger les choses. Pas pour moi, pour eux. Si vous voulez continuer à agiter votre fortune au-dessus de ma tête, faites-le. Ou, encore mieux, reprenez-la et distribuez-la-leur. Parce que si c'est de leur argent que j'hérite, je n'en veux pas.

— Encore des grandes phrases. Ce n'est pas nécessaire. J'ai manifestement commis une erreur de jugement en faisant confiance aux mauvaises personnes. Je m'en occuperai.

— Je vous remercie.

Je m'apprête à repousser ma chaise, mais, se levant avec moi, il m'arrête dans mon élan.

— Soyons clairs : tu es consciente que je possède vingt-quatre usines, dont dix à l'étranger, n'est-ce pas ?

— Non, j'ignorais que vous en possédiez autant.

— Alors tu ignores sans doute aussi que je confie à des collaborateurs la gestion du quotidien parce que je n'ai pas d'autre choix que de déléguer, à défaut de pouvoir tout superviser moi-même. Quand ils font mal leur travail, c'est moi qui suis exposé et c'est ma tête qui risque de tomber. Je suis infiniment conscient de cette réalité.

J'ai initié un combat féroce avec un tigre ayant les mêmes rayures que moi. Même s'il rugit moins fort, il rugit néanmoins, et tout aussi efficacement. Il n'empêche que j'éprouve de la culpabilité à la perspective que ses mots renferment une part de vérité.

— C'est sûrement une énorme responsabilité, mais ce problème est proche de vous. Juste sous votre nez.

Ma voix se fissure, et je maudis mon incapacité à maîtriser mes émotions. Il ouvre la bouche pour parler, se ravise. Plusieurs secondes s'écoulent.

— Cecelia, je m'en occuperai.

En ressortant de la salle à manger, je me sens plus vaincue que victorieuse. Et quand la porte d'entrée se referme quelques minutes plus tard, je m'affaisse contre le battant de celle de ma chambre et laisse couler une autre larme solitaire.

Chapitre 23

Je découvre Dominic devant l'entrée. J'ignore pourquoi c'est lui qui est venu me chercher ce soir. Impassible, il me regarde descendre l'escalier et faire le tour du véhicule. Ce qu'il m'exaspère. Contrairement à Sean, il n'a même pas la décence de m'ouvrir la portière.

— Où est Sean ?

Au lieu de répondre, il démarre. Décidément, avec cette arrivée surprise, ma journée ne s'améliore pas du tout. J'espérais que Sean m'apaise et me change les idées après l'échange houleux avec mon père. La dernière chose que j'ai envie de faire de mon jour de repos, c'est me prendre la tête avec cet enfoiré de Dominic.

— Je t'ai posé une question.

— Sean est occupé. Je lui rends service.

— J'aurais pu prendre ma voiture.

— Bah t'es dans la mienne.

— Laisse-moi le volant.

— Pas question.

— Je me suis entraînée sur la Nova de Sean. J'ai fait des progrès.

Il a un sourire moqueur.

— Tu crois ça ?

— Je le sais.

Ce n'était pas la bonne chose à dire.

Ce salopard met la gomme, grimpant à deux cents kilomètres à l'heure pour me montrer ce que son bolide a dans le ventre. Je hurle à pleins poumons. Cette course est sans commune mesure avec la démonstration exaltante du premier soir. Je suis terrifiée, pendant qu'il roule à tombeau ouvert sans s'inquiéter de sa vie ou de la mienne.

— C'est bon, j'ai compris. Tu es le roi, d'accord ? Ralentis, s'il te plaît.

Il négocie brillamment une succession de virages avant de débouler sur la ligne droite. Chaque centimètre carré de mon corps est couvert de transpiration.

— Ce n'est pas drôle !

Il monte le volume de la musique au moment où nous dépassons une petite station-service.

— Dominic, s'il te plaît. Par pitié !

Je suis véritablement pétrifiée. Il mord la ligne continue en coulant un regard vers moi, avant de ralentir enfin.

— Merci d'avoir ralenti, mais nous ne sommes pas en Europe, Dominic !

Toutes mes articulations sont blanches à force de me crisper. Tirant d'un coup sur le frein à main, il nous projette sur la bande d'arrêt d'urgence, où la voiture opère un demi-tour sur elle-même. Je suis sûre d'en avoir fait un peu pipi dans ma culotte. Déjà, nous filons à toute vitesse dans la direction opposée.

— J'ai oublié un truc.

Piètre excuse. Il se faufile entre un minivan et un pick-up, avant de piler dans la station-service.

À ce stade, je suis en pleine crise de panique.

— Besoin de quelque chose ? me lance-t-il.

— Va te faire foutre !

— Je suis pas d'humeur pour des préliminaires. Un soda, ça te branche ?

Je suis à deux doigts de me jeter sur lui quand il me fait son expression ennuyée.

— Je prends cela pour un non.

Il se dirige vers la boutique, d'une démarche qui incarne l'arrogance absolue. Je jette un regard à celle-ci en contrôlant ma vessie. Elle est rudimentaire. Mais quelle que soit notre destination, considérant la région, il faut obligatoirement compter plus de vingt minutes de route. Je décide de me risquer aux toilettes et descends de voiture. Dominic est en train de sonder les vitrines réfrigérées quand je m'approche de la caisse, surmontée d'une pancarte « Appâts vivants », pour demander la clé. À côté de moi, quelques hommes d'un certain âge, perchés sur des tabourets en plastique noir, enfoncent frénétiquement les boutons d'anciennes machines à sous comme si leur vie en dépendait. Munie de la clé, je ressors et contourne le bâtiment jusqu'à une porte défoncée, avant d'endurer la trentaine de secondes la plus immonde de ma vie. Je me lave les mains avec du savon visqueux et ressors avec l'énorme clé dans la main.

En chemin vers l'accueil, un type me bloque le passage. Il désigne la Camaro de Dominic par-dessus son épaule.

— Belle bagnole.

— Merci.

— C'est la tienne ?

Il approche la cinquantaine, sa bedaine sort de son tee-shirt, qui remonte sur son nombril. Le devant est moucheté de ce qui ressemble à du ketchup. Il empeste l'alcool. J'ai beau m'écarter d'un pas de côté, il fait barrage. Son regard répugnant de prédateur dégouline sur moi. De toute évidence, picoler lui procure un excès de confiance mal placée.

— Non, c'est pas ma voiture. Pardon.

— J'étais pilote de course autrefois. Je voulais juste…

Il n'a pas l'opportunité d'aller au bout de sa phrase. Des doigts hâlés s'enroulent autour de sa nuque, et le bras qui se trouve dans leur prolongement le projette contre le mur du bâtiment. Le claquement inquiétant de la chair contre le béton m'arrache une grimace. Le regard affolé, le type titube, et ses jambes se tordent bizarrement avant qu'il tombe sur les fesses. Sans lui accorder un regard, Dominic me prend la clé des mains.

— Grimpe dans la voiture.

Un ordre qui ne laisse pas de place à la discussion. Les yeux exorbités, je me dépêche de m'enfermer dans sa Camaro. Je me retourne, vois le type tâcher de se relever. Dominic reprend le volant et repart sans dire un mot sur l'incident.

Me dévissant le cou, je constate avec soulagement que le type pousse la porte de la boutique, même s'il chancelle.

— Était-ce vraiment nécessaire ?

— Oui. Il faut rendre la clé pour que le prochain puisse arroser la lunette des toilettes.

Je lève les yeux au ciel.

— T'es pas croyable.

Alors que nous parcourons une route inconnue de moi, le soleil entame sa descente et mon chauffeur reste muet. Après une série de virages, je suis complètement perdue au moment où Dominic ralentit dans une rue bondée, remplie de jeunes voyous et de filles très légèrement vêtues blotties dans des recoins. Des logements sociaux se déploient de part et d'autre de la rue que nous remontons tant bien que mal, toutes les têtes tournées vers nous avant que leurs yeux se baissent.

— Que venons-nous faire ici ?

— Des emplettes.

— Chacun son truc, mais ne me mêle pas à des histoires de drogue ou je ne sais quel trafic. Tu me reconduis chez moi et tu reviendras seul.

Sa mâchoire se contracte quand un type avec une casquette de base-ball le salue et descend du trottoir. Dominic baisse sa vitre et relève le menton.

— Quoi de neuf ? dit le type, et, me lorgnant, son sourire s'élargit. Qu'est-ce que tu nous amènes ? Une nouvelle meuf ?

La réplique de Dominic est cinglante.

— Rien qui te concerne.

J'entends à côté de moi le cliquètement immanquable d'un pistolet qu'on arme. Les yeux écarquillés, je découvre un Glock dans la main de Dominic, qui pose tranquillement l'arme sur ses genoux. Je ne sais pas du tout d'où elle sort.

— RB, je t'ai prévenu que j'aimais pas avoir de la compagnie.

Le type jette un coup d'œil derrière lui. Un second gars approche.

— Dégage. Plus vite que ça, p'tit con. Je t'ai dit de pas t'en mêler.

Le second type regarde attentivement Dominic avant de remonter sur le trottoir.

— Désolé, mec. C'est un jeune lièvre, mon petit neveu. Je l'avais pourtant averti.

Il enfonce la main dans sa poche, mais Dominic l'arrête d'un ton sec :

— Qu'est-ce que tu fais ?

— Je voulais juste être réglo.

— Pour ça, faut que tu voies Friar. Je ne reviendrai pas dans ce trou. Tout est clair entre nous ?

RB lève les mains.

— J'en avais l'intention. J'te jure. La voiture est encore en panne. Tu vois ? dit-il en la montrant d'un mouvement de tête.

Dominic regarde la Chevy montée sur des parpaings dans une ruelle derrière lui.

— Amène-la au garage. On réglera ça.

— Merci, mec. J'voulais demander…

Sur un simple geste de Dominic, le type s'écarte et nous repartons.

— Donc tu deales. Putain, j'aurais dû m'en douter.

Sans savoir pourquoi, je suis déçue. J'avais une meilleure opinion de lui. Mais pourquoi un diplômé d'une prestigieuse école prendrait-il le risque de tremper dans des activités dangereuses et illégales ? C'est l'équivalent d'un abruti de footballeur millionnaire qui s'adonnerait à des petits trafics et perdrait tout dans sa quête de se faire une réputation dans la rue.

— Tu sais que tu as tout pour réussir. Putain, Dominic, je croyais que tu valais mieux que ces minables trafiquants.

Dès qu'il ralentit au stop, tous les piétons à proximité s'écartent de la voiture, le regard soigneusement baissé. Dominic se penche vers moi en me regardant dans les yeux. Son souffle sur ma peau, ses doigts effleurent ma jambe avant d'ouvrir la boîte à gants. Son regard d'acier qui pénètre le mien provoque des frissons dans ma nuque et entrave ma respiration. Quand il tombe sur ma bouche, l'air crépite, et je me passe la langue sur la lèvre inférieure. Pendant ces longues secondes, je suis traversée d'un pic d'adrénaline. Puis, avec un sourire en coin, il se redresse et lance une feuille sur mes cuisses. Un permis de port d'arme au nom de Jean Dominic King.

— Jean ? Difficile de trouver plus français.

Il m'arrache le document des mains, replace l'arme et le permis en sécurité dans la boîte à gants, qu'il verrouille.

— Tu as un permis de port d'arme. Et alors ? Je refuse d'être mêlée à tes embrouilles.

Il tourne à gauche et après un second carrefour, nous fait sortir de ce quartier louche.

— As-tu assisté à un échange d'argent ?

— Non.

— De drogue ?

— Non.

— Ai-je menacé quelqu'un avec mon arme ?

— Non.

Sourcils arqués, il incline la tête dans ma direction.

— Un quelconque délit a-t-il été commis ?

— Non.

— Alors la seule chose louche dans cette voiture, c'est toi.

— Pardon ?

— À cause de ton putain de cerveau qui mouline non-stop et émet des suppositions infondées.

— Tu ne me connais pas.

— Une cité et une conversation au coin d'une rue, et tu tires la pire des conclusions.

Il redémarre et conduit sans plus souffler mot, pendant que j'analyse la conversation de tout à l'heure sans trouver d'explication. À l'évidence, le type espérait lui remettre quelque chose. Argent ou drogue, je n'en suis pas sûre. Et qui est Friar ?

Poser la question serait vain, même si je sais que je n'ai pas offensé Dominic ; je doute que quoi que ce soit le froisse. Il reste indéchiffrable.

— Pourquoi tu m'as emmenée avec toi ?

— T'as mieux à faire ? Un épisode des Kardashian à regarder ?

— Je ne regarde pas ça.

— Une dernière course et je te conduis auprès de ton mec.

— Pourrais-tu, rien qu'une fois, te montrer courtois avec moi ?

Il m'ignore et s'engage dans un parking. Celui d'un centre hospitalier, apparemment. Dominic laisse le moteur tourner et vient ouvrir ma portière.

— Passe derrière.

Sans broncher, je monte à l'arrière. Dommage que je ne puisse pas dégainer un message hargneux à Sean. À cause de sa foutue règle, je n'ai pas de téléphone sur moi, pendant que je suis obligée de divertir son taré de « frère ».

Dix minutes plus tard, Dominic reparaît par les portes vitrées du bâtiment. Il n'est pas seul. Une infirmière pousse une femme en fauteuil roulant, dans un tel état d'affaiblissement physique qu'il est difficile de lui donner un âge. Comme ils s'approchent, je saisis quelques mots de leur échange en français.

— *Pourquoi tu n'es pas venu me chercher avec ma voiture*[1] *?**

Si j'ai du mal à suivre ce qu'elle dit, son mécontentement et l'affection dans le ton de Dominic sont manifestes.

— *Elle est en réparation. Tatie, je t'avais prévenue.**

Sa tante.

1. Les passages en italique suivis d'un astérisque sont en français dans l'édition originale. (*N.d.T.*)

Ses yeux croisent les miens au moment où Dominic l'aide à se lever de son fauteuil. Elle est plus jeune que son allure ne le laisse penser. Une petite quarantaine, à vue de nez. Cependant, à ses yeux et à sa pâleur, il est évident qu'elle est usée. Par ses choix de vie ou par l'action impitoyable de la maladie. Peut-être les deux.

— Qui êtes-vous ? me demande-t-elle avec un accent à couper au couteau.

Je décide de réviser mon français.

— *Bonjour, je suis Cecelia.**

— *C'est ta petite copine ?** demande-t-elle à Dominic.

Je réponds moi-même :

— *Non.**

Elle s'indigne que Dominic l'aide à s'installer sur le siège passager.

— *Comment ça va ?** continue-t-elle.

— En anglais, Tatie, et ne parlons pas de ça aujourd'hui.

Dominic ne s'exprime jamais en français, ce qui est étrange pour un type dont le surnom est « le Français ». Peut-être est-ce par manque d'interlocuteur compétent.

Il me lance un regard avant de refermer la portière et de faire le tour de la voiture. Ces quelques secondes seule en présence de cette femme m'intimident au possible. Bien que d'une manière malaisante, elle force le respect. Je reste muette, singulièrement soulagée que Dominic reprenne le volant. Plusieurs minutes s'écoulent, pendant lesquelles je cherche des ressemblances entre eux deux. Elles sont encore plus flagrantes si j'imagine « Tatie » en plus jeune, avec plus de vie dans le regard, en meilleure forme.

— Pourquoi es-tu là ? me demande-t-elle soudain.

— C'est la copine de Sean. Je la dépose chez lui, répond Dominic alors que nous nous arrêtons au drive d'une pharmacie.

Le visage de la caissière s'éclaire comme si c'était Noël en voyant Dominic. Sous sa blouse blanche, elle porte une robe suggestive et elle est maquillée comme si elle sortait faire la fête, plutôt que travailler dans un lieu respectable. Il est modérément agréable avec elle, ce qui m'insupporte. Il paie les médicaments et demande de l'eau. La fille lui en apporte, nous gratifiant d'une vue imprenable sur sa poitrine plantureuse.

— *Salope**, lance la tante de Dominic avec mépris.

Je sais que l'insulte est destinée à la fille qui s'évertue à nous offrir à la fenêtre un genre de pole dance. J'essaie de masquer mon sourire, mais Dominic le remarque dans le rétroviseur. Je jure que je vois ses lèvres frémir. Il est tellement indéchiffrable. Nous avançons à peine de la longueur d'une voiture avant qu'il ouvre le sachet. Les médicaments versés dans sa main, il les donne à sa tante avec de l'eau.

— Je ne suis pas une enfant.

— Prends ça, ordonne-t-il.

Elle avale les cachets en grommelant. Je le vois esquisser un sourire pendant qu'il l'observe. Son regard brille de ce que j'ai vu de plus proche de l'affection venant de lui. Je sens ce regard percer la surface de ma peau. La chaleur et le respect qu'il témoigne à cette femme satisfont un besoin que j'abritais à mon insu. Comme si je savais qu'il avait ça en lui et attendais simplement d'en avoir confirmation.

— Encore combien de traitements ? demande-t-elle.

— Tu le sais. Six.

— *Putain**, râle-t-elle.

J'éclate de rire parce que ce mot, je le connais. Elle poursuit en français :

— *Je ne veux plus de ce poison. Laisse-moi mourir.**

— En anglais, Tatie.

Il veut m'inclure dans la conversation. Depuis quand Dominic est-il aussi prévenant ?

— Mets-moi dans une boîte et oublie-moi.

— Je l'aurais fait, plus jeune. Tu étais un parent abominable.

— Raison pour laquelle je n'ai pas eu d'enfants.

Elle se tourne vers lui, le menton relevé d'un air provocateur.

— J'avais à peine vingt ans quand je t'ai recueilli. Tu n'as jamais eu faim. Tu…

— Chut, Tatie, dit-il avec un regard en coin. Je te ramène à la maison, on va t'installer confortablement.

— Cette maladie ne l'autorise pas. Je ne sais pas pourquoi tu t'occupes de moi.

— Parce que toutes mes premières tentatives de meurtre ont échoué, et je commence à t'apprécier.

— C'est seulement parce que tu fais honneur à tes parents.

Il ravale sa salive, et nous roulons quelques minutes dans un silence détendu avant que Dominic s'engage dans une petite allée. Ses phares révèlent une maison de style Cape Cod. La terrasse est envahie par des plantes dont la plupart sont moribondes.

— Ne bouge pas, lui enjoint-il avant de descendre de voiture.

Elle ne m'adresse pas un mot. Dominic ouvre sa portière et l'aide à descendre avec aisance. Je sors à mon tour.

— Attends-moi dans la voiture. Je reviens vite.

Je l'ignore et me dépêche de grimper les marches du perron pour ouvrir la porte-moustiquaire.

— Ah, je l'aime bien, cette fille, dit sa tante en me scrutant à la lumière du lampadaire.

Dominic râle, la tenant contre lui tout en fouillant pour trouver ses clés, qu'il me confie. Je lui montre chaque clé jusqu'à ce qu'il en valide une. J'ouvre la porte, entre, appuie sur l'interrupteur, et ne peux m'empêcher d'avoir un mouvement de recul en voyant des cafards se disperser sur le mur. C'est la maison où Dominic a grandi ?

Il installe sa tante dans un vieux fauteuil inclinable beige. Enfin, elle soupire de soulagement. Pendant qu'elle se détend, il étale une couverture sur ses genoux, puis disparaît dans le couloir.

— Tu le bouffes des yeux. On dirait la fille de la pharmacie.

— C'est difficile de l'ignorer, dis-je honnêtement. Mais c'est plus facile quand il est de bonne humeur.

J'inspecte la maison sans en avoir l'air. Que de vieux meubles qui nécessitent d'être époussetés, cirés ou brûlés. Comment peut-elle espérer se rétablir dans cet environnement tout sauf stérile ? Cela dit, d'après ce qu'elle a raconté dans la voiture, elle ne compte pas guérir. Elle m'examine de son fauteuil, et avec la même curiosité, je lui retourne son regard. Elle lit en moi, qui plus est avec les mêmes yeux argentés que Dominic. La ressemblance est bien là. Je lui donne une petite quarantaine, tout au plus. C'est tragique, elle est trop jeune pour jeter l'éponge.

— Je peux vous servir quelque chose ? Un peu d'eau ?

— C'est pas de refus.

À l'entrée de la cuisine, j'allume le plafonnier. Les cafards qui détalent me retournent l'estomac. De la vaisselle encombre l'évier. C'est avec la chair de poule que je cherche un verre propre. J'attrape une poignée de glaçons dans le freezer, qui empeste, et les glisse dans un verre, avant d'ouvrir le robinet.

Je pose le verre sur un petit guéridon en bois, tout près d'elle. Elle allume une applique murale et attrape un ouvrage épais avec une reliure en cuir. Une bible en français, truffée de marque-pages en lambeaux.

Dominic revient avec un pilulier et une poubelle en plastique. Il pose les pilules sur sa petite table, et la poubelle à portée de main.

— Ils sont tous organisés par jour. Prends-les, Tatie, sans quoi tu te sentiras encore plus mal. (Il a un petit rire en voyant la Bible.) C'est trop tard pour toi, sorcière.

Je m'attends qu'elle s'indigne. Au lieu de quoi elle rit avec lui.

— S'il existe un accès clandestin pour entrer au paradis, je le trouverai peut-être pour toi aussi.

— Peut-être que je désapprouve Sa politique, plaisante Dominic.

— Peut-être qu'Il désapprouve la tienne. Ce qui ne L'empêche pas d'être ton allié. N'oublie pas que je te connais. Et cesse d'organiser mes pilules, je ne suis pas infirme.

— Tu fais tout ce qu'il faut pour le devenir. Ne bois pas ce soir, ordonne Dominic, revenant à des considérations plus terre à terre. Je ne fouille pas la maison, mais si je le fais, tu sais ce qui arrivera.

— Ouais, ouais. Fous le camp, dit-elle avec un signe approprié.

J'entends le tintement distinctif d'une bouteille sous son fauteuil pendant qu'elle se cale sur les coussins. Dominic, occupé avec la télécommande, ne l'entend pas. Sa tante me défiant du regard, je décide que cette bataille n'est pas de mon ressort.

— Vous avez envie qu'on reste ? lui dis-je, inquiète pour elle.

Tout ce que je sais sur les chimiothérapies, je l'ai appris dans des livres ou des films à fendre l'âme. De violents effets secondaires peuvent survenir après une séance.

— Pas ma première fois, dit-elle. Allez-vous-en, la nuit est jeune, et vous aussi. Ne la gâchez pas.

— Tu l'es aussi, murmure Dominic en zappant entre les différentes chaînes.

Je me rapproche du fauteuil et m'agenouille sur le tapis usé jusqu'à la corde. Je ne sais pas ce qui me prend, mais je le fais quand même. Peut-être suis-je bouleversée par les conditions de vie ou l'état de santé de cette femme. Ses cheveux majoritairement noirs sont tressés, son teint mat profondément marqué par la vie, les ridules autour de sa bouche soulignées par des restes de rouge à lèvres. Elle semble fragile, son corps frêle, ses cernes creusés par la maladie. La jeunesse se concentre dans ses yeux, de la même couleur métallique que ceux de son neveu. Et ils me fixent avec curiosité quand je me penche et chuchote :

— Épître aux Romains 8, 38-39.

Elle retrouve aisément le passage et, à ma grande surprise, le lit à haute voix :

— « Car j'ai l'assurance que ni la mort ni la vie, ni les anges ni les principautés, ni les choses présentes ni les choses à venir, ni les puissances, ni la hauteur ni la profondeur, ni aucune autre créature ne pourra nous séparer de l'amour de Dieu incarné en Jésus-Christ Notre Seigneur. »

Elle me regarde, ses yeux voilés par l'émotion, essentiellement de la peur.

— Crois-tu que ce soit vrai ?

— Ce sont les seuls versets que j'aie mémorisés. Alors je suppose que, dans le fond, j'ai envie d'y croire.

À en juger par son expression, il est clair qu'elle aussi veut y croire. Son regard se tourne vers Dominic, debout derrière moi.

— *Elle est trop belle. Trop intelligente. Mais trop jeune. Cette fille causera ta perte**…, murmure-t-elle.

À défaut de tout comprendre, mon regard s'échappe vers Dominic. Son visage demeure impassible. Frustrée de ne pas saisir tout le sens de la phrase, je me relève.

— Contente de vous avoir rencontrée.

Elle nous regarde nous éloigner en esquissant un au revoir. Je me retourne vers elle juste avant de franchir la porte. Et je le vois, le coin de sa bouche qui se relève vaguement. C'est le sourire de Dominic, et de le voir, une partie de moi s'élève.

Après quelques minutes à rouler en silence, je baisse la radio qui crache à plein volume.

— Qu'est-il arrivé à tes parents ?

Le muscle de sa mâchoire tressaille, et il me lance un regard que je ne peux identifier.

Comme il remonte le son et embraie pour prendre de la vitesse, je sais qu'il se ferme à toute discussion. Je l'observe, déconcertée par ses sautes d'humeur, par la pure beauté du masque qu'il porte et les secrets qu'il renferme. Il est semblable à Sean dans le sens où, dès qu'on leur pose une question, l'un et l'autre limitent leur réponse au strict minimum. À croire qu'ils ont suivi la même formation en réponses laconiques. Ravalant mes questions, je gonfle mes joues et souffle. Ça ne sert à rien d'insister. Son langage corporel indique que le mur est à nouveau en place. Je laisse mes pensées vagabonder jusqu'à ce que nous soyons arrivés au garage.

Dominic se gare près du volet roulant et descend comme s'il avait hâte de me fuir. De mon siège, je le regarde disparaître dans l'atelier sans un regard en arrière. La journée a été pour le moins riche en émotions et en informations.

Une flamme capte mon attention du côté du parebrise. Dehors, Sean referme son Zippo. Il vient à ma rencontre quand je m'extirpe du siège.

— Je crois comprendre que ça a été tendu ?

— Pourquoi m'imposer ce type ?

Malgré son petit rire, nulle trace d'humour dans ses yeux.

— Que se passe-t-il dans ta tête, Pup ?

Je l'enlace, et il recrache de la fumée en évitant mon visage.

— Je suis juste soulagée de te voir.

— C'est tout ?

Même s'il ne me fait pas de reproche, je sais qu'il m'a vue suivre son colocataire des yeux. Mais bon, il connaît Dominic mieux que quiconque. Il sait forcément qu'une heure ou deux avec lui constitue une expérience exaspérante et usante.

Sean jette sa cigarette avant de me serrer dans ses bras. Instantanément, son baiser dissipe toute équivoque. Après quoi je saisis sans ménagement une poignée de ses cheveux.

— Pourquoi n'es-tu pas venu me chercher toi-même ?

— Pour plusieurs raisons. La première étant une réunion impromptue et obligatoire à l'usine, le jour où je suis en repos.

— Ah oui ?

Il me fait un grand sourire.

— Tu t'es bien battue, bébé.

C'est mon premier vrai sourire de la journée.

Chapitre 24

Je descends les marches du perron avec nonchalance et suis accueillie par un sourire étourdissant. Sean, qui m'attend devant la portière du côté passager, me mange des yeux. Sous ma tunique, je porte un bikini ultra stylé. Ses mains calleuses sur mes fesses, il m'attire contre lui d'une manière qui fait valoir ses droits. Il m'embrasse avec ardeur, un grognement vibrant dans son torse, si fort que je ressens déjà le besoin de plus. D'avoir plus de ce que nous partageons ces temps-ci. Je suis impatiente de vivre la suite. Hier soir, j'ai tout raconté à Christy dans les moindres détails, sans pudeur. Elle est mon alter ego et elle est tout aussi subjuguée que moi par tout ce qui se produit avec Sean.

Être avec lui me rend heureuse. Cela remplit de joie mon cœur romantique. Sean prend soin de moi, et ce depuis que j'ai fait sa connaissance. La puissance de ses étreintes, ses avalanches de baisers, nos langues qui se cherchent, le contact de ses mains, l'odeur de sa peau sont désormais pour moi un besoin insatiable. Je me nourris de lui, et de son côté, il prend toujours plus le contrôle, m'entraîne plus loin en lui. Là, il frotte son érection sur mon ventre pour signifier qu'il est aussi en demande que moi.

Au moment où nous nous écartons, ses yeux sont lumineux, et un sourire satisfait flotte sur ses lèvres.

— De quoi as-tu rêvé la nuit dernière ?

— La vraie question ne serait-elle pas : de qui ai-je rêvé ?

— J'évite de me lancer des fleurs.

— Tu devrais, pourtant. Tu es apparu dans tous les rêves dont je me souviens.

— Ils étaient agréables ?

— Sacrément agréables.

— Content de l'entendre. Es-tu prête à t'éclater ?

— Toujours.

— Voilà ce que j'aime entendre.

Alors que je suis confortablement installée sur le siège passager, il attache ma ceinture. Puis il appuie ses lèvres sur les miennes comme s'il ne pouvait patienter une seconde de plus.

— Dom sera de la partie. J'espère que ça t'ennuie pas.

Dépitée, je me borne à secouer la tête. J'espérais qu'on reste en tête à tête, mais je n'en fais pas tout un plat parce que chaque instant avec lui est précieux. Dominic m'agace à un point qui m'agace en soi. Je ne peux m'expliquer mon attirance pour lui, et elle ne m'inspire que de la culpabilité. Je ne peux en faire part à Sean, de peur qu'il rumine comme moi ces derniers jours. La proximité de Dominic est comme une explosion au ralenti du métal sur le métal. Avec Sean, je me sens en sécurité, mais dès que Dominic est dans les parages, j'ai l'impression qu'une substance dangereuse se mêle à l'oxygène que je respire. Pourtant, à chaque inspiration, il devient plus enivrant.

Je préfère être sobre et éveillée, du moins c'est ce que j'essaie de me dire.

Sur le siège passager, Sean me prend la main et son pouce caresse ma cuisse.

— Tu es splendide.

Une partie de ma réponse s'exprime par un sourire radieux.

— Toi aussi.

— En route, bébé, murmure-t-il.

Et il s'empare de mes lèvres une dernière fois avant de se caler dans son siège et de mettre le contact. Du rock s'échappant des enceintes, ses doigts battent la mesure sur le volant et je… le regarde. Ce que je ressens n'est peut-être pas encore de l'amour, mais je suis sacrément mordue. Nous chantons sur les standards en filant vers le lac, une glacière sur la banquette arrière.

— Je l'aime bien, celle-là, dit-il au début d'une chanson, avant de se mettre à chanter.

Par curiosité, je vérifie le titre sur le tableau de bord : « Night Moves », de Bob Seger. Parfaitement à l'aise, il me presse la cuisse et chante pour moi. Toutefois, en écoutant les paroles avec attention, je me décompose. Plus il chante, plus le malaise empire. La chanson parle d'une amourette d'été, d'un plan cul avec qui tuer le temps, en attendant que l'un ou l'autre trouve mieux. Sean remarque ma contrariété alors que nous entrons dans la propriété de son cousin. La vue splendide sur le lac au milieu des montagnes, si captivante qu'elle soit, est ternie par mon humeur morose.

À peine sommes-nous garés que je repousse sa main de ma cuisse, sors et claque la portière. J'aperçois alors Dominic, qui nous observe d'un radeau de la taille d'une roue de tracteur, amarré au rivage.

Je pars dans la direction opposée, vers les bois qui projettent des ombres à quelques mètres de nous.

— Qu'est-ce qui te prend ? demande Sean.

Je remonte un petit sentier à flanc de colline qui débouche sur une clairière quand la voix de Dominic se fait entendre.

— C'est quoi, son problème ?

Je ne m'embête pas à redescendre pour m'expliquer. J'avance à vive allure entre les arbres, chaussée de tongs totalement inadaptées à une randonnée matinale. Je me comporte comme une imbécile, et je dois me ressaisir avant d'aggraver les choses.

— Cecelia.

— Sean… donne-moi juste une minute.

— N'y compte pas, dit-il en me rattrapant. On ne va pas remettre ça.

— J'te jure, j'ai besoin d'un moment seule, dis-je pardessus mon épaule.

— Tu ne chantais pas la même rengaine y a vingt minutes.

Je pivote vers lui, à deux doigts de me heurter à son torse.

— À propos de rengaines, c'était quoi, cette chanson ?

Il fronce les sourcils.

— Quelle chanson ?

— Celle que tu m'as chantée. Qu'essayais-tu de me dire ?

— Sur le trajet, on en a écouté au moins sept. Tu peux me donner le titre ?

Je reste bras croisés pendant qu'il fouille dans sa mémoire. Et je vois l'instant où ça fait tilt.

— Ce n'est qu'une chanson.

— Un plan cul, c'est ce que je suis ? C'est tout ce qui restera de nous ?

Me dominant de toute sa hauteur, il saisit mon poignet et pose ma main sur son cœur.

— Pour l'instant, je l'ignore, et toi aussi. Mais sens ça… Pas plus d'un quart de la vitesse à laquelle il bat vient du sprint que je viens de faire pour courir après ton joli petit cul de tarée.

— Il paraît que vous partagez.

Il ne bronche pas.

— C'est arrivé.

Silence.

Je retire ma main d'un geste brusque et croise les bras.

— Tu peux développer ?

— Nan. Et si t'as entendu quelqu'un en parler, ce n'est pas parce que nous avons fanfaronné.

— Bonjour l'arrogance.

— C'est la vérité.

— Est-ce pour cette raison que je suis ici ?

Sa mâchoire frémit.

— Tu m'insultes, maintenant ?

— Comment ça ?

— Tu as l'air de penser que je suis un gros dégueulasse. Je dois me vexer ?

Je le foudroie du regard, ce qui ne l'empêche pas de s'approcher, ses yeux enflammés par la colère.

— Tu as un faible pour Dominic. Nie autant que tu veux, je l'ai vu, je l'ai senti et je ne ferai pas obstacle à ça. Que je prétende que tu m'appartiens ne serait bon pour personne. La vérité est que je te désire encore plus quand je vois ça. Ça me fait kiffer, et je ne m'excuserai pas. De la même façon que je ne te demande pas de t'excuser parce qu'il t'attire. Je te l'ai dit à la cascade, je ne fonctionne pas comme tout le monde. Dominic non plus. En fait, te donner le choix reflète mieux que n'importe quoi d'autre le respect que j'ai pour toi, ce que je ressens pour toi et pour ce que tu veux. Je préfère ça à faire semblant que je ne t'ai pas vu le dévorer du regard. Et pas qu'une fois.

Bouche bée, je suis sidérée par la brutalité de sa franchise.

— Mets de côté tout lavage de cerveau rien qu'un instant, et sois honnête avec toi-même. C'est tout ce que je te demande. Juste de l'honnêteté. Dans le fond de ton cœur, si tu n'étais pas obligée de choisir, que ferais-tu ?

Je suis encore médusée quand il se penche et envahit mes sens.

— Je… je… je suis avec toi.

Je bredouille, maudissant le fait qu'il soit arrivé à ces conclusions. Son superpouvoir de lire les gens et d'anticiper leurs envies m'a explosé au visage. Il se rapproche encore, et je ne ressens rien d'autre que de la culpabilité.

— Ce que t'es belle, articule-t-il. Mais tu te plantes grave si tu penses que je veux autre chose de toi que ce que tu es disposée à donner. Je n'essaie pas de t'inciter à faire quoi que ce soit. Aujourd'hui, quand je suis passé te chercher, mon idée n'était pas que tu t'enfonces sur l'érection d'un autre. Et sans témoins. Mais ça me fait méchamment bander que tu fantasmes là-dessus, ajoute-t-il, un éclat dans ses iris mouchetés. Sache que le choix ne dépendra toujours que de toi, dit-il alors que ses lèvres effleurent les miennes.

Je reste bouche bée, interdite.

— Laissons ça de côté, d'accord ? reprend-il après un juron. Tu rayonnais tout à l'heure, et la dernière chose que je souhaite aujourd'hui, c'est me disputer avec toi. Tâchons de nous amuser.

Il me tire par la main. Éberluée et titubante, je me dégage aussi sec.

— Tu plaisantes ? Tu viens de me dire… Je pensais que nous…

Il se retourne, et je sais qu'il voit le conflit, la peine et la confusion dans mes yeux.

— Tu commences à éprouver des sentiments pour moi, Pup ?

Tout ce que je peux faire, c'est lui témoigner une égale sincérité.

— Bien sûr que oui. Nous… j'espérais… je ne sais pas.

— C'est exact, nous ne savons pas. Alors évitons de nous faire de la peine et de dramatiser. Tu veux me faire confiance, mais tu ne t'autorises pas le faire, et je n'y peux rien. Je peux te seriner tous les jours que tu es en sécurité avec moi. Mais tant que tu ne me crois pas, ça ne sert à rien. Et pour info, mes sentiments pour toi sont nés à la minute où je t'ai vue pour la première fois.

Je me détends à l'instant où son doigt caresse mes lèvres.

— Tu es belle, intelligente, bienveillante, sensible et plus encore, énumère-t-il en posant son front sur mon épaule. Et en colère, grogne-t-il.

Le choc initial mis à part, je décide d'être totalement honnête envers moi-même, de m'accorder la liberté d'essayer de voir les choses à sa façon. Il y a une grande part de vérité dans ses affirmations, mais alors que je m'attendais qu'il en soit chagriné, ce n'est pas le cas. Cela me déçoit et, en un sens, me blesse. J'espérais qu'à ce stade il serait devenu possessif.

— J'ai juste pas envie de me sentir…

— Utilisée ? Avilie ? C'est dans ta tête. La tienne, bébé. Pas la mienne. Tous les jugements qui te viennent sont de ton fait. De ton seul fait. (Il porte lentement ma main à ses lèvres et embrasse le bout de mes doigts, l'un après l'autre.) Quand nous avons commencé à traîner ensemble, je ne m'attendais pas…, s'interrompt-il, pendant que son regard me transperce au plus profond de moi. Cecelia, je suis et je resterai monogame avec toi. Sans problème, si c'est ce que tu veux réellement. Je suis tenté par l'idée de t'enfermer avec moi quelque part et de jeter la clé, à cause des sentiments que je pense que tu commences à ressentir. Mais d'un autre côté, je ne veux pas te retenir prisonnière parce que l'émancipation peut être une belle chose. Et tu mérites d'avoir tout ce que tu veux.

Il sème de petits baisers dans le creux de mon cou, en sillonne ma peau embrasée. Il agrippe mes cheveux, son haleine chaude dans mon oreille.

— Il n'y a rien de mal à avoir envie de son sexe, bébé. Je le regarderai te pénétrer, et je savourerai le spectacle, ainsi que le sauvage que cela fera de moi.

Alors qu'il s'écarte pour jauger ma réaction, je ne vois qu'un air satisfait. Puis il aspire ma lèvre dans sa bouche, attisant le désir qui monte rapidement entre mes cuisses. Sa main dévale mon ventre jusque sous le tissu, et son long doigt s'introduit en moi. Aussitôt après, il me montre son doigt luisant, m'oblige à constater à quel point sa suggestion m'excite. Et quand il le suce, je ne peux détourner les yeux. Les jambes tremblantes, je suis au bord de l'implosion à l'instant où il s'agenouille à mes pieds.

— Atténuons ce feu.

J'appuie sur sa tête avec urgence, et avec un rire sombre, il dénoue mon bikini. Ses cheveux me chatouillent le ventre à travers ma tunique ajourée.

— Sean, je gémis quand il écarte mes cuisses et en remonte une sur son épaule.

— Ouvre-toi, dit-il. Encore plus.

Son grognement guttural atteint mes oreilles une seconde avant que sa langue touche mon clitoris. Le contact me fait bondir. Mais il se cramponne à moi, me maintient fermement au sol pour mieux se déchaîner avec sa langue. En quelques secondes à peine, je sens l'orgasme monter sous sa bouche qui me dévore.

— Putain, oui, murmure-t-il.

Le regard tendu vers mon visage, il plonge un doigt en moi. Et pour me permettre de le regarder faire, il soulève ma tunique. Sous mes yeux, il introduit un second doigt. Sa blondeur chatoie dans la clairière, alors qu'il est agenouillé sur un tapis d'aiguilles de pin, ses yeux noisette débordants de désir. Jamais de toute ma vie je n'oublierai ce que ça fait d'être regardée de cette manière, touchée de cette manière. Haletante, je me mets à trembler entre ses mains habiles qui m'entraînent vers la jouissance. Il est doué, trop doué. Excitée par cette pointe de jalousie, je me contracte autour de ses doigts. Je le regarde presque m'adorer. Les yeux sur moi, il darde sa langue avec la parfaite pression, ses doigts recourbés pour augmenter le plaisir avant que je décolle. Un râle de satisfaction dans sa gorge, il me regarde d'en bas, sa langue accélérant la cadence en même temps que je me laisse aller sans retenue.

Tremblante entre ses bras, je suis emportée par l'orgasme. Incapable de me contrôler, je hurle son nom pendant qu'il me lape jusqu'à ce que le pic de plaisir retombe. Je me sens merveilleusement bien quand il rattache mon bikini, posant des baisers sur la peau nue de mon ventre. Sa bouche brûlante remonte dans mon cou pour enfin s'approprier mes lèvres. Dans ce baiser, je me sens totalement en sécurité et adorée. En aucun cas jugée pour mes envies perverses, ni condamnée pour mes réactions exaltées à ses suggestions.

Il s'écarte.

— Eh ben. J'ai un mal fou à ne pas te baiser comme un sauvage.

Devant mon air abasourdi, il secoue la tête.

— Une bataille fait rage dans ta tête, entre ce qu'on t'a inculqué et ce que tu penses vouloir. Ce n'est pas un souci, bébé. C'est humain. Certaines personnes croient que sans règle ni morale nous ne valons pas mieux que des animaux. (Il me fait son petit sourire séducteur.) Mais se comporter en animal peut être sympa, et tout est question de choix. Choix qui sera toujours entre tes mains. Tu comprends ?

Comme j'opine, il rejette des mèches de cheveux derrière mon épaule.

— Cool, fait-il en s'accroupissant dos à moi. Grimpe, avant que tu bousilles tes tongs.

Chapitre 25

Les yeux fermés et le nez tendu vers le soleil, je me prélasse sur la surface rugueuse du radeau géant. Sean d'un côté, Dominic de l'autre. Tous deux étant torse nu et en caleçons de bain, il m'est difficile d'éviter de les reluquer, surtout après les révélations de tout à l'heure. Quand Dominic m'a rejointe sur l'eau, ses yeux argentés pétillaient de malice, un sourire démoniaque jouait sur ses lèvres pulpeuses. L'incarnation d'un ange noir aux intentions perverses.

« Tout est clair dans ta tête ? »

Sa question lourde de sous-entendus laissait entendre qu'il connaissait le sujet de mon accrochage avec Sean, et sa conclusion. C'est pourquoi je me suis contentée de le dévisager. Ce dont il a semblé se délecter. Sans un mot de plus, il a aidé Sean à hisser deux glacières sur l'embarcation.

Depuis des heures, nous flottons sur l'eau, heureux de boire, bavarder, nager, manger et nous dorer la pilule comme des chats paresseux. Dominic ne se montre pas particulièrement gentil, cependant la dynamique a évolué depuis la fois où j'ai passé la journée avec lui.

Au son de la musique qui s'échappe de la petite radio de Sean, nous bronzons au milieu du lac, surplombés par les montagnes majestueuses. Un jour d'été idéal, qui embaume l'huile solaire à la noix de coco.

Je me retourne sur le ventre. Sentant le regard de Dominic s'attarder sur moi, j'ouvre les yeux. Le voir me contempler ainsi m'affole. Affalé, la peau lisse de transpiration… Son regard s'obscurcit.

— Quoi ?

Pas de réponse. Alors qu'il garde les yeux rivés sur moi, je sens le frémissement en moi, l'élancement, la montée, et la vérité que renferment les paroles de Sean. J'ai envie de Dominic. Je lutte constamment contre cette attirance, tout en essayant de faire la paix avec ce que cela impliquerait si je l'acceptais.

Est-ce mal ?

Et est-ce l'unique opportunité que j'aurai jamais de me retrouver avec deux hommes ultracanon que je désire à parts égales ?

Dominic étend le bras de manière à effleurer mon dos avec la pulpe du pouce. Je suis prise de frissons, mes yeux s'écarquillent, mes lèvres s'entrouvrent au contact de son doigt sur ma peau. Puis je le sens qui tire sur la ficelle de mon haut de bikini, et le tissu qui se relâche devant moi.

— Je ne…

Dominic suspend son geste, une question dans ses yeux. Il attend mon accord. Je sens Sean sur le qui-vive à côté de moi et je tourne la tête, en quête de son regard. Ses yeux sondent les miens. Il s'approche pour m'embrasser doucement sur les lèvres pendant que Dominic recommence à me caresser.

C'est un choix. Mon choix.

— Je ne suis pas…

Je bredouille, pensant que ce mensonge que je tente de formuler correspond à ce que Sean souhaite entendre.

Puis-je faire ça ?

En ai-je envie ?

Serai-je capable de vivre avec ça ?

Le souffle de Dominic est chaud dans mon oreille. Il a changé de position, de sorte que je sens son torse contre mon dos.

— Je ne te laisserai jamais me baiser, murmure-t-il.

Je me tourne vers lui. Il est tout près, si près que nos lèvres se touchent presque.

— Tu comprends ce que je veux dire.

J'en perds le souffle. Le tonnerre gronde dans le lointain comme un signal d'alerte. Je me redresse, en appui sur mes avant-bras, oubliant que je suis seins nus, et regarde les nuages au-delà des cimes montagneuses. Un orage menace, et ça va éclater de plus d'une manière. Est-ce un avertissement ? Ce qui se passe va à l'encontre de ma nature profonde, de la romantique en moi. Sur le flanc, Dominic caresse mon dos à pleines mains à présent, les yeux rivés à mon visage avec concentration.

— Détends-toi, bébé, murmure Sean.

Il me caresse le bras de ses lèvres, me soulève pour allonger mon buste sur lui. Il me sourit, et dans ses yeux je ne vois qu'un désir intense. Se relevant un peu, il aspire mon sein dans sa bouche. Pendant que je le contemple, je suis consumée par la sensation de son corps sous le mien, de ses muscles fermes et de sa beauté. Je frémis sous la caresse dans mon dos, consciente au possible du fait que Dominic est en train de me toucher.

Dominic me touche.

Et j'ai envie qu'il me touche.

Vibrante de plaisir, je me tourne face à lui. Il m'observe en toute décontraction.

Mes doigts sont démangés par l'envie de se perdre dans ses cheveux en pagaille. Mon regard tombe sur ses lèvres pleines, au moment où Sean me pince le sein. Haletante de plaisir, je parcours du regard le corps de Dom. Sculptural, la perfection incarnée, une divinité faite homme. En vérité, il est une pomme bien trop tentante, et pour peu que je le croque une seule fois, je risque d'être charmée d'une façon que je ne suis pas sûre d'assumer.

Malgré cela, j'ai très envie de le croquer.

Lui aussi est absorbé par cet instant, sa main se fige, nous respirons le même air.

Et c'est alors que je sens le déclic de son côté comme du mien. Il se relève vers moi au moment où je me penche sur lui, si bien que nos lèvres se rencontrent.

De minuscules feux d'artifice explosent dans tout mon corps, je vibre sous l'impact.

Sean grogne comme s'il sentait ces déflagrations et suce mon autre sein avec avidité. Le tonnerre résonne de nouveau à l'instant où Dominic glisse sa langue entre mes lèvres. Une main dans mes cheveux, il m'embrasse avec ardeur. Sa langue caressante, assurée et hardie, goûte chaque recoin de ma bouche. Je gémis, enivrée, pendant que la bouche de Sean me couvre de baisers et que ses lèvres passent sur chaque centimètre carré de ma peau. Dominic met fin à notre étreinte, mais il maintient nos regards rivés l'un à l'autre en tenant ma tête entre ses mains fermes.

Je veux ceci. Je le veux plus que de respirer. Le gémissement audible qui s'échappe de ma gorge est causé par Sean. Le regard flamboyant, Dominic aspire mes lèvres pour recommencer à m'embrasser. Plus profondément cette fois, plus… tout. Je me sens comme une sirène : adulée, sublime, sexy. Je n'ai jamais détenu un tel pouvoir, et ce sont eux qui me le cèdent.

C'est un choix. Je peux dire stop à tout instant. Je peux tout arrêter maintenant.

Les doigts de Sean, légers comme une plume, courent sur ma peau alors que Dominic m'engloutit. Je pourrais passer l'éternité à l'embrasser. C'est puissant, immoral, dévorant, avec un soupçon d'autre chose. Je m'écarte en gémissant, surprise d'espérer à ce point que cela ne cesse jamais. Le regard de Dominic reflète la stupéfaction qui pulse en moi : notre connexion regorge de possibilités.

Encore le tonnerre, encore un baiser de Dominic, qui semble s'appliquer à m'embrasser comme si c'était ce qu'il désirait le plus au monde. De son côté, Sean me suçote les seins. Tenant mes fesses à pleines mains, il les écarte pour me frotter sur son érection. Aiguillonné par ce contact, mon clitoris palpite presque sauvagement, et quelque chose en moi, une vague sensation, se réveille d'un profond sommeil.

J'ai des questions, une nuée de questions, que je garde pour moi car Dominic met fin à notre baiser, s'assied et me fait signe de l'enfourcher. Après quelques secondes à nous fixer, il s'empare de ma bouche. Le baiser s'intensifie, mes seins se frottent sur son torse et il grogne dans ma bouche. Ce baiser, gorgé d'une passion et d'un désir inattendus, semble sans fin. Je suis incapable, même en sachant que Sean nous observe, de m'arracher à sa bouche. Langues emmêlées, nos mains se découvrent, s'explorent l'une l'autre avec avidité. Quand nous nous séparons, nos souffles mélangés, un sentiment de révélation anime nos regards. J'ai l'impression qu'il le lit dans mes yeux, et que les siens le reflètent. Par son contact, sa présence, son baiser, je suis entourée d'un nuage sombre et frais. Un nuage dans lequel je suis blottie tout à mon aise.

Pour la première fois depuis que je connais Dominic, je veux véritablement savoir qui il est, et pourquoi son baiser m'affecte à ce point. Une main familière repousse mes cheveux de mon épaule. Ensorcelée, je sens alors les dents de Sean me mordre, puis sa langue me caresser. Derrière moi à présent, ses mains errent partout sur ma peau, sans se presser.

Le tonnerre se rapproche, et je sais que je devrais m'inquiéter de l'orage imminent, mais je ne peux pas m'empêcher de fixer Dominic. Lequel continue d'attendre que je prenne ma décision. Et je sais qu'il le voit à la seconde où je la prends. Je la mets en œuvre en me frottant sur le renflement qui s'allonge dans son caleçon.

Un crépitement résonne au loin dès lors que je me laisse aller, que je laisse mes mains et mes doigts déambuler, mes lèvres explorer. Soudain, je me retrouve à quatre pattes au-dessus de Dominic, qui se place à la hauteur de mes yeux, une main sur ma joue. Derrière moi, Sean écarte mes genoux, puis ses lèvres trouvent leur place entre mes cuisses. Dominic se repaît de mon plaisir, guette la moindre de mes réactions. Les yeux fermés, je visualise en pensée le parcours de la bouche de Sean et de la main de Dominic sur mon visage. Quand je soulève les paupières, je suis face au reflet des flammes qui me dévorent. Visiblement satisfait, Dominic prend mon sein dans sa main, son pouce caressant mon téton, juste au moment où Sean détache ma culotte et la lance derrière lui.

Je fais taire la voix de la raison, lointaine dans ma tête, bientôt noyée par les rugissements de ma libido. Les yeux de Dominic qui parcourent mon corps nu m'enflamment.

J'ai envie de ça.

Et ils le savent.

Les lèvres de Sean se refermant autour de mon clitoris m'arrachent un petit cri. Dominic m'apaise d'une caresse sur ma joue.

— Je veux l'entendre.

À sa voix saturée de désir et d'autorité, je lâche prise pour de bon.

Sean se met à me lécher fébrilement, ajoute deux doigts à son offensive. Nue et à quatre pattes, je lance un regard sous mon ventre et aperçois la tête de Sean entre les cuisses écartées de Dominic. La seconde d'après, Dominic me pousse de façon à m'asseoir sur le visage de Sean. Immédiatement, j'agite les hanches, mais Dom me tient d'une main de fer et savoure ma réaction, les paupières tombantes. Il m'est impossible de l'embrasser dans cette position. C'est alors que Sean plante sa langue en moi, ainsi qu'un troisième doigt et là, je perds le contrôle. Je vais et viens sur son visage en me tenant aux épaules de Dominic.

— Elle va jouir, dit Dominic d'une voix qui suinte de désir.

Une main sur ma joue, son pouce suit ma lèvre avant de s'enfoncer dans ma bouche. J'enroule mes lèvres autour de son doigt, suçant furieusement et mordant alors que, au bord de l'orgasme, mon corps se met à trembler. Sean écarte mes cuisses plus largement, son nez titillant mon clitoris. Puis il me relève et se met à me lécher sans retenue. Je m'apprête à basculer la tête en arrière pour chevaucher sa bouche, mais Dominic exige mon attention.

— Tu es parfaite, murmure-t-il d'une voix éraillée que je ressens jusque dans mes orteils.

— Je veux ta bouche.

— Je sais, dit-il pour seule réponse.

Alors que je tente de saisir son érection, sa main libre emprisonne mon poignet. D'un geste, il bloque mon mouvement.

— Bon sang, murmure Sean, juste avant d'aspirer mon clitoris.

Je crie de plaisir, écartelée par ses doigts.

Pendant que l'extase me foudroie, Dominic me contemple, mon visage dans sa main. Il savoure les spasmes qui secouent mon corps, jusqu'à ce que je me réduise à une mare de soumission.

J'inonde la bouche assoiffée de Sean. Ses coups de langue ralentissent puis sa tête disparaît. Dominic et moi nous entrechoquons, nous nous dévorons pendant qu'il me replace sur ses cuisses. À la seconde où le tonnerre rugit non loin de là, je sursaute entre ses mains. Pourtant, son baiser est plus vif que ma peur. Sa bouche me ravage, à présent. C'est le moment le plus torride de ma vie, et je ne veux pas qu'il cesse. Je me débats avec mon baiser, ma volonté, mon besoin de plaisir extrême, avide d'en avoir plus. Au moment où il s'écarte, nous haletons tous les deux.

— Dis-le, ordonne-t-il.

— Baise-moi, dis-je instantanément, sans un soupçon de doute.

Aussitôt, Dominic prend un préservatif. Fascinée, je le regarde le dérouler lentement sur sa hampe, ma faim de lui insoutenable. Derrière moi, Sean explore mon dos avec ses lèvres et ses mains.

— T'as un goût divin, murmure-t-il dans ma nuque.

Je tourne la tête pour l'embrasser, me goûtant à travers lui. Dominic m'élargit avec ses doigts, pendant que Sean enfonce sa langue dans ma bouche, un baiser ensorcelant destiné à apposer sa marque. Il me lâche, passe un doigt sur mes lèvres.

— Tu es sûre ?

Je hoche la tête, refusant de gâcher une seconde de plus dans cette parenthèse où je m'autorise, où je m'accorde la liberté d'avoir tout ce que je veux.

Je me replace face à Dominic, dont les yeux sont rivés à mes petites lèvres tandis qu'il les étire. Roulant des hanches, je me frotte sur sa main. J'adore la sensation autant que sentir son désir.

Par-derrière, Sean me porte en offrande, ses bras autour de moi, pendant que Dominic ajuste son sexe pour me pénétrer. Le regard accroché à celui de son ami, Sean m'abaisse avec une lenteur extrême sur l'érection de Dominic, centimètre par centimètre. Tous les trois, nous la regardons s'enfoncer dans mon intimité.

— Putain, ce que c'est bandant, murmure Sean d'une voix cassée dans mon oreille alors que Dominic se cramponne à mes hanches.

Le sentir pleinement en moi me coupe le souffle.

Mon sexe pulse. Saisie d'un irrépressible besoin de m'activer, je commence à remuer les hanches, mais Dominic m'arrête. Il a l'intention de faire durer, de contempler encore ma chair tendue autour de lui. En retour, j'examine son visage : ses paupières lourdes, ses cheveux trempés, ses cils noirs, ses pectoraux qui roulent, sa mâchoire crispée.

Je gémis son nom peu avant que, ses yeux dans les miens, il s'engouffre brutalement. Aussitôt, les lèvres et les dents de Sean s'emparent de mon cou.

— Putain, souffle Sean d'une voix crispée à l'excès, en même temps que Dominic donne une poussée qui fusionne nos corps.

J'appelle son nom en lui griffant le torse. Et la seconde suivante, je suis libre de bouger tout mon soûl.

Mes hanches se propulsent, mon cœur affolé et mon désir déchaîné. Dominic en a la mâchoire qui tombe. Le plaisir que je lis dans ses yeux m'éperonne. Je sens on ne peut mieux à quel point il me remplit.

— Lâche-la, ordonne Dominic à Sean.

Une seconde après, je suis couchée sur le dos, à bout de souffle. Aussitôt, Dominic plonge au tréfonds de moi, ma jambe sur sa hanche, et va et vient à un tempo bestial. Le regard sauvage, des jurons et des grognements se déversent de sa bouche.

Mon regard passe de l'un à l'autre, à leurs yeux pleins d'adoration, à leurs bouches qui articulent des obscénités. D'un tout petit mouvement, Dominic s'agenouille sans rompre notre communion. Mon dos sur le radeau et mon bassin sur ses genoux, il se met à me pilonner en offrant à Sean une vue plongeante. Sean se rapproche pour regarder Dominic me baiser jusqu'à l'inconscience, ses yeux gorgés d'un désir pur alors que ses mains me caressent et me pétrissent. Je crie, le corps pris de tremblements. Sean abaisse son short et enfile une capote, puis ses lèvres capturent les miennes. Je me nourris de lui pendant que Dominic accélère ses assauts, son sexe s'agitant en moi, nous précipitant vers la jouissance. Je détache mes lèvres de Sean et regarde Dom, et ce que je vois n'est pas loin de la perfection. Il est au nirvana, loin au-dessus. Perdu dans l'union de nos corps, son regard indompté. Au-dessus de moi, Sean glisse sa main entre nous, son pouce sur mon clitoris. Et je hurle le nom de Dominic, mon corps secoué par un nouvel orgasme. Mes yeux se ferment d'un coup, les battements de mon cœur hors de contrôle. Sean s'écarte pour mieux me regarder jouir pendant que Dominic plonge une fois, deux fois, son plaisir culminant dans un râle.

Épuisé, il s'allonge, son bras musclé près de moi, et me couvre de baisers. Quand il s'affale sur le dos, son torse se soulève frénétiquement. Soudain, Sean m'embrasse profondément. Sa faim de moi insondable, il m'attire entre ses jambes écartées, mon dos contre son ventre. Il me saisit par les cheveux et tire ma tête contre son épaule tout en s'engouffrant en moi.

L'invasion me fait rugir. Il me baise avec fougue, écartelée sur ses genoux. Mon clitoris pulse à l'air libre, sa main masse mes seins avant de glisser vers notre point de fusion. Il caresse mon clitoris par petits cercles pendant qu'il me martèle, sa bouche pillant la mienne. À la faveur d'un second souffle, je me frotte sur son sexe, consumée de désir. Quand il arrache sa bouche de la mienne, je cligne des paupières vers Dominic. Ses yeux enfiévrés parcourent mon corps avec un désir renouvelé.

— C'est trop bon, murmure Sean, près de jouir.

Une main sur ses doigts qui m'excitent, j'explose, le regard rivé sur Dominic, juste au moment où Sean grogne d'extase. Nous nous écroulons sur le radeau, nos souffles désordonnés, nos membres enchevêtrés au moment précis où le tonnerre éclate au loin. La tempête est totalement passée à côté de nous.

Chapitre 26

De retour sur la terre ferme, nous remballons nos affaires sans dire un mot. Ce faisant, je tâche d'assimiler ce qui vient de se produire.

Je l'ai choisi. Je l'ai voulu. Je ne peux pas me permettre de trop regretter, faute de quoi je m'expose au dégoût de moi-même et pour l'éternité.

Une fois que les coffres sont chargés, Dominic m'attire vers lui, devant sa voiture dont le moteur tourne déjà. Après une seconde d'incertitude, il m'embrasse. Ce que je ressens ? Du ravissement. Je m'agrippe à lui, tandis qu'il prend son temps pour explorer ma bouche avec sa langue. Ce baiser est tout aussi avide que le tout premier. Il cherche, sonde ; un baiser de toute beauté. Je le dévore, inassouvie. Quand il s'écarte, il effleure mes lèvres avec une affection rare, avant de monter dans sa voiture et de disparaître.

Je jette un œil derrière mon épaule, bien que je redoute d'affronter le regard de Sean. Je me dirige vers lui, qui patiente devant ma portière. N'y tenant plus, je me risque à le regarder et ne vois rien de plus que le même beau garçon qui est venu me chercher quelques heures plus tôt. Mon cœur s'envole instantanément. Et je réalise que j'avais avant cela le cœur lourd. Sean m'arrête avant que je me baisse pour m'asseoir, et me donne le plus tendre des baisers. Je sens les larmes me picoter les yeux.

— Ne fais pas ça. Nous en discuterons quand tu seras prête, mais ne te fais pas ça.

Je hoche la tête en signe de compréhension, sans pour autant savoir comment appliquer son conseil. Je me sens un peu étrangère dans mon propre corps. Cette fille, ce qu'elle a fait, je ne la reconnais même pas. Je viens de laisser deux hommes me partager.

Et j'en ai adoré chaque instant.

Je ne pourrai jamais effacer le poids de cette vérité.

Et la partie de moi à présent éveillée et qui respire en moi ne le souhaite aucunement.

Nous roulons en silence, Sean me tenant la main sur tout le trajet du retour. Je suis toujours aux prises avec moi-même et la décision que j'ai prise au lac, même si je rayonne à la suite de celle-ci. Il règle le volume de la musique suffisamment bas pour laisser place au dialogue. Pourtant, il garde le silence et m'accorde le temps nécessaire, tout en pressant ses lèvres sur ma main à l'occasion.

Ébranlée, je suis tendue bien qu'assouvie au point que mon entrejambe est endolori. Pourtant, je ne trouve rien à dire. Et il est possible qu'il n'y ait rien à dire. Sean conduit avec nonchalance comme s'il n'avait pas besoin d'être rassuré sur ma place à ses côtés, alors que je suis infichue de définir notre relation.

Que sommes-nous l'un pour l'autre ?

C'est ce que je suis supposée analyser, non ? Mais ce n'est pas ce qui me travaille. Ni l'un ni l'autre ne m'a regardée différemment, du moins pas comme je le redoutais. Alors que je pensais qu'après aujourd'hui ma curiosité serait satisfaite, j'ai ressenti un changement d'un autre ordre. Leurs baisers, après coup, ne différaient en rien. Tout au plus, je me sens plus connectée à eux deux.

Est-ce que tout cela est bien réel ?

Au lycée, j'avais une vie sexuelle florissante, dans des relations monogames avec des garçons qui juraient qu'ils m'aimaient et se souciaient de moi, mais qui ont fini par se montrer sous leur vrai jour. Toute la tristesse que je pensais ressentir quand ils ont rejeté la possibilité d'un avenir avec moi me semble vide, insignifiante, pâle si je compare ces expériences avec celle d'aujourd'hui et du champ des possibles qu'elle a ouvert.

Je regarde Sean taper le code du portail. La voiture avance lentement dans l'allée.

— Tu n'as rien fait de mal, dit-il enfin.

Il croise mon regard. Le sien est rempli de la même assurance que le baiser de Dominic juste avant que ce dernier s'en aille.

Ils ne me jugent aucunement, et ce constat soulage un peu mes épaules de leur tension.

Mais pourquoi ? Pourquoi ne me jugent-ils pas ? Pourquoi ne me voient-ils pas autrement ?

Je reste muette pendant que Sean se gare et me fait glisser vers lui sur le siège.

— Dis-moi quelque chose, n'importe quoi.

— Je ne sais pas quoi dire.

— Assume le moment, putain, déclare-t-il avec véhémence. Assume-le et ne laisse ni toi ni personne te faire croire que c'était mal. (Il appuie son doigt sur ma tempe.) Il va falloir un peu de temps pour que tu te sentes en paix avec ça, mais assume, Cecelia.

— C'était…

J'essaie de contrôler le tremblotement dans ma voix.

— Incroyable, dit-il pour moi. Au risque de passer pour un enfoiré, je vois que ça t'a bluffée, s'amuse-t-il.

Comme je me renfrogne, il rit encore et me fait monter sur ses genoux.

— Si tu te demandes ce qui va se passer à l'avenir, la réponse est que nous ne savons pas. Ni Dom, ni moi, ni toi. Nous ne savons pas ce que cela deviendra ou ne deviendra pas. Et c'est la partie amusante.

— Et si quelqu'un souffre au passage ?

— C'est un risque à prendre.

— D'où me vient l'impression que ce quelqu'un sera moi ?

— Je ne le souhaite pas… Avec ce que je ressens pour toi, te faire de la peine est la dernière chose que je souhaite. Mais si tu te débats entre tel ou tel choix, avec l'idée même de choisir, permets-moi de te dire que ce n'est pas nécessaire. À moins que ce ne soit ton souhait. Auquel cas, j'espère que tu me choisiras.

Je relâche un soupir exaspéré, ce qui ne fait qu'élargir son sourire.

— Cecelia, il y a de la beauté dans un secret bien gardé. Mais il ne peut le rester que si tu choisis de le garder secret. Dans quelques années, quand tu prendras un verre avec tes amies lors d'un brunch du dimanche, avant que vous commenciez à échanger des indiscrétions, ce secret pourra être le sourire subtil qui flottera sur tes belles lèvres avant ta première gorgée de champagne. Tout le monde a ses secrets, mais rares sont ceux qui sont capables de les garder. (Il arrange mes cheveux derrière mon épaule, puis passe le dos de ses doigts sur ma joue.) C'était magnifique de te voir jouir, succomber à tes envies.

Je pense n'avoir jamais vu Dom captivé à ce point par une femme.

— Ne… ne dis pas ça.

— Pourquoi ?

— Parce que s'il ressent quoi que ce soit… je veux qu'il me le dise lui-même.

Sean acquiesce d'un air compréhensif.

— Ça ne te pose vraiment aucun problème ?

— Tu es sur mes genoux, je lis le désir dans tes yeux. Pourquoi irais-je me créer des problèmes ?

— Je ne veux pas te perdre, dis-je avec difficulté.

Le souffle court, j'ai les larmes aux yeux.

— Cecelia, je te garantis que tu ne me perdras pas pour ça. Ôte-toi cette idée de la tête. Notre moment à trois n'altérera pas mes sentiments pour toi. Je suis raide dingue de toi.

Un petit baiser, puis un second.

— Tu m'as accordé ta confiance aujourd'hui, et j'en ai besoin, avoue-t-il en ravalant sa salive. Je ne vois pas comment tu pourrais te débarrasser de moi maintenant.

— Tu es tellement…, dis-je en passant mes mains dans ses cheveux. Unique.

— C'est une bonne chose, non ? Quoi que tu aies envie de faire, fais-le tout de suite.

Il me pousse doucement l'épaule, sa langue léchant son anneau de lèvre.

Je me penche vers lui et imite le mouvement de sa langue sur le métal. Il expire et, la main dans ma nuque, rapproche nos fronts.

— Si un jour tu te demandes quoi faire, c'est ça la réponse : fais ce que tu veux, quand tu veux et ne t'excuses pas pour ça.

— C'est de la folie.

— Bienvenue dans mon monde, murmure-t-il, avant de m'y enfermer par son baiser.

Cela fait des jours que je reçois à peine quelques SMS de Sean, et pas un signe de Dominic. Non que je sois surprise. C'est pour ainsi dire un étranger.

Quoique devenu intime.

Je tique à cette pensée, tout en m'autoflagellant. Je ne cesse d'alterner entre « Qu'est-ce que j'ai foutu ? » et « On peut remettre ça, mes seigneurs ? ». Et pour l'essentiel, je me terre chez moi, déclinant les invitations de Sean. Je bouquine, nage et papote au téléphone avec Christy. Je n'ai pas révélé à mon amie les détails de cette journée. Ça demeure le secret derrière mon sourire du brunch du dimanche, le secret que je garde si je le décide.

Plus je suis tentée de lui raconter, plus je cherche les mots appropriés pour présenter ce que j'ai ressenti, à quel point ça semblait… naturel. Que me laisser aller était plus délectable que tout ce que j'avais vécu jusque-là. Bref, plus j'y pense, plus je sais qu'elle ne comprendrait pas.

« En privé » ou « dans la plus stricte intimité »… ce n'est pas sans raison que les gens font leurs frasques sexuelles à l'abri des regards. Avant cela, je n'en avais jamais expérimenté qui méritent d'être cachées, encore que nous étions en plein air.

Je m'extirpe du lit et regarde par la fenêtre la forêt sombre et les lumières clignotantes de l'antenne-relais, en me demandant où se trouvent les deux hommes qui occupent mes pensées. Pensent-ils à moi ?

Se sont-ils félicités d'une tape dans la main, après coup ?

Refroidie à cette idée, je referme les portes-fenêtres et appuie le front contre la vitre.

« Noël est arrivé en avance, Cecelia, et tu sais quoi ? T'es une pu… » Je cogne ma tête contre la vitre à chaque mot. « Pu… » *Bam.* « Pu… » *Bam.* Le visage en feu, je m'assène un nouveau coup de martinet virtuel. Mon dos serait en lambeaux, de la chair sanguinolente après les milliers de coups que je m'inflige. Pourtant, la seule partie de moi qui rougisse est mon visage, dès que je revis chaque instant sur ce radeau. J'ai rêvé d'eux ces dernières nuits, et ces rêves vivaces sont un festival de débauche. Ils m'obsèdent, que je dorme ou non, à tel point que je n'ai pas vécu une seule seconde depuis ces minutes que j'ai partagées avec eux sur le lac.

Les SMS de Sean sont laconiques, ce qui n'est pas inhabituel, mais plus fréquents. Cette semaine, il donne un coup de main à ses parents, et parce que je suis enfermée dans cette prison de honte auto-érigée, j'ai une fois de plus loupé l'opportunité de faire leur connaissance.

Que pourrais-je bien leur dire ?

« Bonjour, je m'appelle Cecelia. Quelle joie de vous rencontrer enfin, monsieur et madame Roberts. C'est bien moi, la traînée qui fornique dans les bois avec votre fils. Tenez, hier encore, nous avons invité son meilleur ami à se joindre à nous. C'était très agréable, je vous assure. Au fait, votre poêlée de haricots verts est un régal. »

À chaque SMS, je sens que Sean s'efforce de m'assurer que je ne vais pas le perdre. Il fait son possible pour éviter que mes cogitations prennent le dessus.

Et je l'aime pour ça.

Mais de quel amour ?

Envisager cette relation à long terme serait plus que stupide. Encore que Sean a lourdement laissé entendre, et plus d'une fois, qu'il ne serait pas opposé à l'idée de s'engager avec moi.

Peut-être que c'était une expérience isolée.

L'idée d'appartenir exclusivement à Sean me tente au plus haut point. Il me suffit amplement. Mais l'expérience que nous venons de vivre ne me destine-t-elle pas à en vouloir toujours plus ? J'ai croqué le fruit défendu, faisant naître l'envie insatiable de retourner mordre dedans.

Sean avait conscience que cela pouvait arriver, il n'a pas omis de le mentionner.

Est-ce que je souhaite vraiment renoncer à cette alchimie électrique avec Dominic, sachant que rien ne me contraint à le faire ?

Ce moment avec eux deux, à savourer leurs réactions… jamais je n'avais ressenti d'excitation aussi puissante.

Mais combien de coups de martinet supporterai-je encore ? Cela ne fait que quelques jours, et à ce jeu je me suis pour ainsi dire brûlée.

Je ne suis pas cette fille.

Je ne suis pas cette fille.

Je suis désormais cette fille.

Et s'ils n'en sont pas à leur première expérience, la question qui ne cesse de me tourmenter est : puis-je jeter la pierre aux femmes qui m'ont précédée ?

Certainement pas, et cela m'insupporte. Ce n'est pourtant pas l'envie qui me manque. La jalousie me consume quand je pense que je ne suis pas la première. Malgré cela, en un sens, partager ce secret avec elles m'aide à me sentir moins seule.

Mais que sont-elles devenues ?

Suis-je différente ?

Maudits soient-ils tous les deux.

Ils savaient fatalement qu'après ça on gamberge. Je doute que Dominic s'en soucie, mais Sean le sait, et il attend mon verdict.

Une décision de plus.

Je me glisse sous la douche pour noyer mon anxiété sous le jet d'eau.

Les valeurs morales qui nous sont inculquées dès le plus jeune âge sont censées nous guider, et sans elles, nous sommes désemparés. Mais Sean ne se conforme ni à la normalité ni aux codes de conduite adoptés par la plupart des sociétés. C'est un libre-penseur qui avance à l'instinct, une décision après l'autre.

Il vit en toute impunité dans les zones grises. Comme Dominic. Mais à long terme, qu'est-ce que cela implique ?

Que dire des âmes sœurs ? De l'amour de toute une vie ? Le seul et unique ? Ces notions existent pour une raison.

Une, un.

Un homme, une femme, un partenaire pour chacun.

Pas deux. On dit qu'on trouve « le bon » ou « la bonne personne ». Pas « les deux bonnes personnes ».

Mais pour certains…

« Bienvenue dans mon monde. »

On dit aussi « ma vie d'étudiante », « l'année où je papillonnais » ou encore « avant de rencontrer ». Autant d'expressions que j'ai lues ou entendues au fil des années.

Même si mon expérience est limitée dans ce domaine, hormis celle que je viens de vivre, je sais qu'elles correspondent à une réalité. D'après ce que j'ai compris, la période étudiante tourne autour des excès en tout genre, des inhibitions levées pour un temps imparti, d'expériences avec des partenaires du même sexe. N'est-ce pas comparable à ma récente expérience ? Ne me suis-je pas permis d'explorer mes désirs sexuels ?

Trouver l'âme sœur et le grand amour n'était plus sur la liste de mes priorités depuis la claque Jared.

Un jour. Plus tard, à l'avenir. Mais faut-il que ce soit maintenant ?

Non.

Ce n'est pas nécessaire. Je tiens trop à Sean pour faire marche arrière.

Et bien que l'émergence de mes sentiments pour Dominic m'ait prise par surprise, de même que notre connexion, cela ne fait pas de lui l'homme de ma vie.

D'ailleurs, il ne l'est sûrement pas. Dominic ne semble pas du genre à donner dans l'amour éternel.

M'éprendre de Sean semble inévitable désormais. J'aime sa bienveillance, ce que je ressens avec lui, le réconfort de sa présence qui me permet d'être pleinement moi-même.

« Assume. »

Je vais devenir chèvre si je n'assume pas.

Je ne me résous même pas à regretter.

Après ma douche brûlante, je m'examine dans le miroir. Ce que je vois ne me fait pas reculer. La peau rosie par l'eau, je laisse mon regard naviguer librement, à la recherche de défauts, d'une raison de ne pas regarder.

Tout ce que je m'attends à ressentir, face à mon image, ne vient pas.

Ça, c'est assumer.

Et c'est ma décision.

À un moment dans la vie d'une personne, il faut choisir entre chercher l'amour pour la vie ou s'affranchir de ses chaînes.

Je laisse courir mon regard sur mon corps, une fois de plus, et je sais.

Dans l'inconnu, voilà où je vais.

J'enfile mes sous-vêtements, les parfume avec de la lotion, avant de sortir de ma penderie un jean noir délavé et un haut asymétrique. J'applique de la poudre bronzante, du mascara noir épaississant et du crayon à lèvres pour rehausser mon gloss rouge sang.

Puis j'envoie un SMS.

Je ne suis certes pas encore étudiante, mais mon instruction a commencé plus tôt que prévu.

Chapitre 27

Au garage, plusieurs voitures occupent le parking, des hordes de types agglutinés autour d'elles. Si pour la plupart, je ne les connais pas, leur tatouage signature est immanquable. L'atelier est plongé dans l'obscurité, et le rideau descendu. À peine suis-je garée que Sean vient à ma rencontre. Lorsque je sors de ma voiture, je vois déjà le désir dans ses yeux.

— Mince, bébé, t'es… Bon sang.

Se retournant dos à moi, il se place en bouclier entre les autres et moi. Je l'étreins par-derrière, un bras autour de son torse.

— Je t'ai manqué ?

— J'ai préféré te laisser tranquille, mais, putain, ce que c'était dur. Et ce soir, ce sera encore plus dur.

Son sous-entendu ravive mes souvenirs, mes joues s'embrasent.

Il porte sa tenue habituelle, jean et tee-shirt, ses cheveux en pétard. Superbe.

— Tu vas bien ? demande-t-il avec une inquiétude sincère, tout en me serrant étroitement entre ses bras puissants.

— Ça va.

Je le vois se détendre.

— Ah oui ? fait-il, la commissure de sa belle bouche relevée. Tu as fait la paix avec ton démon intérieur ?

— J'y viens doucement.

Son pouce effleure le bord de mes lèvres.

— T'étais obligée de mettre ce foutu rouge à lèvres ?

— Tu aimes ?

— Tu vas me le payer cher, tout à l'heure. Allez, viens.

Main dans la main, nous partons en direction de la foule.

— Que se passe-t-il ? dis-je quand nous franchissons une rangée de grands tatoués, dont certains me sont familiers.

— Ils attendent le signal de Dom, répond Tyler.

De toute l'équipe, c'est de lui que je me suis le plus rapprochée. Nous avons beaucoup en commun, et récemment, pendant qu'il m'aidait à m'améliorer au billard, nous avons noué des liens autour de notre passion pour tout ce qui a trait aux années 1990.

— Où allons-nous ?

— Tu verras, intervient Russell. Ça roule, Cee ?

— Salut, Russell.

Leur accueil chaleureux atténue mon manque d'assurance, et je le prends pour ce qu'il est : ils semblent m'avoir acceptée comme l'une des leurs, sentiment inconnu de moi, mais appréciable.

— Salut, toi, lance Layla en fendant la rangée de garçons et en cognant son épaule contre la mienne. Ça fait un bail.

— Salut, Layla.

Aussitôt, mon regard se reporte sur Sean, qui me contemple d'une manière qui nourrit mon âme. Un regard qui déclare que rien n'a changé entre nous, et c'est ce qui importe le plus pour moi. Cela dépasse mon entendement qu'il puisse à la fois être aussi large d'esprit et me couver de ce regard. Non sans hypocrisie, cela déçoit mon cœur romantique. Mais pour l'instant, Sean applique ses principes à la lettre. Il m'a affranchie ce jour fatidique parce qu'il voulait que j'affronte mes désirs. C'est une manière différente, peut-être sa manière à lui, de témoigner son affection.

Non seulement ça, mais il m'émoustille.

Un scénario que je ne me serais pas imaginé vivre un jour.

Le fait est que je le vis, et mon cœur s'emballe pendant que nous nous regardons comme si nous étions seuls sur ce parking.

— Allons nous chercher une bière. Je te la pique une minute, dit Layla en jetant un regard à Sean. Trucs de filles.

Sean se contente de hocher la tête sans me quitter des yeux, sa langue jouant avec son anneau.

Elle écarte le barrage humain et m'entraîne vers le préposé au fût de bière. Pendant qu'il remplit nos verres, je scrute la vingtaine de types autour.

— Que se passe-t-il, ce soir ?

— On attend Dom, comme d'hab. Jamais pressé, celui-là. Il fait les choses à son rythme.

— Sommes-nous en retard pour un événement en particulier ?

— Pas vraiment. Juste un rassemblement. T'as bonne mine, ajoute-t-elle en me regardant.

Je détache mon regard de Sean, en grande conversation avec son cercle d'amis, et j'examine Layla. Elle est habillée dans le même style que moi, en jean et tee-shirt qui dévoile son ventre ferme. Ses cheveux blonds sont attachés sur le sommet de son crâne.

— Merci, toi aussi.

— Même un aveugle n'aurait pas pu passer à côté de votre échange de regards. Alors, Sean, hein ?

Elle me fait un sourire entendu.

Et Dom. Je dissimule mon tressaillement à cette pensée automatique. Toutefois, Layla déchiffre mon langage corporel.

— Indécise ?

Je bois un peu de bière.

— Je peux te poser une question ?

— Si tu veux.

— Ils sont… suis-je ?

Frustrée, je secoue la tête. Ces questions sont tellement embarrassantes.

— « Ils » au pluriel ? Ah, oh, OK, j'ai pigé, dit-elle en riant.

Je viens de lui révéler mon secret en un regard et quelques mots bafouillés. Une partie de moi est soulagée, l'autre est horrifiée d'avoir tout déballé ainsi. Je ne suis pas douée à ce jeu, vraiment pas.

En vérité, je me sens plus légère. Le point de vue d'une autre fille me manquait trop.

Nous ne sommes pas particulièrement proches, Layla et moi, donc je ne peux pas exiger davantage. Elle tapote mon gobelet pour m'encourager à boire. J'avale une goulée.

— Bon, avant toute chose, ne flippe pas. Je ne suis pas une sainte. Loin de là. Ensuite, je suis muette comme une tombe. Quoi que tu me dises, jamais je ne le répéterai. C'est le code qui veut ça. Mais éloignons-nous pour éviter les oreilles indiscrètes.

Elle m'emmène vers le côté abandonné du garage, hors de portée de voix.

Je ne suis toujours pas sûre des questions que je souhaite poser. Elle m'aide en prenant les devants.

— Sean est un livre ouvert, d'une certaine manière. Il sera honnête avec toi, autant que possible, même quand c'est dur à entendre. Dom, bah, c'est une autre histoire. Il aboie et il mord et crois-moi, quand ça lui prend, mieux vaut ne pas être celui qui trinque. Malgré tout, il a du cœur, et nous l'avons tous entraperçu au moins une fois, rarement deux. Il est littéralement Fort Knox fait homme : un solitaire-né.

Je bois ma bière et elle incline la tête sur le côté.

— Que veux-tu me demander, alors ?

— Suis-je juste…

Une de plus ? Une fille parmi tant d'autres ? Je ne me résigne pas à achever ma phrase.

— Peux pas te dire, mais d'après ce que je vois, la maison est calme dernièrement.

— Calme ?

— Dom est calme. Ça ne circule pas dans sa chambre. Depuis la fête, d'ailleurs, dit-elle avec un grand sourire.

Fidèle. Elle sous-entend qu'il est fidèle. À moi ? Avant même de savoir si quoi que ce soit était possible entre nous ? Est-ce important ?

Le tiraillement dans ma poitrine m'indique que ça l'est.

— Tâche de ne pas t'appesantir, mais bon, dit-elle en m'entraînant à la limite du garage, avant de scruter le groupe. Combien de femmes vois-tu ici ?

J'examine la foule et compte en silence. Quatre ou cinq, plus nous, sur une vingtaine de personnes.

— Ta présence ce soir n'est pas un hasard.

Le sérieux dans sa voix m'incite à l'examiner, même si je la distingue mal dans la pénombre.

— Et il y a un moment et un lieu pour la fraternisation, et ce n'est certainement pas lors d'un rassemblement.

— Un rassemblement ?

— Tu verras. Mais rends-toi service, reste sur tes gardes, même si ça ne va pas être facile. Surtout avec ces deux sources de distractions.

Je hoche la tête et elle rit.

— Détends-toi, trésor ! C'est une fête, et tu bénéficies de l'attention de deux des plus beaux frères. Viens.

Nous traversons le chemin de graviers quand un grondement résonne à l'entrée de l'allée. Des phares nous enveloppent soudain de lumière et on entend vibrer des basses. Mon attention tombe sur le conducteur de la voiture racée qui vient d'arriver. Le regard de Dominic me paralyse, faisant littéralement de moi le cerf pris dans les phares. Il me salue d'un frémissement de lèvres.

— Ah, la fébrilité des débuts, soupire Layla avec mélancolie. Je t'envie.

D'un vrombissement de moteur, Dominic donne le signal à la foule. Peu après, les moteurs rugissent en tous sens.

— Monte avec lui, me dit Sean en venant vers moi.

— Avec lui ? fais-je, perplexe.

Il appuie ses lèvres sur ma tempe.

— Je te retrouve sur place. Et ne t'avise pas d'étaler ce fichu rouge à lèvres. C'est ma prérogative.

Comme j'acquiesce, il s'éloigne et je contourne la Camaro de Dominic. Celui-ci se penche pour ouvrir la portière. À l'instant où elle se referme, je me tourne vers lui.

— Il…

Je suis coupée en plein bonjour par un démarrage en trombe, mon rire fusant dans la voiture. Son petit sourire est immanquable sur ses lèvres, pendant que les voitures sortent du parking et nous suivent en file indienne. Dominic donne alors libre cours à la pleine puissance des chevaux sous le capot. Une main sur le tableau de bord et l'autre sur la portière, je pousse des cris de joie.

Encouragé par mes acclamations, il écrase le champignon sur quelques kilomètres de ligne droite, avant de ralentir sensiblement et de négocier les virages.

Je baisse la radio.

— Tu crois qu'un jour nous aurons une vraie conversation ?

Il a un sourire en coin.

— Nous avons eu une bonne discussion il y a pas si longtemps.

— Ne réponds pas à côté.

— Tu veux parler politique ou religion ?

Il réagit à mon air renfrogné par un rire, avant de monter un rapport, me plaquant au siège.

— Les œufs, baveux. Le café, noir. La bière, glacée. La musique, forte. Les voitures, dit-il en écrasant l'accélérateur.

— Rapides, je complète dans un rire.

— La femme, dit-il en tournant vers moi ses yeux cachés par ses lunettes de soleil miroir.

La femme, pas les femmes. Cette utilisation du singulier m'émeut tant que je fais mine de lui prendre la main. Aussitôt, il l'écarte.

— Je garde ça pour le moment où je pourrai en faire quelque chose.

— Et ça, pour toi, c'est de l'affection ?

— Ce n'en est pas ?

Le virage suivant me fait glapir. C'est exactement ce que je ressentais sur le radeau. Comme s'il avait attendu une éternité pour me toucher.

Il est aux antipodes de Sean à de nombreux égards.

Ce n'est pas un défaut, mais plutôt quelque chose qui me réjouit d'avance.

— Qu'est-ce qui te rend heureux ?

Il prend un autre tournant, son avant-bras contracté quand il rétrograde.

— Tout ce que j'ai mentionné dans ma liste.

— Les œufs baveux et le café noir te rendent heureux ?

— Imagine qu'au réveil demain matin il n'y ait pas de café.

— Ce serait… catastrophique.

— La prochaine fois que tu en bois, dis-toi que c'est ta dernière tasse.

Je lève les yeux au ciel.

— Super, vous êtes deux. Est-ce une philosophie de vie, Platon ?

— On peut en savoir plus sur quelqu'un en une heure de jeu qu'en une année de conversation.

Certaine qu'il cite Platon, je le regarde bouche bée.

— Quand j'étais plus jeune, on m'a appris à apprécier les petits bonheurs.

À son regard, je comprends tout à fait ce qu'il entend par là. J'ai vu la maison où il a grandi, qui est criante de pauvreté et de négligence. Il m'a laissée la voir. Ses aveux, verbalisés ou non, font fondre mon cœur. Il braque soudain, pile et éteint ses phares. Seul le clair de lune nous éclaire.

— Viens là.

Son ordre murmuré dans mon cou, Dominic m'amène sur lui, dérobant mon attention à la lune. Je le vois s'allonger de sorte à nous ménager un peu de place entre son siège et le volant. Son regard me suffit à m'oublier moi-même. Mais lorsque je me penche vers lui pour m'emparer de ses lèvres, il se soustrait à mon baiser.

— Il aime le rouge.

Il passe ses doigts dans mes cheveux, de la racine jusqu'aux pointes, encore et encore en un geste quasi envoûtant.

J'ai un pincement au cœur. En quelques secondes avec lui, j'ai oublié que Sean m'avait priée de ne pas étaler mon rouge à lèvres. J'essaie de ravaler ma culpabilité, sous les mains de Dominic qui s'aventurent sous mon tee-shirt avant d'effleurer la taille de mon jean. Le désir qui bourdonne sous ses doigts se propage dans mes veines. Ses yeux sont rivés à moi, en toute décontraction. Bien qu'il en ait envie, j'en suis certaine, il se dérobe ou me freine quand je cherche à le toucher, que ce soit par de petits pincements ou en tournant la tête. Puis il reprend sa douce torture, me caressant partout où mon corps le réclame.

— Vous vous connaissez depuis combien de temps ? m'enquiers-je, la voix éraillée, pendant que ses mains remontent dans mon dos, recouvrent mes omoplates, embrasent ma peau.

— Depuis toujours, pour ainsi dire.

— Vous êtes proches à ce point ?

Je vais et viens doucement sur son sexe qui durcit sous moi. Une friction divine. Je ne peux m'empêcher d'onduler des hanches pour en quémander davantage. En dépit de son regard fougueux, il n'agit pas en conséquence.

— Nous sommes tous proches.

— Il semblerait, oui.

Des grondements soudains noient le chant des grillons puis des voitures nous dépassent à toute allure. S'ils ne nous rattrapent que maintenant, c'est que nous avons roulé à la vitesse de la lumière, à moins que Dominic ne connaisse un raccourci.

— Ils sont en train de nous semer.

— C'est nous qui les avons semés.

Ses yeux luisent comme des miroirs d'argent, même dans la nuit. Ses pommettes saillantes projettent des ombres sur ses joues, ses lèvres pulpeuses soulignées par la lumière sont une tentation.

— Et nous les avons semés parce que… ?

— Parce que.

Il se soulève comme pour m'embrasser, son haleine rencontrant mes lèvres. Parée, je ferme les yeux, mais je ne sens que son absence. Rouvrant les yeux, je le vois qui se radosse, un sourire satisfait au coin des lèvres.

— Enflure.

— Ce n'est pas une nouveauté. Autre chose que tu as besoin de savoir ?

— Je ne sais rien du tout.

— Bien sûr que si.

Il soulève à peine le bassin, un simple mouvement qui me met au supplice.

— Tu as décrit la plupart des hommes à sang chaud, dis-je, haletante. Bière fraîche ?

Il projette son entrejambe à ma rencontre, et cette fois je le sens raffermi. Mon sang bouillonne.

— Bolides ? Café noir ? Œufs brouillés et…

— Et ?

Je ne peux cacher mon sourire malgré le désir insatiable qu'il suscite en moi.

— Moi.

— Alors tu en sais bien assez.

Il soulève mon haut pour révéler mes seins nus. Je le sens se tendre quand il s'aperçoit que ce soir, j'ai fait l'impasse sur le soutien-gorge. Aussitôt, il aspire mon mamelon dans sa bouche. Ma culotte trempée, je plaque sa tête contre moi, pendant qu'il me dévore. Alors j'accélère mes va-et-vient sur son érection.

— Dom, fais-je dans un murmure.

Ses doigts m'explorant, il mord mon sein avant de l'apaiser avec sa langue. Quand il s'écarte, je suis tout près de jouir, mais il abaisse mon tee-shirt et m'emprisonne les mains avant de se remettre à me caresser les cheveux.

— C'était cruel, gémis-je, le corps embrasé.

— Nous reprendrons cela… plus tard.

Sur ce, il me soulève par les hanches et me rassied sur le siège passager, avant de démarrer. Intentionnellement ou non, ses doigts frôlent ma main pendant qu'il accélère pour rattraper les autres.

Chapitre 28

Un vrai bordel organisé.

Je ne vois pas de meilleure expression pour décrire la scène. Des dizaines de voitures sont garées en cercle autour d'un feu de camp haut comme un immeuble d'un étage. Les autres sont alignées sur le pourtour d'une vaste clairière au milieu d'une forêt. Des personnes déchargent des fûts, tandis que d'autres patientent ou se passent des sacs de glace. Dans les braillements des enceintes d'un camion, quelques voitures de plus déboulent et se vident de leurs occupants. Je compte une cinquantaine de participants, au bas mot, rassemblés par petits groupes, comme s'ils obéissaient à un protocole secret.

— Donne-moi une réponse claire, dis-je à Dominic. C'est quoi, ce cirque ?

Dominic survole le terrain du regard et se gare pile au milieu du cercle, où il reste juste assez de place. À croire que l'emplacement était réservé pour lui.

— Un rassemblement entre potes.

— Je n'ai pas autant de potes.

— T'as de la chance, dit-il avec une pointe d'agacement.

Il esquive ma question suivante en sortant de la voiture. Il ouvre ma portière et me soulève pour me poser sur mes pieds. Lorsque Sean nous retrouve, son regard se fixe aussitôt sur mes lèvres. Il est satisfait de constater que mon maquillage est intact.

— Vous vous êtes bien amusés ? demande-t-il en me serrant contre son flanc.

— Nous n'avons pas, nous ne…, je bafouille, incapable de le regarder dans les yeux.

Il secoue la tête et me redresse le menton.

— Ce n'est pas ma question, observe-t-il, avant de s'adresser à Dominic, un bras autour de mon épaule : Ils sont là. Ils t'attendent.

Dominic me jette un coup d'œil puis il s'éloigne. Je regarde immédiatement Sean, qui nous entraîne dans la foule. On se croirait dans *Une nuit en enfer*, un vieux film de Quentin Tarantino. Je m'attends à moitié à voir surgir des cracheurs de feu et des danseuses de pole dance à demi dénudées, dont les crocs pousseraient d'un coup.

— Vas-tu me dire ce qui se passe ?

— C'est une fête.

— Je le vois bien.

Le retour de ma tronche pas commode le fait rire.

— Alors pourquoi tu demandes ?

— Là d'où je viens, on n'appelle pas un rassemblement une fête.

— Nous ne sommes pas dans la banlieue d'Atlanta.

— Sans déc.

Autour de moi, des bouteilles et des joints circulent aussi librement que de l'eau courante. Je remarque alors des plaques d'immatriculation d'États lointains.

— Tout le monde n'est pas du coin.

— Tu es observatrice.

— Sean, donne-moi au moins un indice.

Il indique une El Camino, où deux costauds assis sur le hayon scrutent l'assemblée, le visage dépourvu d'émotion. Des frères, visiblement.

— Tu vois ces deux-là ?

— Ouais.

— C'est Matteo et Andre, les Spanish Lullaby. Derrière eux, c'est leur bande. Ils viennent de Miami.

— Ils sont venus de Miami en voiture ?

— Ouais.

— Pour une fête ?

Il hoche la tête.

— Pourquoi « la berceuse espagnole » ?

— Sers-toi de ton imagination.

— Flippant.

— Je veille sur toi, Pup.

Et je le crois. Le visage fermé, Sean adresse un infime geste du menton à la bande de Miami, qui nous fixe. Le mouvement de tête qu'ils lui retournent est à peine perceptible.

— Et ce groupe là-bas, dit-il en indiquant un pick-up, où un gars saute du capot en effectuant un salto arrière, avant d'avaler du whisky à la bouteille. Ce débile est Marcus, et à côté de lui, Andrew. C'est Tallahassee, le reste de la Floride, des putains de lascars. Ne t'approche pas d'eux, si tu ne veux pas qu'ils te fassent les poches.

Sans se presser, il me fait faire le tour de la fête, du rassemblement ou je ne sais quoi. Bien vite, je remarque que chaque participant arbore un tatouage de corbeau sur le bras. Certaines filles aussi sont tatouées, des ailes déployées sur leurs omoplates, visibles sous leur dos-nu. Je comprends soudain que ces ailes sont un symbole d'appartenance.

Sean m'entraîne vers un fût tout juste relié à une pompe, et me passe une bière. Je bois une gorgée, intriguée par ce qui se trame ce soir. Pendant que Sean échange quelques mots avec les différents groupes autour de nous, j'observe ceux qui sont assis sur le capot de leurs voitures. Au bout d'un certain temps, je me mets sur la pointe des pieds et lui chuchote à l'oreille :

— Fais-tu partie d'un gang ?

La tête rejetée en arrière, il éclate de rire.

— En quoi est-ce que c'est drôle ? fais-je, vexée.

— On a des airs de gangsters ?

— Non. Oui. Plus ou moins. Qui sont ces gens ?

— Juste des gens qui ont le même état d'esprit et qui partagent les mêmes centres d'intérêt.

— Avec le même tatouage ?

Il hausse les épaules.

— Ce tatouage est génialissime.

— Sean, dis-je impatiemment.

Bien que nous soyons cernés par des membres du clan d'Alabama, il indique Tallahassee et se tourne vers moi.

— Je dois dire un truc à quelques personnes. Je peux te laisser ici ?

J'écarquille les yeux.

— Personne ne t'embêtera, Cecelia. Tu as débarqué avec Dominic.

— Et qu'est-ce que cela signifie exactement ?

— Que je reviens vite.

Il commence à s'éloigner, mais je l'attrape par le bras.

— Où est Layla ?

— Dans le coin, quelque part. Cherche-la, je te retrouverai.

— Tu vas vraiment me laisser ici ? Seule ?

Il vide sa bière.

— Ouaip.

Merde. Merde. Merde.

— Est-ce une sorte de test du style « Jette-la dans le grand bain pour voir si elle sait nager » ?

Cet enfoiré se marre.

— Sans bouée. Montre-moi ta tronche pas commode.

Furieuse, je lui tire sur le bras dès qu'il fait un pas, mais il repousse ma main.

— Tu ne crains rien, bébé.

Le cœur battant la chamade, je parcours la foule à la recherche de Tyler, Layla, Russell ou n'importe quel visage familier, quand je vois Sean rejoindre Tyler près du brasier. Ils disparaissent ensemble derrière des voitures.

C'est décidé : à la première occasion, je tranche les testicules de Sean.

Tremblant de la tête aux pieds, j'avale ma bière.

— Comment est-il ? dit une fille derrière moi.

Je sursaute et renverse la moitié de mon verre.

— Désolée, je ne voulais pas t'effrayer, reprend-elle. C'est ta première fois ?

— Exact.

À peu près du même âge que moi, elle a teint les pointes de ses cheveux noirs en violet. Elle est entièrement vêtue de noir, et son collier, qui représente l'aile d'un aigle, argenté et noir, se déploie sur son généreux décolleté.

— Tu veux parler de Sean ?

Sa beauté peu commune suscite en moi un tel accès de jalousie que je ne peux m'empêcher d'ajouter :

— Pourquoi ?

Elle fait un pas, visiblement hésitante, et plonge son regard marron clair dans le mien.

— Désolée, c'était une étrange question à poser à… sa copine ?

Elle a des vues sur Sean et me l'annonce crânement au bout de deux secondes. Est-ce une règle parmi eux ? Encore mieux : est-ce qu'il serait heureux de le savoir ?

— Je ne sais pas… comment nous définir pour l'instant, dis-je avant de prendre une gorgée de bière. C'est récent, entre nous.

— Difficile de savoir avec ces mecs. Pas tant que tu n'es pas ailée, soupire-t-elle avant de regarder mon gobelet. T'es à sec. Allons au bar.

Je n'ai jamais aimé boire, pas comme ça. Je rejette la responsabilité sur les nouveaux hommes dans ma vie, et la nervosité qui leur est associée. Elle salue celui qui sert à la pompe et lui tend nos verres.

— Moi, c'est Alicia.

— Cecelia.

Plus grande que moi, elle attire les regards. Elle me jauge avec la même minutie.

— Tu es venue avec quelqu'un ?

— Mon frère, répond-elle. Nous sommes la Virginie.

— Oh.

Pas « de Virginie ». Non, elle prétend être l'État.

— Dominic n'a jamais… Aucun des deux n'a jamais amené une fille ici. J'ai cru te voir arriver avec Dom. Du coup, je ne sais pas avec lequel tu es.

Comment répondre à cela ? Je décide de ne pas répondre du tout. D'un sourire, elle me fait la faveur de balayer sa question sous le tapis. Raison pour laquelle je fais un effort, malgré un pincement de jalousie.

— Sean est gentil, attentionné, brillant. Extrêmement intelligent, bienveillant, sexy, drôle et protecteur.

Et il est à moi.

— C'est ce que je pensais, soupire-t-elle.

Elle repousse de son épaule ses cheveux noirs qui lui battent les reins. La plus belle chevelure que j'aie jamais vue.

— Tu as un faible pour lui, c'est ça ?

Elle m'accorde un sourire confus.

— Lorsque j'étais plus jeune, il venait souvent en Virginie. Je ne lui ai jamais parlé, mais ouais. On peut le dire. J'espère que ça t'embête pas.

Ça m'embête, dans une certaine mesure. Mais au moins, elle est franche.

— Lui aussi est très direct.

— Ah oui ? fait-elle en souriant.

— Mais je suis avec lui.

— Je m'incline. C'est juste que… il est parfait, mais tu le sais. Dominic aussi. Sauf qu'il me fait flipper.

Il me fait flipper également. D'une manière qui me donne toujours envie de plus.

— Ouais, ils sont… indescriptibles.

Elle me pousse du coude.

— Dis-moi, qu'as-tu fait exactement pour monter dans cette voiture ?

J'ai baisé avec les deux en même temps sur un radeau. Gênée par la vulgarité de ma pensée, j'éclate de rire.

Qui suis-je, bordel ? Alicia me regarde bizarrement.

— Désolée, la semaine a été pleine de rebondissements. J'ai rencontré Sean au travail et nous avons commencé à traîner tous ensemble.

— Si mon frère était moins con, je pourrais aussi, dit-elle.

— Il est du genre surprotecteur ?

— Tellement que je rêve parfois de l'étouffer dans son sommeil.

— Et tu assistes souvent à ce genre de soirée ?

— C'est la quatrième fois. Vingt ans et je dois encore demander à mon frère la permission de jouer avec lui et ses potes.

— À quoi servent ces rassemblements, en fait ?

Elle hausse les épaules.

— C'est juste une fête.

Cette réponse commence à m'agacer.

— Tu ne trouves pas étrange que tous ces gars aient le même tatouage ?

— Pas du tout.

— C'est pas possible. Dis-moi ce qui m'échappe.

Elle fronce les sourcils.

— Tu ne sais rien ?

— Non. Est-ce un gang ?

Face à mon expression, elle ravale son rire.

— Rien de ce genre. Mais s'il y avait une descente de flics, la moitié de ces gars finiraient au trou.

— Pour quoi ?

— Leur petit business.

À question évasive, réponse évasive. Ce refrain devient lassant, et je vois qu'elle compatit. Je tente une nouvelle approche.

— Pourquoi viens-tu ?

— Parce que je crois en ceci.

— Ceci, c'est-à-dire…

— Cette fête.

Agacée, je cherche des yeux Sean ou Dominic. En vain. Plus je regarde autour de moi, plus je vois de visages inconnus. Pas même un signe des potes du garage.

Alicia constate que je panique et fait son possible pour me rassurer.

— Tu n'as pas de raison d'avoir peur. C'est juste une sorte de réunion. Ils se retrouvent une fois ou deux par mois.

— Comme les francs-maçons ?

— Voilà. Ou une sorte de club.

— Mais tu ne peux rien me dire sur eux ? Du genre de la première règle dans *Fight Club* ?

— C'est quoi ?

— Un film, tu connais pas ? je m'étonne, frustrée. Oublie ça. Donc c'est un club ?

— Ouais, et disons qu'ici c'est le quartier général du club.

— Et ce collier…

— Signifie que j'appartiens à quelqu'un ou accompagne quelqu'un du club. Mon frère, en l'occurrence, dit-elle en grimaçant.

— Et qui est le président du club ?

— Il n'y a pas de président dans une fête.

— Je pensais que c'était un club ?

— C'est la fête du club.

Toujours plus évasive. Je sais que la tripotée de questions qui me vient à l'esprit restera sans réponse.

— C'est trop bizarre, dis-je au moment où des rires fusent derrière nous.

— Je trouvais aussi, au début.

— Et maintenant ?

Sur un haussement d'épaules, elle allume un joint sorti de nulle part.

— C'est un mode de vie.

Elle exhale de la fumée et me le propose.

— Non, merci.

— Sûre ? La nuit est encore jeune.

— Ouais.

Je dois garder la tête froide. Qu'est-ce que je fiche ici ? Obnubilée par cette question, je laisse mon regard errer dans la foule. Alicia se balade avec moi pendant que notre conversation tourne en rond.

Soudain, il y a de l'agitation dans l'air derrière le brasier. Nous nous tordons le cou pour voir ce qui en est la cause. Peu après, nous entendons vrombir des moteurs.

— Ça promet d'être intéressant. Viens.

Alicia me prend par la main et m'emmène de l'autre côté du cercle, où rugissent la Camaro de Dominic ainsi que deux autres bolides.

— Celle-ci appartient à la bande de Miami, l'autre à Tallahassee, explique-t-elle.

Sean se matérialise à côté de Dominic et ils échangent quelques mots. Sean lui donne une tape dans le dos, puis part démarrer sa propre voiture.

— Où vont-ils ?

— Jouer à chat.

— Une course ? Sur ces routes ?

Quand je me retourne, je vois que Sean me cherche du regard, assis au volant. Ses yeux finissent par tomber sur nous. Alicia en a le souffle coupé – elle est mordue, c'est évident. Le sourire qu'il nous adresse me galvanise et je sais que je suis mordue aussi. Et il est hors de question que je le partage.

Même si ces mecs chelous appartiennent à un étrange club qui se réunit dans des bois paumés, à Ploucville.

— Il se passe quoi maintenant ?

— Ils vont faire la course.

— Et ?

— Au retour, l'un d'eux est le gagnant.

La foule siffle et lance des acclamations aux voitures qui s'avancent vers la route. Le grondement désormais familier remue quelque chose en moi. Comme si un nouveau code était engrammé dans mon ADN. Une image de Sean planant au-dessus de moi la première nuit traverse mon esprit, suivie par les minutes volées avec Dominic ce soir.

— Il n'y a jamais eu de morts ? j'interroge, de plus en plus blême.

— Si, deux. Mais ça fait des années, avant qu'ils changent les règles.

Des années. Depuis combien de temps ces rassemblements existent-ils ? Soudain mal à l'aise, je me concentre sur les phares qui se dissipent au loin.

Puis je l'entends, le son caractéristique. Les moteurs assourdissants dans le lointain. Ils font la course. Une partie de moi aurait aimé se trouver dans cette voiture avec Dominic. Mais ce qui domine, c'est la terreur. Sean conduit avec un minimum de prudence, mais Dominic est intrépide au volant, et même dangereux.

— T'en fais pas. Ils vont revenir, déclare Alicia derrière moi.

— Passe-moi le joint, dis-je dans l'espoir que ça me détende.

Elle me le donne en riant et j'inhale généreusement.

Dix minutes plus tard, le son d'un moteur nous fait tourner la tête. Dominic arrive en premier, sous les hourras.

— Il a gagné.

Alicia lève sa bière à son intention.

— Pas étonnant.

Il avale toujours le bitume comme s'il était lancé sur l'autoroute de l'enfer, et ce soir, plus que jamais, il porte bien son nom : tel un roi, il est acclamé par la foule. Au comble de la fierté, je le regarde en sachant que ce soir marque le début de quelque chose entre nous. Je m'élance vers lui, mais à peine est-il sorti de voiture qu'il écarte ceux qui le félicitent et inspecte la carrosserie, dans une envolée de jurons. Miami arrive alors, au ralenti. Aussitôt, Dominic alpague le conducteur devant sa portière. Ce dernier descend de voiture, arborant un sourire qui me rend anxieuse. L'instant d'après, Dominic lui flanque un coup de poing. Envolé, le sourire.

— Oh, merde, souffle Alicia près de moi.

Sean déboule sur le côté et, à peine garé, se précipite vers Dominic. Tallahassee se pointe en dernier, le flanc de la voiture enfoncé, les roues voilées, de la fumée s'échappant du capot. Le conducteur descend, et avec un sourire de crocodile, regarde Dominic castagner Miami. Tous les fêtards font de même, y compris Sean, qui laisse passer plusieurs coups de poing avant d'aboyer à Dominic d'arrêter. C'est plus fort que moi. Je me rapproche pour écouter l'échange quand Miami intervient.

— Du calme, Dom, tonne Andre.

Son expression me fait peur. Ces hommes sont dangereux. Pourtant, sur le visage des participants, je lis de l'amusement. Ils sont de toute évidence devenus insensibles à ce genre de scène, ce qui m'effraie d'autant plus. Je n'ai jamais assisté à des éclats de violence. Non seulement ça, mais l'homme qui se livre à ces actes est le même qui, il y a moins d'une heure, m'a embrasée par de tendres caresses.

Malgré mon désarroi, un désir inconnu et charnel me saisit pendant que je le regarde démolir son adversaire. Après un dernier uppercut, le type de Miami s'effondre, atterrissant mollement à ses pieds.

Dom s'écarte. Tandis que son énergie déferle comme un raz-de-marée sur la foule, il s'adresse à tous ceux qui se trouvent à proximité :

— Si quelqu'un a une objection, je lui répondrai avec plaisir.

Sur un signe d'Andre, deux acolytes emportent le vaincu, en miettes. Dominic le suit d'un regard sans émotion.

— Tu me refais ça, t'es mort, aboie-t-il alors que le type expulse un crachat sanguinolent.

La main de Dom aussi est en sang, et je me fraie un passage dans la foule pour le rejoindre. Au moment où j'arrive à sa hauteur, Sean tente de l'apaiser.

— Respire, mec.

— Ce con me fait chier, rétorque Dominic avec une rage qui défie quiconque de le contrarier.

— Ils ont reçu le message, lui assure Sean.

Dominic lance un regard à Tallahassee, qui inspecte les dommages sur sa voiture.

— T'es indemne, gars ?

Le type acquiesce. J'en profite pour soulever la main de Dominic afin de l'examiner. Aussitôt, il fait volte-face, poing levé vers moi. Il laisse retomber son bras dès qu'il me reconnaît ; je me décompose à la vue de la fureur dans ses yeux.

— Je vais bien, déclare-t-il sur un ton sec.

Reculant, je me cogne contre le torse de Sean. Lequel me retient d'une main autour de ma taille.

— Laisse-le décompresser, bébé.

Il me serre contre lui, crispé. Du regard, je cherche Alicia dans la foule, mais elle a disparu.

— Partons, dit Sean en me tirant vers sa Nova.

Dominic se tient toujours là, haletant, le regard empreint d'une férocité effroyable, puis il part d'un pas raide.

— Il va bien, m'assure Sean avant de m'embarquer dans sa voiture.

Peu après, sur la route sombre, le calme règne, formant un étrange contraste avec l'ambiance du rassemblement.

Si je n'en avais pas été témoin, je n'aurais pas cru que ce genre de soirée puisse exister.

— T'es en pétard, remarque Sean dans une tension galopante.

En effet, je suis furieuse. Mais avec ces hommes, il est impossible d'appliquer à la lettre des limites rationnelles, tout en restant saine d'esprit. Si je dois choisir mes combats, toutefois, je ne céderai pas dans cette bataille. Ras le bol de leurs petits secrets.

— Primo, tu m'as lâchée dans une soirée où je ne connaissais personne.

— Je connais suffisamment ces gens pour savoir que tu ne craignais rien. Tu étais plus en sécurité là-bas qu'enfermée seule chez toi.

— Peu importe. Deuzio, tu as participé à une course, une course de voitures, en pleine nuit dans les montagnes.

Il me fait un grand sourire.

— Pardon, m'man.

— C'est dangereux et débile, putain ! Regarde ce qui vient d'arriver.

— J'aime que tu te fasses du souci pour moi.

— Ne me fais pas ton sourire aguicheur.

Son sourire s'accentuant, il jette un œil dans le rétroviseur.

— Troisièmement, c'était quoi ce cirque ? Et ne t'avise pas de sortir que c'était une fête. Sinon tu peux effacer mon numéro.

Le regard qu'il me lance est sans merci. J'ai réussi à l'irriter. Trop bien.

— Ça veut dire quoi, ça ?

— C'est ton explication.

Je concentre le regard sur le faisceau des phares, tandis que je fais le point intérieurement.

La règle du téléphone, rédhibitoire pour lui. La confidentialité. Les omissions et les demi-vérités. Les allusions voilées depuis le premier jour. Tout converge vers le rassemblement de ce soir, qui soulève plus de questions qu'il n'en a résolu. Cela ne me suffit pas.

— Explique-toi.

— Je viens de le faire.

— Tu sais forcément à quel point c'est exaspérant.

— Crois-moi, je le sais.

— Pourtant, tu me laisses dans le flou.

Il coule un regard vers moi.

— Laisse-moi deviner. Tu as questionné plusieurs personnes sans obtenir de réponses.

— Comment le sais-tu ?

— Parce que c'est comme ça que ça fonctionne.

— C'est donc ça… une sorte de société secrète ? Du genre francs-maçons ou je ne sais quoi ?

Il ne répond pas.

— Ramène-moi à la maison.

Il a un petit rire.

— C'est ce que je fais.

— Ensuite, tu peux oublier mon numéro.

Son sourire s'efface, ses mains se crispent sur le volant.

— Si c'est ce que tu veux.

— Je veux la putain de vérité !

— Je te la donne, dit-il calmement. Sauf que tu n'aimes pas ce que tu entends.

— Parce que ça n'a aucun sens !

— Ce que je dis est parfaitement sensé.

Une minute ou deux de silence suivent.

— Peux-tu garder un secret ? reprend-il.

— Bien sûr.

— Tu as répondu trop vite, rétorque-t-il. Vraiment garder un secret, en es-tu capable ? Détiens-tu des secrets que tu emporteras dans la tombe, que tu ne confieras à personne pour rien au monde ?

— Quelques-uns, oui.

— Et comment t'y prends-tu ?

— Je n'en parle pas. Je n'y pense pas. Je fais comme si ce n'était jamais arrivé.

— Précisément. Je ne peux pas te révéler les détails d'une histoire qui n'existe pas. Je ne peux pas te parler des règles, des détails ou des dates de ce qui ne s'est jamais produit.

— Donc, tous les gens présents ce soir… ?

— Savent garder un secret. Rien dans cette soirée, aucune des personnes présentes, ne peut te dire qui était là, ou ce qui s'est déroulé parce que ça n'est jamais arrivé.

Il retombe dans un long silence, et je sais qu'il cherche les mots appropriés.

— Les francs-maçons ont des murs. Nous, ce sont des arbres. Alors quand tu m'as demandé à quoi tu as assisté, je t'ai dit la vérité. C'était une soirée. Quand tu demandes ce que nous faisons, la réponse est : « Rien. »

— À moins que je ne sois mise dans le secret. Et même dans ce cas, rien ne s'est jamais passé ?

Sa réponse se borne au silence, que je commence à interpréter comme un aveu.

— Alors pourquoi me montrer ça ? Pourquoi ne pas me laisser dans l'ignorance comme le reste du monde ?

— Parce que tu es avec moi.

Simple. Efficace. Et si je veux être avec lui, je dois être disposée à être tenue au secret. Il me lance un coup d'œil.

— Il faut que ce soit ta décision maintenant.

— Et si je ne souhaite pas être mise dans le secret ?

— Pas le choix ce soir, dit-il en mettant la gomme.

Comme il surveille de nouveau le rétroviseur, je me retourne et aperçois des gyrophares sortant d'un chemin latéral, qui tournent dans notre direction.

— Accroche-toi, me prévient-il.

— T'es pas sérieux ? Tu vas t'arrêter, j'espère ?

— Hors de question, bébé. Peux pas me permettre une suspension de permis.

Oh, putain, non.

Un téléphone sonne dans sa poche. Quand il s'en empare, je remarque que ce n'est pas le sien. Il répond sans un regard pour moi.

— Ouaip, quelqu'un a dû les avertir… je pense. Vaut mieux se disperser. Je fais diversion avec celle-là.

Sean accélère encore et mes yeux s'écarquillent. Derrière nous, la distance se creuse avec les lumières bleues et rouges. Il est en train de les semer, mais chaque muscle de mon corps se met en alerte.

— Nous fuyons la police. Tu en as conscience ?

Je m'enfonce dans mon siège, pendant que Sean, focalisé sur sa conduite, m'ignore totalement.

— Sean, ça ne m'amuse pas du tout !

— Pour la dernière fois, Cecelia, dit-il sans nervosité. Es-tu. Capable. De. Garder. Un. Secret ?

Pétrifiée, je me débats avec la réponse à cette question.

— Oui.

Il ralentit, rétrograde et fait une embardée. Je hurle, ferme subitement les yeux, alors que nous bifurquons sur une route gravillonnée. Quand je rouvre les yeux, je m'attends à voir la mort en face. Or, je ne vois rien parce que Sean a coupé ses phares et que la lune est notre unique source de lumière.

Je suis à un cheveu de me faire pipi dessus lorsque Sean écrase l'accélérateur. C'est pendant que les pneus crissent sous nous et que le vent silencieux s'infiltre dans l'habitacle que je percute. Les hommes avec qui j'ai passé ma soirée sont exactement le genre de personnes contre lequel ma mère me mettrait en garde, et que mon père est supposé accueillir au portail avec un fusil de chasse.

Depuis le premier jour, ils m'ont prévenue avec plus ou moins de subtilité de garder mes distances. Tous les deux, ainsi que ceux qui les connaissent, m'ont avertie. Et dès le premier jour, je n'ai rien fait d'autre que marcher droit dans la ligne de mire. Toute rumeur recèle une partie de vérité. Mais ça ? C'est l'antithèse de ce que j'attendais. Et c'est dans l'obscurité que je vois la lumière. Depuis un mois et demi, je traîne avec des bandits bourrés de secrets, et la vérité me tombe dessus tels les feux de l'enfer.

— Jeremy ne plaisantait pas quand il a évoqué un cambriolage. Pas vrai ?

Silence.

Sean prend un autre virage à toute vitesse, et j'ignore comment il y parvient étant donné que je vois à peine plus loin que le bout du capot. Son petit regard en coin confirme mes soupçons.

— Tu passes tout ton temps libre à transgresser des limites invisibles, dis-je avec l'aplomb de celle qui connaît la vérité telle qu'elle est. Bordel, Sean. Combien de secrets as-tu ?

Un tournant suivi d'un dérapage. Il coupe le moteur, et nous restons sous le couvert d'un bouquet d'arbres, sans rien dire. Je pivote sur mon siège. Aucune lumière bleutée en vue. Je n'ai jamais été sujette aux crises d'angoisse, mais ce que je ressens en ce moment s'en approche sensiblement.

— T'inquiète, bébé, nous les avons semés. Nous avions trop d'avance. Ils n'ont même pas eu le temps d'identifier la marque de la voiture. Nous sommes en sécurité.

— En sécurité ? je répète en m'efforçant de calmer ma respiration haletante. Je crois pas.

Il m'examine, tandis que je réunis et analyse tous les indices qui se sont accumulés ces dernières semaines.

— Je ne m'attendais pas à ça. Je savais qu'il se tramait quelque chose, mais ça ? Tyler est un marine de l'armée américaine, et il trempe dans ces histoires ?

Il hoche la tête.

— Commettez-vous des délits, Sean ?

Pensif, il se mord la lèvre. D'un regard mauvais, je montre le téléphone sur ses cuisses.

— Ce n'est pas le tien.

— Eh non.

D'un geste expert, il extrait la carte SIM et la casse en deux.

— Donc vous êtes tous des hors-la-loi ou quelque chose comme ça ?

— Quelque chose comme ça.

— Tous ?

— Tous ceux qui portent le tatouage du corbeau ont été invités. Et ceux-là savent garder le secret. Sinon… ils ne sont pas les bienvenus. Et on les reverra plus.

— Je ne te connais pas du tout, en fait…, je souffle, incrédule.

— Tu me connais, affirme-t-il en se rapprochant.

Je me recule dans un sursaut. Blessé d'avoir été rejeté, il a le regard qui se voile, puis il pousse un juron avant de se retourner vers moi.

— Tu me connais, dit-il avec une douceur qui m'émeut aux larmes. Tu connais ma façon de penser et mon cœur.

Tu me connais. J'ai fait le nécessaire pour cela. Mais ça, c'est mon monde, notre monde, et si tu veux en faire partie, tu dois là encore prendre une décision.

La voix de Sean m'arrache à mes pensées.

— Je vois bien que je t'ai complètement chamboulée, et pas de la bonne façon.

À son ton chargé de remords, je sais qu'il voit le combat qui fait rage en moi. Son explication m'a mise dans une situation dangereuse, même s'il laisse la porte grande ouverte pour me permettre de m'échapper. Seul hic, je ne suis même pas fichue d'en regarder le seuil, car cela implique de perdre Sean. Ne rien savoir de la fête est mon échappatoire. Je peux partir maintenant, sans rien devoir. À peine au courant de leur existence, totalement irréprochable.

Il passe une phalange sur mon menton tremblotant, et relevant les yeux, je m'aperçois que nous nous trouvons dans l'allée devant chez lui. Absorbée dans mes pensées, je n'ai rien vu des derniers kilomètres.

— Je pensais que tu me ramenais à la maison.

— Je n'ai pas précisé quelle maison.

— Tu es un excellent menteur.

— Tu es une piètre menteuse. Et tu n'as pas réellement envie de rentrer chez toi.

Quand il tente une nouvelle fois de me toucher, je me dérobe, de peur de céder au tourment. Pour l'instant, je touche du bout du pied une limite dangereuse d'une sorte de monde parallèle.

— Cecelia, j'ai essayé de t'y préparer avec le plus de douceur possible. Il fallait que je puisse te faire confiance.

— Je ne sais toujours rien.

— Et cela te protège de toute implication et de toute répercussion. Mais la décision que tu vas prendre maintenant fera pencher la balance.

Après un instant, la mâchoire crispée, il me regarde.

— J'ai beaucoup à perdre moi aussi.

Lorsqu'il tourne les yeux vers la vitre, je jure que je l'entends murmurer : « Si ce n'est plus. »

— Tu deviendrais dingue à force d'essayer de comprendre, marmonne-t-il finalement d'un ton las. Tout ce que nous faisons, c'est pour une bonne raison. Si tu choisis de rester, la plupart de tes questions trouveront une réponse avec le temps. Mais tout le monde à la soirée doit mériter sa place. Sans exception.

— Je peux te poser une question ?

— Pas ce soir. Et pas avant que tu aies pris ta décision. Même après, je ne te garantis pas d'y répondre. Viens, allons dormir.

Il coupe le contact et descend de voiture. Je le suis sans un mot dans son pavillon, puis dans l'escalier qui mène à sa chambre. Tout a changé, chaque partie de mon implication. Je dois choisir entre participer à la suite, quelle qu'elle soit, ou renoncer à lui. Le poids de la décision écrase mon cœur.

La porte refermée, il ôte son tee-shirt et ses boots. Vidée de toute énergie par la chute d'adrénaline, je n'ai plus la force de me battre, pas plus que lui. Il déboutonne son jean, l'abaisse en même temps que son boxer. De le voir nu, l'envie de le toucher me démange et mon pouls s'emballe, mais au fond de moi, je ne ressens que de l'effroi.

Plus qu'à deux doigts de tomber amoureuse de lui, le quitter me briserait le cœur. Il me scrute comme s'il lisait dans mes pensées. Il se dirige vers sa salle de bains au bout du couloir, laissant la porte ouverte avant de faire couler le jet de la douche.

Une invitation.

Une énième décision.

Je lui emboîte le pas, ferme la porte et, nue comme un ver, le rejoins sous l'eau. Il m'attire contre lui, m'embrasse de longues minutes. De retour dans sa chambre, nous nous séchons en silence. J'enfile l'un de ses tee-shirts avant de me glisser dans le lit, et entre ses bras qui n'attendent que moi.

— Essaie de comprendre… il n'y a pas d'alternative possible, murmure-t-il dans mon cou.

Il bande, mais il ne tente rien, se contentant de me garder fermement blottie contre lui. Enveloppée par son odeur, je me sens faiblir.

Je devrais me sentir trahie. Le fait est que je comprends le pourquoi du comment il m'a fait découvrir le groupe. Et à présent, je comprends aussi que si je décide de rester, il me faudra apprendre à mentir, et que si je ne suis pas capable de garder un secret, le prix à payer sera beaucoup plus élevé qu'un cœur brisé.

Chapitre 29

À côté de moi, Sean dort. Il a succombé au sommeil deux minutes après s'être allongé. Je reste étendue entre ses bras, agitée par un tourbillon de pensées.

Cela pourrait me coûter mon avenir.

Un faux pas, et être mêlée à l'une de leurs affaires douteuses pourrait me coûter ma vie.

Fréquenter leur groupe en vaut-il la peine ?

Quel genre d'avenir pouvons-nous espérer ?

Il ne s'agit pas d'une phase qu'ils dépasseront un jour, c'est leur mode de vie. Leur but. Est-ce que je veux m'y menotter par une relation qui ne durera peut-être pas ?

C'est de la folie pure, cette décision, ce choix. Un choix que je n'aurais jamais imaginé affronter un jour.

Il va à l'encontre de l'ordre naturel des choses. C'est une vie sans espoir de normalité.

En mon for intérieur, je savais. Je savais que quelque chose était louche et même ouvertement risqué. Je n'avais simplement pas saisi l'ampleur des risques. Naïvement, j'avais supposé que cela ne m'affecterait pas.

Plus je m'éprends, plus je m'empêtre. Et si je ne fais pas attention, si je ne romps pas les liens, je serai enchaînée au groupe par de nouveaux secrets.

En tout cas, je suis censée partir. Dans un an, je pars. C'est sans appel. Je ne ferai pas une croix sur la fac. Pour personne je ne laisserai passer ma chance de décrocher un diplôme.

Que peut-il se produire en l'espace d'un an ?

Les mots de Tyler, le jour où j'ai fait sa connaissance, me reviennent en tête : « On ne sait jamais de quoi la journée sera faite. En particulier par ici. »

— C'est tellement vrai, je murmure dans les cheveux de Sean.

J'ai besoin de repos. Et j'espère que la nuit me portera conseil. Je ne suis pas obligée de me décider aujourd'hui. Je peux prendre mes distances le temps d'être sûre de mon choix. Je peux le faire.

Menteuse.

Je passe les doigts dans les cheveux de Sean. Ses grognements ravis, dans son sommeil, me font sourire.

Puisque Morphée ne cesse de se dérober, je m'extirpe du lit et repousse les couvertures quand j'entends une voiture se garer devant la maison. Je descends l'escalier à pas de loup. Dominic, assis à la table de la cuisine, bataille pour déchirer un emballage en plastique, une bière décapsulée à côté.

— Tu as la main cassée ?

Je soulève la compresse pour examiner ses blessures. Son poignet et sa main ont doublé de volume.

— Ouille, tu as peut-être une fracture.

— Je peux plier la main.

— Ça va ?

— Soirée de merde.

Il avale une rasade de bière.

— Où est Tyler ? dis-je en préparant un bandage.

— Souffrant.

— S'est-il passé autre chose ?

— Rien de spécial. La routine.

— Juste une fête, c'est ça ?

Je peux sentir ses yeux sur moi pendant que je déroule soigneusement le tissu sur sa peau.

— Dis-moi si je serre trop.

— Pourquoi nous suis-tu là-dedans ?

Je marque une pause, relevant les yeux vers les profondeurs argentées qui menacent de m'entraîner vers le fond, avant de les détourner. Cette décision, je dois absolument la prendre quand ils ne sont pas dans les parages. Avec ces deux distractions en face de moi, il me sera trop difficile de dire stop.

— Je n'ai encore rien décidé.

— Je ne pensais pas que tu étais ce genre de personne.

— Je ne le suis pas. C'est tout aussi surprenant pour moi, si tu veux la vérité.

— Toujours.

Il esquisse un sourire en coin, pendant que je bande sa main et son poignet.

— Dixit le menteur invétéré.

— Certaines personnes sont incapables d'encaisser la vérité. Vaut mieux les laisser compter les moutons.

— Toujours aussi cryptique.

— T'es assez futée pour faire la différence entre la vérité et la fiction.

Mes mains se figent.

— Après ce soir, je ne sais plus trop. Mais c'est un compliment précieux, venant de toi.

— Je ne laisse pas mes bijoux de famille interférer dans mon jugement.

Nous nous fixons du regard de longues secondes, tandis que je revois mes conclusions. Ils ont tous les deux pris la décision de me faire découvrir le rassemblement. Ensemble. Cela n'a rien à voir avec notre relation sexuelle. À cette pensée, les sentiments qui s'éveillent en moi m'allègent le cœur.

— Tu peux avoir confiance en moi, dis-je en fixant l'agrafe sur le bandage.

— Tu me demandes beaucoup.

— Garder vos secrets, c'est aussi demander beaucoup.

— Tu ne connais pas mes secrets.

— Je sais ce que je pense savoir, et ça me suffit amplement.

— Et que penses-tu savoir ?

Ces dernières heures d'insomnie, j'ai fait le tri dans les petites leçons que Sean m'a subtilement enseignées en six semaines. Il a incorporé les croyances du « club » à la phase de séduction, et cela d'une manière hyper efficace, en me nourrissant à la cuillère jusqu'à ce que j'assimile ce qu'ils représentent en tant que collectif, sans pour autant le proclamer.

— Que tu es en haut de l'échelle dans une organisation de marginaux, qui commettent des méfaits dans le but de faire le bien.

Qu'il réponde par le silence ne me surprend pas du tout.

— Et maintenant ?

Il prête à ma question une signification sans lien avec la découverte de ce soir.

— Je ne suis pas Sean.

— C'est-à-dire ?

— Les papotages, très peu pour moi. Mais une douche me ferait pas de mal, ajoute-t-il.

Dois-je y voir un sous-entendu ? Avec sa main blessée, il a besoin d'aide pour se déshabiller. Toutefois, je ne souhaite pas aller plus loin tant que je n'aurai pas pris ma décision.

Il se lève et, maladroitement, attrape une bière dans le frigo. Après avoir fait sauter la capsule contre le bord du plan de travail, il la siffle comme si c'était de l'eau avant de se diriger vers l'escalier. Je le suis d'un pas timide.

Dans sa chambre, je regarde autour de moi, profitant de cet aperçu sur son monde. Des centaines de livres encombrent les étagères, de part et d'autre de sa station spatiale. À côté, trois ordinateurs portables sont en charge sur une petite table.

Le grognement de douleur qui résonne dans la pièce voisine me dissuade de continuer à satisfaire ma curiosité. Je le retrouve dans la salle de bains, où il se déchausse en poussant le talon de sa boots avec ses orteils. Il se penche pour arracher sa chaussette et manque de perdre l'équilibre. Sa bouteille de bière tinte contre le lavabo alors qu'il se rattrape. Je ris, stabilisant ses hanches entre mes mains. Grâce à nos efforts combinés, il parvient à tenir debout. Le regard vitreux, il m'offre son sourire lascif.

— C'est con, ma main gauche a sérieusement besoin de la droite.

— L'alcool n'aide pas trop. Nous aurions dû appliquer de la glace avant de faire le bandage.

Je le libère de la deuxième chaussette.

— Ça peut attendre demain matin.

— Vaudrait mieux pas.

— Cecelia, me supplie-t-il dans un souffle.

Et je cède. Aussi exténuée que lui, j'aimerais tant que mon esprit me laisse dormir.

Me plaçant derrière lui, je dégrafe son jean skinny et l'abaisse sur ses cuisses musclées, ainsi que son caleçon, avant de soulever son tee-shirt. Sous son regard, j'ouvre les robinets de la douche, ma main sous le jet. Son bras valide s'enroule autour de moi, et il me caresse le ventre, sous mon tee-shirt.

— Merci, je vais me débrouiller, si tu veux me laisser.

En réaction à sa caresse, j'ôte mon tee-shirt. C'est la première fois que nous nous retrouvons seuls et nus depuis que nous avons couché ensemble, et je ne peux pas détacher mon regard de lui ni lui de moi. Pourtant, il le faut. Alors je lui tourne le dos, ma tête dans le creux de son épaule. Quand l'eau atteint la bonne température, nous nous glissons sous le jet. J'oriente le pommeau de la douche sur lui, dans la mesure où j'ai déjà pris ma douche…

Avec un autre homme. Son coloc et meilleur ami.

Cela ne peut pas bien se terminer. À moins que je ne croie Sean – que je ne les croie tous les deux. Ça mouline trop dans ma tête, et je décide d'enfermer mes réflexions dans un sac avec mes questions sur la soirée. À la place, je savonne Dominic de la tête aux pieds avec son éponge végétale. Par des gestes lents, je commence par le torse et descends, incapable d'éviter les frémissements instantanés de son sexe. J'ai des palpitations dans le bas-ventre au souvenir de notre interlude dans sa Camaro, de mon mamelon dans sa bouche, de sa tête sur moi qui m'accroche à lui.

— Sean était le troisième, je confie en le regardant avec insistance. Cela fait de toi le quatrième. Avant vous deux, j'ai connu deux relations distinctes et monogames.

Au risque de te paraître barbante… Bref, je n'avais jamais rien fait de ce genre. Je ne m'étais jamais retrouvée dans cette situation. Je suis plutôt exclusive.

Silence. Ce salopard ne compte pas me faciliter la tâche.

— Je sais que ça peut sembler hypocrite, mais si tu couches avec d'autres filles, je ne peux pas… Je ne pense pas pouvoir faire ça.

Il me regarde sans dire un mot, sans faire un geste. Pour ma part, j'évite soigneusement son érection et lave ses cuisses fermes. Il tient en l'air sa main blessée, pendant que je tourne autour de lui avec le jet. Je finis par oser le regarder à travers la vapeur d'eau. Toute trace de son sourire s'est dissipée au profit d'une attention totale. Je me redresse et, inclinant sa tête en arrière, je trempe ses cheveux onyx. Avec l'eau qui tombe en cascade sur son corps, il est la tentation personnifiée. L'envie de le goûter est pour le moins irrésistible. Je verse du shampooing dans ma main tremblante et l'étale sur son cuir chevelu, sentant son souffle sur ma poitrine. C'est une torture de me tenir si près de lui et de devoir me raccrocher à ce qui me reste de mes principes.

Une fois qu'il est propre, je sors de la cabine de douche et me sèche avant lui. Quand je l'ai essuyé, je ne m'embête pas à chercher un caleçon – je sais dans quelle tenue il dort. Le couvant à l'excès, je presse du dentifrice sur sa brosse à dents. Même s'il lève les yeux au ciel, il la prend pendant que je me rince avec son bain de bouche.

Dès qu'il se couche, j'appuie mes lèvres sur son front même si je sais qu'il n'appréciera pas. De fait, il esquive mon geste tout maternel avec un regard en biais.

Incapable de me retenir de rire, je lui chatouille le nez avec mes cheveux mouillés pour le faire enrager. Quand je me dresse au-dessus de lui, je vois ses lèvres frémir avant qu'il attire ma bouche sur la sienne. Son baiser ardent ravive mon désir. Tandis que je laisse échapper un gémissement, il me baise littéralement avec sa langue, avant de s'écarter et de tapoter l'oreiller sous sa tête.

— As-tu besoin que je reste ?

— Je ne suis pas Sean.

— Si tu as besoin de moi, tu sais où me trouver.

Un brin vexée qu'il m'ait congédiée, je retourne dans la chambre au bout du couloir. Sean se décale dans le lit et soulève les draps pour me faire une place.

— Il va bien ?

— Ça va.

Il m'accueille entre ses bras, et en quelques minutes, mes rêves me rattrapent.

Chapitre 30

Sean est parti randonner, et j'ai décidé de rester veiller sur Dominic. Il a passé toute la matinée dans sa chambre. Je sais qu'il a mal. Après des heures à attendre en vain qu'il descende, je monte avec mon arsenal et toque à sa porte.

— Ouais ? répond-il.

J'entrouvre juste assez pour présenter une tasse de café.

— Café noir, dis-je.

Comme il la prend, je pousse une assiette vers lui.

— Œufs brouillés. Petits pois surgelés.

Enfin, j'agite ma main à l'intérieur.

— Femme ?

Je laisse ma question et ma main en suspens.

— Femme ?

Avec un petit rire, il m'attire dans sa chambre, puis sur ses genoux. Assis à son bureau, il place assiette et café à côté du clavier. Sa main valide parcourt mon dos et s'égare sous mes cheveux pendant que j'applique le sachet de petits pois sur son poignet. Il grimace.

— Douloureux ?

— Horrible.

Son humeur s'est grandement améliorée depuis hier soir, ce dont je suis heureuse.

— Tu l'as pas volé. Pourquoi t'as pété un câble ?

— J'ai un sale caractère.

— Noooon, sans blague.

— Oui bah, ce connard a failli tuer Sean.

— Alors je suis contente que tu lui aies fracassé la mâchoire.

Dans le silence tendu qui suit, je me sens soudain embarrassée.

— Je voulais juste prendre des nouvelles.

Je fais mine de me lever, mais il me retient. Il me cale sur ses genoux, avant d'attraper sa fourchette. Submergée par son odeur de frais, je reste prisonnière de ses bras.

D'un regard circulaire, je découvre sa chambre à la lumière du jour. Sa bibliothèque occupe tout un pan de mur.

— Si je comprends bien, la lecture fait partie de tes passe-temps ?

— On peut le dire.

— Moi aussi. Tous les deux, vous êtes pleins de surprises.

— Pourquoi ? Tu nous prenais pour des analphabètes avec un casier judiciaire d'un kilomètre ?

— C'est réducteur et… pas faux.

Les suppositions des crédules dans mon genre sont ce qui leur permet de se cacher au grand jour. Tout au plus, ils passent pour de jeunes délinquants, ce qui n'est que partiellement vrai. Les gens pensent ce qu'ils veulent. Pour leur part, les garçons ne contestent pas leur réputation parce qu'elle leur sert de couverture.

— Je t'imagine mal sur un campus. Aimais-tu vivre à Boston ?

— Ça allait.

Il trempe son toast dans le jaune d'œuf et mord dedans. Pendant qu'il engloutit les œufs, je jette un regard par-dessus mon épaule.

— C'est bon ?

Il hoche la tête.

— Merci.

— Pas de quoi. Que fais-tu ? dis-je en regardant son écran.

— Je mange.

Je lève les yeux au ciel.

— Y a pas moyen d'obtenir une réponse claire.

— Tu t'y feras.

Il pousse son assiette vide à l'écart et remue sa souris. L'écran qui sort du mode veille révèle des lignes de code.

— On se croirait dans *Matrix*. C'est quoi ?

— Ça dépend de la couleur de la pilule que tu choisiras.

Il continue de fixer l'écran. Noir pour l'essentiel. Sans liens ni rien. Juste une série de nombres, des algorithmes que lui semble lire aisément.

— C'est une porte de derrière, dit-il en déplaçant sa souris.

— Une porte de derrière ?

— Pour aller là où je veux.

— Le *dark web* ?

Son rictus suggère que je me plante royalement.

— C'est mon web.

— Donc tu es le cerveau ?

— Ne m'attribue pas tous les mérites.

Un silence exaspérant s'ensuit. Il sait que je ne comprends rien à ce que je vois, et cela garantit que je ne révélerai pas son secret.

Je passe les mains dans son cou et sur ses épaules athlétiques. Il porte un pantalon de survêt sans rien d'autre, ce qui me laisse toute liberté de le toucher. C'est précisément ce que je fais, caressant sa peau soyeuse, ses muscles et sa silhouette sculpturale. Malgré son sexe qui se raffermit sous ma cuisse, il préfère cliquer en rafales. Puis il m'oriente face à l'écran et me demande de taper sur le clavier. Après ma douche, j'ai préféré ne pas remettre mon string de la veille. De ce fait, tout ce qui nous sépare est son jogging. Autant dire rien. Incapable de faire abstraction de l'électricité qui se propage dans mes veines, j'inspire péniblement. Son murmure autoritaire fait se dresser mes seins. Tel un chef d'orchestre, il me dirige comme une symphonie jusqu'à ce qu'il soit satisfait. Le ballet se poursuit une petite heure, son corps sensible à mes caresses volées. Mais il reste concentré sur la tâche, pendant que je suis sur des charbons ardents. Au cours de ce laps de temps, je passe d'humide à trempée, mon regard s'échappant à l'occasion pour admirer ses cils sombres et la perfection du reste de son visage. Ne pas le toucher, c'est trop me demander. Pourtant, dès que je me déconcentre, il me rappelle à l'ordre d'un coup de coude. Et mes doigts continuent d'obtempérer alors même que je tremble d'un besoin impérieux. À la fin, je suis sens dessus dessous, sans défense.

— Bien. Merci.

— De rien.

Je me suis redressée plusieurs fois afin de ne pas trop peser sur lui, mais à présent, il est sûrement las de faire office de chaise. Et à ce stade, je crains de m'être répandue sur ses cuisses. Lentement, je me prépare à me lever quand il enfouit son nez dans mes cheveux, me soudant à lui. Je respire bruyamment. Enfin, il agit en conséquence du renflement dans son pantalon et du courant qui grésille entre nous. Dans un élan désespéré de me tenir à ma résolution, je fais mine de parler, mais il me devance.

— Non.

Je tourne la tête, savoure le désir charnel qu'il éprouve pour moi et je sais que ce « non » s'applique à mes questions de la veille. Nos regards rivés l'un à l'autre, il serre ma taille un peu plus fort.

— Je sais ce que je tiens, je connais sa valeur, murmure-t-il, et ses mots sont tellement intimes qu'un instant je pense avoir rêvé. Je ne suis pas un ado qui a sa première érection. Et même plus jeune, je n'ai jamais essayé de faire mes preuves avec ma trique en guise de point d'exclamation. Je t'ai dit tout ce que tu avais besoin de savoir hier soir. La décision t'appartient, Cecelia. Ne me fais pas décider à ta place.

Abasourdie, je cligne des yeux, plusieurs fois. Soudain, il empoigne ma nuque et m'embrasse.

Profondément.

À tel point que je manque de souffle, de bon sens, pendant qu'il prend tant et plus, et que je m'ouvre pour lui, les membres en coton. Dans son baiser, je perds une partie de moi-même. Ses mots me font léviter, sa langue m'invitant à partager ce moment avec lui. Nos bouches fusionnées, il soulève mon tee-shirt, cessant de m'embrasser juste le temps de me dénuder. Aussitôt, ses lèvres reviennent capturer mon gémissement. Grisée par l'intensité de notre baiser, je m'alanguis contre lui. Mon corps fondu dans le sien, il mène la cadence avec sa langue.

Bercée, entourée, ma poitrine se soulevant au rythme de la sienne, nous dérivons vers les eaux profondes.

Ses lèvres s'égarent dans mon cou, et ses dents me mordillent quand il me soulève et abaisse son pantalon. À l'instant où je l'agrippe, son grognement percute le fond de ma gorge, et je le presse de la base à son gland congestionné. Il va et vient dans ma main, et la sienne plonge entre nous pour aller chercher la preuve de mon désir. La paume sur mon clitoris, il enfonce l'index en moi. Je cesse de l'embrasser pour laisser échapper un violent gémissement, sous l'emprise de ses doigts. Ma tête retombe en arrière, dans le creux de son cou. Nous nous excitons mutuellement et, au comble du désir, il s'écarte.

— Tiroir de la table de chevet, ordonne-t-il d'une voix crispée.

Aussitôt, j'attrape une capote dans la boîte et m'agenouille devant son fauteuil. Les yeux levés vers lui, je le serre dans ma main et le prends dans ma bouche. Ses hanches tressaillent à mon contact.

— Putain, dit-il entre ses dents serrées.

Je creuse les joues et resserre les lèvres autour de son érection, avant de l'aspirer dans le fond de ma gorge.

Ses doigts parcourent mes lèvres étirées pendant que je le suce entièrement. Ivre de désir, je le libère de ma bouche dans un bruit sec et déroule le latex sur lui. Dès que je me remets debout, il me fait pivoter et pétrit mes fesses en m'écartant. Ses doigts plongent pour me préparer à lui. Alors qu'il se positionne, je cramponne les accoudoirs de son fauteuil derrière moi. Et je m'enfonce lentement sur lui, l'angle et l'intrusion m'étirant au mieux.

Sitôt assise sur lui, je pousse un cri muet en même temps que son grognement éclate dans ma nuque. Il nous repousse du bureau, ses jambes nous rivant au sol, pour nous faire basculer contre le dossier. Je suis presque couchée sur lui, à présent. Sous ses poussées, je me mets à onduler. Hors d'haleine, je crie son nom.

— Toi, dit-il le souffle court.

Ce seul mot exprime un ravissement qui me comble.

Sa main valide parcourt ma poitrine, presse mon sein, avant de redescendre au point de connexion. Ses caresses sont méthodiques, lentes, accomplies. Les sensations inouïes qu'il me procure exacerbent la béatitude provoquée par son aveu. Ça ne peut pas être Dominic.

Pourtant, si.

C'est lui.

Le corps tendu, mes orteils se recroquevillent dans le vide chaque fois qu'il replonge en moi. Le sentir sous moi me bouleverse, alors qu'il me baise avec douceur, mon corps allant et venant sur son torse. Mes hanches se portent à sa rencontre jusqu'à ce que nous soyons tous deux saisis du même besoin d'aller au-delà. Il s'engouffre plus profond, son doigt pétrissant mon clitoris trempé. Nous nous excitons à l'unisson, nos respirations le seul son retentissant dans la pièce. Pour renforcer l'étirement produit par son sexe, il introduit son index. Je frémis.

— Dom… Mon Dieu.

Il me mord l'épaule, et je tremble de partout. À peine a-t-il soulevé le bassin que je plonge dans l'extase, ainsi encouragée à prolonger la vague de plaisir euphorique. Après coup, je suis tentée de m'avachir, mais je le sens haleter à mon oreille. De le sentir, je roule des hanches, ma main sur la base de son érection.

— Bordel, grommelle-t-il en nous soutenant au-dessus de la chaise.

Un deuxième soubresaut, son souffle dans ma nuque, et il s'abandonne.

Hébétée, je tourne la tête et ses lèvres s'écrasent sur ma tempe mouillée, un voile de sueur nous recouvrant tous deux. Quand nous nous séparons, assouvis, nous continuons de nous regarder, sans un mot. Puis le franc sourire qui naît sur ses lèvres avec une infinie lenteur me fait chavirer. C'est le premier sourire authentique qu'il m'adresse. Celui-là, je le grave dans ma mémoire en sachant qu'il ne s'effacera jamais.

Dans la salle de bains, je mouille une serviette sous l'eau chaude et le rejoins au moment où il jette la capote. Avec la serviette que je lui tends, il se nettoie les cuisses avant de remonter son pantalon. Faute de savoir comment me comporter après le sexe avec Dominic, je me prépare à une dose de cruauté, à ce qu'il m'éjecte sans ménagement. À ma grande surprise, il glisse la main sur ma nuque et, me ramenant contre lui, il m'embrasse. Non pas un baiser bref, mais il garde longuement nos lèvres soudées, et je l'embrasse avidement en retour. Nous restons au milieu de sa chambre comme si nous rejouions notre premier baiser, celui de la découverte. Ayant l'avantage de disposer de mes deux mains, je les laisse descendre sur son torse, vers son pantalon renflé. Son sourire s'évapore, ses paupières alourdies par le désir.

— Grimpe sur le lit.

Chapitre 31

Adossé à la tête de lit, Dominic tourne une page de son livre. Pour ma part, couchée en travers du matelas, je promène un doigt sur la ligne de poils qui relie ses abdos à son pubis. Je note le titre : *1984*, de George Orwell. Je n'ai pas bougé depuis une dizaine de minutes, étant donné qu'il m'ignore sans vergogne depuis que je suis sortie de la douche. La tempête qui fait rage dehors plonge la chambre dans la pénombre. Au son de l'averse qui martèle le toit, il tourne la page suivante. Les seules sources de lumière sont l'écran de veille de son ordinateur et une petite lampe de chevet.

— Tu comptes lire toute la journée ?

— Ouaip, dit-il, un sourire affleurant ses lèvres.

— Bon, bah, j'ai mieux à faire de mon temps.

Je fais mine de me lever, mais sa main glisse dans mon dos et se pose au creux de mes reins. Mes yeux se ferment au souvenir de ces dernières heures à sa merci. J'en reste quelque peu endolorie. Pire que ça. Il m'a tellement épuisée que l'expression « petite mort » a pris tout son sens. Mon sentiment de bien-être dégringole à la pensée de Sean. En l'espace d'une seconde, la culpabilité me paralyse. Je ne conçois pas qu'il puisse approuver tout ça. Ni Dom, d'ailleurs. De mon côté, jamais je ne supporterais d'inverser les rôles, à savoir les partager avec une autre. Mais Sean n'est pas là, et je ne sais pas si c'est ce qui explique que je prenne autant de libertés avec Dominic. J'ai beau me remémorer ses paroles, après l'épisode sur le radeau, rien ne m'apaise.

— Il ne t'en veut pas, me lance Dominic derrière son roman. Il ne t'en voudra pas. Et tu n'as rien de mieux à faire.

Le vent fouette les vitres de toute la maison.

— Il n'est pas rentré de sa rando. Ça fait des heures, sous l'orage. Tu crois qu'il est à l'abri ?

Dominic, qui décidément lit à la vitesse de la lumière, tourne une page.

— C'est grossier, tu sais, d'ignorer une question.

— C'est une question idiote. Je ne réponds pas aux questions idiotes.

— Tu es d'une vacherie rare.

Un sourire suffisant.

— N'empêche que tu as du mal à t'empêcher de coucher avec moi.

— Il faut être deux pour ça.

Je fais courir mon doigt sur l'élastique de son pantalon. Apparemment, il estime inapproprié de lire tout nu.

— Pourquoi me détestais-tu ?

Son regard dérive de la page à moi.

— Qui a dit que ce n'est plus le cas ?

— Moi.

Je m'assieds sur lui, lui confisque son livre et le jette derrière moi. Ses yeux s'arrondissent d'agacement, tandis que je me dresse au-dessus de lui. Mes mains sur ses épaules le clouent au lit.

— Si pour toi, c'est ce qui se rapproche le plus d'un rencard, le moins que tu puisses faire, c'est papoter avec moi.

— Un rencard, ricane-t-il. Tu t'es trompée de crèmerie.

— Je sais, je sais. Tu n'es pas Sean.

— Non.

— Alors dis-moi qui tu es.

— Tu sais qui je suis.

— Un geek introverti, qui a d'horribles manières et d'excellents goûts musicaux. C'était toi, le DJ à la fête dont tu m'as virée ?

Il acquiesce.

— Je travaillais.

— Jusqu'à ce que tu me voies ?

Petit hochement de tête.

— As-tu déjà eu une copine ?

— Plus jeune, quand je pensais que tremper ma nouille était la seconde venue du Christ.

— As-tu déjà été amoureux ?

Silence.

— Ce n'est pas une question idiote.

— Si, pour qui trouve l'amour hors de propos.

— Pourquoi l'amour serait-il hors de propos ?

— Parce que ça ne m'intéresse pas.

— Qu'est-ce qui t'intéresse ?

— Ce roman.

Je ramasse le livre en soupirant et le lui rends. Comme il reprend sa lecture, je m'apprête à sortir.

— Choisis-en un, dit-il à l'instant où je pose la main sur la poignée.

— Un quoi ?

Il montre les rayonnages. Exaspérée, je me passe la main sur le visage.

— Tu me rends dingue.

Je m'approche de la bibliothèque et survole sa collection. Quelques titres familiers retiennent mon attention.

— Tu as toute une étagère de romans d'amour.

Avec un gloussement, je prends un livre. Quand je l'ouvre, un reçu tombe à mes pieds : Dominic a récemment fait l'achat de dix livres et dépensé quelques centaines de dollars en grands formats, au lieu d'opter pour les éditions de poche.

— Tu viens de les acheter ?

En fait, ces titres sont signés de mes auteurs indés préférés. Plus quelques thrillers et un vieux roman historique. Tous ces livres figurent sur une liste que j'ai consignée sur un marque-page. Ce qui signifie que quand il est venu chez moi, il s'est introduit dans ma chambre pendant que j'étais distraite par Sean.

— Tu as fouillé dans mes affaires ?

Il garde les yeux sur son roman.

C'est une question idiote. La réponse va de soi, mais il faut que je la pose.

— Tu les as achetés pour moi ?

Silence.

De nouveau, mes pieds décollent du sol pendant qu'il continue de lire avec une indifférence feinte. Mais à présent, je sais qu'il n'est pas indifférent et ça change tout. Sous ce masque se cache un homme attentionné. Et même très attentionné.

Il tourne une page et tire un oreiller près de son épaule. Il veut que je lise, avec lui, dans son lit. Et quelle meilleure manière de passer une journée orageuse que s'évader dans un livre, blottie contre un homme sublime ?

Des heures plus tard, il est plongé dans son second roman et moi dans un thriller érotique. Mon cœur s'accélère sous l'effet du désir naissant provoqué par ma lecture. Enveloppée dans le parfum de Dominic, je tourne la page et avance une main timide sur son torse. Depuis que je me suis glissée près de lui, nous nous caressons un peu, à l'occasion. Mais l'excitation grimpe lorsque j'en viens au paragraphe où culminent toutes les délicieuses tensions, et c'est alors que je sens ses lèvres sur mon ventre. Mon regard s'échappe de la page à la seconde où il me tire au bord du lit, jambes écartées.

Je me prépare à poser le roman quand il fait un geste autoritaire.

— Continue de lire.

Quand il enfouit la tête entre mes cuisses, je tâche de poursuivre ma lecture. Mais ses doigts m'étirent et sa langue s'introduit entre mes petites lèvres. Le besoin de jouir est déjà proche quand sa langue savoure mon clitoris. Lâchant le livre sur ma poitrine, j'enfonce les doigts dans ses cheveux. Il s'interrompt, l'injonction limpide dans ses yeux. Je reprends le livre et, les cuisses flageolantes, je lis le même paragraphe pour la troisième fois. Ses doigts plongent en moi au moment où l'héroïne se fait pilonner par son partenaire, qui lui tire les cheveux et la couvre d'obscénités. Les lettres se brouillent devant mes yeux, alors je m'abandonne au supplice de Dominic, mon esprit plus intéressé par ma propre histoire.

Ses lèvres autour de mon clitoris, sa façon de me suçoter me font lâcher mon livre. Le simple fait de le regarder et il m'est impossible de me soumettre à son injonction.

— Dom, je le supplie quand il suspend tout mouvement.

Pourtant, il ne cède pas. Ce n'est qu'une fois que j'ai repris le livre à tâtons que ses doigts se posent à nouveau sur mes petites lèvres. Il plonge la tête et se déchaîne sur mon clitoris.

Ma sensibilité exacerbée, je m'en remets à sa langue et perds tout contrôle au son de l'emballage du préservatif. Puis il me pénètre avec douceur. En quelques secondes, il ridiculise le héros du roman en me baisant sans modération.

Il ne me faut pas plus de quelques coups de reins pour balancer le livre sans me soucier de la fin.

Chapitre 32

Cette journée dans le lit de Dominic est aussi idyllique qu'imprévue. Nous improvisons un pique-nique sur la couette, autour de plats thaïlandais que nous nous sommes fait livrer. Ensuite, il nous roule un joint. Rassasiés et défoncés, nous commentons les chansons de Pink Floyd, étendus sur le dos. Il expose avec enthousiasme sa perception des paroles des morceaux les plus énigmatiques.

Nos regards se perdent au plafond, nos mains s'effleurent. Par la fenêtre grande ouverte, la musique rivalise avec la pluie battante.

C'est l'une des journées les plus mémorables de ma vie. Le simple fait d'être aux côtés de Dominic, nos gestes échangés, nos baisers frénétiques, le sexe à profusion, nos conversations ponctuées de rires et les rares grands sourires que je provoque pour peu qu'il me laisse faire. Ce jour atteint un niveau d'intimité monumental. Il m'offre un aperçu de son monde. Tout comme Sean, Dominic n'est pas du tout tel que je le pensais. Sous son abord remarquable, quoique hostile, se cachent bien des facettes.

C'est un idéaliste, comme Sean, et à travers nos discussions, je ressens l'influence de l'un sur l'autre. Je leur envie leur confiance réciproque. Quand Sean m'a avoué hier soir qu'il avait grand besoin que je lui fasse confiance, je pensais comprendre ce qu'il voulait dire, mais pas de la manière dont Dominic m'a ouvert les yeux aujourd'hui en glissant dans la conversation des remarques sur son ami. Et une partie de moi en tire du réconfort, non seulement parce qu'ils se soutiennent mutuellement, mais aussi pour des raisons égoïstes. Peut-être qu'ils peuvent me partager librement grâce à ce qu'ils ressentent pour moi, en plus de leur amitié et de leur respect mutuel. Ou alors, je m'en sers de prétexte pour justifier le jeu auquel je joue.

Qu'importe car c'est réel, visible dans leur lien, leurs affinités, leurs vies entremêlées.

« Wish You Were Here » jaillit de l'enceinte Bluetooth sur son bureau. Encouragée par les paroles de la chanson, je tiens la main de Dominic et me tourne face à lui. Son regard reste rivé au plafond.

— Tu ne me détestes pas.

C'est une affirmation plus qu'une question. De toute façon, il m'ignore. Je renchéris.

— Et ça, c'est un rencard. Tu m'as observée aussi. Tout le temps. Et tu n'es pas aussi dur ou effrayant que tu le prétends.

Rien. À croire qu'il est sourd à mes mots.

Quel incorrigible enfoiré.

— Comme tu veux, dis-je, acquiesçant pour moi-même. J'ai passé une merveilleuse journée, et tu es un merveilleux partenaire de lecture.

Je glousse parce que je plane, parce qu'il me fait planer, parce que je suis heureuse. Je retourne sa main et effleure sa paume. Quand j'ose un coup d'œil, je vois qu'il observe mes doigts. Il n'est pas habitué aux marques d'affection, et cela m'attriste. Nos regards se retiennent un instant avant que je me lance.

— Tous mes jours de pluie sont à toi, Dominic. Si tu les veux.

— Il pleut souvent, par ici, répond-il après de longues secondes.

— Ça me va. Mais mes jours de soleil appartiennent à Sean.

— Les règles tuent le…

— Il ne s'agit pas de fixer une règle. C'est une requête. J'ai juste besoin d'être claire avec moi-même, mais je veux tes jours de pluie. Très fort.

Quand il se mord la lèvre inférieure, je capture une autre image mentale.

— Donc, t'es partante pour le groupe ?

Je baisse les yeux, et la tension sature l'air.

— Je ne sais pas.

— C'est sérieux, avertit-il. Ne fais pas comme si ce n'était rien.

— Mais non, je ne minimise pas.

— Bien.

J'ouvre la bouche pour parler, et me ravise quand le grondement de la Nova de Sean retentit par la fenêtre ouverte. Affolée, je m'empresse de rassembler les détritus et toutes les preuves de ma journée avec Dominic. Attrapant le sac-poubelle à côté du bureau, j'y fourre en toute hâte les restes du repas et les bouteilles d'eau vides.

Sous son regard froid, mon cœur coupable bat à un rythme effréné. D'un regard à sa mâchoire crispée, je sais qu'il est furieux que je ne le croie pas. Que je ne croie pas Sean. Que je reste convaincue que cela va m'exploser au visage.

Recroquevillée sur moi-même, je noue le sac au moment où Sean monte les marches recouvertes de moquette. J'ai à moitié ouvert la porte quand il jette un œil dans la chambre. Il m'accueille avec un sourire en or, trempé des pieds à la tête.

— Salut, Pup.

— Salut.

Dès qu'il s'approche, je baisse les yeux.

Je ne peux pas faire ça. Peux pas.

Mais si vraiment j'en suis incapable, pourquoi ai-je l'impression que mon cœur se sent de taille ? Mon corps s'est aisément prêté au jeu, mais la petite voix dans ma tête ne cesse de m'accabler.

Ce sont leurs paroles – leurs actions et réactions – qui apaisent mon esprit, pas mon propre mental, et tôt ou tard, il faudra que cela change si je veux que ça fonctionne. Je suis nue sous le tee-shirt propre de Dom. Preuve indéniable que j'ai temporairement changé de camp et de lit.

Je lance la seule phrase inoffensive fournie par mon cerveau.

— Tu es parti pendant des heures. C'était sympa ?

— Ouais, super. La randonnée parfaite. Après, j'avais des bricoles à finir. Et toi ?

Je hoche la tête, la gorge nouée. Ne sachant pas quoi faire, j'évite à tout prix de regarder Dominic pour jauger sa réaction. Après un long silence intenable, Sean me relève le menton et se penche pour m'embrasser. Ses lèvres soyeuses et sa senteur me font monter les larmes aux yeux.

— Toujours occupée à te réconcilier avec ton démon intérieur ?

Je hoche la tête avec gravité.

— J'aimerais tellement.

— Je suis tout à toi, Cecelia.

Des mots, des mots parfaits, prononcés par un homme parfait que j'ai l'impression de ne plus mériter.

— Bonne nuit, mon pote, murmure-t-il à Dom.

J'ouvre la bouche à l'instant où il pose la main sur la poignée et referme la porte en me laissant à l'intérieur.

Sous le choc, je reste plantée là plusieurs secondes avant de me retourner. Dominic, qui m'observe, tapote l'oreiller près de lui. Je monte sur son lit, et un immense sourire éclaire mon visage quand il éteint la lampe et m'enlace.

Chapitre 33

— Celle-là, décrète Layla quand je ressors de la cabine d'essayage.

Tessa approuve depuis la caisse de sa petite boutique. Devant le miroir, je m'examine d'un œil critique dans cette robe dos nu qui souligne chacune de mes formes. Je me suis raffermie, à la faveur des longues randonnées avec Sean. Sa couleur jaune pastel fait ressortir mon bronzage et le bleu de mes yeux.

— Ouaip, celle-là.

Avec un sourire espiègle, Layla se penche à mon oreille.

— C'est pour lequel ?

— Sean. Je vais chez lui après notre séance de shopping, et je cuisine pour les garçons avant le feu d'artifice.

— Si je n'étais pas aussi éprise de mon crétin de fiancé et que je n'avais pas vu grandir ces deux andouilles, je serais jalouse.

Layla est plus âgée que moi, puisqu'elle vient de fêter ses trente ans. Cela dit, notre différence d'âge ne m'avait pas frappée dans les soirées. D'après nos échanges, j'ai cru comprendre qu'elle avait intégré le « club » dès sa formation. Sa loyauté envers le groupe est sans limites, et depuis quelques semaines, nous traînons souvent ensemble. Elle est la seule personne, outre Tyler, à connaître le secret de mon sourire du brunch du dimanche.

Le secret de mon polyamour.

Un secret à la fois étrange et merveilleux, enivrant et terrifiant.

Mon téléphone sonne dans mon sac. Je l'attrape sur la chaise près de la cabine d'essayage, pour décliner un appel visio de ma mère. Je l'évite comme la peste, en raison de mon statut amoureux, et parce que je n'ai aucune envie de parler de ma vie privée avec elle. Depuis que je suis pubère, je la blâme intérieurement d'avoir fait étalage de ses histoires de débauchée. À présent, je suis mal placée pour la juger. Pas une fois je n'ai apprécié qu'elle se comporte plus en amie qu'en mère et, à ce titre, qu'elle s'épanche trop à mon goût. Ce n'est pas normal. Je ne devrais pas éprouver le besoin de me venger maintenant que je suis à même de comprendre. Mais une partie de moi veut croire que les circonstances de mon histoire sont différentes. Que mes relations sont différentes.

Je tâche de repousser mon sentiment de culpabilité, mais un message s'affiche sur l'écran de mon téléphone quand je tends ma carte bancaire à Tessa. Cette dernière ne nous a pas quittées des yeux depuis que nous avons franchi la porte.

J'avais juste envie de voir ta frimousse.
Cesse de rejeter mes appels, c'est nul.
Rappelle-moi sinon je prends la voiture dès ce soir.

Désolée. Te tel plus tard.

C'est ce que tu as dit la semaine dernière.

Je t'apl. Promis.

Une fois que j'ai réglé mes achats, Layla coupe l'étiquette. La robe coûte beaucoup plus cher que mon budget habituel pour un seul vêtement, mais sous l'influence de Sean, j'achète exclusivement local désormais. Ce qui signifie que dans cette boutique du centre-ville, j'ai dépensé trente dollars de plus pour une robe, argent que j'injecte dans l'économie locale pour soutenir les petits commerçants.

Mais dans l'attitude et dans le regard plein d'espoir de Tessa, la crainte était réelle quand, avec Layla, nous avons commencé à consulter les étiquettes. De toute évidence, réaliser une vente est crucial pour elle, ce qui me conforte dans mon achat, même si je redoute que pour elle, cela ne perdure pas. Avant que nous partions, elle nous raconte qu'elle a hérité le local de sa grand-mère et a investi tout son pécule dans le rafraîchissement de ce petit commerce. Tessa n'est pas beaucoup plus âgée que moi, et je ne peux m'empêcher d'avoir de la peine pour elle quand, réalisant qu'elle est trop bavarde, l'émotion transparaît dans sa voix.

Je me fais un devoir d'en toucher deux mots à Sean, non pas pour qu'il me reconnaisse le mérite de consommer local, mais parce que je sais qu'il peut l'aider. Noël a lieu tous les trimestres pour une sélection de commerces de Triple Falls, principalement dirigés par des proches du groupe. C'est histoire de les maintenir à flot. Ça, je l'ai appris aussitôt après avoir été mise dans le secret.

Comme promis, j'ai obtenu la réponse à une autre question récurrente. Tyler est le Friar, « le Frère ». Je l'ai compris le jour où nous étions chargés de distribuer des chèques auxdits commerces, événement que Sean ne voulait pas que je manque. Au cours de la journée, j'ai aussi compris pourquoi il était favorable à ma participation. Il voulait que je sois le témoin direct du pourquoi et du comment de leurs actions.

J'en ai pleuré, à voir les commerçants accourir sur le trottoir, les larmes aux yeux. Tous ceux qui acceptaient le coup de pouce financier nous inondaient de paroles de gratitude.

Mais le rôle de Tyler est de faire écran au véritable fautif, à l'unique responsable : Dominic.

Dominic et sa sorcellerie informatique. L'origine de l'argent ? Des multinationales et des banques qui siphonnent des fonds à des actionnaires et à des employés sans méfiance. Des sociétés et des banques qui ne pourront jamais signaler le détournement, de peur que leurs comptes soient examinés à la loupe par les pouvoirs en place, ceux qui gouvernent et font autorité.

C'est la beauté de voler à des voleurs.

Plus d'une fois, j'ai questionné Sean sur ses intentions quant à l'entreprise de mon père. Chaque fois, il a changé de sujet. Cela ne me surprendrait pas qu'un jour mon père écope d'une méchante dose de justice.

Le sujet me touche de trop près, et mes garçons sont tout ce qu'il y a de plus circonspects. En plus de cela, un coup trop considérable mettrait en danger les emplois de leurs amis et de membres de leurs familles.

En dépit de tous mes efforts, il me paraît inouï qu'ils passent entre les mailles du filet, mais le fait est que cela fonctionne depuis un certain temps. Selon Sean, cela dure depuis trop longtemps du côté des puissants. Soit le gouvernement condamne à une lourde amende les grands patrons fraudeurs, soit un haut gradé du gouvernement accepte un pot-de-vin pour brouiller les pistes. Personne n'est inquiété, et personne ne paie jamais vraiment.

J'adhère en tout point à sa logique. Raison pour laquelle je suis heureuse de participer au secret.

Hormis cette bribe d'information, Sean ne dit pas un mot sur les affaires du groupe. Il attend ma décision. Je ne me presse pas. Tant que je ne l'aurai pas annoncée et n'aurai pas prêté serment d'allégeance, ils me tiendront à l'écart et refuseront de répondre à toute autre question. Tyler est très rarement à la maison, et ni lui, ni Sean, ni Dom ne sont disposés à m'expliquer pourquoi. Il est encore réserviste pendant quatre ans, ça je le sais, et je suppose qu'il ne se laisse pas déborder par son activisme. J'ignore tout de ce qui l'occupe le reste du temps. Au garage aussi, je le vois peu. En réalité, au garage, il n'y a plus que mes deux hommes et moi.

Et quand je suis avec eux, ils font mon éducation à longueur de temps. Même si je n'ai pas encore rendu mon verdict, cela ne les empêche pas d'exprimer leurs opinions. Dominic prend plus souvent la parole. C'est extrêmement divertissant, le matin, quand je me lève et que je leur prépare un café, de les voir suivre les infos sur toutes les chaînes. Tous deux crispés au même instant, et crachant « Conneries » exactement en même temps. Plutôt que de football, ils parlent politique, et ne soutiennent pas plus un parti qu'un autre. Si je n'étudiais pas quotidiennement ce qui les différencie, il m'arriverait de croire qu'ils sont une seule et même personne.

Mais par nombre d'aspects, ils sont le jour et la nuit. Un nuage noir et un soleil doré. Les comparer est devenu inévitable. J'ai cessé de m'en vouloir au bout d'une semaine.

Je suis toujours tourmentée par l'idée de sortir avec deux hommes à la fois, et avec ces deux-là, je ne m'ennuie pas. Si je n'étais aussi comblée au quotidien, je succomberais à la défaitiste qui proteste dans ma tête. Cette reloue, je la chasse comme un moucheron. Je suis sûre que de nombreuses femmes, pour peu que l'occasion se présente, feraient des claquettes pour accéder au lit de l'un ou l'autre, puis se prélasseraient dans leur affection et me disputeraient ma place entre eux.

Bien que je fasse des claquettes sur les frontières de la morale, ce fameux jour au lac reste le seul où je me suis permis d'être partagée en même temps.

Pour moi, c'est là que la frontière s'arrête.

Punaise, ils ont tout fait pour le rendre mémorable.

Pas dans le sens où je n'ai pas apprécié. Au contraire. J'ai pris un pied inoubliable. Toutefois, ma conscience est moins fan et déprécie le côté romantique de l'expérience.

Ces deux hommes ont mis mon univers sens dessus dessous, rendu les couleurs plus vives, les sons plus agréables, le monde largement plus tolérable. Mes rêves consistent en journées gorgées de soleil qui fleurent bon l'huile de noix de coco, en baisers langoureux, en démangeaisons de coups de soleil, en baignades sous les cascades et en soupirs avant que les corps exténués s'écroulent sur les oreillers en plume. D'autres rêves, de jours et de nuits pluvieux, sont remplis de lectures et de visionnages de vieux films des années 1990, de popcorn au fromage et de couvertures parfumées à la lavande, d'éclairs et de tonnerre, de respirations haletantes et de gémissements entre l'éclat de lumière qui zèbre le ciel et la détonation qui fait trembler le sol.

Ce sont mes rêves éveillés.

Aller à l'usine ne m'incommode plus. J'effectue scrupuleusement mon travail avec le sourire de Selma dans la tête. L'absence de mon père ne m'affecte plus comme auparavant, parce que je peux témoigner qu'il reste deux hommes bien dans ce monde. Des hommes loyaux. Des hommes fidèles. Ce qui n'empêche pas qu'ils soient des voleurs, étant donné qu'ils ont subtilisé mon cœur.

Je suis amoureuse des deux.

Deux hommes qui me font me sentir adorée, chérie et respectée. Deux hommes qui ne voient pas d'inconvénient à ce que je réchauffe le lit de l'un ou l'autre. Deux hommes qui me regardent avec des yeux remplis de désir et d'affection. Sean, en tout cas ; Dominic m'accorde rarement un regard et m'a claqué la porte au nez la dernière fois que je l'ai vu. J'ai passé la tête dans sa chambre, et j'ai à peine eu le temps de reculer qu'il l'a refermée à clé. J'ai eu beau essayer de ne pas le prendre personnellement, j'ai échoué. Depuis, nous sommes en froid, bien qu'il semble l'ignorer. Mais je ne laisse pas cela me décourager.

Il est lunatique, le salopard.

Tessa empaquète les robes et nous remercie vivement. Devant la boutique, Layla et moi échangeons un regard.

— Je lui en parlerai, dis-je quand nous traversons le passage piéton de la place pour rejoindre son pick-up.

— Je pensais bien que tu allais le faire.

— C'est trop triste. J'aime que nous puissions aider… (Je me mords la lèvre.) Tu vois ce que je veux dire.

Nous grimpons dans son mastodonte, garé sur Main Street.

— Tu as aimé passer ton enfance ici ?

— Ouais. Je suis contente d'être restée après mes études. Mon regard change avec les années.

J'étudie la place animée, qui m'évoque une peinture de Norman Rockwell.

— Je comprends.

— Faut aimer les petites villes américaines, dit-elle avec douceur. Penses-tu que tu finiras par t'installer à Atlanta ?

— Franchement, sais pas. Mes projets ne vont pas plus loin que l'université.

Layla est propriétaire d'un modeste salon de coiffure en périphérie de la ville et elle rénove aussi des meubles. Nous avons passé une grande partie de la matinée à chiner son prochain projet dans des vide-greniers.

Elle prend la direction du domicile de mon père, où elle est venue me chercher ce matin. Je veille à dormir à la maison au moins deux fois par semaine pour préserver mon équilibre, même si ce n'est pas d'un grand secours. Mes rêves sont deux fois plus mémorables qu'autrefois.

— T'es toujours avec moi ? À quoi penses-tu ?

La culpabilité m'empourpre les joues.

— Je suis foutue.

— Il n'y a pas de mal à être heureuse, Cecelia. Tu n'es pas obligée de t'excuser parce que tu souris. Je ne sais pas qui t'a appris le contraire.

Je la regarde conduire, sa main sur le volant. Elle me fait un clin d'œil.

— Je suis amoureuse d'eux.

Elle sourit largement.

— Je sais.

— Et eux, à ton avis ?

— Tu ne leur as pas dit ?

— Non. Tu es la première personne à qui je le confie.

— Je suis flattée.

— Je ne peux pas en parler à ma mère ni à ma meilleure amie, tu vois ? Elles ne pigeraient pas. Mais toi, si, et j'en suis heureuse.

— Crois-moi si je te dis qu'il vaut mieux les laisser dans le flou.

— Crois-moi, j'en ai la ferme intention.

Je tape un message-fleuve pour ma mère, lui promettant un tête-à-tête, et je lance mon téléphone dans mon sac.

— T'est-il arrivé de regretter ?

Avec Layla, nous ne parlons jamais ouvertement du groupe ; c'est une sorte de règle tacite entre nous.

— Bien sûr. J'ai déraillé une centaine de fois. Et quand j'ai cru que nous étions sur le point de rompre, Denny et moi, c'était pire. Mais j'ai une longueur d'avance sur lui. Je fais partie du club depuis plus longtemps, j'ai sécurisé ma place. Se tracasser, c'est usant, soupire-t-elle.

— C'est risqué de le côtoyer de près, n'est-ce pas ?

— Trésor, respirer est risqué de nos jours.

— Exact.

— Souviens-toi que tu peux t'impliquer autant que tu le veux. Cela ne dépend que de toi. Mais je couvre tes arrières, poulette. Surtout avec ces deux merdeux, dit-elle en souriant. Dominic a l'air plus détendu ces derniers temps.

— Il a des ennuis, en ce moment.

Elle se tourne vers moi, un léger avertissement dans ses yeux bleu ciel.

— Tu dois garder la tête froide en permanence, d'accord ? Ça fait beaucoup à digérer. C'est déjà assez difficile d'en supporter un.

Je souris.

— Merci. Je serai vigilante. Et merci pour la coupe.

Je lisse ma nouvelle coupe de cheveux rehaussée de mèches plus foncées.

— Pas de quoi. Tu me raconteras comment ça s'est passé ce soir. Et la semaine prochaine on va chez Eddie. Une soirée entre filles me changerait les idées.

— C'est noté.

À peine s'est-elle éloignée que je rentre en trombe. Dans ma chambre, je change mes sandales et largue mon téléphone avant d'appliquer du gloss. Je redescends tout en établissant dans ma tête ma liste de choses à faire quand je vois Roman au pied de l'escalier. Je me fige. En tenue décontractée, il tient un verre de gin à moitié vide.

Je ralentis le pas sous son regard vitreux. Il n'en est pas à son premier verre de la journée.

— Habites-tu toujours ici ?

— À l'occasion, je réponds honnêtement.

— Je savais que tu faisais le pont. C'est pourquoi je suis rentré hier soir.

Je fronce les sourcils, ma pochette serrée devant moi.

— Je n'ai pas reçu d'e-mail.

— Je ne pensais pas avoir besoin d'en envoyer un. Comme tu n'étais pas à la maison, j'ai supposé que tu avais des projets.

— J'ai des projets.

Il hoche la tête pendant que j'approche, anxieuse. Même habillé simplement, il m'intimide.

— Vouliez-vous quelque chose en particulier ?

Il boit une petite gorgée, s'éclaircit la voix au moment où j'atteins le palier.

— Je tenais à t'annoncer personnellement qu'un système d'air conditionné dernier cri est installé à l'usine aujourd'hui. Et je me suis penché sur ce qui te préoccupait. C'est en cours. La comptabilité distribuera le manque à gagner la semaine prochaine.

— Merci, dis-je avec prudence.

Sa posture exprime de l'hésitation. Il me fixe, debout devant moi. Certes, il dépasse le mètre quatre-vingts, mais j'ai l'impression de faire face à une montagne.

— Il est clair que tu t'es acclimatée, et à moins que tu n'aies des objections, je résiderai à l'appartement.

Ses yeux implorent les miens, et je jurerais qu'il voudrait me voir protester. Hélas, il est beaucoup trop tard pour ça.

— Aucune objection. Est-ce tout ?

Sur un hochement de tête, son regard s'abaisse et il s'efface, me laissant plus d'espace que nécessaire pour sortir. Je m'en félicite. À mi-chemin du vestibule, je l'entends murmurer :

— Ne commets pas les mêmes erreurs qu'elle.

— Monsieur ?

— Qui est mieux placé que sa plus grosse erreur pour te mettre en garde ?

Il vide son verre d'un trait, ses yeux bleu outremer croisant les miens avant qu'il aille s'enfermer dans son bureau.

Chapitre 34

Vêtue de ma nouvelle robe préférée, je tourne les pages de mon roman, assise sur le plan de travail de la cuisine. Le barbecue que j'ai préparé avec soin a refroidi. Des heures après le rendez-vous que nous avions planifié, j'entends se taire le moteur de la Nova une minute avant que Sean entre. Sans détacher mes yeux du bouquin, je porte un morceau de pastèque tiédi à ma bouche. Dans l'entrée de la cuisine, il jauge mon humeur. Je me décide à briser l'interminable silence.

— Explique-toi, Roberts, dis-je, la bouche pleine.

Balançant mes jambes dans le vide, je le regarde par-dessus mon livre.

Il jette un œil à la couverture : *1984*.

— J'aime que tu lises ce roman plutôt que ceux que tu dévores d'habitude.

Je tourne la page et applique une stratégie de Dominic, celle de la voix glaciale.

— Ne critique pas les romans d'amour. Dans le dernier que j'ai lu, j'ai appris à jouer au solitaire, trouvé la recette de la viande au barbecue que j'ai cuisinée aujourd'hui ainsi qu'une technique pour me provoquer un orgasme d'enfer. Ce qui signifie que je peux faire les trois sans toi. Cela fait de moi une fille tout à fait capable de se divertir seule. J'ai pris la décision de venir ici, dans cette robe, et de cuisiner pour toi, mais, comme toutes les décisions, elle a ses alternatives.

Son sourire en expansion me tape sur les nerfs.

— Tu es splendide.

Je suçote un autre morceau de pastèque, pose le livre et le regarde approcher d'un air hostile. Ce qu'il est attirant, en tee-shirt blanc et jean noir. Cèdre et soleil embaument quand il se penche pour me piquer une bouchée. J'écarte le fruit de sa bouche.

— Coupe-toi un morceau.

— Je veux le tien.

— Ça craint. Le mien était prêt il y a six heures.

Il soupire, sa posture lasse.

— Tout ce que je veux dans l'immédiat, c'est un bout de cette pastèque et plonger en toi le plus vite possible.

— N'y compte pas.

Renfrogné, il s'écarte et prend une bière dans le frigo.

— Je me suis retrouvé coincé. Et tu sais que je n'avais pas mon téléphone sur moi.

— Une belle connerie, d'ailleurs.

— La connerie, c'est que tu penses que Big Brother n'est qu'une émission de télé.

— Tu choisis ce moment pour me faire la morale ? Tu retournes les choses contre moi ?

L'avertissement noircissant son regard, j'ouvre des yeux ronds.

— Je sais, Sean, le gouvernement nous surveille tous. T'es tellement parano, dis-je en levant les yeux au ciel.

— Non, je suis prudent, déclare-t-il calmement. Et à force d'arrogance, on se fera tous coincer.

— Ridicule, ton discours. (Puis je lève le roman devant lui.) Tu ne trouves pas ça tiré par les cheveux ?

— C'est de la fiction. Alors oui, l'intrigue est tirée par les cheveux, rétorque-t-il. Tu crois qu'aucun lavage de cerveau de cette ampleur, que ce soit en profondeur ou massif, ne peut se réaliser dans la vraie vie, c'est ça ? À part… cet incident mineur appelé la Shoah, où des millions de gens ont été exécutés sur ordre d'un putain de grand malade.

— T'as compris ce que je voulais dire. Nous sommes à Triple Falls, Sean, pas dans l'Allemagne nazie.

— Non, je ne vois pas. Et le plus ridicule est que tu aies besoin de voir pour le croire.

— Pardonne-moi si je pense que le gouvernement a mieux à faire que t'espionner.

Il me foudroie du regard.

— Nous sommes tous sur écoute. Tous. Chaque conversation sur n'importe quel appareil est enregistrée par le gouvernement. Point barre. Et peut-être que ce serait ridicule si j'étais Monsieur Tout-le-Monde dont le seul crime a été de tourner un porno avec la meilleure copine de sa femme. Des conneries dont tout le monde se fout, sauf sa femme. Mais toi, tu as de la jugeote. N'as-tu jamais vu popper dans ton fil d'actualité la pub d'un truc dont tu venais tout juste de parler de vive voix avec quelqu'un ?

Je mordille le gras de ma joue.

— Exactement. C'est l'unique preuve dont qui que ce soit qui a quelque chose à cacher a besoin pour considérer la technologie comme une menace. Personne n'est à l'abri. Nos informations sont revendues sans autre raison que notre besoin de consommer. Nous sommes tous des sauterelles à ce stade. Mais ce n'est que la face visible du problème. Nos empreintes digitales transmettent bien plus que nos achats, et ce pour quoi nous sommes vendus. Ce sont des marqueurs. Alors, Cecelia, ce qui est ridicule, c'est que tu aies besoin de le voir pour le croire.

— Tu me gonfles. Faut admettre que c'est la parfaite excuse, non ? « Je suis un agent secret, blabla. » Le dîner est au frais. Je vais me coucher.

La froideur dans sa voix m'arrête alors que je m'éclipse.

— Tu es affreusement désinvolte avec quelque chose qui représente beaucoup pour Dom et moi. Ce point en particulier t'a été expliqué et réexpliqué en détail je ne sais combien de fois. Si tu penses que je suis barré, si tu refuses tant de croire en ce que je fais, qu'est-ce que tu fous encore là ?

— Ce n'est pas que je ne te croie pas, c'est juste…, je bafouille.

Il m'interrompt, sa voix tremblante de fureur.

— Tu es prompte à me traiter d'imbécile. Mais sais-tu ce qui se passerait si j'étais dans le vrai ? Sais-tu ce qu'il advient des oiseaux en cage ?

Je ne l'ai jamais vu dans une telle fureur, et je ne me félicite pas de l'avoir provoquée. Crispée, je me tords les mains.

— Sean, je te trouve brillant, mais…

— Je ne suis pas un putain de schizophrène. Ces jugements sont aussi ceux de Dominic. Tu le trouves ridicule ? Et Tyler ? Est-il ridicule aussi ? As-tu suivi les infos récemment ? Qu'est-ce qu'il te faut de plus pour y croire ?

— Mais non, je…

— Rien n'arrive sans raison. Je te l'ai expliqué en long, en large et en travers. Et ce soir, ce qui m'a retenu était de la même importance que mes actions d'hier et du jour précédent.

— Sean.

Je fais un pas vers lui, détestant son regard noir dont je suis la cible pour la première fois. Il croise les bras pour me faire barrage.

— C'est juste que… j'ai passé la moitié de la journée à cuisiner pour toi. Le moins que tu puisses faire, c'est t'excuser.

— Ah ouais, le vrai problème est que j'ai loupé le dîner ? Je vois.

Il pivote, ouvre le frigo et attrape son assiette. Il arrache la feuille d'aluminium, prend une fourchette dans le tiroir et enfourne de la viande grillée dans sa bouche.

— C'est délicieux. Contente ?

Les larmes affluent dans mes yeux alors qu'il jette l'assiette dans l'évier, où elle se fracasse. Et quand il secoue la tête de déception, je prends conscience de la faiblesse de mon plaidoyer.

— Je pensais que tu croyais en moi. Tu mens de mieux en mieux.

Je m'approche de lui, mais son regard froid, son visage fermé me tiennent à distance.

— Tu sais que je crois en toi.

— Si se faire confiance continue à être un problème, mieux vaut classer le sujet.

Il assène chaque mot comme il asénerait des coups. Je ressens violemment chacun d'entre eux jusque dans mes orteils vernis pour l'occasion.

— Comment ça ?

— Nous. Arrêtons.

— Rompre, tu veux dire ?

Les larmes m'emplissent instantanément les yeux. À cet instant précis, je me rends compte de la profondeur de mon amour pour lui.

Il me largue parce que je pique une crise.

En un sens, je l'ai mérité. Je suis allée trop loin, je l'ai insulté et je ne peux pas l'effacer. Je n'ai pas d'argument pour ma défense.

— Ouais, rompre.

Il me regarde sans bouger, son ton impitoyable.

— Ne… ne fais pas ça. J'étais en colère.

— Ça ne change rien. La colère n'est pas une excuse. Je ne peux pas avoir dans mon entourage quelqu'un qui ne croit pas en moi et en mes actions. J'ai couru le risque avec toi, et aujourd'hui, il est clair que tu es trop jeune.

— Arrête, Sean. Tu sais que je crois en toi.

— C'est faux, rétorque-t-il. Pas comme il le faudrait. Rentre chez toi, Cecelia. Tout est fini entre nous.

— Je n'essaie pas de te manipuler ou de te dénigrer. J'étais terrifiée ! Il aurait pu t'être arrivé quelque chose !

Des larmes brûlantes inondent mes joues. La distance qu'il impose entre nous me semble aussi vaste qu'un océan.

— Tu es préoccupé, ces temps-ci, et tu me manques. S'il te plaît, ne fais pas ça.

Il reprend sa bière et boit, son visage inexpressif.

Je refuse de croire que c'est fini. Trop de choses nous relient. Et j'ai perdu un temps fou à me l'avouer. Angoissée que cela puisse être la première et dernière fois, je m'expose frontalement.

— Je t'aime, murmuré-je à travers un voile de larmes. Et je ne pense pas du tout que tu es fou. J'étais contrariée à force de poireauter là, à me faire des films sur la manière dont j'allais te le dire, pour que cela compte. Au lieu de quoi, je me suis emportée et j'ai dit des choses que je ne pense pas. J'ai confiance en toi. Je crois si fort en ce que tu fais. Je te trouve génial.

Il esquive mon regard et pose bruyamment sa bière sur le plan de travail. De la mousse gicle du goulot.

— Je suis désolée. Je te laisse.

J'enfile mes sandales, récupère mon sac sur la table. Au bord des larmes, je tâche de me retenir jusqu'à la voiture. J'ai à peine dépassé l'escalier que je sens son torse dans mon dos. Un petit cri m'échappe quand il me retourne vers lui. Mon menton entre ses doigts, il me fait relever les yeux vers lui.

— Je retire ce que j'ai dit.

J'éclate en sanglots dans ses bras. La force de son étreinte annihile toute distance entre nous.

— Je suis vraiment désolé, bébé. Merde, je l'ai regretté à la minute où je l'ai dit, m'assure-t-il en nouant ses bras puissants autour de moi. T'es plus timbrée que tu veux bien le montrer si tu te figures que j'ai envie de passer une minute sans toi. Tu m'as manqué aussi. Aujourd'hui, ma journée a été horrible. Je suis désolé. T'es si belle.

Secouée par des hoquets, j'essaie de parler.

— Merde, pardon, dit-il en séchant mes larmes. Je déteste l'idée de me réveiller le matin et de ne pas t'entendre me raconter de quoi t'as rêvé. Bébé, s'il te plaît, calme-toi. Ça me tue que tu pleures comme ça. Je tiens tellement à toi, plus que je l'aurais cru possible, murmure-t-il. Infiniment plus.

Il fait glisser la lanière de mon sac de mon épaule et me presse contre lui. J'ai le menton tremblant, le cœur qui cogne contre mes côtes.

— Je… je t'aime, murmuré-je dans son cou.

— Je sais, et ça me fout en l'air, chuchote-t-il en me caressant la joue. Sois tranquille. Je veillerai à ce que tu saches à quel point ça compte pour moi. (Il me soulève et me ramène dans la cuisine, sur le plan de travail.) Avant ça, j'aurai ma pastèque.

Je souris. Ce n'est pas du tout ce à quoi je m'attendais, mais c'est Sean. Alors c'est parfait. Drapée autour de lui, je renifle dans son tee-shirt. C'est quand j'inhale son musc que j'enfouis mon visage dans son torse, incapable d'étouffer mon sanglot.

— Ne pleure pas, bébé. S'il te plaît… putain, fait-il, la tête pendante. Ça fait trop mal.

— Désolée, dis-je, le nez plein de morve. C'est parce que tu sens le bois.

Un grand sourire étirant sa bouche, il a un petit rire.

— Hein ?

— Je ne pense pas te l'avoir déjà dit. Tu sens le bois, le cèdre et le soleil, je suis amoureuse de ton odeur. Je serais trop malheureuse sans elle. Et sache que je te prends au sérieux.

— Ce n'était qu'une dispute.

— Tu m'as éjectée, dis-je. Et ça m'a fait de la peine, mais je l'ai bien cherché.

Ma respiration entrecoupée me fait trembler malgré moi. Réagir ainsi est humiliant.

— Possible. N'empêche que j'ai l'intention de me faire pardonner, m'assure-t-il.

Il mord dans une tranche de pastèque et m'en propose un morceau. Je détourne la tête en reniflant.

— Pas faim.

De nouveau, il mâche et m'en propose. Je secoue la tête. À la troisième tranche, nous partageons, alors que je commence à redescendre d'une détresse émotionnelle sans précédent.

— Une vraie réaction de fille, admets-je, les joues rouges d'embarras.

— Ouais bah, j'ai réagi comme une tête de nœud. Nous sommes quittes.

Je pose la main sur sa joue.

— Pardon, Sean.

— Pardon, bébé.

Il appuie la pastèque sur mes lèvres, et je mords dans le fruit juteux. Il lèche les restes de larmes ainsi que le jus sur mon visage avant de m'embrasser avec ardeur.

— Désolé pour le feu d'artifice.

— M'en fous du feu d'artifice, mais… (ma respiration se bloque, et je vois que cela le chagrine) … tâche de ne pas m'oublier pendant que tu sauves le monde.

— Impossible que je t'oublie.

— J'ai besoin que tu me croies. Parce que je crois fort en toi, Sean. J'ai vu mon père aujourd'hui et je pense qu'il essaie de combler le fossé entre nous. Tout ce que je me disais, c'est que je n'éprouve pas suffisamment de respect envers lui pour faire un effort. Quelles que soient ses excuses. Je ne le respecte pas. Ensuite, j'ai pensé à toi, et j'ai réalisé que j'ai pour toi ce respect que je n'ai ressenti pour aucun homme dans ma vie. Je veux que tu le saches, dis-je, le souffle tremblotant et les yeux humides. J'ai besoin que tu le saches.

Il jette son morceau de pastèque et saisit mon visage entre ses mains. Après un long regard, il me donne le plus doux des baisers..

— T'as envie qu'on se réconcilie maintenant ? me demande-t-il, le front contre le mien.

— Je pensais que c'était fait.

— En partie, mais le meilleur est à venir.

Il capture ma bouche, m'embrasse avec fièvre. Je fonds dans ce baiser qui fait danser nos langues. Alors que je soulève son tee-shirt, mon souffle haletant interrompt notre baiser.

— Bébé, murmure-t-il en se mordillant la lèvre.

Ses doigts caressant mon menton, il me contemple. Puis, avec une lenteur délibérée, il pose ses lèvres sur les miennes. Tranquillement, il fait glisser la bretelle de ma robe et abaisse mon décolleté pour exposer mes seins. Sa main chaude parcourt mes tétons qui pointent. Suivant son exemple, je déboutonne son jean et saisis son sexe. Le regard arrimé au sien, je le pétris dans mon poing pendant qu'il sort une capote de son portefeuille. Après quoi il écrase ma bouche dans un baiser dévorant. Il me rapproche du bord du plan de travail, avant de se recouvrir de latex. Front contre front, le regard baissé, nous regardons son sexe me pénétrer lentement. Il expire de plaisir.

— Sean, fais-je d'une voix rauque.

Dans une détonation d'émotions, ses mains m'invitent à m'allonger, faisant glisser les restes de la pastèque sur le carrelage. Ses assauts sont profonds, ses yeux remplis d'amour. Ses mains collantes de jus pétrissent mes seins, descendent sur ma robe. Elle vaut largement son prix, vu qu'il n'en dédaigne pas un seul pan.

Chapitre 35

Tyler saute de son pick-up en me voyant arriver. La démarche arrogante, il vient m'accueillir devant ma portière.

— Salut, beauté.

Sa fossette apparaît, j'admire la vue. Ses cheveux ont poussé, ce qui renforce son charme naturel. Ils ondulent dans tous les sens sur sa tête. Ses yeux d'un brun soutenu me survolent un instant, et il m'enlace amicalement.

— Coucou, toi. Merci d'avoir répondu présent.

— Pas de problème. Pourquoi tant de mystère ? demande-t-il en considérant le parking du centre commercial.

— Pour un projet secret. C'est pourquoi j'ai besoin de ton aide.

— Ah ?

Un nouvel aperçu de sa fossette. C'est incontestablement un bel homme. Je le connais depuis peu, mais je suis déjà convaincue que sa beauté ne tient pas à son seul physique.

— Si on se fait pincer, t'auras des ennuis, je précise.

Les mains sur mes épaules, il se penche vers moi.

— Tu n'as pas oublié que je suis spécialiste en résolution de problèmes, quand même ?

— Voilà pourquoi j'ai besoin de toi. Tu es le seul à pouvoir m'aider.

Son sourire s'élargit.

— Avant d'y aller, sache que j'aime aussi les complications.

— Tu ne t'es pas trompée, dit Tyler en étudiant la maison avec appréhension depuis la voiture garée dans l'allée. Il ne va pas apprécier.

Après un dernier regard à la maison, il descend rassembler des sacs de matériel que nous avons achetés en chemin. Sur la route, quand j'ai révélé notre mission, il n'a pas pipé mot.

— C'est pour cela que c'est notre secret.

Je me remplis les mains de sacs en jaugeant son expression. De toute évidence, il n'a aucune envie de se trouver ici.

— Désolée, j'aurais sans doute juste pu te demander son adresse.

— Pas grave, dit-il, ses muscles tendus sous le poids de son chargement. Allons-y.

Sur les marches du perron, nous passons entre quelques plantes négligées. L'anxiété nous envahit d'avance. Je stabilise la brute de marine à côté de moi, dont la posture me rend anxieuse. Mon idée est-elle mauvaise à ce point ?

Le voir tergiverser me fait douter de mon plan. Toutefois, je ne vois pas où est le mal. C'est un beau geste. Dominic irait-il jusqu'à me le reprocher ? Nous frappons plusieurs fois avant qu'elle ouvre, et je vois quel effort cela requiert. Sa tresse relâchée sur son épaule, la maladie noircit ses cernes qui renfoncent ses yeux. Dans son peignoir bleu ciel assorti à son pyjama, elle pose sur moi un regard réprobateur.

— J'ai reçu mon traitement hier soir, lance-t-elle sur un ton pétri d'embarras en resserrant son peignoir autour d'elle. Je n'ai pas besoin d'un chauffeur.

— Bonjour, Delphine, dit Tyler.

Son regard plane sur lui, puis sur les sacs qu'il tient à bout de bras.

— Que faites-vous là ?

Comme il semble avoir perdu sa langue, je réponds pour nous deux :

— Nous sommes passés vous voir. Nous étions à la boutique à côté et…

Sa main fend l'air pour me couper, son regard sans pitié sur Tyler avant de revenir sur moi.

— Je n'ai besoin de rien.

— Vous avez besoin de ça, dis-je doucement. Et quand bien même ce ne serait pas le cas, moi j'en ai besoin. Laissez-nous entrer.

Après un silence pénible, elle s'écarte à contrecœur, juste assez pour nous laisser passer. Tyler traverse le salon avec le plus gros du matériel, qu'il pose sur le comptoir. Il connaît bien la maison. Réflexion faite, ce n'est pas étonnant, vu que Dominic a grandi ici. Tyler m'a appris, durant les distributions pour le groupe, qu'il avait passé son enfance dans le même quartier que Dominic et Sean, et qu'ils jouaient ensemble. Ses parents habitaient à quelques rues d'ici. Je savais qu'il connaissait le coin, et c'est pour cela que je lui ai demandé de m'accompagner.

Sean aurait probablement tenté de m'en dissuader. J'ai donc opté pour la sécurité. Et je me félicite encore plus de ma décision lorsque je repère un cafard, qui, sans gêne, rampe sur l'anse d'un sac que je viens de vider. Après un mouvement de recul, je l'écrase sous une bombe d'insecticide. Delphine nous rejoint dans la cuisine au moment où, avec un frisson de dégoût, j'enfonce le sac dans la poubelle. Tyler, résolument muet, déballe le reste, la tension visible dans ses épaules. Delphine me regarde empiler des dîners dans le congélateur dans un ordre stratégique.

— Ça ne te rapportera pas de points avec mon neveu, raille-t-elle derrière moi, son accent français bourré de mépris.

— Alors ne lui disons rien.

Je ne me sens pas insultée par ses suppositions. Je ne peux qu'imaginer combien de femmes elle a repoussées au fil des ans. Dans l'immédiat, je me fiche de Dominic. Et de Tyler, malgré son malaise. Peut-être que je lui en ai trop demandé.

Delphine rôde dans sa cuisine, son attention sautant de lui à moi. Cependant, je vois qu'il lui en coûte de maintenir sa posture réfractaire, au voile de transpiration qui commence à recouvrir sa peau diaphane.

— Ou peut-être que ce n'est pas mon neveu que tu te tapes ?

Tyler relève subitement la tête. Je l'apaise d'un geste.

— Détrompez-vous. Je couche bel et bien avec votre neveu.

Son regard s'échappe vers Tyler, surpris par sa réaction. Elle secoue la tête et sort de la cuisine. Nous reprenons notre tâche après avoir échangé un coup d'œil las.

Une fois les sacs vidés, nous nous répartissons les tâches. J'attaque la chambre de Delphine, où je remplis un sac de déchets sous sa surveillance, avant de faire usage de mon arsenal de produits ménagers. Alors que je frotte une tache sur la moquette qui a tout d'une cause perdue, elle revient à la charge.

— Que fais-tu chez moi ?

Je décide de lui livrer une dose d'honnêteté façon Alfred Sean Roberts. D'un coup d'œil derrière mon épaule, je croise son regard critique.

— Je n'aime pas que vous viviez dans ces conditions. Vous êtes souffrante. Vous vous battez contre une maladie tout en tolérant de vivre dans une maison insalubre.

— Qui es-tu pour me critiquer ?

— Je ne représente aucune forme d'autorité.

Je me lève et lui fais face. Elle est si frêle que je distingue les profondes veines violettes dans son cou. La chimio a laissé de nouvelles séquelles depuis la dernière fois.

— Delphine, vous êtes libre de me mettre dehors. Je m'en irai.

Elle croise les bras, son peignoir fin accentuant sa silhouette décharnée.

— Je fais ce qu'on attend de moi. Je prends mes médocs.

— Je ne suis pas là pour faire la police.

Simple, honnête, efficace. Cette femme renifle les mythos à dix kilomètres.

— Fais ce que bon te semble.

— Merci.

Sourcils froncés, elle repart vers le salon sur ses jambes tremblantes. Je me remets à frotter dans une maison silencieuse et une tension croissante. Finalement, elle appelle Tyler qui astique la cuisine. J'entends le bruit distinct d'une bouteille, du côté de son fauteuil.

— Je ne pensais pas te revoir. T'es toujours avec les traîtres ?

— Si tu veux parler des marines, alors oui, répond-il sur un ton qui masque mal son amusement. Tu ne m'as pas encore pardonné ?

— Non.

— Si j'arrive à faire briller cette vaisselle, tu y viendras peut-être.

— Cette vaisselle est plus ancienne que toi. Elle a perdu son éclat.

— C'est sûr que tu t'accroches comme personne à des trucs qui valent que dalle.

Son commentaire pique ma curiosité.

— Tu arbores tes deux tatouages comme des médailles d'honneur. Mais quelle maison sers-tu en réalité ?

— Aujourd'hui, la tienne, rétorque-t-il du tac au tac. Je t'ai expliqué il y a des années que je souhaitais servir les deux.

Indignée, elle souffle.

— Elles ne sont pas du même ordre. Elles s'opposent.

— C'est ce que nous nous efforçons de changer.

— Tu es pourtant un garçon avisé.

— Je ne lâcherai pas, et dans ce domaine, rien ne t'autorise à sermonner qui que ce soit.

Le mépris qu'il manifeste engendre une tension palpable. Le silence retombant sur la maison, je passe la tête dans le couloir et aperçois Tyler agenouillé devant elle. Malgré la distance, je jure que je vois ses traits s'adoucir pendant qu'elle l'écoute.

— Je suis désolé de ne pas être revenu.

Il lui prend son verre des mains et le met sur la table. Elle avance timidement sa main, la pose sur sa joue. Il la recouvre avec la sienne.

— Je fondais de grands espoirs sur toi.

Elle retire sa main et il soupire.

— Garde-les, et tes attentes aussi. Par contre, tu dois vivre pour les voir se concrétiser. Regarde le mal que tu te fais, Delphine.

À l'instant où elle se penche vers lui, son regard attrape le mien. Je recule aussitôt et retourne briquer la salle de bains.

Ainsi, Delphine fait aussi partie du groupe secret.

Intéressant.

Mais je ne vois pas comment utiliser l'information à mon avantage. Cette femme est aussi impénétrable que Dominic. Seule une barre de fer viendrait à bout de ses barrières. Je le sais sans même essayer.

Après avoir passé ce qui semble une éternité à récurer la salle de bains et à disposer des pièges à cafards dans tous les coins, le long des plinthes et dans les placards, je sors dans le salon. Tyler essuie une épaisse couche de poussière sur une étagère.

— Comment fais-tu pour respirer là-dedans, Delphine ?

Elle se verse une généreuse dose de vodka dans un verre.

— Respirer, c'est surfait.

— Tête de mule, déclare-t-il avec autorité.

— Mollo, un peu de respect pour ton premier coup de cœur, dit-elle doucement.

Il incline la tête, son regard débordant d'affection, jusqu'à ce qu'elle détourne les yeux.

— T'aurais jamais imaginé que je terminerais comme ça, pas vrai ?

— Tu ne me fais pas pitié. La femme que j'ai connue se battrait contre cette saloperie. Tu as fait un choix.

— J'ai choisi le mauvais homme, dit-elle avec un sourire triste avant de boire. Bats-toi contre ça pendant quatre ans, et on verra si tu me fais toujours la morale. Le cancer est comme un cafard. Il revient systématiquement chez celui qui l'héberge le mieux.

— Avant toute chose, ce type était un bon à rien, rétorque Tyler avec irritation. Ensuite…

Il cesse de la réprimander dès que j'entre.

— Je vous en prie, continuez. J'ai tout entendu, dis-je.

Delphine ricane, lève son verre et siffle sa vodka.

Elle n'a même pas l'air éméchée. À l'évidence, elle a gagné son badge de pochtronne chevronnée. Après une goulée, elle me désigne d'un hochement de tête.

— Elle me plaît bien, celle-là.

— Elle t'aime bien aussi. Comprends pas pourquoi.

— Évidemment, tu comprends rien.

Elle rit dans sa barbe. Après quoi l'ambiance repart à l'orage. Je les examine côte à côte.

— T'as fini, Cee ?

Le regard de Tyler passe entre Delphine et moi.

— Ouais.

Tyler se remettant au travail, je traverse le salon pour inspecter la cuisine. Elle est immaculée et empeste le désinfectant au citron. Du ménage de militaire. Si propre qu'on pourrait manger par terre.

Même si Delphine n'apprécie pas, moi je dormirai mieux, pour égoïste que ce soit. Quelque chose me dit que ce sera aussi le cas de Tyler. Il est clair qu'il éprouve de l'affection pour elle. Je ne comprends juste pas pourquoi Dominic ne s'y est pas collé.

Peut-être qu'il a essayé, et comme elle, a rendu les armes.

La maison de Dom est extrêmement bien entretenue. Y compris sa chambre. Qu'elle ait fait le choix de vivre dans la crasse est difficile à accepter.

Satisfaite du résultat, je dresse la liste des courses que nous avons apportées et la laisse en évidence, juste pour info. Delphine écluse un autre verre quand je reparais. Sa bible ouverte sur ses genoux, elle plante les yeux dans les miens. Son expression déborde d'espoir.

Je réprime l'émotion qui enfle dans ma poitrine pendant que Tyler polit le rebord de la fenêtre à côté d'elle. Décryptant la situation, il jette le chiffon sur son épaule.

— J'attaque les deux autres chambres.

Son regard s'attarde sur Delphine, et il disparaît dans le couloir.

Toutefois, la tante de Dominic me retient captive avec cette peur réelle dans ses yeux, à tel point que je suis pareillement terrifiée pour elle.

En dépit de sa désinvolture apparente, elle redoute de mourir.

Si seulement ce charlatan était réel. Celui qui détient la preuve de Son existence. Alors Delphine ne craindrait pas tant de passer dans l'au-delà. Mais elle n'a rien d'autre que sa foi. Tout ce dont elle a besoin, c'est de garder la foi en ce livre. Et il faut que cela suffise. Cette condition s'est instaurée quand la foi est devenue son fardeau, et un point de rupture éventuel. J'ai peut-être eu besoin de javelliser son environnement pour me sentir mieux, mais ce dont elle a véritablement besoin quant à elle ne se trouve pas dans des sacs en plastique.

Elle ne fait même pas mine de demander, et ce n'est pas nécessaire. Alors que je m'agenouille près d'elle, elle cherche sa page et se met à lire.

Dans le pick-up de Tyler, nous regardons ensemble la maison. Delphine nous a remerciés, et a étreint Tyler un long moment avant de m'adresser un léger sourire et de refermer sa porte. Quand il met le contact, j'avise les plantes sur sa terrasse.

— Mince, j'ai oublié d'arroser les plantes.

— Tu en as assez fait.

Son murmure est empreint de mélancolie. J'aurais pu me renseigner sur le chemin, à défaut de l'avoir mémorisé, mais j'avais besoin de renforts. C'est une situation difficile à vivre, encore plus en laissant entrer une inconnue. Pour franchir la porte, il me fallait un visage familier. Mais même avec lui, c'était éprouvant, et ça l'est tout autant de la laisser seule dans cette maison, de la voir maigrir à vue d'œil, surtout maintenant que je connais la profondeur de son angoisse. Elle a certes fait le choix de ne plus se battre et de mourir dans la solitude, mais le moment venu, elle ne désire pas être seule.

— Elle a besoin de croire. Elle est effrayée, dis-je en le regardant.

Il croise mon regard.

— Je sais. Tu crois en ces foutaises que vous avez lues ?

— J'aimerais. Si l'on m'annonçait que je vais bientôt mourir, je prierais matin et soir pour mon salut. Sans doute que cela fait de moi une hypocrite, vu que je crois juste quand ça m'arrange.

Le moteur au ralenti, il jette un regard vers la maison.

— Elle a énormément changé, mais elle est toujours là, dit-il avec un petit sourire triste. Et jamais tu ne seras aussi profane qu'elle l'était autrefois.

— J'ai mes petits secrets moi aussi, tu sais.

Je déglutis et ose un regard vers lui. Il n'y a pas trace de jugement dans ses yeux, ce qui le rend encore plus cher à mes yeux. Il me presse brièvement le genou et me fait un clin d'œil.

— Tu as été corrompue.

— Corrompue de mon plein gré.

— Cecelia, tu es quelqu'un de bien. Dominic a tout fait pour qu'elle vive décemment. Ils… (Il s'éclaircit la voix, détourne les yeux.) Ils ont essayé.

Il a du chagrin. Un profond chagrin. Et c'est là que je sais que mon intuition était la bonne. Son regard s'anime.

— Quand tu vois son état, ce n'est pas flagrant, mais il y a huit ans, elle était l'une des plus belles femmes de toute la surface du globe. Son ex l'a conduite à sa perte et elle l'a laissé faire.

— Elle n'était pas qu'un coup de cœur pour toi, n'est-ce pas ?

Il secoue doucement la tête.

— J'étais un réconfort pour elle. Moi, elle m'a fait tourner la tête. J'avais beau être un voyou de dix-huit ans, je l'aimais. Il l'avait plaquée des années plus tôt. Elle était déjà tombée dans l'alcool. Mais un jour qu'elle avait dessoûlé, elle m'a clairement fait comprendre que j'étais une erreur. Je me suis enrôlé dans l'armée peu après.

— Oh, mon Dieu, Tyler, je suis tellement désolée.

— De toute façon, ça n'avait aucune chance de marcher. Je voulais intégrer l'armée depuis toujours, et elle avait déjà trop sombré quand nous nous sommes trouvés. (Il hausse les épaules, même si je sais que le poids qui l'écrase est trop lourd pour qu'il s'envole en un geste.) On ne contrôle pas de qui on tombe amoureux, n'est-ce pas ?

— C'est on ne peut plus vrai. Dom savait ?

— Non. Personne ne sait. Je ne l'ai dit à personne d'autre qu'à toi. Et elle… elle l'emportera dans la tombe. Elle n'a pas son pareil pour garder les secrets. (Après un ultime regard à la maison, il rejoint la route.) Elle n'avait que vingt ans quand elle est devenue mère… à contrecœur.

À peine plus âgée que moi aujourd'hui. Je n'imagine pas.

— Mais elle a fait de son mieux. L'ironie est que ce sont ses ovaires qui la tuent aujourd'hui. Un gros doigt d'honneur de la vie. Si elle m'avait fait une place, son âge n'aurait pas eu d'importance. Maintenant non plus, d'ailleurs. Putain, ça me rend dingue de la voir dans cet état.

Je recouvre sa main avec la mienne.

— Je suis désolée de t'avoir entraîné là-dedans. Si j'avais su, je ne t'aurais pas demandé.

— Non, je suis content que tu l'aies fait. Je pensais qu'il était préférable de garder mes distances, mais maintenant que je l'ai vue… je sais que non. Je vais faire des efforts, je ne la laisserai plus souffrir seule. Elle n'a pas pris notre relation au sérieux, et cela m'a brisé le cœur. À mon tour, j'ai renoncé à elle. Celui que j'étais à dix-huit ans ne comprenait pas. À présent, je comprends.

J'examine son profil pendant qu'il nous emmène loin de ce quartier.

— Tu l'aimes encore.

— Je l'aime depuis que j'ai seize ans. Mais, Cee, ça doit rester entre nous.

— Je ne dirai rien. Je t'en fais la promesse. Tyler, merci pour ta confiance.

Dans le silence qui suit, je sais qu'il souffre ; je sens sa peine irradier de lui. Même après toutes ces années, et malgré l'état déplorable de Delphine, il continue de l'aimer.

Pour la première fois de ma vie, je ne trouve pas de beauté dans la tragédie. Je ne vois que sa cruauté. Songeur, il conduit en silence jusqu'au centre commercial et ne se tourne vers moi qu'en arrivant sur le parking.

— La vie est démente, non ? dit-il avec un grand sourire.

Je reprends ce qu'il m'a dit le jour de notre rencontre :

— On ne sait jamais de quoi la journée sera faite. En particulier par ici. Bon, ça va aller ?

— T'inquiète.

La lumière reparaît brièvement dans ses yeux, ainsi que sa fossette.

— Cee, je suis là, si tu as besoin de quoi que ce soit. Tu peux compter sur moi.

— Pareil pour toi, Tyler.

Chapitre 36

— T'es une sacrée veinarde.

La main sur mon ventre, j'admire la coupe parfaitement ajustée de la robe que j'ai achetée spécialement pour ce soir. J'ai dépensé la moitié de mon minable salaire de la semaine juste pour faire plaisir à Tessa. Son sourire est une récompense en soi. La robe se compose de deux parties, un ras-du-cou qui laisse entrevoir un peu ma poitrine sur les côtés, et une jupe longue noire fluide. Elle est un peu osée – forcément, elle plaira à Dominic. L'occasion est unique. C'est notre premier rencard.

Un vrai rendez-vous.

L'idée est de lui.

Si ce n'est pas la preuve d'une évolution, je ne sais pas ce que c'est. Je ne m'interroge plus sur notre trio. De toute façon, je ne saisis pas pourquoi ces deux sublimes garçons qui ont tant à offrir m'ont choisie. Le sexe n'explique pas tout, vu qu'ils aimantent toutes les filles des environs. Je veux croire que l'intérêt qu'ils éprouvent pour moi est authentique, qu'ils me respectent réellement et que cet arrangement leur convient, parce que je n'imagine pas devoir choisir entre eux deux. Cet accord ne me cause aucune souffrance. Absolument aucune.

Mes jours de pluie avec Dominic sont rares. Il est tellement occupé, entre la gestion du garage et les affaires du groupe, que parfois je ne l'aperçois même pas pendant des jours. C'est pourquoi cette soirée est spéciale. Et j'en savoure chaque minute parce qu'une petite voix en moi me rappelle qu'un jour la relation prendra fin – que ce soit le jour où je quitterai Triple Falls pour entrer à l'université ou celui où ils me quitteront pour une autre.

J'évite d'y penser car la perspective seule suffit à m'anéantir.

Toutes les nuits, mes rêves sont remplis à ras bord par eux. Depuis peu, je me remets à niveau en français avec une nouvelle appli, et Dominic me fait répéter quelquefois. Même s'il est rouillé, ce Français lunatique.

Malgré tout, il m'encourage. Sean aussi. Ils me font plaisir, dans ce moment d'égoïsme qu'ils m'accordent. Et je passe le meilleur été de ma vie.

Alors ce soir, je compte vivre dans l'instant.

Le son reconnaissable entre mille de la Camaro qui déboule dans l'allée me donne aussitôt le sourire. Je m'inspecte dans le miroir une dernière fois. La température a atteint un pic aujourd'hui, mais je laisse mes cheveux détachés parce qu'il les aime libres. Dès que je les attache, il tire sur les élastiques et les jette dans la corbeille. Il n'est pas davantage amateur de maquillage, étant donné qu'il jette aussi tout ce que j'oublie dans sa salle de bains.

L'enfoiré.

Mais il y a tant de choses que j'aime en lui. Sa façon de communiquer avec moi sans un mot.

J'arrive à le lire plus facilement à présent, à évaluer son humeur, à deviner ce qu'il préfère et déteste. Lorsque nous nous croisons en dehors de sa chambre, personne ne se douterait que nous sommes ensemble. À l'intérieur, il ne s'écoule pas une minute sans que ses mains ou ses lèvres se posent sur moi.

J'adore ça.

Une partie de moi pense que je devrais mal vivre son refus de nous montrer en public. L'autre partie sait que c'est lui tout craché. Et qu'il me préserve ainsi des ragots, dans la mesure où Sean et moi ne nous cachons pas pour nous embrasser à pleine bouche.

Et je suis coupable. Mais souvent je fais des choses qui, je l'espère, prouvent à Dominic que je lui suis tout aussi dévouée.

Je distribue à parts égales mon temps, mon cœur et mon attention ; et d'une manière ou d'une autre, même si cela va à l'encontre des lois de la monogamie et de la nature humaine, ça fonctionne. Tout roule, tant et si bien que je commence à les croire.

Il n'y a pas de jalousie, pas de prises de bec, hormis celles qui sont de mon fait. Je m'efforce chaque jour d'accepter que mon cœur est partagé et tout à fait capable d'aimer les deux, mais cet arrangement ne me semble pas plus juste pour l'un que pour l'autre.

Donc pour l'instant, je prends ce qui vient.

J'attrape ma pochette et dévale les marches, sans mon téléphone.

Dominic s'arrête à ma hauteur dans sa Camaro lustrée. Je monte en voiture, luttant contre une forte envie de l'embrasser.

— Salut, fais-je, et il redémarre.

Nous roulons quelques minutes en silence, mes doigts démangés par l'envie de le toucher. Il regarde devant lui, un sourire aux lèvres, et je sais qu'il sait à quoi je pense.

Je lève les yeux au ciel.

— Salopard.

— Dire que j'ai mis un tee-shirt propre, tout ça pour me faire insulter.

— Nous sommes seuls, tu sais.

À la seconde où nous serons à l'abri des regards, je sais qu'il me touchera et que je l'implorerai de ne surtout pas arrêter.

— Je conduis. Un peu de retenue, miss. Et nous ne sommes jamais seuls.

Je regarde ostensiblement autour de moi.

— Tu es venu avec des amis imaginaires ?

— Cecelia…, lâche-t-il d'un air neutre, et j'attends la suite une petite éternité. Nous serons seuls plus tard.

Comme c'est ce que j'obtiendrai de plus approchant d'une promesse, je décide de m'en contenter.

— Je suis capable de contrôler mes mains, tu sais.

— Je n'en doute pas.

Plus pédant, tu meurs.

Les lèvres frémissantes, il passe une vitesse, les muscles de son avant-bras saillants tant il cramponne le volant.

— Quand me laisseras-tu conduire ?

— Jamais.

— Sans rire ?

— Une seule autre personne détient la clé de cette voiture et elle ne s'en servira pas.

— Tu sais que je vais fouiller la chambre de Sean du sol au plafond ?

— Bonne chance.

— Un jour, Dominic, je conduirai ce bolide. Tu peux en être sûr.

Il m'emmène à Asheville, dîner dans un restaurant avec patio. La ville, nichée au cœur des Blue Ridge, est beaucoup plus peuplée que Triple Falls. Ce qui explique probablement pourquoi nous avons roulé quarante minutes pour aller dîner. Le repas est succulent, et être avec Dominic dans ce cadre est tout aussi délicieux. J'aime être assise en face de lui, contempler son visage, ses cils, pendant qu'il passe la carte en revue avant de commander pour nous deux. Il me tient toujours la porte, laisse des pourboires d'un montant astronomique et sourit – de vrais sourires. Les codes du rendez-vous amoureux lui sont familiers, de même que les bonnes manières et la galanterie, ce qui m'amène à me demander pourquoi il m'a traitée comme il l'a fait au tout début. Les premiers temps, il était infect au-delà du tolérable.

Sur le chemin du retour, il relève ma jupe et expose ma petite culotte, repoussant ma main d'une tape quand je tente de la baisser. Il tire de la satisfaction dans le fait de savoir qu'au premier coup d'œil il me verra à sa merci. Et bien que j'affecte l'agacement, j'en aime chaque seconde. Durant tout le trajet, il me décrit de quelle manière il a envie de me toucher, où il veut me lécher, et décris en détail tout ce qu'il fera pour m'amener jusqu'à l'orgasme. Je l'écoute à en perdre la raison, suspendue à ses lèvres, un peu plus mouillée à chaque mot. Le temps de se garer, je me sens près de jouir. Dès qu'il coupe le contact, je me jette sur lui. Le grognement dans sa gorge atteste qu'il en a autant envie que moi.

Pour preuve, il me baise deux fois. Puis roule un joint. Entre-temps, je me suis allongée sur la banquette, la tête contre la portière, en petite culotte. De là, je peux admirer à loisir son profil, son physique, lui. Au son de la musique, je lui masse le flanc du bout du pied pendant qu'il étale le papier.

— C'est quoi ?

— David Bowie. Chut, fait-il en émiettant l'herbe sur le papier, avant de monter le son. La première minute et demie de cette chanson est hallucinante. Écoute bien.

Je tends l'oreille, décidant que ce titre sera l'un de ceux que nous décortiquerons et réécouterons. C'est devenu l'un de nos passe-temps. Il fait le DJ, et nous analysons la musique. S'il n'était pas justicier-criminel-mécanicien, il aurait sûrement fait carrière dans ce milieu.

— J'adore.

Il me fait un rare sourire sans retenue.

— Je le savais.

Une palpitation louvoie dans ma poitrine. Il fait des efforts, pour moi.

— Me diras-tu pourquoi tu ne m'aimais pas au début ?

— Qui a dit que je t'aime bien maintenant ?

J'appuie mes orteils sur ses côtes. Un peu d'herbe se renverse, et il me fait les gros yeux.

— Si j'admets que c'est le cas, serai-je obligé de t'accompagner au bal de promo ?

— Je ne suis pas si jeune.

— Tu es un bébé.

— Tu n'es pas beaucoup plus âgé que moi.

Il a récemment fêté ses vingt-six ans. Le jour de son anniversaire, je l'ai réveillé d'une manière que j'espère inoubliable.

— Je suis plus vieux, donc plus avisé.

— Pourtant, tu t'es comporté comme un imbécile avec moi.

— Ouais, fait-il, pensif. Comme un imbécile.

— Qu'est-ce que je dois comprendre ?

— Ne te vexe pas, déclare-t-il.

— Considère-moi comme vexée.

J'enfonce mes orteils en espérant lui faire mal.

— Et tu dramatises, glousse-t-il en léchant le papier pour le sceller. Ne fais pas la gamine.

— Désolée, tu m'as manqué.

Il fronce les sourcils. Je ris parce que je sais que ce n'est pas qu'il désapprouve ces mots, mais qu'il se sent gêné parce qu'il n'est pas d'humeur à répondre à l'identique, et que cette humeur-là survient encore plus rarement que ses sourires. Désormais, je suis capable d'anticiper nombre de ses réactions, et je m'en enorgueillis. Sean m'avait prévenue que Dominic était plus profond qu'il n'en donnait l'impression, mais je ne l'ai pas cru avant de le voir de mes propres yeux. D'en faire l'expérience.

— Me diras-tu un jour ce que sont devenus tes parents ?

Je regrette instantanément d'avoir posé la question, parce que son regard s'assombrit et se perd au-delà du parebrise, dans les bois. Nous sommes stationnés au point de rendez-vous, là où il m'emmène souvent pour bidouiller sur son ordinateur quand il a envie de prendre l'air avant que l'orage éclate. Je considère à présent cet endroit comme le nôtre, encore que, techniquement, il appartient à Tyler. Il l'a acheté avant d'intégrer les marines.

— Ils sont morts dans un accident.

— Quel âge avais-tu ?

— Presque six ans.

— Je suis désolée.

Joint aux lèvres, il incline la tête et l'allume, sa réponse portée par une expiration.

— Ouais. Moi aussi.

L'odeur désormais familière du nuage qui m'enveloppe me réconforte.

— Je n'ai que peu de souvenirs. Quelques images d'un sourire. D'elle qui désinfecte mon genou après une chute à vélo. La couleur de ses cheveux, identique à la mienne. Son rire. De petites choses, de petits bouts d'elle que je garde sous clé. Mais surtout, je me rappelle la musique qu'elle écoutait parce qu'elle en mettait tout le temps.

— Ce que nous écoutons ? C'était la musique qu'elle aimait ? m'enquiers-je, prise au dépourvu par sa confidence.

— La plupart.

Il tourne vers moi un regard voilé d'une rare vulnérabilité.

— Quand je l'écoute, j'ai l'impression de la connaître. Plus je vieillis, mieux je comprends les paroles et mieux je la comprends, elle. Tu me suis ?

Émue, je hoche la tête. J'ai une envie folle de le serrer dans mes bras, mais le moment est mal choisi.

— Et ton père ?

— Même chose. Quelques images fugaces. Sauf qu'il était roux, ajoute-t-il avec un petit rire.

— Sans blague ?

— J'te jure. Son père était écossais, d'où mon prénom – qui est aussi le sien. Et sa mère était française. Donc il était moitié écossais, moitié français et a grandi en France.

— Tu ne dois pas lui ressembler beaucoup.

— Pas du tout.

— Comment se sont-ils rencontrés ?

Il fume, recrache la fumée et me passe le pétard.

— Une histoire pour un autre jour.

Je ne pousse pas ma chance et j'inhale profondément.

— As-tu des photos d'eux ?

— Quelques-unes, mais ils sont décédés avant la révolution numérique. (Il ôte une miette de beuh de sa langue.) Tatie a des photos dans son grenier, quelque part. De toute façon, nous n'étions pas trop du genre à sortir les photos de famille.

— Pourquoi ? À cause de la famille des corbeaux ? Du groupe Ravenhood ?

Avec un grand sourire, il arque les sourcils.

— Ravenhood ? fait-il avec un rire incrédule.

Je hausse les épaules.

— Quoi ? C'est ce que vous êtes. Ne me dis pas que tu ne l'avais jamais envisagé sous cet angle. Le surnom de Tyler est Friar, « le Frère ».

— Ce n'est pas une image d'Épinal pour moi.

— Parce que c'est ton quotidien.

— Rhabille-toi. Terminons de fumer là-haut.

— Là-haut ? Un problème avec ce que tu vois d'ici ?

Son regard sans équivoque parcourt mon corps.

— Ouais, j'suis à court de capotes.

— Se balader seins nus, c'est pourtant très français.

J'enfile ma robe, souriant au soupçon de possessivité dans son regard.

Je tripe, pelotonnée dans le creux de son bras. Étendus sur le capot, nous admirons le ciel étoilé. Je me noie dans la sensation de lui, son odeur iodée comblant mes narines. Je suis complètement défoncée, entre la fumette et la sensation de ses lèvres, de sa peau.

Je me tourne vers lui en souriant en même temps qu'il baisse sur moi ses yeux hilares.

— Quoi ?

— Qui es-tu ? Et qu'as-tu fait de l'emmerdeur de mon cœur ?

Sa main titille mon sein avant de le pincer durement. Je pousse un petit cri, puis éclate de rire.

— Te voilà.

Je reprends ma place dans ses bras. Nous nous délectons de la petite brise. Si le paradis existe, c'est ici avec lui.

— Dom ?

— Ouais ?

— De quoi as-tu envie, tu sais, pour l'avenir ?

Au long silence qui suit, j'en déduis qu'il n'a pas l'intention de répondre.

— Ce n'est pas une question idiote, dit-il enfin, avant de faire une autre pause. Rien.

Je soupire.

— Super, comme ça tu ne seras pas déçu.

— Suis-je censé te demander ce que tu veux ?

— Seulement si ça t'intéresse.

— Je ne me projette pas dans l'avenir. Les projets ne font pas l'homme.

— Je sais, je sais. Vivre le présent, prendre chaque jour comme il vient. Je comprends, mais n'y a-t-il pas quelque chose que tu souhaites ?

— Non, mais de toute évidence, toi, tu veux quelque chose.

Plus. Plus de lui. Plus de Sean. Plus de cet été infini. Mais je garde ça pour moi. Parce que je suis sûre que cela ne peut pas continuer éternellement. Cette appréhension-là me bouffe de plus en plus. Et outre leurs ambitions, il est vrai que j'ai les miennes, et je sais qu'un jour je voudrai les réaliser. Un jour, peut-être, je choisirai une vie ou une voie que ni l'un ni l'autre ne pourra suivre avec moi. L'idée de les perdre me dévaste. Je ne me suis jamais sentie aussi heureuse. Pas une fois. Tout ce qui me sauve est que je ne quitte pas Triple Falls de sitôt.

— Quoi ?

Il me pousse doucement pour m'encourager.

— Je n'aime pas mettre des mots sur mes angoisses. Parce que sinon, je n'ai plus qu'à attendre qu'elles se réalisent.

— Pas très réjouissant.

— C'est toujours mieux que ne pas avoir de vœu pour l'avenir.

— Je sais déjà de quoi demain sera fait, murmure-t-il.

— C'est-à-dire ? Tu sais prédire l'avenir ?

— Je peux prédire le mien étant donné que je fais bouger les choses.

— Quel est-il ?

— Ce que je décide d'en faire.

Quand je me soulève, il ne me retient pas.

— Rien qu'une fois, tu pourrais me donner une réponse claire ?

— Quelle est la question ?

Je change de sujet.

— T'arrive-t-il d'éprouver de la jalousie ?

Il soutient mon regard.

— Non.

— Pourquoi ?

— Parce qu'il te donne des choses que je ne peux pas te donner.

— Je ne me plains pas. Ne va pas croire ça. Mais pourquoi en es-tu incapable ?

— Parce que je ne suis pas lui. Je suis beaucoup plus simple.

— Je ne pense pas.

— C'est vrai.

Je suis le contour de sa mâchoire.

— Tu es tout sauf simple.

— Mes besoins le sont. Je ne veux pas la même chose que tout le monde.

— Pourquoi ? Pourquoi t'astreindre à tant de simplicité alors que tu vaux tellement plus…

Je me lance, prête à me dévoiler.

— Tu es tellement plus que ce que tu montres aux autres, tellement plus que ce que tu t'accordes.

— C'est le but.

— Pourquoi ne laisses-tu pas les autres te connaître ?

— Tu me connais.

Cette déclaration me fait fondre intérieurement, comme si son intonation et ses mots me donnaient vie.

— Et j'ai de la chance.

— Tout l'inverse, ronchonne-t-il.

— Arrête ça… tu n'as pas une aussi faible opinion de toi-même. C'est quoi, cette désinvolture ?

— Il y a tant de choses que tu ignores.

— J'aimerais savoir, Dom. Je veux connaître tout de toi.

— Oh, non, Cecelia. Tu crois ça, mais je te le déconseille.

— Tu penses que je tiendrais moins à toi ?

— Ce ne serait pas sans conséquence.

— Peu importe, dis-je en posant les mains sur son torse. Je veux en faire partie. S'il te plaît. Laisse-moi en faire partie.

Il garde le silence pendant que je soupire de frustration. Ces temps-ci, leur mutisme m'agace de plus en plus, mais ça ne change rien. Comme c'est le prix à payer pour sortir avec eux deux, je fais machine arrière.

— D'accord, d'accord.

Je me rallonge, ma tête sur le parebrise, en me grondant intérieurement d'avoir insisté à ce point.

— Désolée, dis-je en me redressant pour l'embrasser sur la joue. C'est pas facile d'être avec toi. Des fois, c'est franchement pénible.

Je reprends ma place dans ses bras, ma main glissée sous son tee-shirt. Il saisit mon épaule nue et me serre plus étroitement.

— Tu en fais partie.

Chaque mot me touche au plus profond de mon être. Dans un flot d'émotions, je tends le cou pour le regarder. Il m'embrasse tendrement, puis approfondit son baiser pour graver ces mots en moi.

Quand il se recule, je ressens tout en même temps. Je sais que je suis amoureuse de lui. Ce que je ne sais pas, c'est dans quelle mesure je le connais.

Mon guerrier du clavier, mon crack en informatique, mon fana de lecture qui vit modestement malgré son grade dans l'organisation. Un héros silencieux au tempérament versatile. Un amant passionné, qui distribue ses marques d'attention avec parcimonie ; une chaleur quasi imperceptible, à moins de se rapprocher suffisamment pour cela. Pourtant, avec lui, je la vois. Je la sens. Dans ses mains, ses yeux. En lui se tapit une âme pleine de bonté capable de tellement plus que ce qu'il laisse entrevoir. Je suis tellement avide pour lui que je veux qu'il ait tout. Je veux qu'il accepte tout. Je veux le voir recevoir tout l'amour qu'il mérite. Et égoïstement, je veux être la seule à le lui prodiguer.

J'ouvre la bouche pour m'y atteler quand sa main la recouvre.

— Ne gaspille pas ta salive pour moi. C'est bon, Cecelia. Je suis aussi heureux qu'un homme de mon genre le mérite.

Ce sont ses secrets qui le rendent humble et l'empêchent de viser les étoiles. Seul un homme bien se demanderait s'il mérite plus ou pas. Une partie de moi est accablée par l'idée qu'il pense ne rien mériter de plus de l'avenir.

— As-tu fait du mal à des gens ?

Silence. Or ce n'est pas une question idiote. C'est juste une question à laquelle il ne daigne pas répondre. Il est probable que l'arme qui se trouve dans sa voiture ait déjà servi, et qu'elle servira encore. Il a trop de secrets, et personne avec qui les partager.

— Je te rends heureux ? Ne serait-ce qu'un peu ?

C'est plus fort que moi, son silence me fait sourire. Alors il m'embrasse à en perdre haleine.

Quand nous arrivons au garage, voir la Nova me donne la banane. Je me précipite à la réception, mais suis stoppée net par l'expression de Sean. La mine grave, il croise le regard de Dominic derrière moi avant de m'accorder son attention. Un bref sourire m'accueille.

— Tu as fait des bêtises ?

— Évidemment.

— Je te reconnais bien là.

— Où sont les autres ? dis-je en jetant un œil dans le garage.

Ignorant ma question, Sean me caresse les cheveux.

— Cecelia, je vais te raccompagner chez toi. D'accord ?

Le regard de Dominic est glacial, sa mâchoire contractée.

— Mais…

— Pas ce soir, d'accord ? dit Sean gentiment. Dom et moi, faut qu'on discute.

Je sais que l'interroger ne servirait à rien. Toutefois, sa nervosité m'alarme.

— Tu n'es pas… en danger ?

Faisant courir son doigt sur mon nez, il me considère avec une absolue adoration.

— La sécurité est une illusion.

— Pour une fois, Sean, pourrais-tu me mentir ?

— Je déteste le sol que tu foules, dit-il sur un ton pince-sans-rire.

Il dirige le regard vers Dominic, qui demande :

— Quand ?

— Sous peu.

— Putain, fait Dom. Reconduis-la.

Sean me tire par la main, mais je résiste. Je me tourne vers Dominic en espérant qu'exceptionnellement il s'adoucisse. Ce qu'il fait. Dès que je me hausse sur la pointe des pieds, il m'enlace et m'embrasse un long moment, me faisant presque chavirer. J'en reste abasourdie.

— Tu dois y aller, bébé.

Qu'il emploie un tendre surnom instille de la peur en moi. Affolée, je regarde Sean et lis sur son visage l'inquiétude qu'il a laissée paraître lorsque nous sommes arrivés.

Ils sont morts de trouille.

C'est écrit dans la raideur de leurs postures, dans leurs expressions.

— Ça va aller, murmure Sean sur un ton peu assuré. Faut y aller, Pup. Magne-toi.

— Compris.

Quand je passe devant Dominic, nos doigts se frôlent. Sans un regard en arrière, il reste au milieu du garage, les yeux baissés. Je le scrute quelques secondes avant qu'il explose. Le son du métal qui cogne contre le volet roulant se répercute à la seconde où Sean m'entraîne hors du bâtiment.

Je verdis quand Sean me pousse doucement à l'intérieur de la voiture.

— Je m'en fous de ce que vous faites. Tu m'entends ? Je m'en fous, mais donne-moi un indice.

Il quitte le parking sur les chapeaux de roue, et je patiente, consciente qu'il perçoit ma détresse.

— Sean, s'il te…

— Quelqu'un n'a pas su garder le secret.

Chapitre 37

Des jours et des jours de silence. Des jours de SMS restés sans réponse. D'inquiète, je suis passée à perplexe, puis à furieuse. Tout ce que j'attends à ce stade, c'est un foutu signe. Je m'arrête devant le garage et respire longuement pour me calmer les nerfs. Contre toute attente, mon cœur trépidant est descendu en chute libre en l'espace de soixante-douze heures. Tout cela à cause de leur silence retentissant.

Je me suis montrée patiente. Je leur ai laissé assez d'espace pour régler ce qui me les a enlevés sans véritable explication.

Je ne demande pas à avoir de réponses, mais j'ai besoin de les voir de mes yeux. Je sais que leurs activités clandestines les exposent au danger, mais leur silence est tout bonnement cruel. Je n'ai pas fermé l'œil une minute et je sors de ma journée à l'usine, où Sean a encore brillé par son absence. Grâce à Radio Ragots, j'ai appris qu'il avait prévenu qu'il était souffrant. Plus d'une fois, j'ai été à deux doigts de contacter Layla, mais ça ne marche pas de cette façon.

Appeler pour obtenir la preuve qu'ils sont en vie, pour le seul bénéfice de ma santé mentale, aurait été la prochaine étape, si je n'avais pas vu des voitures garées devant le garage, y compris celles qui appartiennent aux hommes auprès desquels je suis venue chercher des réponses.

Les affaires du groupe. Ces derniers jours ont sûrement été consacrés à ça, étant donné que le parking est bondé. Virginie est ici, Alabama aussi. Mais ce n'est pas un rassemblement. Il s'est déroulé la semaine dernière, ce qui signifie que le prochain n'aura pas lieu avant minimum deux semaines. À moins d'un gros problème.

Paniquée, je sors de voiture et sens vibrer les basses de la musique. Je ne peux m'empêcher de sourire, soulagée, quand des voix mêlées à des rires révèlent une ambiance animée.

Ils se portent bien. Tu vas bien.

J'ai besoin de croire qu'un incident lié à leurs affaires les a accaparés, l'alternative étant trop douloureuse. J'ai évité de m'appesantir sur cette option. Rien dans notre dernier échange n'indiquait que c'était même une possibilité. Mais s'ils me *goûtent*, je ne leur donnerai pas la satisfaction de m'ignorer sans s'expliquer. D'autant plus que cet été nous sommes devenus si proches, Sean et moi, aussi bien en tant qu'amis qu'en tant qu'amants. Et Dominic… eh bien, j'aurais du mal à identifier nos sentiments, à cause de la soif de sexe, de la fascination ou de l'addition des deux, mais la dernière soirée que nous avons passée ensemble, c'est de l'amour que j'ai éprouvé. Ce que j'avais l'intention d'admettre.

Parce que je les aime sincèrement tous les deux.

Et tant qu'ils vont bien, je vais bien.

Tenaillée par la crainte, je m'approche de la porte bien que ma détermination vacille. C'est quand je pose la main sur la poignée et que j'entends la mélodie incongrue beugler dans le garage que je sais qu'ils m'attendaient.

L'air d'« Afternoon Delight », qui évoque un petit quickie, traverse la porte. Ma poitrine bouillonne et l'effroi comble le creux dans mon estomac.

C'est une farce. Forcément. Et elle ne m'amuse pas. Sean me le paiera, d'une façon ou d'une autre.

À la porte de l'accueil, je les vois à travers la baie vitrée occupés à leur routine habituelle, avec une bande élargie de potes. Mes garçons jouent au billard, une bière à la main, et font tourner un joint. Sean regarde Dominic calculer un tir, les yeux obstinément rivés à la table. Il sait que je suis là. Je me suis changée en sortant de l'usine, pour enfiler sa robe rouge préférée. Et je porte un rouge à lèvres assorti. Je me tiens dressée comme un phare dans l'attente d'un signe de reconnaissance, mais ils bavardent, et quelques têtes que je ne reconnais pas se tournent dans ma direction. Au moment où je franchis le seuil, au début d'une nouvelle chanson, une nausée latente se substitue aux appels à l'attention.

C'est alors que je comprends pourquoi Sean garde les yeux baissés. Il refuse de voir le poignard qu'il enfonce lentement dans ma poitrine.

Pendant que retentit l'introduction de « Cecilia », de Simon and Garfunkel, la porte claque derrière moi. Le piège s'est refermé sur moi.

« *Making love in the afternoon with Cecilia up in my bedroom.* » « Après avoir fait l'amour l'après-midi avec Cecilia dans ma chambre… »

« *I got up to wash my face, when I come back to bed, someone's taken my place.* » « Je me suis levé pour me laver la figure. Lorsque je retourne au lit, quelqu'un a pris ma place. »

Chaque mot de la chanson est comme une gifle.

Ce n'est pas possible.

Ça ne peut pas m'arriver.

Pourtant, la chanson, les paroles, la mélodie incongrue dans ce garage me transpercent la poitrine. Mon cœur bat à tout rompre, se cogne encore et encore contre la barrière qui s'effrite, implorant d'être libéré, de s'enfuir n'importe où sauf ici. Les larmes aux yeux, je regarde les hommes pour qui je suis venue m'ignorer ouvertement, et d'autres têtes se tourner vers moi.

Penché au-dessus de la table, Dominic est concentré sur son tir, sous le regard de Sean qui se tient dans l'angle, la queue de billard devant lui. Tyler lui murmure à l'oreille en me fixant, un sourire sur son visage à fossette. Il ne sait pas.

Mais Sean sait, et Dominic sait.

Leurs copains se regroupent autour des fûts, ignorant tout de la lame qui me lacère. Dominic joue avant de se décider à me regarder en face, un sourire plein de morgue sur ses lèvres.

Un sentiment de trahison monte dans ma gorge, m'étouffe à mesure que leur air narquois me marque de la lettre écarlate, retournant contre moi tous nos actes condamnables.

Abasourdie par leur duplicité, je sombre sur place, ravalant la bile qui afflue dans ma gorge, emportée par la vague du désespoir.

J'ai le cou en feu, mon cœur appelle à la pitié, un battement douloureux après l'autre, alors qu'enfin Sean relève les yeux vers moi.

C'est à ce moment-là que je craque, humiliée au plus haut point et interloquée par le double visage des hommes dont je suis tombée éperdument amoureuse.

Chaque couplet de la chanson transforme tous les beaux moments que nous avons partagés en étape menant à ma dégradation.

J'ai été mystifiée.

Je les ai laissés entrer dans ma vie.

Je les ai laissés m'utiliser.

Je me suis convaincue que c'était sérieux.

Qu'ils se souciaient de moi.

Je pensais que c'était de l'amour.

Mais pour eux, je n'étais qu'un jouet.

Ils m'ont tendu un piège, m'ont élevée aussi haut que je pouvais voler pour ensuite contempler ma chute.

Je me rends compte que je pleure lorsque je ne parviens plus à les distinguer. Lorsqu'ils ne sont plus que les versions brouillées des hommes à qui j'ai donné mon cœur, ma confiance. Peut-être est-ce mieux ainsi, car je peux remplacer les anciennes images par celles-ci, remplacer tous mes sentiments par le néant qu'ils m'ont laissé.

Ils m'ont fait me sentir en sécurité, acceptée.

Je les aimais totalement.

Je me suis donnée à eux et ils m'ont laissée faire…

L'une après l'autre, les têtes se tournent lentement vers moi. Et peu à peu, j'attire sur moi tous les regards. Le visage brûlant, des sanglots jaillissant de moi, je ferme étroitement les yeux dans l'espoir d'escamoter cet instant : les flammes de l'enfer dans mon cœur, la condamnation, le marquage au fer rouge, le jugement.

Je ne peux me résoudre à rouvrir les yeux, à les affronter, à bouger. Je suffoque sous le coup de la trahison, de mon cœur qui saigne et de la douleur cuisante qui m'envahit.

Je suis cette fille-là. La fille que j'avais juré de ne pas devenir. L'imbécile que je m'étais promis de ne plus jamais être.

Seulement voilà, j'étais l'abrutie finie.

Guère mieux qu'une putain qui se fait payer.

Pire que tout, j'ai cédé mon cœur contre rien. Pour devenir rien.

J'ai joué avec le feu, et maintenant je suis cramée à en être méconnaissable.

Lorsque j'ouvre les yeux, je lis sur les visages de ceux qui assistent à ma fin qu'à peine quelques secondes se sont écoulées. En eux, je ne vois que de la confusion et de la pitié, surtout Tyler qui nous regarde à tour de rôle.

Sean fait un pas vers moi, et Dominic abat sa main sur son torse. Rictus en place, le regard amusé.

J'étais leur jouet et je suis devenue indigne de leur temps et de leur attention.

Emplie de dégoût, je fixe Dominic en me remémorant ses mots à peine quelques jours plus tôt, ses caresses sous les étoiles. Plus grave encore, Sean était tout aussi convaincant, peut-être même plus. Me reviennent en tête des images de nos débuts, de nos baisers, de nos éclats de rire, du réveil dans ses bras, de nos conversations.

À leurs yeux, je ne suis rien. Rien.

À leurs yeux, je suis une fille parmi tant d'autres.

Anéantie, je suis à mi-chemin de la sortie quand une bousculade éclate derrière la vitre. Je me retourne assez longtemps pour voir le poing de Sean rencontrer la mâchoire de Dominic. Je m'enfuis, l'humiliation martelant mes tempes, le sang qui ruisselle amortissant mes pas.

Sans même aller chercher mes affaires, je prends la route et roule toute la nuit.

Chapitre 38

Deux semaines.

C'est le délai que j'ai demandé à mon père et qu'il m'a accordé sans problème. J'ai filé droit chez Christy, dans son premier appartement qu'elle vient de louer à Atlanta. J'ai passé la première semaine sur son canapé, pleurant dans son giron pendant qu'elle faisait de son mieux pour me réconforter.

Je ne pense pas que Sean voulait me faire du mal, pas comme ça, et c'est ce que la bagarre qui a éclaté semble indiquer. Mais s'il est pleutre au point de suivre le plan de Dominic, et l'a même alimenté, je ne peux lui accorder de place dans mon cœur.

Je m'en veux. J'ai activement pris part à l'histoire. J'ai accepté de passer de main en main comme un joint à une fête, et j'en réclamais encore.

Alors ils se sont servis sans compter, pendant que j'en savourais chaque seconde.

Je fais de longues marches dans le quartier, tâchant d'identifier le moment où tout a déraillé. Chaque fois, je reviens au début. Au jour où j'ai rencontré Sean et accepté son invitation.

J'ai été manipulée jusqu'à l'ultime seconde. Jusqu'à ce qu'ils me montrent toute l'étendue de ma naïveté.

Je ne saurais dire à quel genre de fin je m'attendais, mais certainement pas à celle-là. Pour être honnête avec moi-même, je ne me serais pas vue en garder un plutôt que l'autre, même si l'on m'avait imposé de choisir. Même cela, ils m'en ont privée.

Ils m'ont bazardée comme une merde. Et je l'ai bien cherché. En désirant ardemment les deux, en leur accordant l'accès à mes cuisses, à mon esprit et à mon cœur.

Christy ne sait pas du tout quoi me dire. Je lui ai confié une grande partie de ce qui concernait ma relation avec eux, en omettant les activités clandestines de l'organisation. Elle a bu mes paroles comme si l'histoire la fascinait, mais à y regarder de plus près, je décèle un peu de désapprobation. Je ne peux pas le lui reprocher. Je comprends. Je me suis suffisamment compromise pour une vie entière.

J'aimerais juste éprouver des regrets.

La vérité est que j'en suis incapable. Et le plus tordu ? Je continue d'avoir envie d'eux. De les aimer.

Je me dégoûte. Comment me suis-je dépravée à ce point ?

Tous les jours, je continue de désirer ardemment leur affection, leurs bras puissants, leurs baisers, leurs excentricités. Ils sont gravés dans ma mémoire. Mais c'est le souvenir vif de ces quelques secondes dans le garage qui me révolte.

Cela dit, tout malheur a du bon. Tous ces sentiments insensés sont étouffés par quelque chose qui naît et monte en moi : le besoin d'un châtiment, d'une vengeance.

Et pour peu que l'opportunité se présente, je suis déterminée à la saisir.

Qu'ils l'admettent ou non, ces hommes tenaient à moi. Quelle que soit la raison qui les a amenés à couper les ponts, à me couper d'eux, leur affection était bien trop convaincante pour être fictive.

Même si on m'a menée en bateau avec une infinie cruauté, cette affection n'était pas le fruit de mon imagination. Ils se sont confiés à moi, m'ont traitée avec égard. Tout cela n'a pas pu être forcé. Ou alors je suis perdue pour de bon.

Quelque chose s'est produit.

Quelque chose a dû se produire pour qu'ils exécutent un plan aussi barbare. Certes, Dominic est capable de ce genre de crasse, de dissimuler brillamment ses sentiments ; ce n'est pas le cas de Sean.

Néanmoins, il mérite autant ma rogne, parce qu'il a laissé faire.

Même si pour eux, il n'était pas question d'amour, en tout cas c'était davantage que du sexe. Malgré tout, leurs agissements sont impardonnables.

Pour la première fois de ma vie, je me réjouis d'être la fille de mon père. Une partie de moi est tout autant que lui capable d'être insensible, reptilienne. Si pour survivre à mon cœur en lambeaux, je dois canaliser le sang que je m'évertue à renier, à maudire, et qui glace désormais mes veines, qu'il en soit ainsi.

— Pourquoi la regardes-tu comme ça ? me demande Christy.

Je fixe sans la voir une fillette qui joue sur les marches de la piscine de la résidence. C'est ici que nous profitons du soleil de la fin de l'été. La petite fille pousse un cri de joie quand sa mère, agenouillée près d'elle, étale de la crème solaire sur ses bras.

Je me rappelle qu'à son âge j'avais joué seule à un jeu dangereux. Je jouais souvent seule, pendant que ma mère était occupée avec ses copines ou son mec du moment. Ce jour-là, je m'étais mise au défi de nager de plus en plus loin. Je m'étais retrouvée seule au milieu du grand bain, la tête sous l'eau, et m'en étais sortie sans que personne remarque que je me noyais. Une seconde avant de retourner sous l'eau pour ce que je savais être l'ultime fois, je m'étais propulsée si fort avec les pieds que je m'étais cogné la tête contre le bord. Juste avant de m'évanouir, mes mains s'étaient agrippées au béton et je m'étais extirpée hors de l'eau. En sécurité, j'avais éclaté en sanglots, ivre de soulagement. C'est alors que ma mère m'avait remarquée. Elle m'avait enlacée, avant de me flanquer une fessée.

Même lorsque j'étais enfant, j'étais fascinée par le grand bain et le danger. Ce mal en moi n'est pas nouveau. Toutefois, avec eux, je l'avais laissé s'exprimer et, pour citer Sean, j'avais fait la paix avec mon démon intérieur. J'avais laissé ce démon me gouverner le temps d'un été, et il se révélait peu soucieux de mon bien-être.

Me revoilà au moment où je dois choisir entre me noyer ou pleurer de soulagement. Le moment est venu de donner un bon coup de pied pour m'arracher à ce marasme. Mais mon cœur, mes souvenirs, ma maladie persistante me tirent vers le bas. Compromettent tout progrès, me laissant impuissante dans le grand bain.

C'est l'heure de donner un coup de pied, Cecelia.

— Cee ? me presse Christy, pendant que je continue de fixer la fillette, qui projette des éclaboussures avant de se jeter dans les bras de sa mère, en sécurité.

— Je suis en train de me dire que ça ne va pas. Je pense que…

J'ai besoin de trouver ce rebord en béton. En même temps, je songe que j'ai besoin d'étouffer la curiosité de cette petite fille, pour que cela ne se reproduise plus. Je ne m'attribue pas souvent les mérites de la vie que j'ai vécue, mais peut-être est-ce un tort. J'ai survécu à une mère adolescente et un brin négligente. J'ai financé moi-même toute ma scolarité, j'ai gardé la tête hors de l'eau sans personne pour me superviser. Jusqu'à présent, j'ai réussi seule, sans le soutien des personnes sur lesquelles j'étais censée pouvoir m'appuyer. Et j'ai fait du bon boulot, jusqu'à ces derniers mois. J'ai tenu bon ces dix-neuf dernières années, à force de coups de pied, et je tiendrai encore bon les dix-neuf prochaines. Dans un regain de détermination, je me tourne vers ma meilleure amie.

— Je me dis que j'ai oublié qui j'étais.

— Bravo, copine, dit-elle. Je commençais à m'inquiéter. Que comptes-tu faire ?

— En ce qui me concerne, passer à autre chose. Avec eux ? Sais pas. Rien, sans doute. Mais la vengeance est un plat qui se mange froid. Dans l'immédiat, je dois me remettre les idées en place. Je ne fais pas tout à fait confiance au karma. Alors si un jour, j'en ai la possibilité, je veillerai à ce qu'il opère.

— J'aimerais être une petite souris, ce jour-là, dit-elle. On tient le bon bout.

Christy se tortille sur un transat en plastique bas de gamme, étire ses longues jambes entre nous, et me prend la main, ses yeux brun clair débordant d'empathie. C'est une belle fille, ma meilleure amie. Des cheveux mi-longs, châtains et ondulés, une silhouette athlétique, des formes douces et pleines. Après le coup de massue que j'ai reçu dans la poitrine, la voir m'a permis de respirer à nouveau. Elle m'a retrouvée devant ma voiture, au petit jour, les bras grands ouverts.

— Je ne te reproche rien, Cecelia. Je ne peux pas garantir que je ne céderai jamais. Mais quand même, deux hommes ? Je ne me l'imagine même pas.

— Ce n'est plus si inhabituel.

— Je sais, répond-elle. Mais tu y es vraiment allée à fond, hein ?

— Je les ai crus, tu comprends ? Je pensais qu'ils étaient plus avisés. Des spécimens rares. Quelle conne.

— Mais tu l'es à ton tour maintenant. Tu es éveillée. Même s'ils ont prêché ce qui les arrangeait, tu y as cru et tu continues d'y croire. Grâce à cela, tu t'es affranchie. Tu peux en être fière.

C'est la vérité, l'entière vérité. Hypocrites, il est possible qu'ils le soient, mais avec eux, j'ai libéré la vérité sur moi-même, ma nature profonde. J'ai changé, et ma façon de penser a changé aussi, en dépit de leur duplicité insultante et de leur maudite cruauté.

— T'as intérêt à m'appeler tous les jours.

— Je le ferai.

Je me tourne vers elle, ma seule véritable amie. Ma seule vraie famille.

— Allons dire bonjour à ma mère.

Chapitre 39

Christy renifle au moment où, Hubble s'éloignant de Katie, ils se retournent tous deux et échangent un dernier regard.

— Quoi ? Ils ne finissent pas ensemble ? (Alors que le générique défile, Christy lance des regards assassins à l'écran puis à moi.) Ils ne finissent pas ensemble ?!

— Bah non.

Maman et moi éclatons de rire. Assise sur le canapé, Christy nous lance des caramels.

— C'est quoi, cette daube ?

— Toutes les histoires d'amour n'ont pas une fin heureuse, dit ma mère avec douceur.

Elle est alanguie dans son fauteuil relax, le seul meuble qu'elle a apporté chez son copain. Il s'est absenté toute la journée, prétextant qu'il allait pêcher pour nous laisser seules. Elle s'est un peu remplumée, et ses joues ont repris des couleurs. Je ne peux que me réjouir pour elle. Elle était l'ombre d'elle-même quand j'ai déménagé à Triple Falls. Mais sa remarque m'intrigue.

— Qui as-tu aimé de cette façon, maman ?

— Oh, celui de trop.

Nous sommes sur la même longueur d'onde.

— J'Y. CROIS. PAS. Ils ne finissent pas ensemble ! répète Christy, écœurée.

— Ça ne s'appelle pas *Nos plus belles années* pour rien. Pour commencer, il l'a trompée, souligne ma mère. Et surtout, il n'a pas supporté sa personnalité et ses convictions, ou sa force. Donc, il ne la méritait pas. Et quand il a été confronté au choix, il s'est avéré qu'il se foutait royalement de leur fille à cause de cela. Tu penses toujours qu'ils devraient rester ensemble ?

— Mais…, proteste Christy.

— C'est la vérité ! Les gens ne veulent plus de la vérité crue dans les histoires d'amour, mais ça, dis-je en montrant l'écran, c'est la vérité crue et laide.

Christy soupire.

— Ouais bah, c'était horrible.

— Mais non, rit ma mère en allumant une cigarette. Tu l'as adoré. (Ma mère m'adresse un grand sourire complice.) On lui porte le coup de grâce ?

— Absolument.

Quand je m'empare de la télécommande, mon amie nous considère tour à tour.

— Vous êtes deux masochistes. Vous me forcez à regarder ces vieux films tristes qui me font du mal.

— Ce sont les meilleurs, se défend ma mère, une pointe de tristesse dans la voix.

— C'est peut-être vrai pour certaines d'entre nous, mais vous aurez beau me torturer je persiste à croire au prince charmant, déclare Christy.

— Tu fais bien, intervient ma mère. Mais pour ta gouverne, les images que tu as dans la tête ne correspondent pas à la réalité. Très peu d'hommes méritent les crasses qu'ils nous infligent. Alors choisis avec précaution celui à qui tu donnes ton cœur et ton corps. Il se peut qu'au final il prenne plus que tu peux en donner.

Dans le mille, maman.

— Accroche-toi, dis-je à Christy en lançant la lecture d'*Un amour infini*. Celui-ci est sorti en 1981.

Elle plonge sous le plaid.

— Pitié, je ne suis pas sûre d'avoir la force.

Maman me fait un clin d'œil et éteint sa cigarette.

C'est là, dans ce salon, que je retrouve quelque vigueur. Ce ne sont pas les films qu'enfant je regardais avec ma mère, qu'elle partageait avec sa propre mère, qui m'insufflent cette force, même si je suis certaine qu'ils ont joué un rôle dans ma perception tordue de l'amour. Mon énergie me vient des femmes qui m'entourent. Pendant des mois, je n'ai vécu que pour les hommes qui m'ont consommée avant de me jeter. En dépit de mes efforts, je me suis égarée en eux, laissant mon affection pour eux dominer mon existence. Je ne me suis pas fait d'amis en dehors de leur cercle, et quand j'y retournerai, je n'aurai pas de vie au-delà d'eux. Sans doute ai-je découvert deux ou trois choses, mais, pour l'essentiel, je suis devenue codépendante. Et je mettrai un point d'honneur à rectifier cela.

La seule chose qu'il me reste est pleurer et m'énerver.

Et même si je souffre comme jamais, j'ai atteint l'objectif que je m'étais fixé.

Je peux dire sans trop m'avancer que Cecelia Horner ne fait plus tapisserie.

J'ai osé me jeter à l'eau, et maintenant je dois juger si ce chagrin est cher payé ou non pour un été mémorable.

Il est temps de donner un bon coup de pied, Cecelia.

Brooke Shields apparaît à l'écran. Belle, naïve, d'une innocence immaculée, elle descend l'escalier pour retrouver son amoureux, épargnée par l'amertume que je n'ai pas pu m'empêcher d'éprouver. J'ai envie de l'avertir que cette façon de regarder ce garçon, pendant qu'ils font l'amour devant la cheminée, risque de lui coûter cher. Au lieu de quoi je souffre avec elle et pleure l'innocence qu'elle lui cède, parce que, en mon for intérieur, je suis encore accro à ce sentiment affreusement familier. Mon cœur me maudit de regarder la suite, captivée, revivant mes jours et mes nuits sous les arbres et les étoiles.

Devant ce film, tout ce que je peux faire, c'est sentir la douleur cinglante de la perte et pleurer la fille qu'elle était avant que l'amour prenne les commandes.

Mon téléphone vibre sur la table devant moi. Christy croise mon regard à la vue du « NE RÉPONDS PAS » sur l'écran.

Je décline l'appel sans un instant d'hésitation. Elle me sourit fièrement, avant de reporter son attention sur le film, ses yeux ivres d'amour.

À présent, les miens sont grands ouverts.

C'est l'accro en moi qui se bat pour me retenir dans le grand bain. Alors je fais la seule chose qui soit en mon pouvoir.

Je donne un bon coup de pied.

Chapitre 40

Dès que je remets les pieds à Triple Falls, je modifie le code du portail de ma maison et jette à la poubelle le bikini que je portais au lac. Je reçois une notification de SMS, mais je l'ignore. Je ne me suis pas encore autorisée à lire les messages de Sean. Il n'existe pas d'excuse, de raison valable pour justifier le coup qu'ils m'ont fait.

Cloîtrée dans ma chambre, j'ai passé la majeure partie de la journée à me documenter sur les diverses orientations professionnelles et les études correspondantes. La première année permet d'affiner les choix d'options, ce qui me tranquillise. Toutefois, je décide de prendre de l'avance et m'inscris au semestre d'automne. Entre mes cours et le boulot à l'usine, je serai suffisamment occupée pour ne pas replonger.

Retour à la case départ.

L'année à Triple Falls sera productive. Repartant sur ces bonnes bases, je m'applique à biffer ces trois derniers mois et demi.

Après quelques heures dans ma cellule, j'opte pour un meilleur plan. Qui est sans lien avec l'idée de rendre la pareille, mais qui a tout à voir avec l'envie d'éradiquer les dernières traces de curiosité ou d'attachement à cet été.

Quelquefois, la meilleure vengeance consiste à exciter la curiosité de ceux qui vous ont truandé et à tourner la page. J'ai appris ces derniers mois que le silence peut être la meilleure arme. Donc, si Sean souhaite être entendu, je le punirai en l'ignorant. En plus de tous ses appels et SMS, je jurerais que j'ai entendu le rugissement caractéristique d'une Camaro ce matin en traversant la propriété. Ces gars ne manquent pas d'audace, ils ont déboulé plus d'une fois chez moi sans prévenir, et s'ils se décident à venir à moi, ils le feront.

Roman s'étant définitivement installé à Charlotte, il ne me dérangera pas. Si les garçons souhaitent à ce point mon attention, ils savent où me trouver. Et je dois me tenir prête parce qu'il y a fort à parier que si je m'obstine à ignorer les messages de Sean, ils se pointeront chez moi.

Que pourraient-ils avoir à me dire ?

S'ils regrettent, pourquoi se sont-ils embêtés à faire étalage de notre relation ? Et pas juste devant les gens du coin, mais aussi devant d'autres clans.

Je ne peux pas me permettre de m'en soucier. Ma tête et mon cœur ne le supportent pas.

C'est fini. Quoi qu'ait été cette histoire, elle est close.

Que le charme soit rompu ou pas, je m'accroche à la douleur cuisante et la laisse faire ce qu'elle veut de moi.

Demain, je reprends le travail et il me faudra sans doute affronter Sean. Il trouvera un moyen de me prendre à part. Après des heures dans la demeure silencieuse, à planifier ma vie au point de frôler la démence, je décide de me balader en voiture pour clarifier mes pensées. Au bout de la longue allée, je tends l'oreille, et décide que la Camaro que j'ai cru entendre était le fruit de mon imagination en surchauffe. Possible que je déteste la notion que c'était en vérité un vœu pieux. Apaisant ces cogitations avec une dose de ces minutes de calvaire dans leur garage, je rejoins la route. Je respire un peu mieux quand, à l'intersection, je marque une pause avant la route à trois voies. Au stop, je vérifie à gauche puis à droite, où mes yeux atterrissent sur Dominic, stationné sur la bande d'arrêt d'urgence.

Putain.

Il me guette, à quelques mètres de distance. Je mets fin sur-le-champ à notre contact visuel et redémarre en trombe, passant devant lui à toute allure. Bien vite, il me colle au train. Ma berline a du mal à rivaliser avec le monstre qu'il a sous le capot. À cran, j'enchaîne les virages qui descendent vers la ville au pied des montagnes. Il garde ses distances, à présent, assez près toutefois pour que je sache qu'il me file et ne me lâchera pas. J'ai beau accélérer au-delà de la limite autorisée, il maintient un écart constant.

— Va te faire foutre !

Je rugis en avalant les routes devenues familières, conduisant comme une folle du volant pour échapper à l'ancien ravisseur de mon cœur. J'écume de rage, rejouant encore et encore cette soirée fatidique dans ma tête. J'avance à toute vitesse et Dom me suit de près, jusqu'à ce que je sois contrainte de freiner au feu rouge. Dans le rétro, je lui vois cet air suffisant qu'il arborait le jour de notre rencontre. Je franchis deux feux en accélérant, avant de me diriger vers la partie opposée de la ville. Certaine qu'il finira par se lasser, je l'entraîne vingt minutes sur des routes sinueuses.

Cette fois, j'en ai ma claque de cette comédie. Je m'arrête dans un dérapage sur le parking d'un camping abandonné. Faisant une queue de poisson, il passe près d'un arbre avant de se garer. Déjà sortie, je m'élance vers lui. Il s'est à peine soulevé de son siège que je le gifle.

Il encaisse le coup, rigide contre sa voiture. Il me regarde comme s'il m'inhalait. La paume endolorie, je tente de frapper une seconde fois quand il bloque mon geste. Puis il baisse la tête, la trace rouge de mes doigts contrastant sur son visage blême. Sa main refermée autour de mon poignet m'entrave.

— Je suis désolé.

— Va te faire foutre. Autre chose ?

— C'était inévitable.

— Je ne crois pas. Fiche-moi la paix. Je ne veux plus jamais te revoir.

— Cecelia…

— Va au diable, Dominic. Toi et tes petits jeux malsains. Je ne joue plus. C'est ma décision.

Je me retourne en tirant sur mon bras, mais il m'agrippe par la taille et m'amène contre son torse. Son souffle est chaud dans mon oreille.

— Tu sais que ce n'était pas notre intention.

— Je sais que dalle. Je ne veux plus entendre parler de toi, de vous deux.

— Si seulement c'était vrai.

La main autour de mon poignet, il me fait pivoter vers lui. Je m'apprête à le taper, mais il immobilise ma main et me plaque contre sa voiture.

— Nous avions nos raisons.

— Ah oui ? Super. Tu sais quoi ? Ça ne m'intéresse pas.

— Oh que si, ça t'intéresse. Tu nous appartiens.

J'émets un rire ironique.

— Tu t'entends ?

— Je t'avais prévenue de garder tes distances et maintenant tu fais partie des nôtres. Ce qui s'est passé ce soir-là ne compte pas.

— Parle pour toi.

— Ce qui s'est passé avant compte.

— Lâche-moi.

J'ai beau essayer de m'arracher à lui, il me tient solidement.

— Tu me fais mal.

— Alors arrête ça, rétorque-t-il. Arrête.

Captive, je m'immobilise. Les yeux étrécis, je vois émerger son sourire en coin, la fierté étinceler dans ses yeux.

— Tu as drôlement progressé.

— C'est censé être un compliment ?

Il se presse contre moi de tout son long. Je suis courbée en arrière contre la vitre de sa voiture, ma tête sur le toit. Ses lèvres sont si près que j'ai un mal fou à combattre l'attraction. Cependant, mes souvenirs de ce soir-là me facilitent la tâche.

— Qu'est-ce qui cloche chez toi ?

— Toi.

Il pointe la langue et la passe sur ma lèvre inférieure. Mon souffle s'accélère quand il appuie son sexe contre mon bas-ventre.

— Tu es ce qui cloche dans tout et maintenant… Tu ne peux pas te mettre entre nous.

— Pourtant, j'étais littéralement entre vous. Et j'ai joui, deux fois, dis-je avec sarcasme.

— Arrête ça, putain. J'essaie de t'expliquer.

— Avec plus de salades cryptiques. J'y crois plus. Reviens me voir quand tu auras des choses concrètes à dire. Et même là, je n'écouterai pas. J'en peux plus. Lâche. Moi.

Il saisit ma tête et écrase sa bouche sur la mienne. Alors que je me débats, ma bouche s'ouvre et laisse sa langue s'introduire. Des étincelles crépitant dans ma poitrine, il l'approfondit tant que je ne peux penser au-delà de la soirée sur son capot, de la journée au lac, ou de tout autre jour de ma vie avant lui. Je tire sur ses cheveux, lui griffe le torse et le cou alors qu'il me marque avec sa bouche et sa langue. Ma colère cède le pas à une absolue dévastation, chacun de mes sentiments rejaillissant sous ses assauts. Il s'écarte et pose un petit baiser sur ma bouche.

— Je suis désolé. C'est la seule vérité que je puisse te donner.

— Pourquoi ? Pourquoi ? m'écrié-je, hors d'haleine.

— Nous avons tenté de démontrer quelque chose et nous avons lamentablement échoué.

— Vous avez tout gâché, dis-je sans pouvoir retenir une larme solitaire. Je ne vous verrai plus jamais de la même façon.

Il suit la larme qui glisse sur ma joue.

— Je dois te laisser pour l'instant. Mais putain, j'en ai pas envie.

Pour la première fois depuis notre soirée à deux, son émotion affleure. Il m'embrasse sur le front avant de me libérer de son emprise.

L'entaille dans ma poitrine suffit à activer mon instinct de conservation.

— Ne m'approche plus.

— Pas le choix. Mais tout ce que je ferai dorénavant, ce sera pour toi.

— Tu as raison, tu n'as pas le choix. Et ne te méprends pas, c'est ma décision.

Remontant dans ma voiture, je quitte le parking comme une dératée sans un regard en arrière.

Chez moi, je prends une douche brûlante tout en étouffant ma rage. Je laisse mes larmes se mélanger à l'eau en niant leur existence. C'est ma décision.

Chapitre 41

Alors que j'en suis à la moitié de mon service, je reçois une convocation par les haut-parleurs. Interrompant la chaîne, je sens peser sur moi l'attention de Melinda. Après des heures à nous activer en silence, il semble que même elle n'a pas pu ignorer mon besoin de réconfort. De fait, elle m'a laissée dans ma bulle, ce qui confirme que je dois avoir l'air aussi brisée que je le suis. Je feins d'ignorer la raison de l'appel, même si nous ne sommes dupes ni l'une ni l'autre.

Trêve de faux-semblant. Je traverse le couloir du premier étage qui mène au bureau isolé tout au fond, repoussant les souvenirs que cela évoque : des baisers volés, des regards suggestifs au cours de repas en tête à tête, un petit coup vite fait tard le soir avec sa main sur ma bouche pendant qu'il me pilonne et me murmure des obscénités à l'oreille. Après avoir refermé la porte, je m'appuie contre le chambranle et évite son regard. Ses boots occupent mon champ de vision, et j'expire pour résister à son parfum de cèdre, qui menace de troubler mon jugement.

— Bébé, s'il te plaît, regarde-moi.

Sa voix rauque me donne l'impression que des ongles écorchent ma poitrine à vif.

— Bébé, s'il te plaît, s'il te plaît, regarde-moi.

Je ne relève pas les yeux.

— Cecelia, tu es le secret.

Voilà un aveu qui exige mon attention, aussi je me décide à le regarder. Il a l'air anéanti. Le visage émacié, de profonds cernes noirs sous les yeux. Je ne l'ai jamais vu aussi désemparé. La compassion l'emporte sur mon vœu de silence. J'aime cet homme, même si m'éprendre de lui était une aberration.

— De quoi tu parles ?

Il s'avance et capture mes mains dans les siennes.

— Ce n'était pas prémédité. Il faut que tu le saches.

Je me dérobe à son contact, et il jure.

— Je ne sais rien.

— Tu en sais bien plus que tu ne le penses. Mais la première chose à savoir est que le jour de notre rencontre, je t'ai présentée au groupe sur un coup de tête. Je n'ai pas pu… Dès l'instant où j'ai posé les yeux sur toi…

Il se penche vers moi, mais je tourne la tête.

— Pourquoi suis-je le secret ?

Il pousse un soupir. Devant son hésitation manifeste, je me prépare au pire.

— Ce n'était pas intentionnel.

— Contente-toi de me dire pourquoi tu m'as fait monter.

— Soit. Il y a des années, quand Horner Technologies était principalement une usine chimique, deux immigrants, mari et femme, ont trouvé la mort dans un incendie, qui a démarré dans l'un des laboratoires d'essais. Ils étaient originaires de France.

Pendant qu'il soutient mon regard, je percute.

— Les parents de Dominic ? je murmure, bouche bée, les larmes aux yeux.

Il confirme d'un mouvement de tête.

— Ils avaient quitté la France pour fuir l'ex-mari de la femme et, faute de meilleure solution, ils avaient accepté la proposition d'un membre de la famille de refaire leur vie ici.

— Delphine.

Il hoche la tête et continue :

— Ils ont débarqué dans cette ville et se sont fait embaucher dans l'usine en pensant qu'ils y seraient plus en sécurité. Qu'ici ils vivraient le rêve américain et la réussite qui va avec. Au lieu de quoi cette entreprise et leur directeur les ont exploités, parce qu'ils étaient désavantagés par leur statut. Ils ont péri dans un incendie dont personne n'a pu prouver la nature accidentelle. Nous n'avons toujours pas réussi à reconstituer les faits, mais y avait un truc pas clair, et à en juger par la manière dont l'affaire a été traitée, ça empestait l'acte criminel. Ton père a balayé l'accident sous le tapis. Il a fait le strict minimum pour Dominic, ne lui offrant rien de plus que la lettre d'excuse standard requise dans le règlement. Une gifle, surtout que le P-DG est d'ici. Les informations régionales n'ont pas relayé l'information. Pas un mot dans les journaux non plus.

— Mais pourquoi ?

— C'est ce que nous nous efforçons de découvrir. Delphine était scandalisée, mais elle était jeune, et sur le moment, trop terrorisée pour affronter Roman. Quelque chose s'est produit cette nuit-là, et ce quelque chose a été étouffé. Nous sommes déterminés à faire la lumière sur ce drame.

Cela me secoue au plus profond de mon être.

— En deux mots, tu soupçonnes mon père d'avoir couvert un double homicide, ici, à l'usine ?

— Ce ne sont que des soupçons, mais les parents de Dom n'étaient pas les premiers à contester les méthodes de ton père. Horner traficote des choses pas claires, en toute impunité, et ça ne date pas d'hier.

— Donc tu l'espionnes ? Tu travailles ici pour lever le voile sur la vérité ?

— Pas seulement, dit Sean.

Il me lance un regard éloquent, qui m'encourage à essayer de lire entre les lignes.

— Votre intention est de lui nuire ?

— De le faire souffrir. De lui faire payer ses méfaits, tout ce qu'il a pris à Dom et aux autres familles qu'il a employées depuis l'ouverture de cette usine. C'est pour cela que tu dois garder tes distances avec nous. Tu ne peux pas être impliquée là-dedans. Ce n'est pas prudent.

— Qu'allez-vous faire exactement ?

— Si nous voulions sa mort, ce serait déjà réglé, précise-t-il face à la peur naissante dans mes yeux. C'est pas notre genre.

— Qu'est-ce qui m'empêche de l'alerter ?

Ses épaules se tendent.

— Rien. Mais il y a d'autres acteurs impliqués. Certains ont le bras long et savent que nous t'avons avec nous.

— Que vous m'aviez. C'est fini.

— C'est le message que nous avons essayé de faire passer, mais quand ils nous ont vus ensemble, quand ils ont vu…

— Vu quoi ?

Il se pince l'arête du nez.

— Que nous avons merdé, que des sentiments étaient en jeu, nous n'avions pas d'autres choix que de stopper net pour te tenir en dehors de ça.

— Tu insinues que c'était une mise en scène ?

— Destinée à te protéger. Mais à présent, ils t'ont dans le collimateur. Et je ne sais pas, bébé. Je ne sais pas.

— Attends, si j'ai bien suivi, tout a commencé à cause de mon père ? Il dirige une manufacture de produits technologiques. Il fabrique des calculatrices. Des pratiques louches ne font pas de lui un assassin.

— Son influence va au-delà. Il a la mainmise sur Triple Falls et tous ses habitants, y compris la police. Il exerce le monopole sur cette ville, envers et contre tous. Et personne n'est disposé à le laisser continuer.

— Ce n'est pas possible. Dis-moi que ce n'est pas vrai.

— Je suis désolé, d'accord ? Désolé, mais c'est la réalité. L'homme qui t'héberge cache autant de secrets que nous. Et il est méchamment habile pour agir en sous-marin sans s'attirer d'ennuis. Je veux que tu t'en ailles, aussi loin que possible, ajoute-t-il en me pressant contre la porte. Ton père s'est fait de nombreux ennemis, en plus de nous, à cause des pratiques douteuses qu'il accumule depuis des années. Tu n'es pas en sécurité ici.

— Sean…

— Tu me manques tant, murmure-t-il, mon visage entre ses mains. J'ai fait, ou plutôt nous avons fait une connerie. Mais toi, nous ne t'avons pas vue arriver.

Mon esprit s'emballe. Je pense à ma mère, à sa sécurité, et je réalise que tous mes efforts de l'année partiront en fumée si leurs projets aboutissent. Pourtant, ce sont les yeux de mon père que je vois.

— Tu me garantis que vous ne lui ferez pas de mal ?

— Notre projet consiste à nous réapproprier la ville pour la rendre aux personnes qui le méritent. L'argent que ton père amasse par pure cupidité, c'est leur argent.

Les paroles de Roman, le jour où je l'ai confronté, se rejouent dans ma tête.

— Il a rectifié leur paie. Ce ne sera plus un problème.

Sean secoue la tête.

— C'est le hic, quand on pense ne pouvoir croire que ce que l'on voit. Tout esprit malin un tant soit peu convaincant est capable de te persuader qu'il n'existe pas en te regardant dans les yeux.

Je déglutis.

— Cela n'explique toujours pas pourquoi je suis le secret.

— Tu l'es à plus d'un titre. Au début, tu étais notre sésame pour accéder à la maison et la fouiller.

Je dois puiser dans toute ma volonté pour ne pas le gifler. Je me détourne, et sa main sur mon menton me ramène vers lui.

— Écoute-moi. Au début, c'est-à-dire les premiers jours. Quand je t'ai rencontrée, il m'a semblé judicieux de t'embarquer dans l'histoire. Tu as été l'élément de surprise. Ça a commencé avec moi. C'est ma faute, et c'est aussi pour cela que Dominic était aussi désagréable avec toi au début. Il désapprouvait.

Sean me tire par le poignet pour m'écarter de la porte, l'ouvre et passe la tête dans le couloir. L'instant d'après, il la referme et souffle.

— Nous ne pouvons pas trop rester ici.

— Quelles sont les autres raisons ?

Silence. Ce maudit silence.

— Je te le dirais si je pouvais.

— Enflure.

De retour à la case départ, je ravale ma salive à plusieurs reprises.

— C'est pour ça que tu ne voulais pas m'embrasser au début. C'est pour ça tu m'as laissée prendre la décision de coucher avec toi. Il fallait que ce soit ma décision, parce que tu te servais de moi. C'est tellement tordu, Sean.

— Regarde-moi.

Quand je cède, je croise ses yeux voilés par le regret.

— Je t'aime. Cecelia, je suis amoureux de toi depuis le premier instant. Et tu le sais.

Ces mots, les plus douloureux que j'aie entendus de ma vie, sont un coup dur car jamais je ne saurai s'ils sont sincères.

— Donc ? Tu vas mettre en péril tes plans grandioses parce que tu tiens à moi ?

— Les plans changent. Nous en avons assez pour nous le permettre. Avec lui, nous avons dû faire preuve de patience.

— Et tu penses vraiment que je ne lui dirai rien ?

Il appuie son front contre le mien.

— Je le sais. Dom aussi. Ce sont les autres qui doutent. Tu es la fille de la cible.

— Il est tout de même mon père ! Ça, c'est pas la vraie vie.

— Hélas, si. Peux-tu rentrer chez ta mère ?

— Non, Sean. Tu sais que je suis ici pour elle. Elle n'a pas retrouvé la forme, et si je pars maintenant, je perds mon héritage. S'il n'y avait que moi, ce serait différent.

— Je vais faire tout ce qui est en mon pouvoir pour que tu poursuives tes plans comme prévu.

Le tourment dans ses yeux en dit long sur son sort, si je révélais ce secret.

— Pourquoi me l'as-tu dit ?

— Je viens de t'expliquer. Tu es ma priorité. Pas seulement à cause de ce que je ressens pour toi. Aussi parce que c'est moi qui t'ai mêlée à ça. Tout est ma faute. Je te jure que je ne pensais pas te mettre en danger en t'embarquant là-dedans. Il se passe trop de choses pour espérer trouver une solution aujourd'hui. Mais sache que j'ai merdé. Dom et moi avons merdé. Et nous avons tous besoin de… rester à distance. Plus nous laisserons passer de temps avant qu'on nous voie ensemble, plus les gens penseront que…

— Que vous m'avez utilisée.

Il hoche la tête.

— Un jour, je te supplierai de me pardonner. Dans l'immédiat, j'ai besoin que tu m'écoutes. Que tu m'entendes. C'est sérieux.

— Je ne sais pas quoi dire. Je ne peux pas croire que tu espères que je te fasse confiance.

— Fie-toi à ton instinct.

Quand il essaie de m'embrasser, je tourne la tête et son souffle fouette mon cou. Il fait rouler son front sur la porte, à côté de moi, avant de s'écarter. Ses yeux implorent les miens.

— Un jour, je tâcherai de réparer mes torts. Mais pour l'instant, je te supplie de me croire.

— Je ne sais pas quoi penser…

Je songe à Dominic, à sa façon de me regarder hier, et mes larmes coulent.

— Dom ne me déteste pas…

Cela sonne à la fois comme une question et comme une affirmation.

— C'est avec ton père qu'il a un souci.

Il me scrute un instant.

— Vous vous êtes parlé ?

J'acquiesce d'un geste de la tête.

— Il est introuvable depuis que tu es revenue dans les parages. Je ne l'ai jamais vu comme ça.

À la larme qui s'échappe de mes yeux, Sean tressaille.

— Tu as confiance en moi, Cecelia. C'est la partie la plus ardue dans toute cette histoire. J'ai travaillé si dur pour gagner cette confiance, pour te mériter, même si je te dupais en partie. Et… je me détesterai à tout jamais pour ça. (Il saisit mon visage entre ses mains.) Je savais dès le départ que tu serais importante, murmure-t-il. Prends le temps de faire le tri dans ta tête, d'accord ? Réfléchis bien. Pense à tout ce que je t'ai dit. Fais abstraction de ce soir-là et crois-moi quand je te dis que notre unique intention en te tenant à distance était de te protéger. Pas du tout de te blesser. Mais j'ai tout foiré. Je me suis grillé parce que je ne supportais pas de te voir aussi malheureuse.

L'uppercut à Dominic. C'est là qu'il a craqué.

— Aie confiance en moi. Et en Dominic. Qu'importe ce qui adviendra. Ne nous cherche pas. Ne cherche pas de réponses. Je trouverai une solution. Je trouverai un moyen.

— Tu m'effraies.

— Je sais. Je suis désolé. Tu voulais savoir, maintenant tu sais. Tu voulais faire partie des nôtres. Tu en fais partie. Il est temps de montrer que tu sais garder un secret.

Il me prend le menton, ne laissant pas de place pour la discussion, et ses lèvres possessives réclament les miennes. Dès qu'il m'envahit, nous geignons dans la bouche l'un de l'autre. Il me boit, me prend, puis son baiser s'adoucit jusqu'au moment où il s'écarte, dans ce qui ressemble fort à un adieu.

— Je t'aime, murmure-t-il d'une voix éraillée, son regard brillant d'émotion, avant d'ouvrir la porte et de sortir.

La porte reste ouverte un court instant, suspendue derrière lui, puis se referme dans un cliquetis. Comme la bombe qu'il vient de lâcher explose.

Chapitre 42

Par pure curiosité, j'ai fait une recherche sur les corbeaux hier soir. J'aurais aimé m'être documentée beaucoup plus tôt. Même avec leurs ailes bien visibles, cela m'aurait rendu service de savoir que leurs caractéristiques sont très analogues à celles de leur mascotte.

Un groupe de corbeaux est appelé une « conspiration ». L'ironie ne m'échappe pas.

Les oiseaux se réunissent en bande à l'adolescence et nouent des liens comme des ados rebelles. D'ailleurs, je suis certaine que l'organisation Ravenhood s'est constituée de cette manière. Ensuite, ils s'accouplent. Chez les corbeaux, en théorie, c'est pour la vie.

Les ailes sur le dos de Layla sont indélébiles. Elle a été marquée de son plein gré. En ce moment, j'ai trop le cafard pour croire qu'un homme puisse être assez sincère pour s'engager avec moi à vie, et encore moins en être capable.

Les corbeaux comptent parmi les oiseaux les plus intelligents, ce qui n'est pas étonnant. Chacune de leurs actions me concernant était calculée, discutée. Je suis sûre que j'étais le sujet des premières disputes au garage. Je n'avais que des soupçons, que Sean a confirmés.

Dominic et Sean m'ont tous deux démontré, et plus d'une fois, que savoir, c'est pouvoir. De toute évidence, l'unique moyen de prendre part à leur jeu est que je me montre plus rusée qu'eux ou que je fasse mes preuves en détenant un secret d'importance dont ils seraient exclus.

Ce matin, pendant que je prenais mon café sur mon balcon, j'ai réalisé que Sean et Dominic m'avaient tous deux, lentement, subtilement et indirectement, transmis un peu de ce pouvoir. Et de là, les lumières clignotantes ont fait surgir dans mon esprit l'image de Dominic, bien calé dans son fauteuil de camping, son téléphone branché à son ordi pour se connecter à Internet.

Une connexion qui aurait été impossible autrement, sans… sans une tour de téléphonie à proximité. À ce déclic, j'ai lâché ma tasse sur la terrasse, couru hors de la maison et traversé la centaine de mètres de pelouse, jusqu'à la clairière, tout cela pour me sentir comme la dernière des imbéciles.

Toutes les fois où je suis allée à un rassemblement, ils ont fait de longs détours, rendant le trajet sans fin pour camoufler le fait que nous nous rendions en fait à l'arrière de mon jardin. Ce stratagème prend tout son sens, pour qui surveille en permanence son ennemi et son abrutie de fille au caractère effacé.

Je me demande pourquoi Dominic a finalement consenti à m'intégrer.

Entre cette surcharge de questions et ma situation vacillante, ma colère ne cesse d'enfler.

En vérité, je les ai laissés me manipuler jusqu'à me faire croire qu'ils avaient de l'influence sur moi. À un certain moment, s'ils veulent que je coopère, il faudra que je sois capable d'exiger des réponses. C'est précisément ce que je suis déterminée à obtenir.

Avec ces révélations, ils s'attendent que je digère tout sans broncher ? Même pas en rêve. Puisque je partage le secret, je veux les détails.

Je dois la jouer fine. Continuer à filer droit. Sans quoi, au moindre faux pas, je risque de basculer dans l'oubli. Dans le néant le plus obscur. Retour dans le grand bain. Et c'est ce que je m'efforce d'éviter. L'obscurité dans laquelle j'ai été maintenue avec une pluie de questions sans réponses. J'ai le choix entre prendre part au jeu ou rester un pion sur l'échiquier. Or je refuse de rester un pion une journée de plus.

Mais ça m'exaspère de savoir que tout cela se déroulait dans mon dos, que j'ai été méchamment aveuglée par mes sentiments et mes expériences. Ivre de désir et d'amour, j'ai joué des claquettes sur la langue du diable et au final, j'ai été avalée toute crue.

L'impuissance, je déteste. J'ai besoin d'un minimum de contrôle.

J'ai besoin d'une alternative, d'un appui pour donner un bon coup de pied.

Ils m'ont manipulée. Et à cause de cela, je suis en danger, ce qui me rend hyper vigilante et fait que je regarde constamment derrière moi.

Mais c'est le truc, avec les corbeaux : ils passent leur temps à observer.

À présent, je compte sur le fait qu'ils m'ont à l'œil.

Après avoir enduit mes seins nus de crème solaire, je me prélasse sur la somptueuse chaise longue… et j'attends. J'ai reçu une livraison, en express, grâce à l'influence de mon papa chéri, et je l'utilise à dessein. La sono qui a été installée en un temps record vaut chaque centime des trois semaines de salaire que j'ai versées. Depuis deux heures, je fais brailler une seule et même chanson en direction des bois, à l'arrière de la propriété.

Il me faut une explication plus approfondie que celle de Sean.

Je me conformerai aux règles. Pas de téléphone. Pas de SMS. Pas d'e-mails.

Puisqu'ils m'interdisent d'aller vers eux, je ferai en sorte qu'ils viennent à moi.

Je serai la sirène impossible à ignorer.

Sans doute ai-je lu trop de romans, mais j'ai confiance en ma tactique. C'est impossible qu'elle ne fasse pas tourner quelques têtes, et en bonus, guide les curieux vers ce secret-ci. En attirant l'attention, il se peut que j'ouvre la porte à d'autres menaces. C'est un risque que je dois prendre.

Cigarettes After Sex susurre en boucle à plein volume les paroles de « K », vu que je me prépare à un travail de longue haleine.

Et je patiente. Encore.

La troisième heure, le soleil faiblissant, le poids de l'échec m'accable. Et finalement je ferme les yeux.

Ces hommes sont exaspérants, non seulement parce qu'ils me plantent sans véritable explication, mais parce qu'ils s'attendent que je me rendorme après m'avoir sanglée à une chaise électrique.

J'ignore si je leur pardonnerai un jour le mal qu'ils m'ont fait, mais être brusquement privée d'eux, c'est trop dur à avaler, la trahison reste cuisante. Rien que pour avoir permis cela, qu'ils aillent au diable.

À présent que je rembobine le film de notre relation, plus j'analyse nos conversations et les leçons de vie de Sean, plus les pièces s'emboîtent.

Et plus je vois rouge.

Je réalise aussi que j'en sais plus, et c'est dans ce plus que je perçois ces souffrances grandissantes comme nécessaires. Ils ont tous deux investi beaucoup de temps sur moi. Sean, en particulier. Et je ne trouve pas d'autre motif à cela que ce que je ressens dans mes tripes. Cela me renvoie chaque fois à la même conclusion : ils m'aiment en retour.

Mon cœur se languit à chaque battement de deux hommes qui se sont assurés de me réclamer comme leur appartenant. Je n'en suis pas moins une femme rejetée.

En l'espace de quelques mois, je suis passée de folle d'un garçon à raide dingue de deux hommes. Et ils ont tout fait pour.

Je les aime et je les déteste. Mais je ne peux pas m'éloigner d'eux, si toxiques soient-ils. Pas encore.

Pour l'instant, je veux juste que quelqu'un me parle.

Avec un soupir, j'essuie les larmes sous mes yeux et me réprimande intérieurement. Ce plan était stupide, tout compte fait.

Il n'y a pas de place pour l'autoapitoiement, pas maintenant, peut-être jamais. Je ne peux pas croire que j'ai été aussi crédule, que j'ai foncé dans le panneau.

Hors de moi, je repasse en mode contestation. Je ne peux pas m'offrir le luxe de commettre d'autres impairs. Cela me satisfait de savoir qu'au moins je les ai agacés. J'ai manifesté ma présence, montré que je voyais clair dans leur jeu.

C'est alors que je sens une présence. Je me laisse aller à un sourire alangui. Une main sur mes seins nus, je place l'autre en visière.

— Rien à dire ? dis-je, les yeux encore fermés.

Une ombre me recouvre, bloque le soleil. Ma peau me picotant par anticipation, j'ouvre lentement les yeux.

Et je me fige.

Pendant ce qui semble une éternité, nous nous fixons. Et en ces quelques secondes, je prends brutalement conscience de mon allure et de la situation. Je pique un fard, sous ce regard pénétrant qui m'agrippe comme une main étrangleuse.

« On ne voudrait pas allécher le loup. »

Il n'y a pas d'erreur possible. Mon regard est plongé dans les yeux dudit loup.

Il me surplombe, dans un costume noir sur mesure aux antipodes de mon monokini. Des cheveux couleur aile de corbeau, la peau hâlée par le soleil, d'épais sourcils noirs froncés au-dessus de ses yeux inamicaux. Un nez proéminent dans un visage finement ciselé, des lèvres charnues, des épaules carrées, un gilet de costume sous une veste déboutonnée et des cuisses fermes sous un pantalon de costume.

Savoir, c'est véritablement pouvoir, et j'ai été d'une bêtise sans nom de croire que j'avais pigé quoi que ce soit.

J'ai été affreusement aveugle.

Je me noie dans des profondeurs ambrées, sans disposer d'une miette de la force indispensable pour leur résister. Jamais je ne me suis sentie à ce point soumise au regard d'un homme. Quand son regard glisse sur mon corps, je couvre comme je peux mes seins nus. Il est prêt à bondir, les muscles tendus, les poings serrés. Si j'étais debout, mes genoux se déroberaient.

Je me suis trompée sur toute la ligne. Un pas en avant, dix pas en arrière.

— Tu es le Français.

Remerciements

Avant toute chose, j'aimerais remercier mes lectrices pour leur soutien constant. Il compte tant pour votre humble auteure. Vous êtes une bénédiction dans ma vie.

Je remercie tout particulièrement mon éditrice, Donna Cooksley Sanderson, pour sa patience à toute épreuve. C'est elle qui veille sur mon style, elle sans qui je serais perdue, en tant qu'auteure et dans la vie. Cette série ne serait pas devenue ce qu'elle est sans toi, et moi non plus.

Merci à Grey, mon éditrice de contenu, pour les petits coups de pouce et les encouragements. Ta touche en plus est exactement ce dont j'avais besoin pour parachever cette série. Tu es extraordinaire.

Un immense merci à Maïwenn Bizien, qui a traduit tous les passages en français de cette série. Sans toi, on n'aurait pas pu y arriver.

J'adresse mes remerciements à mes bêta-lectrices pour leurs précieux retours et à mon duo de relectrices, Bethany et Marissa. Sans vous, publier ces romans n'aurait pas été si simple.

Merci au reste de l'équipe de KLS Press, en particulier à Autumn Gantz, à Bex Kettner et à Christy Baldwin. Mes trois sauveuses.

Pour terminer, merci à ma famille et à mes amis pour votre soutien inconditionnel. Vous êtes juste incroyables. Peu importe dans quel univers je m'aventure, vous êtes à mes côtés.

Ravenhood
Tome 2 Exodus

Chapitre 1

— Tu es le Français.

Il acquiesce d'un petit haussement du menton. Son regard hostile est cuisant sur ma peau.

— Ton esprit bloque sur ma carte de visite ?

Son accent français à couper au couteau confirme le peu que je sais de lui.

Dominic s'exprime rarement, voire jamais, dans cette langue. D'où mes soupçons quant à ce surnom. En revanche, il colle bien avec l'homme qui se trouve devant moi, en particulier son expression.

Une goutte de sueur sillonne sa tempe. Mes compliments au tailleur qui a ajusté ce costume digne d'un roi. Il épouse si impeccablement sa silhouette qu'il accentue sa masculinité à l'état pur. En dépit de son expression fielleuse, c'est son visage qui fait que, la langue pâteuse, je cherche mes mots. Il est, sans l'ombre d'un doute, le plus bel homme que j'aie jamais vu. Pantoise, je ne peux m'empêcher de m'absorber dans le noir profond de ses cheveux ondulés, coiffés en arrière. Pas un ne dépasse. L'angle aigu de sa mâchoire parachève son visage au hâle sans défaut. Sous ses épais sourcils arqués, ses cils denses bordent de noir ses iris qui recèlent des flammes jaune orangé. Son long nez est affirmé. Sa bouche, ses lèvres sensuelles d'une parfaite symétrie sont une preuve supplémentaire que le Créateur S'est appliqué. L'aversion qu'il manifeste ne m'aide pas à retrouver ma repartie, rendue muette par sa visite surprise.

Il est le diable qu'on n'est jamais censé voir, habillé en Armani.

Et une menace flagrante pour moi.

Je m'empare de la télécommande sur la table d'appoint et enfonce furieusement la touche du volume. Je bredouille, tout en cherchant le haut de mon bikini.

— Je ne… savais pas que c'était toi. J'ignorais que tu existais.

— Tu n'étais pas censée savoir.

L'animosité dans sa voix, qui se déverse directement de ses lèvres au fond de ma gorge, entrave ma respiration.

Cecelia, t'es trop nulle dans le genre sirène.

Je lance des regards autour de moi, cherchant en vain mon soutien-gorge. Finalement, rouge d'humiliation, je croise les bras sur ma poitrine.

— Alors pourquoi t'embêter à révéler ton existence maintenant ?

— Parce que, apparemment, je ne peux rien faire sans que ces deux imbéciles fricotent avec…

Ses lèvres qui se retroussent révèlent des canines acérées. Me montre-t-il… les crocs ?

— Avec l'ennemi ? je complète. Je ne suis pas une ennemie.

Sa mâchoire vibre, son regard m'accable.

— Non, tu profites juste de l'argent sale de papa.

— Génial, c'est du dégoût dans tes yeux. Je craignais que ce soit autre chose.

— Je ne couche pas avec les petites filles, assène-t-il avec une intonation qui souligne sa désapprobation. Et je suis parfaitement conscient que tu couches pour t'octroyer une place dans mon équipe.

Ouille, ça fait mal. Pourtant, je ne bronche pas.

— Seulement avec deux de ses membres. Et à ce que je vois, une petite galipette ne te ferait pas de mal. Tu es affreusement stressé.

Irrité au plus haut point, il enfonce les mains dans les poches de son pantalon.

— Qu'est-ce que tu veux, bordel ?

— Des réponses. Je veux avoir la certitude que mon père ne risque rien.

— Je ne peux pas le garantir.

— Mais toi, tu ne t'en prendras pas à lui ?

Son hésitation fait dresser les petits cheveux dans ma nuque.

— Pas physiquement. De toutes les autres manières qui ont de l'importance, si.

— Et moi ?

— Tu n'as rien à voir avec ça.

— Maintenant, si.

— Détrompe-toi. Je m'en suis assuré.

Sa suffisance provoque un déclic en moi.

— Tu es la raison… c'est toi qui les as forcés à m'éjecter.

Les paroles de Dom, à peine quelques jours plus tôt, me reviennent à l'esprit : « Nous avons tenté de démontrer quelque chose et nous avons lamentablement échoué. »

Quelqu'un qui était présent au rassemblement m'a balancée. Parce que cet homme devant moi, c'est à lui qu'ils rendent des comptes.

Après un silence, l'étranger se remet à m'agresser.

— Tu n'étais pas supposée être ici.

— Tu savais que j'existais. Vous le saviez tous.

Évidemment, ils savaient. C'est la base : s'informer sur son ennemi et ses faiblesses. Mais pour eux, j'étais un rejeton lointain qui ne mettait pas leurs plans en péril. Encore une raison qui explique pourquoi Sean hésitait à m'intégrer à l'organisation.

— Qui es-tu exactement ?

Silence.

— Pourquoi te pointer ici maintenant ?

Il ne décroche pas un mot pendant que je retourne l'histoire dans ma tête.

« Quelqu'un n'a pas su garder le secret. »

Un membre de l'une des branches de l'organisation lui a signalé ma présence, et c'est pour cela que Sean et Dominic ont dû couper les ponts. Le soir où ils m'ont ostracisée, c'était une démonstration à l'intention de ceux qui étaient présents au garage – et à celle de cet homme qui me fusille du regard. Dans le but de me protéger.

Clic. Clic. Clic.

— C'est pour cela que j'étais le secret, dis-je dans un murmure. Tu ignorais tout de ma venue. Pour toi, Roman et moi n'avions plus de contact.

Ses yeux s'enflamment alors qu'un sourire suffisant étire mes lèvres.

Je comprends mieux pourquoi il est furieux.

— Vous avez été surpris que je débarque, parce que mon séjour a été décidé à la dernière minute. Je suis passée entre les mailles du filet et ils m'ont cachée à toi.

Un petit frisson d'exaltation me traverse.

— Tu ne sais pas tout. Alors, qu'est-ce que ça fait ?

Il avance vers moi d'un pas menaçant.

— La situation te dépasse à un point que tu ne peux imaginer. Alors arrête de jouer à la dure à cuire et décide-toi à me parler sérieusement, car je ne t'accorderai pas plus de deux minutes.

Je me ressaisis.

Je cesse de la ramener, consciente que je me bats pour plus important que mon orgueil.

— Je ne suis pas la traînée que tu imagines.

— Mon opinion sur toi importe peu.

— Au contraire. Je pense qu'elle change la donne. Tu m'empêches de voir…

— Cecelia, tu trouveras quelqu'un d'autre pour niquer.

Mon nom a une sonorité abjecte entre ses lèvres. Il me considère comme une menace, une épine dans le pied et assurément un grain de sable dans sa mécanique bien huilée. Mais j'ai échappé à sa vigilance parce que, pendant huit ans, j'ai interrompu mes visites. Après quoi ils m'ont cachée à lui.

Je ne peux m'empêcher de jubiler à cette idée.

— Déteste mon père autant que tu veux, mais toi et lui vous vous comportez de la même manière. Des machines. Des *control freaks* sans une once d'humanité, qui se prennent pour Dieu.

Ses narines se dilatent.

— Prends garde à toi.

— Sinon quoi ?

Dressé devant moi, ses yeux me bombardent d'avertissements.

— Je te jure que tu n'as pas envie de provoquer ma colère.

— Là, tu n'es pas en colère ? D'abord, qui es-tu pour me mettre en garde ? Peut-être que tu as la plupart des cartes en main, mais pas la mienne. Ce serait dans ton intérêt de la jouer cool, si tu veux que je coopère. Si tu veux mon silence.

Même s'il ne répond pas, la rigidité de sa posture est suffisamment éloquente.

Ce sont les mots précis qui n'auraient pas dû quitter ma bouche. Maintenant que je les ai prononcés, on ne peut plus du tout me faire confiance. J'ai trahi Sean et Dominic en entrant dans le jeu de cet enfoiré. Il fouine, cherche la faille, appuie dessus pour leur prouver que je ne suis pas fiable. Dominic serait tellement déçu.

La conversation entre Dominic et Sean, le jour où j'ai quitté la maison comme une furie, me revient en mémoire.

« Elle n'est pas assez forte.

— Laisse-lui du temps. »

Du début à la fin, les tests auxquels ils m'ont soumise. Les échanges frustrants avec Dominic. Tout le temps que Sean a passé à m'inculquer ce en quoi il croit, et en quoi l'organisation croit, pendant que Dominic m'asticotait, déformait mes propos. Dès l'instant où ils ont décidé de m'intégrer, ils m'ont préparée à une confrontation de ce genre. Avec l'homme qui se tient devant moi. Pendant que nous tombions amoureux, ils me préparaient à l'avalanche d'emmerdements qu'est le Français. Son retour était inéluctable.

— Je sais garder un secret. Je veux juste connaître le plan.

— Ce n'est pas parce que tu es ici que tu as un rôle à jouer. Ils ont pris une mauvaise décision et ils le savent. Coucher avec eux ne te donne pas voix au chapitre. Et je sais que tu ne le répéteras pas, dit-il avec conviction, mais pour la mauvaise raison.

— En quoi est-ce une mauvaise raison ?

— À cause de ta loyauté envers eux, dit-il en montrant les bois du bout du menton. De ton incapacité à mettre tes sentiments de côté, au lieu d'accepter l'idée que Roman a commis des actes impardonnables et qu'il mérite de souffrir pour ça. Alors laisse tomber, comme ils le font de leur côté, et… vis ta vie.

— Est-ce un ordre ?

— Non, un bon conseil. Qu'il serait judicieux d'appliquer.

Je l'insupporte, ce dont je me féliciterais si je n'étais pas à sa merci.

— Je veux juste les voir.

— Pas question.

— Je ne suis pas une fille à papa qui pique une crise parce qu'elle n'a plus personne avec qui jouer. Parle-leur. Ils te diront. Ils se porteront garants de moi.

Il m'examine avec répulsion.

— J'en sais assez.

Je décroise les bras, dévoilant ma nudité pour le contrarier. Je ne le laisserai pas m'humilier pour quelque chose dont il ignore tout. Ni me mettre mal à l'aise avec celle que je suis devenue, après tout le mal que je me suis donné. Ma provocation passe inaperçue, ses yeux restant rivés aux miens. Nous nous fixons, de part et d'autre de la limite qu'il a tracée entre nous.

— Tu vas vraiment faire ça ?

— Nous vivons dans deux réalités distinctes, tu es née dans ton côté des choses. Je ne t'en tiendrais pas rigueur si tu lâchais l'affaire. L'ignorance est un pur bonheur dans ton cas, Cecelia. T'en souvenir te serait bénéfique.

— Même si lui et moi ne sommes pas proches, je ne veux pas qu'il lui arrive malheur. Si tu me promets que mon père n'est pas en danger de mort, je t'aiderai.

— Je ne promets rien. Il a beaucoup d'autres ennemis. C'est la loi des affaires.

— Pas pour moi.

— C'est ton problème.

— Alors que suis-je censée faire ?

Il se tourne vers les bois comme pour me congédier.

— Va faire un tour chez la manucure.

Indignée, j'attrape le premier objet venu et le lui lance dessus. Mon flacon de crème solaire le frappe au milieu du dos. Quand il pivote vers moi, un petit cri m'échappe et je recule vers mon transat, jusqu'à être contrainte de m'asseoir. Il me tire par le bras pour m'obliger à me relever. Ce qui se passe entre nous n'est pas de l'alchimie ; c'est un feu incandescent bourré de haine, d'une rancune sans lien avec moi. Ce type ne fait aucun cas de moi. Il abhorre le seul fait que je sois en vie.

— La prochaine fois que tu joues à la conne avec moi, je jouerai à ça aussi.

Ses yeux ambrés me lèchent la poitrine comme des flammes. Après quoi il resserre sa main autour de mon bras. Je retiens mon geignement sur ma langue.

— Tu te trompes. Tu combats pour des gens comme moi. Comme ma mère. Sean et Dominic sont mes amis avant tout, et je veux les aider. Ils sont loyaux envers toi. Je ne connais même pas ton nom ! Même si tu hais Roman, je suis innocente. Je n'étais au courant de rien. Je ne suis toujours au courant de rien.

— Tu étais innocente, mais tu ne le seras plus si tu t'entêtes. Tu es une cible trop facile.

Son insulte me blesse au plus profond de moi. Pourtant, il saupoudre encore du sel sur mes plaies à vif.

— Tu es trop jeune et trop naïve. Tu as cru à leurs discours et à présent, tu dois accepter qu'ils aient obtenu de toi ce dont ils avaient besoin.

Un accès. J'ai été une voie d'accès. Le cœur serré, je me remémore le jour où Sean est revenu, quelques jours après une dispute, avec une excuse toute faite. Peu après, Dominic s'est éclipsé dans la maison, pendant que Sean détournait mon attention. Je suis peut-être bête, mais…

— Je ne suis pas une pute.

— Tu te bats avec ta conscience, pas avec la mienne, rétorque le Français.

Après ce jour, tout a changé. Peut-être qu'avant j'étais une cible, mais après, j'étais une décision. Ils m'ont ouvert la porte de leur monde parce qu'ils désiraient m'avoir avec eux. J'en ai l'intime conviction. Sean s'est confié à moi en ce sens. Il a pris un risque énorme en m'invitant au sein du groupe. Coucher avec moi signifiait coucher avec l'ennemi. Partager des secrets leur permettait de m'attacher à eux. Rester avec moi impliquait de mettre en danger leur crédibilité et leur position au sein de l'organisation.

Si j'avais besoin d'une preuve de leurs sentiments, je viens de l'obtenir.

— Je tiens à eux. Profondément. Laisse-moi remplir mon rôle.

— Si c'est vrai, cesse de faire l'égoïste. Cela ne les dérange pas de tirer un trait sur toi. Grandis et fais-en autant.

— Tu ne peux pas m'interdire de les voir !

— Bien sûr que je peux. Tu auras beau frapper à toutes les portes, aucune ne s'ouvrira. Personne ne s'approchera de toi. À cet instant précis… tu n'existes plus. Et tu n'as jamais existé.

Submergée par une fureur telle que je n'en avais jamais connu, je crache mon venin.

— Va te faire foutre, espèce de faux cul qui se prend pour Robin des bois dans ton bled paumé ! Fous le camp de chez moi !

Quand je tire sur mon bras, il me lâche. En reculant, il enfonce ses grosses pattes dans ses poches. Ses yeux qui lancent des éclairs contrastent avec sa voix glaciale.

— Voilà exactement pourquoi je t'interdis de t'approcher de nous.

— Tu utilises le fait que je sois une nana pour m'expulser de la tribu ? Sans rire ? Toi et ta troupe de justiciers êtes supposés faire le bien, n'est-ce pas ? Nous sommes censées être reconnaissantes à ton minable petit boys club ? Permets-moi alors de te remercier au nom de nous toutes les prédatrices qui brandissent leur sexe, dis-je sur une révérence théâtrale. Merci infiniment. Mais je le redis, je ne suis pas ton ennemie. Ils m'ont fait confiance parce qu'ils savaient que j'étais capable d'assurer, et ils y ont veillé. Ils m'ont fait confiance parce que je les aime, et ils savaient que je les soutiendrais à cause de cet amour. Rejette-la autant que tu veux, mais cette énergie motrice garantirait ma loyauté. Ou ne la rejette pas et aide-moi à faire le nécessaire pour les protéger comme ils me protègent. Et toi aussi.

Sur ses traits s'affiche une sorte de reconnaissance. Tout aussi rapidement, elle s'évapore.

— Tu n'étais pas censée être impliquée.

— Mais maintenant je suis là, alors laisse-moi faire ma part.

— Les deux minutes sont écoulées.

Il se retourne vers les bois. Je hausse le ton parce que je sais qu'aucun stratagème ne me vaudra plus son écoute.

— Je les aime vraiment. Ils ont peut-être merdé, mais ce qui m'a amenée à m'impliquer, c'est leur fidélité envers toi et ta cause, tout ce que vous défendez collectivement. Ils ne s'attendaient pas à m'aimer en retour. Ils avaient l'intention de se servir de moi, mais le fait qu'ils n'aient pas été capables de me duper est la raison qui explique que je me batte pour pouvoir être là pour eux. J'ai beau être en colère, je comprends. Ils m'ont fait comprendre. Et peut-être que cela n'avait rien à voir avec moi, mais à présent, tout est lié à moi. S'il te plaît. Laisse-moi. Me Rendre. Utile.

J'essuie les traces de ma vulnérabilité sous mes yeux en fixant son dos qui s'éloigne. Il est magnifique et cruel, bien au-delà de tout ce que je m'attendais à affronter aujourd'hui. J'espérais mon soleil doré ou mon nuage sombre. La perspective de ne plus jamais les revoir est intolérable. J'implore, alors que je ne devrais pas. Je devrais préparer mes bagages et dire adieu à cette ville. Envoyer bouler mon père. Notre relation est inexistante, et je n'aurais qu'à trouver un autre moyen, moins dangereux, de prendre soin de ma mère. Mais à cette pensée, des images de Sean et Dominic, ajoutées à la peur de l'inconnu, me paralysent. Je ne peux me résigner à partir. Pas tout de suite.

— Je crois en ça, en vos actions, vos combats. Je veux me battre à vos côtés.

C'est la vérité brute, que je crains d'avoir exprimée trop tard.

Le dos tourné, il sort mon haut de bikini de sa poche et le laisse tomber sur la terrasse.

— J'y réfléchirai.

Composition et mise en pages
Nord Compo à Villeneuve-d'Ascq

Achevé d'imprimer par
Normandie Roto Impression s.a.s.
N° d'impression : 2304081

Imprimé en France

#lisez! engagé
www.lisez.com
Pour plus d'information :
Imprimé sur du papier issu de forêts gérées durablement.

CHATTERLEY, 92 avenue de France 75013 Paris

C79001/01